한국어 硬音論

오정란

박문사

머리말

　국어 경음은 저자 학문 여정의 화두였었다. 학부 시절 졸업논문 제도가 있었는데 그때 제출한 논문의 주제가 경음이었다. 이기문 선생님의 "어두자음군의 생성 및 발달에 대하여"에 매료되어 겁도 없이 집어든 리포트 수준의 습작이었다. 두 아이의 엄마가 된 다음 남편의 응원 아래 시작한 대학원 과정, 고 박병채 은사님 지도 아래 석사 논문을 쓰면서 경음과의 두 번째 해후가 이루어졌다. 젊은 시절 빠져보았던 어두자음군에 대한 친근함 덕이었는지, 석사 논문은 「중기국어의 경음 연구」(1984)이었다. 이어진 박사 학위 과정, 마지막 관문인 논문을 앞에 두고 고심 끝에 택한 주제 역시 경음이었다. 경음에의 끝없는 호기심이 중기국어를 넘어 고대국어와 현대국어에서의 실체 규명 작업으로 저자를 몰아쳤던가 보다. 박사 논문은 「경음의 국어사적 연구」(1988)이었다.

　이렇게 저자 젊은 시절의 학문 열정은 경음이라는 하나의 매듭으로 엮어졌었다. 그러나 국어 음운현상에서 경음처럼 복잡다단한 것이 어디 또 있을까. 발표한 논문이 허점 덩어리임을 깨닫고 어쩔 수 없는 갈증에 또다시 경음 추적에 나서야 했던 여정, 그것이 저자와 경음 사이의 진한 인연이었다. 그러나 어느 때부턴지 경음 쪽으론 눈길도 줄 수 없었는데, 만시지탄이지만, 한번 엎지른 물은 주워 담을 수 없다는 깨달음 때문이었던 것 같다.

그렇게 애써 외면하려 했던 인연을 들추어내는 사건이 발생하였으니, 박문사 윤석원 사장님과의 만남이 그것이었다. 경음과 저자와의 빛바랜 사연들을 책으로 엮어보자는 윤 사장님 제안에 사양하길 여러 차례, 그러나 미안한 마음에 결국 승낙해 버리고 만 것이다. 그 긴 시간을 돌아 왔건만 오늘도 여전히 부족함 투성이로 세상에 나온 이 책은, 저자 무능력의 증거물이자 경음과의 부끄러운 연애담이라 고백하지 않을 수 없다. 이 못난 책의 산파 역할을 자청하신 윤 사장님께 깊은 감사 인사를 올린다. 원래 게으르고 아둔한 저자인지라 엉성한 내용과 표기 상 오류가 많을 것이니 넓은 마음으로 해량해 주시길 간곡히 부탁드린다. 까다로운 부호와 도표 등으로 범벅된 험한 원고를 다듬고 다듬어 내용 이상의 미려한 장정으로 만들어주신 편집부 여러분께도 감사의 말씀을 드린다. 부족한 사람을 학문의 길로 들어서도록 독려하였고 지금껏 변함없이 기도와 격려로 힘을 보태는 사랑하는 남편과 아이들에게 미안함과 고마움의 마음을 전하고 싶다.

"제 인생의 모든 것을 허락해 주신 사랑하는 우리 주님께 감사드립니다."

2009년 12월 한울관 연구실에서

오 정 란

목차

머리말　003

제1편 경음의 본질

1 경음의 개념과 기능 ··· 011

1. 경음의 개념 ··· 011
2. 경음의 기능 ··· 013
  2.1 언어학적 기능 · 013
  2.2 심리학적 기능 · 016
  2.3 사회학적 기능 · 018
  2.4 사회심리학적 기능 · 020

2 후두음층렬과 경음 ··· 023

1. 후두음층렬의 자립성 ··· 025
  1.1 기음소의 자립성 · 025
  1.2 경음소의 자립성 · 038
2. 음성상징과 후두음층렬의 기능 ··· 048
3. 후두음층렬의 상호 출입성 ··· 054
4. 국어자음체계의 이원적 구조 ··· 056

3 음절지배제약과 경음 ·········· 060

1. 강도 조정 현상 ··· 060
　1.1 울림도 동화의 한계 · 060
　1.2 음절구조와 자음강도 체계 · 065
　1.3 강도 조정 현상 - 비음화와 경음화 · 068
2. 위치조정 현상 - 연구개음화와 순음화 ··· 071
3. 강도·위치조정과 지배관계 ··· 076

4 연속체로서의 경음 ·········· 082

1. 음절강도제약과 후두음화의 방향성 ··· 083
2. 음절강도제약과 후두음화의 단계성 ··· 088
　2.1 '융합'과 '대립'의 의미 · 088
　2.2 융합과 음운론적 과정 · 094
　2.3 대립과정과 경음화 · 097
3. 음절강도제약과 후두음화의 연속체적 특성 ··· 100
　3.1 융합과 대립의 음절강도제약 · 100
　3.2 후두음화의 연속성 · 105

5 한국어 경음의 연구 현황과 전망 ·········· 111

1. 경음화 현상의 연구현황과 과제 ··· 112
　1.1 단어 영역의 경음화 현상 · 112
　1.2 구 이상 영역의 경음화 현상 · 119
2. 경음화의 원인 규명과 외국이론 수용에 의한 표시문제 ··· 123
3. 경음화 연구의 전망 ··· 127

제2편 경음의 생성과 발달

1 경음의 생성 ; 향가의 '叱' 표기 ························· 133

　1. '叱'의 음가 ··· 135

　2. 성모와 운모의 관련성 ··· 142

　3. '叱'의 기능 ··· 144

　　3.1 어말 종성의 '叱' · 145

　　3.2 생략된 격의 흔적 '叱' · 169

　4. 고대국어의 자음체계와 추이과정 ··· 185

2 경음의 발달 ; 정음 문헌의 병서 표기 ··················· 195

　1. 연구사 개관 ··· 195

　　1.1 합용병서에 관한 연구들 · 196

　　1.2 각자병서에 관한 연구들 · 201

　2. 음운으로서의 경음 ; 'ㅅ'계 병서 ··· 208

　　2.1 어두 'ㅅ'의 역사성 · 208

　　2.2 'ㅅ'병서의 원형들 · 212

　　2.3 원형들의 유기성 · 225

　3. 이음으로서의 경음 ; 각자병서 ··· 254

　　3.1 전탁음과 각자병서 · 254

　　3.2 전탁음의 음성학적 분석 · 264

　　3.3 어중 경음의 변별자질 · 279

　4. 어두자음군으로서의 'ㅂ'계 병서 ··· 285

  4.1 어두 'ㅂ'의 어원성 · 286

  4.2 표면음성제약과 체계성 · 292

3 경음의 확산 ··· 302

 1. 어두자음군의 안정화 ··· 302

  1.1 기음화 현상 · 303

  1.2 경음화 현상 · 305

 2. 경음화의 완성 ··· 310

참고문헌   323

찾아보기   332

제 1 편

경음의 본질

한국어
硬音論

제1편
경음의 본질

1 경음의 개념과 기능

1. 경음의 개념

경음은 현대국어 자음체계에서 평음·기음과 더불어 삼지적 상관속을 이루는 'ㄲ·ㄸ·ㅃ·ㅆ·ㅉ'을 칭하는 명칭이다. 이것은 음운으로 존재하여 의미변별의 기능을 수행할 뿐만 아니라, 語辭의 결합 내에서 후행어의 평음이 원래 음가를 포기하고 경음으로 발음되기도 한다. 된소리(최현배 1929), 濃音(河野 1945) 등은 음향감에 근거한 명칭인 반면, 후두파열음(이숭녕 1954), glottal-tension(Martin 1951), glottalized(Chomsky & Halle 1968) 등은 음성학적 특성에 기준한 명칭들이다.

조음방법에 대한 최초의 언급은 김두봉(1922 : 34)에 보이는데 그는 조음점의 힘의 배가가 경음을 발생시킨다고 하였다. 그밖에 성문파열(이극로 1932 : 157), 후두파열(김선기 1933 : 351-53, 이숭녕 1954 : 148), 성문폐쇄(최석규 1961 : 297-324), 성문폐쇄 후 파열(소창진평 1928, 정인섭 1973 : 34), 성문압축(Chomsky & Halle 1968 : 315) 등 여러 견해가 있었다. 분명한 것은 경음이 이중조음(double articulation)으로 발생한다는 것이다(김민수 1983 : 36). 이차조음인 후두조음으로 인해 성문이 압축되면 Chomsky & Halle의 소위 '성문 밑 호기압(subglottal pressure)'이 강하여 진다.[1] 이를 기본조음 시 덧붙여 발음하면 경음이 발생되는데 이때 후두조음을 유발시키는 동인은 근육의 긴장으로 보아야 할 것이다. 이것이 곧 경음의 변별자질인 것이다.

　일반적으로 경음은 긴장(tense), 기음은 기(aspirated)를 변별자질로 가진 것으로 인정한다. 그러나 긴장과 기가 없다고 보는 평음에도 긴장과 기가 약간 가미되었다고 보는 견해도 있다.(김진우 1967, 이혜숙 1968) 또 기음에도 기뿐만 아니라 긴장자질이 포함되었다고 보는 견해(이승환 1967, 김진우 1967, 이혜숙 1968, 전상범 1976)가 지배적이다. 그러나 경음은 긴장자질로만 대표될 수 있다는 것은 공통된 견해이다. 김진우의 다음 표기가 이를 대표하고 있다.

$$/ㅂ/ \rightarrow [\text{-tns}] \qquad /ㅃ/ \rightarrow [\text{+tns}] \qquad /ㅍ/ \rightarrow \begin{bmatrix} \text{+tns} \\ \text{+asp} \end{bmatrix}$$

　이에 대해 "종말자질"이란 개념을 도입한 김영송은 다음과 같이 나타내었다(1972 : 41).

---

1) Chomsky & Halle(1968 : 315)는 한국어의 경음은 성문폐쇄 없이 성문 압축만 있게 되는데 이때 성대는 그다지 넓지 않다고 하였다. "Glottal constrictions are commonly of an extreme degree, i.e., they involve total closure. There are, however, instances where glottal constrictions of lesser degree occur. Thus, for instance, in the dialect of Korean described by Kim(1965), the tense glottalized stops represented by Kim as p*t*k*have glottal constrictions, but not glottal closure······ That the vocal cords are, on the other hand, not wide open is shown by the timing of the voicing on set in the adjacent vowel.······"

/ㅂ/ → [-tns]   /ㅃ/ → [+tns]   /ㅍ/ → [+asp]

'예사'(무표제)   '된'(긴장-유표계)   '거센'(기-유표제)

이처럼 tense는 경음뿐 아니라 유기음에도 나타나는 자질이므로 그것을 준별할 수 있는 다른 자질의 필요성이 인정된다. 더욱이 tense는 모음에도 나타나는 바 장음의 특성이 그것이다. 이러한 중복성을 피하고 경음에만 나타나는 자질로 glottalized이 있다. 이는 Chomsky & Halle가 제안한 것으로 아래와 같다.

	ㅂ	ㅃ	ㅍ
heightened subglottal pressure	−	+	+
glottal constriction	−	+	−

그러므로 국어에 있어서 경음은 glottalized, 유기음은 aspirated로 특징지움이 타당할 것이다.

/ㅂ/ → [-glottalized]   /ㅃ/ → [+glottalized]   /ㅍ/ → [+aspirated]

2. 경음의 기능

2.1 언어학적 기능

첫째, 음운면에서의 기능에 대하여.

국어에서의 경음은 의미변별 기능을 갖는 독립적인 음운(phoneme)으로 존재한다. 기로써 변별되는 기음과 더불어 파열음에서의 '삼지적 상관속'과 마찰음에서의 '평음 : 경음'의 '이지적 상관속'을 성립시킨다.

/ㄱ : ㄲ : ㅋ/ /ㄷ : ㄸ : ㅌ/ /ㅂ : ㅃ : ㅍ/ /ㅈ : ㅉ : ㅊ/ /ㅅ : ㅆ/

즉 독자적인 경음계열을 형성하면서 국어 음운체계의 상관속을 구성하는 주된 기능을 가진다.

둘째, 문법면에서의 기능에 대하여.

사이시옷은 한국어의 복합어나 복합어와 비슷한 말의 그 구성 요소들 중 나중에 오는 요소의 첫소리가 강조되는 현상인데, 그 첫소리가 정지파열음일 경우에는 되어지거나 거세지고 마찰음일 때는 되어지고 그 외의 경우에는 그 첫소리가 중복된다(배양서 1969 : 27).

중세국어의 사이시옷은 속격의 기능을 가졌다(안병희 1968 : 337- 345). 이때 사이시옷은 선행어를 내파화하고 후행어를 경음화했었다. 이 영향으로 현대 국어에서도 사이시옷이 쓰인 곳은 물론, 표기상 나타나지는 않더라도 복합어에 속격 내지 처격, 수혜격의 기능을 지닌 곳에서는 경음화가 일어나고 있다(오정란 1987a).

e.g. 냇가 콧등 연못가 봄비 혼수감
　　　 등불 손등 제사술 안방 고깃배

셋째, 의미면에서의 기능에 대하여.

언어는 음성이란 형식을 통해 의미를 전달하게 된다. 음성이 형식이라면 의미는 내용에 해당한다. 이러한 의사 전달의 욕구가 인간 언어 활동의 가장 큰 원동력이 된다. 그런데 이 언어가 화자(speaker)의 발화로부터 청자(hearer)에서 청취할 때까지는 수많은 요인이 작용하게 마련이고 그에 따라 화자의 의도와는 달리 청취될 가능성도 많다. 이것을 ambiguity, 모호성이라 한다.

Empson(1963)은 담화시 화자가 한 말에 대해 청자가 양자택일의 반응(alternative reaction)을 일으킬 때 화자가 한 말은 모호성을 갖는다고 하였다. Langacker(1973) 역시 표층구조는 하나인데 개념구조가 여럿일 때, 즉 하나의 문장이 둘 이상의 개념구조를 가지어 양자택일의 의미해석이 가능할 때 그것은 모호한 것으로 느끼게 된다고 하였다. 이 모호성을 방지하는 가장 능률적인 방법은 문맥(context)일 것이다. 이때의 문맥은 언어일 수도 있고 언어 외적인 것도 된다(Ullmann 1951 : 117).

국어의 경음은 동음이의어가 빚어낼 수 있는 모호성 해소에 큰 역할을 하고 있다. 일례로 '문자'를 보자. '문자'를 [mun-ča]로 읽을 때는 '속담, 격언 또는 한자 숙어' 따위를 가리키게 되는데 [mun-č'a]로 읽을 때는 '글자'란 뜻이 되는 것이다(허웅 1975 : 270). 다음에 어중에서 일어나는 경음화가 동음이의어의 모호성을 해소시키고 있는 예들을 보인다.

    잠자리   [jamǰari] - 곤충의 일종
             [jamc'ari] - 자는 곳
    장군   [jaŋgun] - 군대의 장성
             [jaŋk'un] - 시장에 가는 사람
    장기   [jaŋgi] - 오락의 일종(將棋)
             [ja : ŋk'i] - 특기(長技)
             [jaŋk'i] - 암꿩

불길   [pulgil] - 예감이 좋지 않음(不吉)

             [pulk'il] - 불(火)의 기세

금방   [kɨmbaŋ] - 즉시, 곧

             [kimp'aŋ] - 金房

신고   [singo] - 고생(辛苦)

             [sink'o] - 동사 '신다'의 부사형

내가   [næga] - '나(我)'의 주격

             [næk'a] - 냇가

남자   [namǰa] - 사내(男)

             [namc'a] - 동사 '남다'의 청유형

                    또한 강한 느낌의 경음을 의미

2.2 심리학적 기능

인간이 보는 세계는 어떤 언어를 사용하거나 모든 사람에게 공통된 것이라 생각하기 쉽다. 그러나 체계가 다른 두 개의 언어 사이에 완벽한 대응은 불가능하므로 한 언어체계를 다른 것으로 번역하기 매우 곤란하다. Worf(1956)는 여러 나라의 언어를 연구한 결과 언어에 따라 명사와 동사의 구별이 명확하지 않거나 또 시제에 관한 과거 현재 미래의 구별이 없거나, 또 회색과 갈색이 같은 언어상징으로 표현되는 언어도 있다는 사실을 알았다. 그리하여 그는 다음과 같은 두 가지 명제를 정립했다.

가) 전적으로 다른 체계를 갖는 언어를 사용하는 사람은 세상을 아주 다르게 본다.

나) 언어구조는 세상을 다르게 보는 원인이 된다.

Worf의 이 주장을 언어적 상대성(linguistic relativism)이라 한다. 이 주장에서 중요한 점은 언어체계가 사고를 제약할 수 있다는 점이다. 그리하여 눈이 생활의 중심이 되는 에스키모는 눈의 종류에 따라 말이 여러 가지가 있다. 우리가 사용하는 것과 같은 합성어가 아니라 전연 다른 용어들을 사용한다. 필리핀의 어떤 종족들은 쌀을 92가지로 구분하는 언어를 갖고 있다(정량은 1973 : 391).

이에 반하여 한국어는 音相에 의해서 어감의 차이를 나타내는 방법이 독특하게 발달된 언어이다. 이 어감의 차이는 다음과 같이 모음음상에 의한 指小와 指大, 자음음상에 의한 순평과 예리와 둔탁의 어감으로 구분된다(김민수 1983 : 84).

즉 [평음 : 경음 : 기음]의 대립에 따라 같은 뜻의 語辭가 음상에서 차이가 난다는 것을 알 수 있다. 이에 따라 자연히 색채어와 상징어(의성어, 의태어) 및 감각어가 발달되어 국어의 한 특색을 이루게 되는데, 예리하고 경소(輕小)한 음감의 경음계는 특히 평음과 대조되어 두드러진 역할을 한다.

<표1> 모음음상

가뭇가뭇 얌치 대골대골 촐촐하다 남실남실 자글자글 <小 少 明 急 輕 淸 銳 陽 薄 强……>	指小語
거뭇거뭇 염치 데굴데굴 출출하다 넘실넘실 지글지글 <大 多 暗 緩 重 濁 鈍 陰 厚 弱……>	指大語

<표2> 자음음상

감감하다 두덜두덜 반들반들 징징	ㄱ ㄷ ㅂ ㅈ	順平·普通	순평어
깜깜하다 뚜덜뚜덜 빤들빤들 찡찡	ㄲ ㄸ ㅃ ㅉ	銳利·輕小	예리어
캄캄하다 투덜투덜 판들판들 칭칭	ㅋ ㅌ ㅍ ㅊ	鈍濁·硬重	둔탁어

e.g.	색채어	발갛다	발그스럼하다	발그레하다	불그레하다
		빨갛다	빨그스럼하다	빨그레하다	뿔그레하다
	의성어	졸졸	당당	둑둑	방방
		쫄쫄	땅땅	뚝뚝	빵빵
	의태어	빙빙	빙긋	생긋	
		삥삥	빵긋	쌩긋	
	감각어	근적근적	진득진득	다끔	
		끈적끈적	찐득찐득	따끔	

여기서 우리 민족의 사고체계가 이러한 상황의 인지에 있어서 보다 섬세하고 예민함을 알 수 있다. 또 이것은 정적인 것이라는데 그 공통점을 찾을 수 있다. 물론 하나의 가설이지만 영어를 위시한 구미제어가 보다 이성적인 사고체계의 반영이라면 국어는 보다 감성적인 사유체계의 반영이라고도 말할 수 있다. 여기에는 경음이 큰 역할을 담당하게 된다.

2.3 사회학적 기능

어린 아이들이 성인으로 성장해 가는 사회화 과정 속에는 언어의 습득과정이 가장 중요한 몫을 차지하는데, 기실 언어 그 자체가 사회화의 요긴한 촉진 요인으로 작용하고 있음은 주지의 사실이다.

언어는 인간 고유의 것으로[2] 다른 동물들의 단순한 의사소통수단과는 달리 한정된 음운으로 무한한 문장을 생성하여 자신의 의사를 상대방에게 전달해 주는 체계이다. 그러나 인간 고유의 것이기는 하지만 출

---

2) Brown(1958), Lilly(1961)들이 돌고래에게 언어를 가르치려고 시도했으나 실패하였다. 이로써 동물이 아무리 영리하여도 인간언어의 습득은 불가능하다는 것이 입증되어 언어는 인간 고유의 선천적인 능력이라는 사실이 확인되었다.

생시부터 언어를 구사할 수는 없으니, 언어능력은 생리적 발달과 긴밀한 관계를 맺고 있다고 할 수 있다. 대개 생후 1년은 자음과 모음의 분별 청취가 가능한 정도의 소리를 내다가, 생후 2년까지는 두서너 개의 단어로 말을 하는 능력, 생후 3년이 지나야 모국어의 기본적인 문법구조를 파악하게 된다. 그러나 이 생리적 발달에 문화적 조건이 결여되면 언어습득에 차질을 빚게 된다. 귀머거리이며 벙어리인 어머니 외에 정상인과는 아무 접촉없이 생후 6년을 지낸 Isabille이라는 소녀는 발견 당시 목이 쉰듯한 이상한 소리만 낼 뿐 어떠한 말도 할 수 없었다 한다. 그러나 정상인들의 보호와 교육을 받은 지 2년 후에는 같은 또래의 정상적인 아이들과 대등한 언어능력을 지니게 되었던 것이다(Davis 1940 : 554-565).

즉 인간의 언어습득은 인간이 타고난 선천적인 언어능력이 후천적인 학습에 의해 개발되어 지는 것으로 언어습득 자체가 사회화의 과정이라 하여도 과언이 아닐 것이다.

그런데 Piaget(1959)의 실험으로 7세 미만의 어린 아이들은 자기중심적(egoistic)인 언어구사를 한다는 사실이 밝혀졌다. 성인들이 담화시 상대방을 인식하면서 상대방에게 자신의 의사가 바로 전달되고 있는지에 신경을 쓰는 반면, 이 능력이 갖추어지지 않은 어린아이들은 자신이 알고 있는 사실은 상대방도 당연히 알고 있으리라는 자기중심적인 전제 아래 모호한 표현도 서슴없이 하게 된다는 말이다.

이 자기중심적인 언어활동이 생리적인 성숙과 사회화의 성장에 따라 타인중심적인 언어활동으로 발달해 가게 된다는 견지에서 볼 때, 국어의 경음은 보다 성숙된 고차원의 사회화 단계의 소산물이라 할 수 있다. 왜냐하면 자신의 의사를 상대방에게 보다 분명하고 인상 깊게 전달시키려는 심리적 욕구의 발로가 평음의 경음화를 유발시키기 때문이다. 따라서 국어 경음은 타인중심적 언어활동의 산물로서 사회화의 고단계의 반영이라고 할 수 있다.

2.4 사회심리학적 기능

일반적으로 경음은 표현의 강화에 쓰인다고 본다. 사실 음상에서 보듯이 평음, 기음과 대립되는 경음의 예리한 음감은 보다 효과적인 전달을 기대할 수 있으며, 고대로부터 지금까지 또 앞으로 계속될 평음의 경음화는 심리적인 강화욕구에 인한 것으로 설명이 가능하다.

그렇다면 왜 이런 강화현상이 필요한지 의문이 제기된다. 원시사회로부터 현대사회에 이르기까지 시대가 흐름에 따라 인지가 발달하고 문명의 진보로 인간의 물질문명은 급성장하였으나, 반면 정신적인 공허감 역시 증가하고 있다. 대중사회인 현대사회를 살아가는 사람들은 '아노미(anomie)'3) 혹은 '소외'라 불리우는 심리상태를 가지고 있기 마련이다.

소외(alienation)는 사회심리학적 개념인데 무능력(powerlessness)·무의미(meaninglessness)·무규범(normlessness)·격리(isolation) 및 자기유리(self-estrangement)의 다섯가지 뜻으로 사용되는 것이 통례이다(Seiman 1959 : 783-791). 여기서 무규범(normlessness)의 의미로 소외를 해석하면 소위 '아노미'라는 개념이 된다.

---

3) 「아노미」 개념의 등장은 Durkheim(1947)에 의한다. '아노미'는 무규범 상태 즉 사회적 활동을 규제할 수 있는 적절한 규범의 결여 혹은 전통적 규범이 무기력해진 상태를 말한다. 그가 생활의 방향감각이 상실된 사회상태에서 일어나는 자살을 설명하고자 이 개념을 사용하여 소위 '아노미적 자살(anomic suicide)'이라 했다면(Durkheim 1951), Melton(1957)은 이로써 일체의 일탈행위를 설명하고자 한다.

즉 전통적 질서와 사회규범이 갑작스럽게 무너져서 생기는 문화적 사회적 무규범성, 일종의 정신적 무정부상태를 표현하는 말이 '아노미'인데 그로 말미암아 개인이 느끼는 자포자기의 심리(helplessness)·낭패감(bewilderment)·자기소외(alienation)·욕구불만(frustration) 등을 내포하는 개념이다.

이러한 '아노미'적 심리상태를 표면에 드러내 보이지 않으려는 자기방어의 노력이 언어활동시에는 자기과시현상으로 나타날 것이다. 다시 말하면 소외감, 무려감, 욕구불만 등으로 불안한 심리상태를 지닌 인간들은 담화시에도 자신의 의사가 상대방에게 제대로 전달되지 않으리라는 불안감, 혹은 상대방이 자신의 말을 듣지 않고 있으리라는 소외감을 느끼게 되며 이것을 극복하고 이 상황에서의 자기 보호를 위하여 평음의 어사를 강화시켜 청각상 보다 효과적인 경음으로 발음하게 되었을 것이다. 이렇게 경음화시킴으로써 내부의 불안감을 위장하고 스스로를 내세우게 된다고 믿는 보상심리가 저변에 깔려 있음으로 하여 사회가 발달하고 복잡해질수록 경음은 증가 추세에 놓이게 되었을 것이다. 이런 의미에서 경음은 보상의 기능을 담당한다고 할 수 있다.

일반적으로 고대국어에는 경음계열이 존재하지 않았고(박병채 1971 : 307-317, 이기문 1972 : 65-68), 후대에 발달한 것으로 보는 것도 이 역시 사회구조의 발달과 더불어 빚어지는 인간의 소외감과 관련이 있음을 보여 준다.

또 그 당시 언어의 모습을 보여주는 문헌 자료가 충분치 못하지만 국어 경음은 정치변동과도 긴밀한 연관을 맺으며 발달해 온 것이라 믿어진다. 왜냐하면 정권교체, 국내외의 난 등으로 민심이 흉흉해지고 생계가 어려워지고 지금까지의 규범이 무너져버리는 각박하고 불안한 세태에서의 언어활동은 다분히 자기과시적이 되고, 경직된 심리상태가 반영되는 경음의 특성과 부합되기에 사회 불안기에 특히 경음이 증가했으리라 추정이 가능하다. 이것을 입증하는 예로 임진난 이후 급격히 증가한 경음어사들을 들 수 있다.

이러한 경음의 영향이 감정의 경화와 밀접한 관련이 있음을 들어 국어의 미래에 대해 걱정하는 것은 당연하다. 국어순화를 위해서는 마땅히 경음으로 인해 의미분화하는 것 외에 불필요한 평음의 경음화는 지양되어야 한다. 사실 경음의 음감은 예리하고 경직적인데 언어가 사고체계에 미치는 영향은 지대하기 때문이다.

그러나 한 가지 분명한 사실은 현대사회가 안고 있는 병폐(인간상실, 소외, 불안 등)가 치유되지 않는 한, 의식적인 노력으로 경음화를 방지하려는 작업은 그 한계가 있을 수밖에 없고 따라서 경음은 앞으로도 계속적인 증가선상에 있으리라는 것을 인정하지 않을 수 없다는 사실이다. 왜냐하면 경음화가 '아노미' 심리에의 강력한 보상기능을 갖기 때문이다.

2 후두음층렬과 경음

국어 자음체계의 특징은 파열음의 삼지적 상관속 형성(평음:경음:기음)과 마찰음의 이지적 상관속(평음:경음)이다. 또한 음운사적 고찰은 경음 및 기음이 평음에서의 발달로 이루어진 것임을 시사하고 있으니, 여기서 이들(경음과 기음)을 묶어주는 동질성의 존재를 인정할 수 있다. 그러나 지금까지의 많은 연구들은 경음과 기음을 별개의 음운현상으로 처리하여 왔다.

이에 본항에서는 경음과 기음을 이루고 있는 자질의 본질 및 동질성 파악을 근간으로 하여 국어 자음체계의 이분화, 즉 자립분절음운층렬(autosegmental tier)과 분절음운층렬(segmental tier)로의 구분을 시도·정립하고자 한다.

이러한 견해는 Goldsmith(1976)에서부터 발달하기 시작한 자립분절음운론(autosegmental phonology)에 기초하고 있다. 원래 성조의 상존성(tonal stability)을 설명하기 위하여 발달한 이 이론은 분절음운자질과 자립분절음운자질은 독립된 개개의 층렬(tier)을 이루고 있다는 복선적(non-linear)인 개념을 근간으로 하고 있다[1]. 자립분절소는 독립한 층렬에 존재하면서 분절음운층렬의 분절음소와 결합하게 된다.

---

1) 복선적이란 종래의 음운론에서 음운단위들이 단선적(mono-linear)으로 배열되었다고 보는 견해와 대비된다. 분절음운군 위에 다른 계층적인 조직이 있음을 인식한 복선음운론(non-linear phonology)에는 autosegmental phonology 외에 metrical phonology (Liberman 1975, Liberman & Prince 1977), syllabic phonology(Kahn 1976), non-linear morphology (McCarthy 1979, 1981), CV phonology (Clements & Keyser 1981, 1983), lexical phonology(Mohanan 1981, Kiparsky 1982) 등이 있다.

Etsako어에서 '집'을 의미하는 단어는 ówà인데, 이것을 반복하면 '각
집' ówǒwà가 조어된다. 이 조어과정에서 분절음 a는 탈락하나 a에 붙
어있던 성조(low)는 탈락하지 않고 o의 high 성조와 결합하여 rising 성
조를 이룬다. 즉,

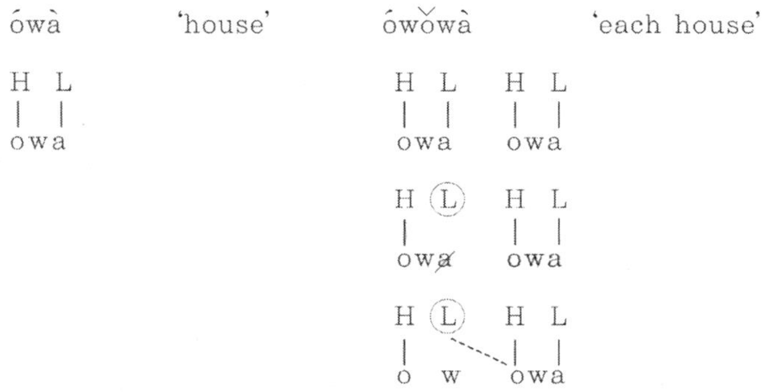

<pre>
        ówà   'house'   ówǒwà   'each house'

        H L   H L   H L
        | | | | | |
        o w a   o w a o w a

                                     H (L) H L
                                     | | |
                                     o w a̸ o w a

                                     H (L) H L
                                     | `-.| |
                                     o w   o w a
</pre>

여기서 부동성조(floating tone) (L)은 독자적인 기능을 수행하고 있다.
(L)과 같은 것을 자립분절소라 하며 그것이 존재하는 성조층은 자립분
절음운층렬이다. 자립분절소와 분절음과의 결합은 확산(spreading) 혹
은 투사(projection)과정으로 볼 수 있으며 그 결과 성조의 상존성이 가
능하게 된다. 그러나 상호간의 결합은 조건을 전제로 하고 있는데
Goldsmith의 적형조건(WFC : well-formedness condition)이 그것이다[2].

본항에서는, 국어의 기음소 /h/와 경음소/ʔ/도 자립분절음운층렬에 존

---

2) 1. Each tone is associated with at least one segment.
   2. Each segment is associated with at least one tone.
   3. Association lines do not cross.
   그 후 Clements & Ford(1979)의 WFC 수정, Halle & Vergnaud(1982)에서의 WFC(1)
   포기 및 WFC(2)의 수정요구, McCarthy(1986)에서의 WFC(3)의 완화 요구 등이 계속
   이루어져 현대는 WFC의 정당성마저 흔들리고 있다.

재하면서 독자적으로 분절음운과 결합하는 자립분절음(autosement)임을 증명하고, 국어 후두음층렬(laryngeal tier)의 기능을 특히 음성상징어의 고찰을 통하여 추출하고자 한다. 그 결과 한국어 경음의 음성적 특징이 밝혀질 것이다.

1. 후두음층렬이 자립성

1.1 기음소의 자립성

1.1.1 'ㅎ'말음명사의 기음소

현대국어의 'ㅎ'말음표기는 용언에 국한된다. 그러나 중세의 정음문헌과 고대 향찰 표기들은 용언뿐 아니라 체언도 'ㅎ'을 말음으로 보유하고 있다.

> 吾肹不喻 慚伊賜等 (安民歌)
> 花肹折叱 (獻花歌)
> 地肹捨遣只 (安民歌)
> 千隱日肹 (禱千手觀音歌)
> 海肹 (稱讚如來歌)

> ᄀᆞ슬히 霜露ㅣ와 草木이 이울어든 (月釋序 16)
> 鼻ᄂᆞᆫ 고히라 (釋譜 19 : 9)
> 반ᄃᆞ기 싸ᄒᆞ로 圓覺을 가줄볼디니 (圓賞上二之一 49)
> 드르헤 龍이 싸호아 四七將이 일우려니 (龍歌 69)
> 됴ᄒᆞᆫ 나라콰 宮殿과 (釋譜 13 : 20)

이 때 'ㅎ'은 조사와 어울려 나타나므로 양주동(1942)은 'ㅎ'조사로 처리하였으나, 김민수(1952)에서 'ㅎ'말음명사로 수정되었고, 남광우(1957)에서는 'ㄱ'과 함께 'ㅎ'도 개입자음이라는 견해를 내놓았다. 그 후 'ㅎ'에 대한 연구는 이들 세가지 관점 중 어느 하나를 지지·수정하는 방향으로 흘렀다. 현재는 'ㅎ'말음명사라는 견해가 정설로 인정되고 있다. 또 'ㅎ'이 원래는 CVCV구성에서 독립음절의 어두음이었으나 어간말모음 / · / /ㅡ/의 탈락으로 어말화되었다고 보는 견해가 유력시되고 있다[3]. 그와 함께 고대로 소급할수록 넓은 분포를 보이는 'ㅎ' 말음명사가 현대국어에 이르러 소실된 사실은 '탈락'이란 음운현상으로 설명하는 공통된 태도를 보이고 있다. 그러나 국어의 원시형태를 개음절로 단정짓는 것은 보다 면밀한 고구 뒤에야 가능하니 성급한 결론은 금물이다.

이처럼 근본적인 문제들이 미해결로 남아있는 이유는 단선적인 관점에 의한 해석으로는 /h/의 본질파악이 불가능했기 때문이라 생각한다. 후술하겠지만, 국어 후두음/h//ʔ/는 다른 분절음과 독특한 음운현상을 보이는 독립된 자립분절음(autosegment)으로써 의미분화 및 기음과 경음을 생성하는 기능을 가지는 것이다. 복선적인 체계 설정은 이러한 문제점들에 대한 해답을 제공해 줄 것이다.

먼저, 이기문(1978 : 76)에서 역행동화에 기인한 유기음화 현상으로 든 "갈(刀)>칼, 고(鼻)>코, 볼(腕)>팔" 등의 예들을 재해석할 수 있다.

白帝 흔 갈해 주그니(龍歌 22)
고ㅎ로 맗는 거슬 다 니르니라(釋 13 : 39)

<段 style>3) 이광정(1983)에서는 'ㅎ'이 어간(stem)의 일부임을 강조하고 있다.</段>

블홀 드르샤(楞解 1 : 83)

그런데 단선적인 /CV(C)h/ 구조에서 말음 /h/이 모음과 자음을 가로 넘어 어두 C를 동화시킨다는 그의 설명은 말음 /h/에 의한 기음화임은 인정하면서도 수긍하기 어렵다. 오히려 기음소 /h/를 자립분절음운층렬에 두는 다음의 표시(representation)가 어두음의 유기음화 현상에 대한 보다 설득력있는 설명을 제공해준다[4].

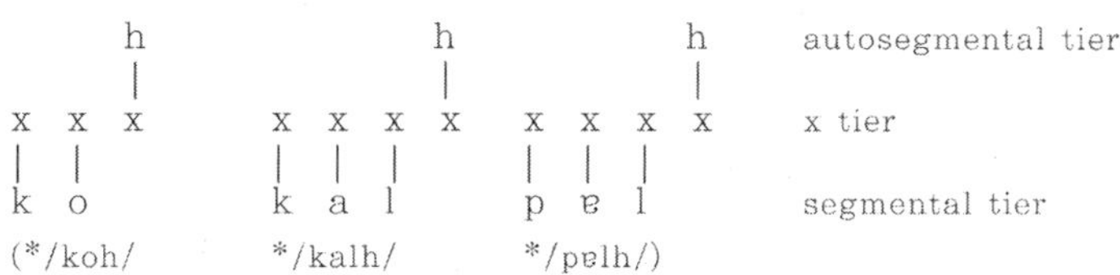

/h/는 파열음과의 결합속성이 강한데(이는 국어 음운체계의 발달과정이 증명한다)[5], 결합은 확산을 통하여 일어나게 된다. 상기예들의 경우는 확산방향이 역행한 경우이다.

---

4) 여기서 x(skeleton)는 골격을 표시한다. CV phonology의 CVtier에 해당하는 것이나 그보다는 보다 포괄적인 timing unit를 의미한다.

5) 박병채(1971 : 303-317)에서 고대국어의 자음체계는 무기무성 단선체계로 추정한다. 고대국어에서의 h와 ʔ의 발달로 단자음의 복합형이 형성되는데 그것이 중기국어의 자음체계를 이루게 된다고 본다. 오정란(1988 : 56-63)에서는 고대국어의 자음체계를 이분화하여 후두음층렬을 자립분절음운층렬로 독립시켜 평음에의 확산과정을 경음화・기음화현상으로 다루고 있다.

(1) 기음소의 역행 확산(regressive laryngeal spread : RLS)[6]

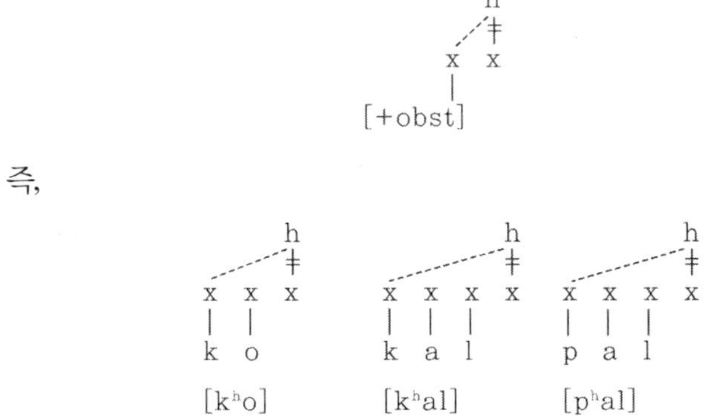

로 기음화하게 된 것이다.

그런데 이 역행확산은 의무적인(obligatory)것이 아니라 임의적인 (optional)규약으로 보아야 할 것이다. 왜냐하면 동일한 음운환경의 다른 'ㅎ'말음명사들은 적용을 받지 않았기 때문이다. 적용조건으로는 심리적인 강화현상과 동음어 회피 등을 상정할 수 있을 것이다.

둘째, 시대에 따른 'ㅎ'말음명사의 분포도는 /h/ 연결 조건의 변천과 관련성을 맺고 있다고 보아야 한다. 고대 및 중세어에서 조사와 어울어져 /h/가 나타난 사실은 당시의 연결 조건은 후행하는 모음에도 허용되었음을 암시해 준다. 연결조건에 제약을 받지 않던 당시에는 'ㅎ' 말음명사의 수가 많을 수 있었다[7]. 그러던 것이 조건에 제약이 가해지기 시작했으니, 모음과의 연결은 기피하고 자음(파열음)과의 연결만 허용

---

6) ≠는 연결선이 '끊어진다(deassociate)'는 뜻이다. 즉 /h/가 두자음에 확산되면서 원래 연결되었던 segment와는 분리되어 어두음의 자질이 된다는 것이다.

7) 김형규(1963)에서는 풍토지리설을 인용하여 민족이동사와 결부시키고 있다. 즉 한냉한 북방에 살았던 시대에는 자연 /h/음이 많이 사용되었으나 따뜻한 남방으로 이동하면서 탈락의 길을 걸었다는 것이다.

하기 시작했던 것 같다. 그 결과 모음으로 시작되는 대다수 조사와 연결되어야 하는 'ㅎ'말음명사의 경우, /h/은 연결의 저지상태에 놓이게 된 것이다.

(2) 연결조건의 변천

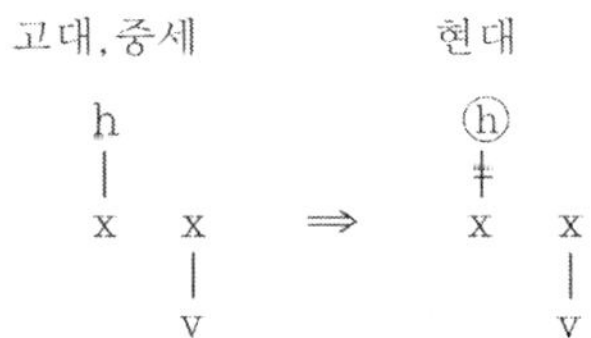

이때 부동(浮動, floationg)의 ⓗ는 표면형에 나타나지 않게 되는데 이것은 '탈락'이 아닌 'deassociation'의 결과이다. 분절음과 연결되지 않은 자립소는 떠 있게 된다.

(3) 부동 기음소(floating /h/)

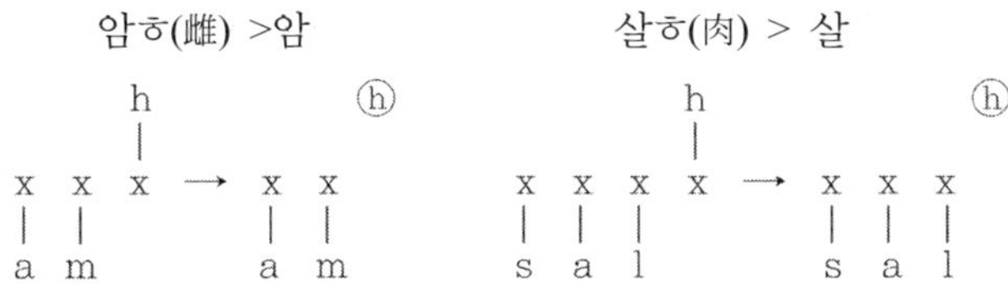

이 부동 기음소는 복합어 형성시 장애음과 연결되면 후행어에 확산되고, 그렇지 않으면 탈락한다. 이때의 확산 방향은 left→right로써 이는 의무적인(obligatory) 조건이다.

(4) 후두음(기음소) 확산 1 (laryngeal spread : LS 1)

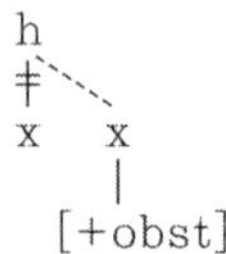

즉, '암ㅎ개>암캐, 살ㅎ고기>살코기'가 그 예들이다.

$$
\begin{array}{c}
h \\
| \\
x\ x\ x\ +\ x\ x \xrightarrow{\ LS\ } \\
|\ |\ \quad\ \ |\ | \\
a\ m\ \quad\ k\ \varepsilon
\end{array}
\qquad
\begin{array}{c}
h \\
\not{|} \\
x\ x\ x\ x\ x \\
|\ |\quad |\ | \\
a\ m\quad k\ \varepsilon
\end{array}
\quad [amk^{h}\varepsilon]
$$

그 밖에 '수ㅎ개>수캐, 안ㅎ밖>안팎'등 몇몇 어사들이 부동된 /h/의 잔존모습을 보여 주고 있다. 그러나 나머지 대다수 'ㅎ'말음 명사는 /h/의 탈락현상을 보여준다.

$$
\text{나ㅎ} > \text{나(吾)}
\qquad\qquad
\text{눈ㅎ(眼)} > \text{눈}
$$

$$
\begin{array}{c}
h \qquad\qquad (\!h\!)\!\rightarrow\!\varnothing \\
|\qquad\qquad\quad | \\
x\ x\ x\ \rightarrow\ x\ x\ x \\
|\ |\qquad\qquad |\ | \\
n\ a\qquad\qquad n\ a
\end{array}
\qquad
\begin{array}{c}
h \qquad\qquad (\!h\!)\!\rightarrow\!\varnothing \\
|\qquad\qquad\quad | \\
x\ x\ x\ x\ \rightarrow\ x\ x\ x\ x \\
|\ |\ |\qquad\qquad |\ |\ | \\
n\ u\ n\qquad\qquad n\ u\ n
\end{array}
$$

그런데 '나ㅎ(吾)'의 /h/은 방언에 나타나고 있다. 경상도 방언 "나콰 니콰 놀러가자"에서 "나콰"은 '나ㅎ과'의 부동 (h)이 후행 장애음에 확산된 결과이다[8].

---

8) 중세문헌의 다음 예들도 같은 유형이다.

반면, 파열음과 결합한 /h/는 안정성을 중시하면서 중세 이후에 유기
파열음으로 고정되었다.

무릎ㅎ>무릎　　膝肹古召彌(禱千手觀音歌)
　　　　　　　　무르페 디날만ㅎ도다 (杜解 1 : 33)
곶ㅎ>꽃　　　　花肹 折叱 (獻花歌)
　　　　　　　　져비ᄂᆞᆫ ᄂᆞᆫ 고츨 박차(重杜解 15 : 33)

이들 명사의 안정화는 파열음과 h과의 연결의 용이성 및 강한 밀착
도를 입증하는 것으로 국어에서의 기음의 형성과정을 암시하는 것이다.

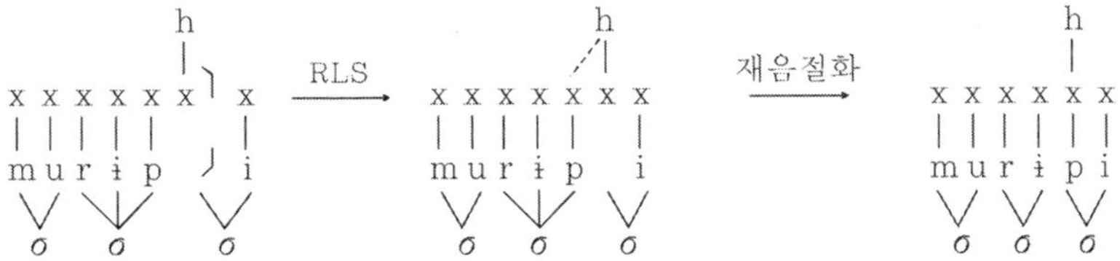

$$
\begin{array}{ccc}
\text{h} & \text{h} & \text{h} \\
\text{x x x x x x x} \xrightarrow{\text{RLS}} \text{x x x x x x x} \xrightarrow{\text{재음절화}} \text{x x x x x x x} \\
\text{m u r ɨ p i} & \text{m u r ɨ p i} & \text{m u r ɨ p i}
\end{array}
$$

셋째, 음절초의 /h/를 어말의 /h/와 동일한 자립소로 처리할 것인가
아니면 분절음으로 처리할 것인가 하는 문제이다.

　모음과 모음, 유성자음과 모음 사이에서 중세국어에 존재하던 음절
초 /h/이 현대어에 나타나지 않는 예들이 있다.

가히>개　　　　　(狗 : 蒙山 11)
다히다>대다　　　(解 : 月釋 10.8)
싸호다>싸우다　　(爭 : 龍歌 52)

나라콰 宮殿과 臣下와(釋譜 13 : 20) 안과 밧기(杜解 115)
나모와 뫼콰(楞釋 2 : 34) 丹砂ᄂᆞᆫ 디ᄂᆞᆫ 돌과 굳고(杜解 15 : 33)

굴헝＞구렁	(深包巷 : 龍歌 48)
올히＞오리	(鴨 : 訓蒙上 16)
빈혀＞비녀	(笄 : 訓蒙中 24)
견호다＞겨누다	(比 : 火砲解 11)
논호다＞나누다	(分 : 永嘉上 2)

이러한 음절초 /h/도 어말의 /h/와 마찬가지로 자립분절소이다. 왜냐하면 분절음층렬에 /h/를 둘 경우, 모음과 모음 사이에서 모음충돌(hiatus)을 막을 수 있는 자음이 탈락된다는 것은 설명력이 약하기 때문이다. /h/를 분절음으로 간주한 지금까지의 연구들은 모음 사이에서 /h/의 탈락 혹은 동화로 인한 음가 소실로 보고 있다. 동화로 인한 음가 소실로 본다면 /h/의 음가 자체가 시대에 따라 변화했다는 전제를 인정하여야 하는데 이는 불확실한 추측이다[9].

어말일 경우와 마찬가지로 음절초의 /h/도 독자적인 자리(position : x 로 표시)를 가진다. 자립소 /h/는 조건이 충족되면 분절음에 확산되며, 반면 조건에 어긋나면 확산되지 못하고 탈락하게 된다[10].

이때 분절음층렬의 음소들은 나름대로 재음절화(resyllabification)의 기회를 가지게 된다(다음에서 σ은 음절표시이다).

---

9) 이광정(1983 : 73)에서 중세전기의 'ㅎ'는 오늘날보다 후두마찰이 더욱 강한 음성적 자질을 가졌다고 본다. 김형규(1963 : 183-85)는 Ramstedt의 설을 인정한 'ㄱ'음 약화탈락의 중간적 현상으로 일어나는 '바회＞바위, 골회＞고리' 등과 단순한 'ㅎ'음 탈락을 구분짓고 있다. 그의 "체언말음에서만 'ㅎ'음이 탈락하고 용언에 있어선 안 나타나느냐의 의문이 해결되는 곳에 'ㅎ'말음의 본성도 밝혀질 것이다."(p.119)는 언급은 상당히 시사적이다. 앞으로 논술되겠지만 이는 /h/의 확산조건에 따른 결과임을 밝힌다.

10) 어말 및 어중 음절초인 경우 h의 확산은 제약을 받으나, 어두음일 경우는 제약을 받지 않고 모음과도 연결되고 있다. 그러나 어린아이들은 언어습득의 초기 단계에서 어두음으로 사용된 h조차 부동시키고 있으니 이는 h의 제약조건의 확대사용으로 보여진다. 예를 들어 '하늘→ [anil], 하나 → [ana]' 등으로 발음하는 것이 그것이다.

(5) 재음절화(resyllabification)

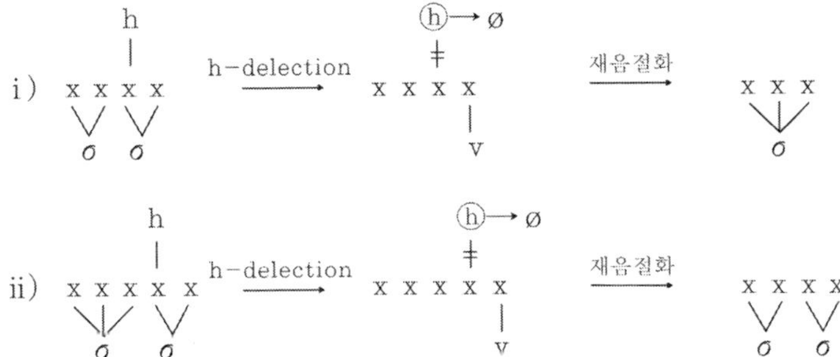

‘가히>개, 올히>오리, 눈호다>나누다’ 등의 예를 보자.

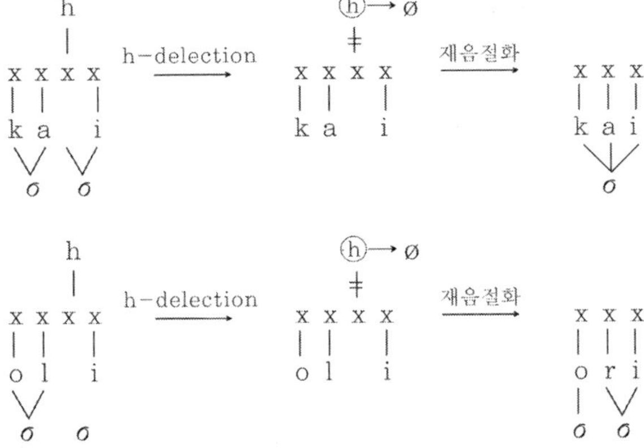

그러나 확산조건이 충족되는 환경(파열음과의 연결 환경)에서는 기음소의 확산으로 기음이 생성된다. ‘입학·각하’의 예를 든다.

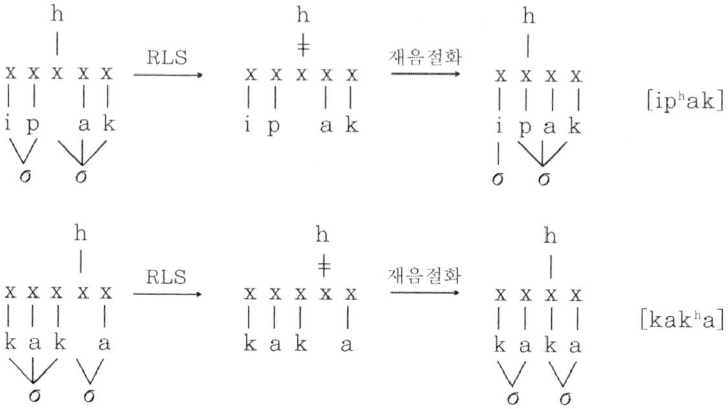

```
        h                        h                        h
        |                        ‡                        |
  x x x x x     RLS        x x x x x    재음절화      x x x x
  | | |   | |   ─────→    | | |   | |    ─────→     | | | |      [ipʰak]
  i p   a k               i p     a k               i p a k
   \ /   \ /                                          | \ /
    σ     σ                                           σ  σ


        h                        h                        h
        |                        ‡                        |
  x x x x x     RLS        x x x x x    재음절화      x x x x
  | | | |   |   ─────→    | | | |   |    ─────→     | | | |      [kakʰa]
  k a k   a               k a k     a               k a k a
   \ /   \ /                                         \ /  \ /
    σ     σ                                           σ    σ
```

1.1.2 용어말음의 기음소

현대국어의 용언 받침 'ㅎ'이 중세어에서는 용언 어간의 일부였다는 가정은 '다ㅎ다>닿다, 나ㅎ다>낳다, 글흐다>긇다, 올ㅎ다>옳다, 아니ㅎ다>아닣다>않다' 등의 예들이 보여 주는 바 신빙성있는 견해이다. 명사말음이나 음절초의 /h/과 다른 점은 /h/의 부동 대신에 모음(특히 / · //一/)의 압출이 일어난다는 것이다. 이 역시 /h/의 확산조건이 파열음에 한정되기 시작하면서 일어나는 현상으로 간주된다.

대부분 어두 모음인 조사들과 연결되는 명사와는 달리, '-다, -고' 어미 등 파열음과의 결합기회가 많이 주어지는 용언의 경우는 /h/이 남아 있게 되었으니 명사와 용언의 차이점이 여기에 있다. 그런데 용언의 경우에서도, 후행 모음이 오면 /h/는 표면에 나타나지 않고(즉, 부동 상태로 있고) 파열음이 올 때만 확산한다. 먼저, /h/ 홑받침의 경우를 살펴보기로 한다.

낳아[나아], 낳으니[나으니], 좋아[조아], 좋으니[조으니]
낳다[나타], 낳고[나코], 좋다[조타], 좋고[조코]

제1편 경음의 본질 **35**

국어 받침들은 자음이나 대립적 모음이 오면 내파하나, 종속적 모음이 오면 제음가를 가지게 됨이 원칙이다. 이 원칙에 예외적인 존재가 오직 'ㅎ' 받침이다. /h/는 모음이 오면 나타나지 않고, 자음이 오면 오히려 후행어를 기음화시킨다[11].

「낳-」의 경우

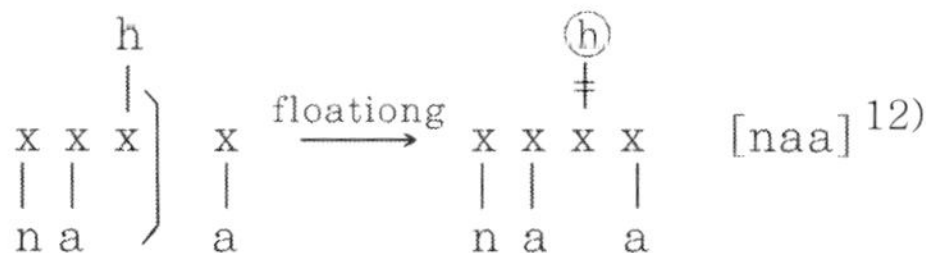

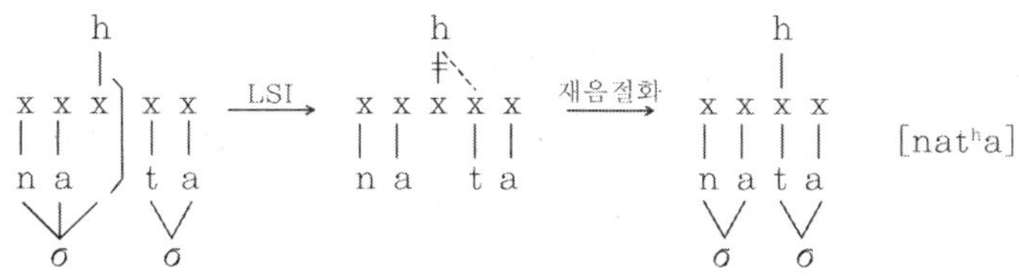

---

11) 용언 말음의 /h/이 용언어간의 일부였음을 인정하여 독자적인 '자리'를 설정하기로 한다. 이 '자리'는 특히 '좋으니(*조니), 가니(*가으니)'의 차이를 설명하는 데 요긴하다.

즉, 어간에 '—으니'를 연결할 경우 [coini]의 경우, h는 부동되었지만 존재하는 자리(흔적) 때문에 모음 충돌로 인식되지 않아 [i]의 생략이 일어나지 않으나 그렇지 않은 *[kaini]는 모음충돌이 되므로 [kani]로 모음을 탈락시키게 되는 것이다.

12) '가다'의 활용형 '가- 아'는 동음생략 및 모음충돌 회피로 인해 [가]로 발음되지만, '낳다'의 활용형 '나- 아'[naa]는 그대로 [나애로 발음된다. 이는 탈락되었지만 원래 존재하던 받침 'ㅎ'의 '흔적'의 힘 때문이라 할 수 있다.

「좋-」의 경우

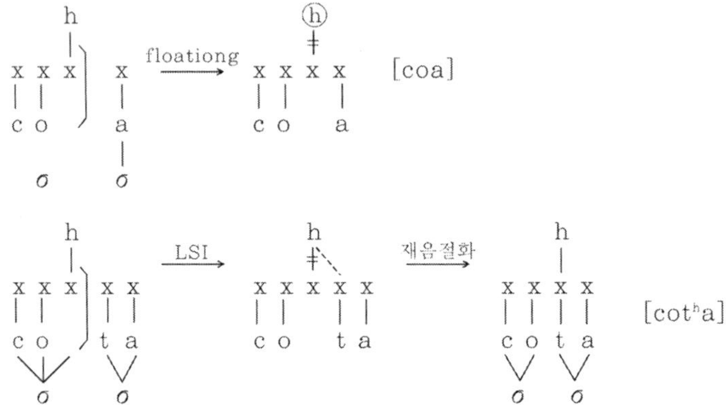

다음으로 겹받침의 /h/을 살펴보기로 한다. 'ㄶ, ㅀ'이 그것이다. 첫째, 겹받침에 사용된 다른 분절음들은 종속적인 모음과의 연결시 모두 제음가를 가지지만, /h/만은 예외로써 소리나지 않는다. 둘째, 자음과의 연결시 다른 겹받침들은 하나의 음소만 남게 되나, /h/은 없어지지 않고 자음에 확산되어 남는다. 이 점 또한 /h/의 자립성을 입증한다. '앓아[ana] : 옮아[olma], 넓어[nəlpə]', '앓다[antʰa] : 옮다[omt'a], 넓다[nəpt'a]'.

「앓-」의 경우

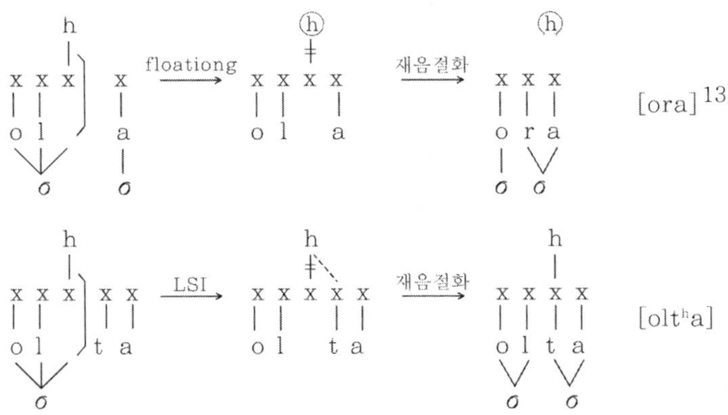

「옳-」의 경우

만약 용언의 경우도 명사와 마찬가지로 파열음과의 결합기회가 적었다면, 말음으로서의 /h/는 표면형에 존재하지 않았을 것이다.

지금까지 기음소 /h/의 자립성 및 확산조건을 살펴보았다. 확산조건의 제약이 소위 'ㅎ'말음명사의 소실과 용언말 'ㅎ'음의 예외성에 결정적인 영향력을 행사했음을 알 수 있었다.

---

13) 오정란(1993c)에서는 l음이 r로 바뀌는 이 현상을 '르'음의 양음절성으로 해석하였다.

1.2 경음소의 자립성

국어 경음화현상은 다양성과 불규칙성 때문에 가장 주목받아 온 음운현상의 하나이다. 그러나 단선음운론에 입각한 종래의 연구들[14]은 경음소의 자립적인 특성을 간과한 나머지 설명력이 부족하였다. 경음화현상은 예외없이 일어나는 규칙적인 경우와, 동일한 조건내에서도 불규칙성을 보이는 경우로 나뉘어진다.

1.2.1 규칙적인 경음소

장애음 앞의 장애음이 내파음화(implosion)함은 국어에서 자연스러운 음운현상이다. 내파의 결과 폐쇄음 /ʔ/의 산출이 있게 되며, /ʔ/의 영향으로 후행 장애음은 경음화하게 된다. 만약 경음소 /ʔ/가 다른 분절음들과 동일한 선상에 존재하는 자질이라면 이와 같은 독립적인 기능의 수행은 불가능할 것이다. 그러므로 /h/와 함께 /ʔ/도 자립분절음운층렬에 존재하면서 국어 자음체계에서 후두음층렬의 독립성을 입증하는 것이다.

(6) 장애음 내파(obstruent implosion : OI)

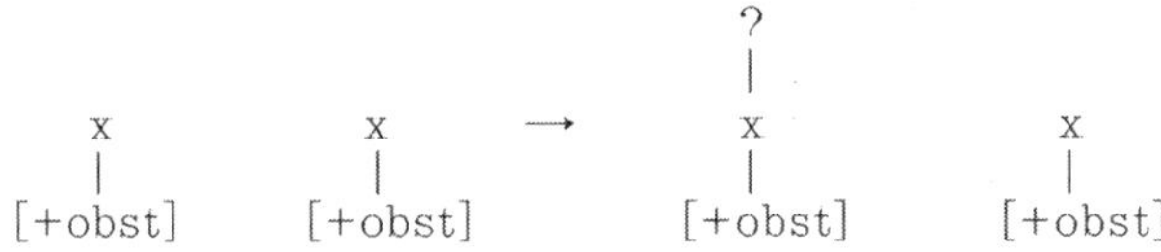

---

14) 전통적인 생성음운론의 적용(김진우 1967, 이용재 1978 등)에서부터 자연음운론의 도입 (김영기 1974, 전상범 1976 등), 기능주의적 방법의 적용(정국 1980) 등이 있었다. 복선음운론적 접근은 안상철(1985)에서의 어휘음운론의 도입, 오정란(1987)에서 자립분절음운론에 의한 최초의 시도가 이루어졌다.

장애음이 연속되면 선행 장애음이 내파되면서 /ʔ/의 산출이 있게 된다는 것인데, 생성된 /ʔ/는 자립소의 특성대로 분절음에 확산되어 경음화를 일으킨다. 기음소의 경우는 left → right, righ t→ left 등 두 방향의 확산이 가능했으나, 경음소는 단지 left → right의 방향만 허용하고 있는 것 같다.[15]

(7) 후두음(경음소) 확산 2 (laryngeal spread : LS 2)

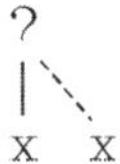

'밥값·먹다' 등이 경음화하는 과정을 보인다.

'밥값[papk'ap]'의 경우

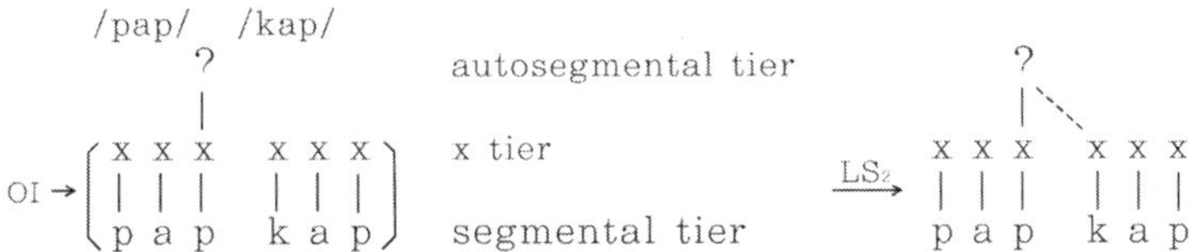

'먹다[məkt'a]'의 경우

---

15) 'ㅎ'과 연속하는 파열음 평음은 유기음화(축약)하여 모두 음절두음으로 발음되며(예 : 낙해[나캐], 낳고[나코]), 후두긴장음인 경음소의 확산으로 경음화하는 위치 역시 음절두음이다.(예 : 국도[국또], 밥보[밥뽀]). 이는 후두음화가 음절두음의 강화 기능과 관련된 것임을 암시해 준다.

경음화와 기음화의 근본적인 차이는 원초적인 존재 유무에 있다. 기음의 경우는 원래 결합되어 있던 기음소의 확산여부가 관건인 반면, 경음은 떠 있던 경음소가 환경이 주어지면 스스로 분절음에 연결되며 확산되는 점이 다르다. 즉 경음화의 초점은 경음소 생성의 환경이 되는 것이다. 이런 점에서 같은 후두음충렬의 자립성이지만 경음소가 보다 독립성이 강하고 활동적이라 할 수 있으며, 이 점이 곧 기음화에 대한 경음화의 우세와 관련된다고 생각한다.

1.2.2 불규칙적인 경음소

국어 복합어 내부에서 일어나는 경음화현상은 일본어의 연탁현상(Rendaku)[16]와 비교되는데 국어의 경우가 더 복잡한 양상을 보인다. 동일한 음성환경에서 동일한 음운이 단어에 따라 경음화하거나 경음화하지 않고 있다. 지금까지 제시된 규칙들은[17] 이 양분화현상을 구분하지 못하고 복합어는 무조건 경음화시키는 오류를 빚고 있다.

이것을 극복하기 위하여 안상철(1985)에서는 국어 어휘부(lexicon)를 네 stratum으로 나누고 복합어를 이분화하여 별개의 stratum에 두었

---

16) Martin(1952 : 48)은 이를 sequential voicing alternation으로 번역하였다. 그런데 X+Y의 구성에서 Y가 이미 유성장애음을 가지고 있을 때는 Rendaku가 적용될 수 없는데 이것이 소위 Lyman's Law이다. Ito(1986)는 autosegmental theory에 입각하여 다음의 규칙을 세웠다.

$$[+\text{voice}] \rightarrow \emptyset \ / \underset{X'}{\top} [+\text{voice}]$$

17) 김영기(1974)의 규칙

$$\emptyset \rightarrow t \ / \ [+\text{son}] - \mathbb{C} \begin{bmatrix} +\text{cons} \\ -\text{tns} \end{bmatrix}$$

정국(1980)의 규칙

$$\begin{matrix} C \\ [+\text{lax}] \end{matrix} \rightarrow [+\text{tense}] \ / \ \begin{matrix} C \\ [+\text{son}] \end{matrix}]_{NN} [-$$

다[18]. 그러나 stratum이 국어에 과연 존재하는지, 존재한다고 하더라도 제시된 stratum이 국어에 적절한 것인지 하는 근본적인 문제가 해결되지 않는 한 어휘음운론에의 적용은 재고할 필요가 있다.

오정란(1987a)에서는 그 돌파구를 "추상적인 복합격"(abstract compositive case : ACC)의 설정으로 모색코자 하였다. 복합격이란 두 개의 명사가 복합어를 이룰 때 표면에 나타나지는 않으나 기저구조에서 역학적인 결합관계를 가능케 하는 격을 지칭한다.

그런데 이 복합격은 복합어의 표면구조에는 나타나지 않고, 복합어 형성의 기저구조에 존재하므로 "추상적"(abstract)인 것으로 볼 수 있다. 또한 두 명사 사이의 서술적 기능도 담당하고 있는데 여기에 격의 부과가 일어난 것으로 보여진다. 「쌀밥」은 「쌀」과 「밥」의 두 독립명사가 「쌀-짓다-밥」의 서술적 기능에 의해 복합어로 형성된 예이다. 「짓다」의 서술적 기능은 선행명사에 격을 부여하는데 이때는 도구격이 선택된다. 「쌀로 지은 밥」 곧 「쌀밥」의 복합어 형성시 적용되는 복합격(도구격)은 「…로 지은」을 포괄하는 개념이다.

일반적으로 복합어는 의미적 측면에서 병립어(cocompound), 主從語(subcompound), 혼일어(fusion) 등으로 분류된다. 그런데 두 요소가 대등하게 결합된 병립어와 고유명사·種名 등 혼일어로 볼 수 있는 것에

---

18) stratum 1 : sub-compounding
   stratum 2 : co-compounding
   stratum 3 : derivation
   stratum 4 : inflection, case-marking
   여기서, stratum 1과 2의 구분근거는 경음화이다. 경음화하는 복합어는 종속복합어로 보아 stratum 1에 넣고, 경음화않는 복합어는 대등복합어를 보아 stratum 2에 넣었다. 음운규칙의 적용범위에서 경음화를 유발시키는 c-epenthesis규칙은 stratum 1에 해당한다.
   그러나 이 방법은 예언력(predictability)의 결여와 sub-compounding 구조인 '금비녀·은방울' 등의 비경음화를 설명할 수 없는 문제점이 있다. 더욱이 김종미(1986)에서는 이러한 태도를 반박하면서 non-lexicalist를 표명하고 있다.

서는 사이시옷의 개재현상이 일어나지 않는다. 그러므로 일단 주종어에서만 경음화가 일어난다는 1차적 제약을 가할 수 있다. 그러나 같은 주종어이면서도 '봄비·금값·안방·고깃배' 등에서는 경음화가 일어나나, '금비녀·콩밥·해돋이·사자집' 등은 경음화하지 않는다. 이 사실은 새로운 분류방법의 설정을 요구하고 있다.

기실, 병립어는 격의 견지에서 보면 공동격(comitative)으로 결합된 복합어로 처리 가능하다. 즉 공동격으로 결합한 복합어는 경음화하지 않는다는 제약으로 충분한 것이다.

또한 의미적으로 융합되어 단일어로 보이는 혼일어는 두 요소사이에 어떠한 격의 존재도 설정할 수 없는 경우다. 결합격의 차원에서 경음화를 기술하려는 입장에서 볼 때 격이 부재하는 혼일어는 자동적으로 제외된다. 단지 음성적 영향권에만 있게 되므로 선행어말음의 영향으로 후행어는 비경음화- 유성음화하게 될 것이다. (예 : 이슬비·개비듬·반달)[19]

문제는 주종어에서 일어나는데, 이 해결책을 찾기 위해 이희승(1965), 정국(1980)에서 어휘론적으로 분석한 단어들을 추상적인 복합격(ACC)의 차원에서 분석하기로 한다.

먼저, 경음화가 일어나지 않는 경우 :

가. 대등연결로 본 '마소·봄가을·산들바람' 등 병립어는 공동격(commitative)으로 결합된 단어들이다.

마소 : 말과 소 [maso]
봄가을 : 봄과 가을 [pomgaɨl]

나. 재료로 본 '쌀술·콩밥' 등은 도구격(instrumental)으로 결합된 단어들이다.

　　쌀술 : 쌀로 빚은 술　[s'alsul]
　　콩밥 : 콩으로 지은 밥　[k'oŋbap]

다. 파생명사로 본 '해돋이·손잡이·물받이·장조림' 등은 후행어가 서술어의 자격으로 선행어와 주격(subject), 목적격(objective), 도구격(instrumental) 등으로 결합된 단어들이다. 이 1차적 결합 후에 2차적 과정으로 후행어가 파생명사화하였다고 볼 수 있는 예들이다.

　　　　　　　　　　　　　파생
　　해돋이 : 해가 돋다(주격) → 해가 돋이 → 해돋이[hädoči]
　　　　　　　　　　　　　파생
　　물받이 : 물을 받다(목적격) → 물을 받이 → 물받이[mulbači]
　　　　　　　　　　　　　파생
　　장조림 : 장으로 졸이다(도구격) → 장으로 졸임 → 장조림[caŋjorim]

다음, 경음화가 일어는 경우 :

가. 이희승의 소유격과 정국의 기원('origin')을 표시하는 '빗방울·손등·솔방울·눈동자' 등은 모두 속격(genitive)으로 결합된 단어들이다.20)

　　빗방울 : 비의 방울　[pip'aŋul]
　　손등 : 손의 등　[sont'iŋ]

여기서 이희승이 '소유격'으로 본 것은 정확한 평가였다. 그러나 이 경우만 격으로 처리하고 나머지에서는 어휘론적 해석에 집착한 결과

---

20) 속격은 의미해석상의 다양성 및 유사한 구조의 다양성 등이 얽혀서 매우 복잡하다. 성광수(1979 : 52)는 속격은 형태상 변형에 의한 것으로 내면격이 달라진 것은 아니라는 관점에서 상위격으로 설정으로 거부한다.

유기적 공통성의 파악에는 실패했던 것이다. 반면, '기원'이란 분석은 어휘론적 해석의 한계점을 보여 주는 것이다. '기원'의 경우는 경음화하나, '소유'의 경우는 비경음화한다는 것이 정국의 설명이다. 그러나 '소유'이므로 비경음화한다는 '사람집·개다리·생선대가리·범가죽' 등과, '기원'이기 때문에 경음화한다는 '솔방울·눈동자·촛불' 사이에 개념분류의 분기점이 존재하고 있는가? 오히려 양자 모두 '속격'이란 동일한 격으로 결합된 단어들로 봄이 합당할 것이다. 다만 전자의 경우는 선행어가 유정물([+animate])이되, 후자의 선행어는 무정물([-animate])이라는 상이점이 있을 뿐이다. 이는 속격 경음화의 제약조건으로 처리될 문제라고 생각한다.

속격의 관계로 결합한 복합어에 사이시옷이 개재할 때는 선행어가 무정물일 것을 조건으로 한다. '개다리·범가죽' 등도 속격복합어로써 경음화됨이 당연하나, 선행어가 유정물로 제약조건을 어겼으므로 사이시옷 게재가 불가능했던 것이다. '솔방울·눈동자' 등은 속격 복합어이면서 선행어가 무정물이므로 사이시옷이 게재되고 그 결과 경음화하게 되는 것이다.

이는 역사적으로도 입증된다. 안병희(1968 : 337-345)는 중세국어의 속격 어미를 두 종류로 나누었다. 제1류 '이/의', 제2류 '-ㅅ'이 그것이다. 전자는 유정물지칭의 평칭에 사용되었고, 후자는 유정물지칭의 존칭과 무정물지칭의 체언에 연결되어 후속하는 체언의 소유주임을 표시한다고 하였다. 존칭으로 사용된 속격어미 '-ㅅ'는 근대어에서 소멸된 것으로 추정하고 있다. '나랏말씀·鴨江앳將軍氣' 등에서 '-ㅅ'은 무정물인 선행어와 후행어를 속격의 관계로 결합시켜 주고 있다. 그러므로 속격의 경우 선행어의 제약조건 '무정물'은 중세국어의 자취로써 역사성을 지닌 것이다.

나. 이희승이 관형사적 관계, 정국이 시간·장소 등으로 분석한 '봄
비·아침밥·움집·산달(山月)·안집' 등은 처격(locative)으로 결합한
단어들이다.
    봄비 : 봄에 오는 비   [pomp'i]
    안집 : 안에 있는 집   [anc'ip]

세분한다면 '안집·산달·움집' 등에는 처격을 적용하고, '봄비·아
침밥' 등에는 시간격(temporal)을 별도로 적용할 수 있다. 그러나 선행
어의 의미 특성을 무시하면 '…에 오는, …에 있는' 등은 처격으로 통
용이 가능하다. 예컨대 '…에 오는'은 '봄비'에서는 시간격으로 사용되
나, '강비'에서는 처격으로 사용되고 있다. 또 복합격의 특성도 선행어
의 어휘 자체에 구애받지 않는 것이므로 시간격은 넓은 의미의 처격
속에 포함시킬 수 있다.

다. 정국에서 '용도'(use·for)로 본 '고깃배·잠자리' 등은 수혜격
(benefactive)으로 이루어진 단어들이다. 수혜격은 It is for you./This
good for me처럼 수혜자를 나타내는 격이다. 국어복합격의 수혜격은
'…하기 위한'의 의미특성을 가지고 있다.
    고깃배 : 고기를 잡기 위한 배   [kogip'ɛ]
    잠자리 : 잠을 자기 위한 자리   [camc'ari]

지금까지의 분석을 요약하면 속격(선행명사가 무정물 [-A]), 처격, 수

혜격의 관계로 이루어진 복합어('봄비·금값·안방·고깃배')에는 사이시옷이 개재하여 후행어의 경음화가 일어나나, 그 밖의 복합격 — 주격·목적격·도구격·공동격 등 — 으로 구성된 복합어('금비녀·콩밥·해돋이·사자집')에는 사이시옷이 개재하지 않는다는 것이다. 이것을 '추상적인 복합격(ACC ; abstract compositive case)'이라 하였다.

국어 복합어에 일어나는 경음소 연결현상은 불규칙적인 것이므로 음운론의 영역이 아니라 형태론의 영역에 속한다. Hyman(1978 : 443-70)의 설명에 의하면 복합어의 구조가 「CV#CV」의 #경계에서 「CV+CV」의 +경계로 옮겨지면 형태론적 영역에 든다고 하였으니, 경음화가 일어나는 국어 복합어의 내부구조는 +경계로 이루어졌다고 볼 수 있다. 다시 말하면, 의미적으로 볼 때 속격·처격·수혜격 복합어는 「CV+CV」구성이며, 기타 격 복합어는 「CV#CV」구성으로 이루어진 것이다[21]. 떠 있던 자립소 /ʔ/는 「CV+CV」구성의 복합어의 경계 사이에 들어가 후행어에 확산되어 경음화 시킨다.[22] 이러한 현상 역시 /ʔ/의 자립성을 입증하는 것이며 독립 층렬의 설정을 요구하는 것이다.

---

21) #경계를 +경계로 약화시키는 추상적인 복합격(ACC)의 종류는 시대에 따라 증가된다. 고대의 속격, 중세의 속격과 처격에 이어 현대어에는 수혜격의 추가가 이루어졌다. 추측컨대 이런 추가현상은 계속될 것인데, 이는 곧 경음화의 증가현상을 이름이다.
Allen(1975 : 181-201)은 「CV+CV」복합어를 'strict compounds', 「CV#CV」복합어를 'loose compounds'라 명명하였다.

22) 경음소의 삽입은 후행어의 의미론적 약화(유성음화)를 막기 위한 것이다. 경음화가 일어나는 위치는 후행어의 음절두음인데, 음절말음에 대한 음절두음의 강세가 경음화의 동인임을 알 수 있다.

(8) 경계 약화(boundary weakening : BW)

$$\# \rightarrow + / \begin{matrix} C \\ [+son] \end{matrix}]N_1 \underline{\quad\quad} \left\{ \begin{matrix} ACC \\ [Gen.] \\ [Loc.] \\ [Bec.] \end{matrix} \right\} \underline{\quad\quad} N_2[$$

(Condition : Gen. Acc demands for [−animate] of N_1)

(9) /ʔ/삽입 ① (/ʔ/Insert ①)

$$\emptyset \rightarrow / ʔ / /]N_1 + \underline{\quad\underset{x}{\top}\quad} + N_2[$$

(9)의 과정이 있는 후엔 (7)의 후두음 확산이 뒤따르게 된다.

다음에 '봄비'의 경음화와 '금비녀'의 비경음화를 보인다.

'봄비[pomp'i]'의 경음화

/pom/   ACC   /pi/
/pom # [Loc.] #pi/
BW → pom+pi

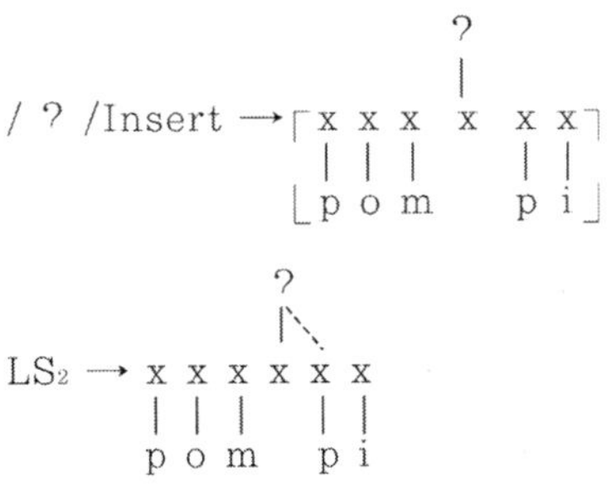

$$/ʔ/\text{Insert} \rightarrow \begin{matrix} & & & ʔ & & \\ & & & | & & \\ x\ x\ x & & x & x\ x \\ |\ \ |\ \ | & & & |\ \ | \\ p\ o\ m & & & p\ i \end{matrix}$$

$$LS_2 \rightarrow \begin{matrix} & & ʔ & & \\ & & |\!\diagdown & & \\ x\ x\ x & x\ x\ x \\ |\ \ |\ \ | & |\ \ | \\ p\ o\ m & p\ i \end{matrix}$$

‘금비녀[kɨmbinyə]’의 비경음화

```
/kɨm/                    /pinyə/
            ACC
/kɨm/   # [Ins.] # pinyə/
          BW ⟶ ─────────
/ ʔ /Insert ⟶ ─────────
          LS2 ⟶ ─────────
```

그 밖에 용언의 경음화 현상도 불규칙적인 경우이다. 이 경우는 용언 끝 음소의 종류에 따라 경음소의 삽입이 결정된다. /-l/ 어간용언은 명사와의 결합시, /-n, -m/ 비음 어간용언은 어미와의 결합시에만 /ʔ/의 삽입이 있게 되어 경음화가 일어나는 상충된 모습을 보여준다. 예를 들어 ‘길다[kilda] : 길 것[kilkʔət]’, ‘안다[antʔa]·감다[kamtʔa]’등이 그것이다. 이 역시 경음소의 자립성에 기인한 것이다.

2. 음성상징과 후두음층렬의 기능

‘달·딸·탈’과 ‘감감하다·깜깜하다·캄캄하다’ 등은 국어에서 의미변별한다. 전자는 ‘月·女息·顔’ 등과 같이 독립된 개개 의미군을 형성하며, 후자는 ‘暗’이라는 하나의 범주내에서 어감에 따른 세부적인 의미분화를 생성한다.

위 예들에서 의미분화를 가능하게 하는 요소는 /t : tʔ : tʰ//k : kʔ : kʰ/등 어두자음이라는 것이 정설이다. 그러나 국어에서 후두음 /ʔ/, /h/는 분절음 /k/와는 독립된 층렬에 존재하므로 보다 발전적인 분석이 가능하다. 공통된 분절음운층렬의 /t/ /k/를 제외한 후두음층렬의 상이점 /ø : ʔ : h/

이 의미변별의 요소가 되는 것이다.

특히 국어 음성상징어는 후두음소들의 특정한 의미와 모음의 특정한 의미가 결합하여 미묘한 어감차를 이루어내는 독특한 언어현상이다[23].

감감하다 검검하다   졸졸 줄줄   동동 둥둥
깜깜하다 껌껌하다   쫄쫄 쭐쭐   똥똥 뚱뚱
캄캄하다 컴컴하다   촐촐 출출   통통 퉁퉁

이 예들이 보여주듯이 음성상징어의 의미분화는 가로행의 /ㅏ : ㅓ/ /ㅗ : ㅜ/모음 대립에 의한 어감차와, 세로 행의 /ø : ? : h/ 후두음소에 따른 어감차가 복합적으로 나타난 결과인 것이다.

먼저, 후두음소의 의미기능을 살펴보기로 한다. '감감·깜깜·캄캄'은 다음의 구조로 이루어져 있다

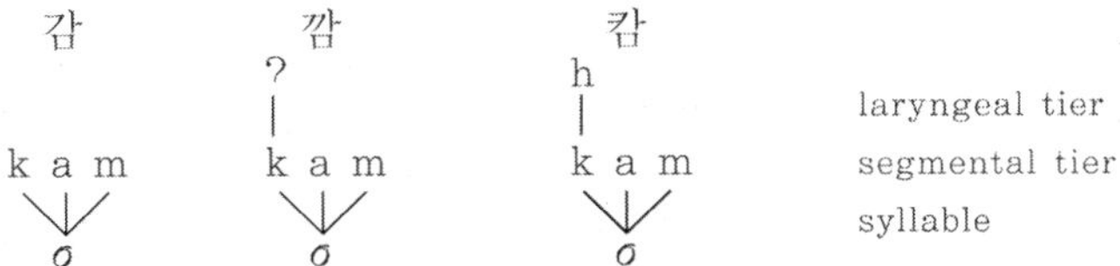

---

23) 김민수(1983 : 184)에서 국어의 모음음상과 자음음상을 다음과 같이 기술하고 있다. 본고에서는 이에 근거하여 직능을 부여하기로 한다.

모음 음상	지소어(指小語)	ㅏ ㅗ ㅐ	小少明急輕淸銳陽簿强
	지대어(指大語)	ㅓ ㅜ ㅔ ㅡ ㅣ	大多暗綏重濁鈍陰厚弱

자음 음상	순평어(順平語)	ㄱ ㄷ ㅂ ㅈ	순평·보통
	예리어(銳利語)	ㄲ ㄸ ㅃ ㅉ	예리·경소(輕小)
	둔탁어(鈍濁語)	ㅋ ㅌ ㅍ ㅊ	둔탁·경중(輕重)

즉, 음성상징어의 어감차이는 후두음층렬의 차이에 기인하는 것이므로 /ø/의 의미직능은 '순평', /ʔ/의 직능은 '예리', /h/의 직능은 '둔탁'이라고 할 수 있다.

(10) 후두음소의 의미직능(semantic function of laryngeal tier)

```
laryngeal tier          ø          ʔ          h
                        |          |          |
semantic funtion     [plain]   [sharp]    [dull]
```


모음대립은 /ㅏ,ㅗ : ㅓ,ㅜ/의 대립 즉 「양모음 : 음모음」의 대립으로 보는 것이 무난할 듯하다. 음성상징어에 나타난 모음의 대립체계는 묘하게도 훈민정음의 기록과 일치하다. 훈민정음 해례 제자해에 나타난 중성체계를 도표화하면 다음과 같다.

<舌 縮 度>

		舌不縮	舌小縮	舌 縮		
〈開口度〉	闔	ㅣ (無位)	ㅜ (地二)	ㅗ (天一)	口蹙	<圓 脣>
			ㅡ (地十)	ㆍ (天五)		
	闢		ㅓ (地四)	ㅏ (天三)	口張	<平 圓>
		聲淺	聲 不深 不淺	聲深		

<聽 覺 感 度>

즉, 지소의 의미를 가지는 'ㅗ, ㆍ, ㅏ'는 '天'에서 생기는데 음양오행설에서 '天'은 '양'이므로 양모음인 것이다. 지대의 의미를 가지는 'ㅜ, ㅡ, ㅓ'는 '음'인 地에서 나므로 음모음이다. 이 두 모음을 변별시키는

적절한 자질을 찾기 어려워 [dark]자질을 설정하여 사용코자 한다. [dark]는 '음양소(陰陽素)'를 말한다. 음양자질도 후두음소와 마찬가지로 자립분절음운층렬에 존재하면서 분절음인 모음에 연결되는 자립소이다. [-D]는 양모음, [+D]는 음모음의 자질이다.

(11) 음양소의 의미직능(semantic function of darkness)

```
darkness tier        [−D]      [+D]
                      |         |
semantic funtion     little     big
```

그런데 음성상징어는 대부분 반복(reduplication)으로 형성되어 있다. 일반적인 개념의 「CVC+CVC」구조로 간주함이 무난할 것이나, 반복이란 형식이 자립분절음운론의 확산과 유사한 방법임은 흥미로운 사실이다. 단순히 「CVC+CVC」구조에 놓여진 음소들의 결합이 아니라, 기본적인 CVC의 음소가 반복된 CVC 구조위에 확산되는 과정으로 보는 것이다. 다시 말하면 '감감'등의 반복어는 ⓐ가 아닌 ⓑ의 과정으로 생성되었다고 보는 것이 유리하다는 것이다[24].

```
ⓐ  ⎡⎡C V C⎤ + ⎡C V C⎤⎤   ⎡⎡C V C⎤ + ⎡C V C⎤⎤
   ⎢⎢| | |⎥   ⎢| | |⎥⎥   ⎢⎢| | |⎥   ⎢| | |⎥⎥
   ⎣⎣k a m⎦   ⎣k a m⎦⎦   ⎣⎣c o l⎦   ⎣c o l⎦⎦

ⓑ  ⎛ C V C  + ⎡C V C⎤⎞   ⎛ C V C  + ⎡C V C⎤⎞
   ⎜  ╲ ╲ ╲   ⎢| | |⎥⎟   ⎜  ╲ ╲ ╲   ⎢| | |⎥⎟
   ⎝          ⎣k a m⎦⎠   ⎝          ⎣c o l⎦⎠
          '감감'                 '졸졸'
```

---

24) McCarthy(1986)에서 Goldsmith(1976)가 제시한 WFC 3("Association lines do not cross.")의 수정을 위한 예로 반복어를 들었다. 그러나, WFC의 association은 기본구조가 다를 경우 문제가 되는데 반복어의 틀은 같은 것이므로 WFC중 3만은 아직도 유효하다고 할 수 있다.

52 한국어 경음론

(12) 반복어의 형성(reduplication)

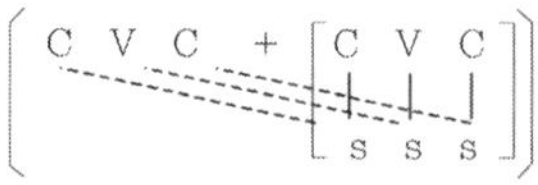

$$\left[\; C\;V\;C\;+\left[\begin{array}{ccc} C & V & C \\ | & | & | \\ s & s & s \end{array}\right]\right] \qquad (s : segment)$$

이렇게 보면 국어 음성상징어는 독특한 음운형태임이 입증된다. 세 층렬(후두음층렬, darkness층렬, CV층렬)이 모두 자립층렬(auto-tier)로써 기능하며, 그 결과 반복형의 섬세한 어감의 의미변별을 가능하게 한 것이다.

음성상징어의 이러한 특성은 고전아랍어의 동사형태론(verbal morphology)와 유사한 느낌을 준다. 비연속형태론(non-concatenative morphology)의 대상이 되는 아랍어는 자음층렬, CV층렬, 모음층렬등 세 층위가 자립적인 기능을 하는 특수한 언어이다[25]. 국어를 위시한 대다수 언어는 연속적(concatenative)인 것이나, 국어 음성상징어의 경우는 특이하게 비연속적인 특성을 지니고 있는 독특한 예로 들 수 있겠다. 다음에 A로

---

[25] 자립분절음운론이 형태론 자체를 바꾸어 놓은 경우가 non-concatenative morphology이다. 이를 주장한 McCarthy(1979, 1981)가 대표적 예로 든 언어가 아랍어이다. 아랍어의 동사파생류는 각 동사의 모든 변화형태가 서너개의 뿌리('root')되는 자음음소로 특징지위진다. 이들 자음은 같은 선적 순서에 따라 나타나나, 상이한 모음 유형이 자음 가운데 섞이는 정도만큼 동사형태는 달라질 수 있다. 더욱이 자음 중 하나가 중복될 수도, 다른 자음이 첨가될 수도 있다. 즉, 아랍어에서 'write'라는 뜻의 단어는 모두 /ktb/라는 자음연속으로 이루어지고, /a/모음은 능동형·/ui/모음은 수동형 파생을 이루는데, CV층렬은 그 나름대로 /CVCVC/ /CVCCVC/ /CVVCVC/의 구조로 기능하게 된다. 도식화하면 다음과 같다.

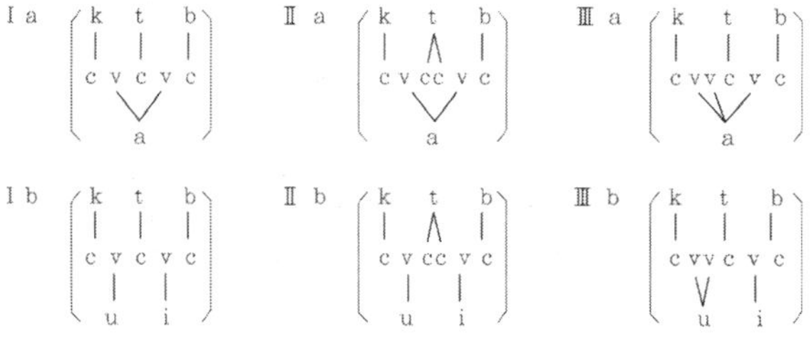

```
Ⅰa  ⎛ k   t   b ⎞      Ⅱa  ⎛ k   t   b ⎞      Ⅲa  ⎛ k   t   b ⎞
    ⎜ |   |   | ⎟          ⎜ |   ∧   | ⎟          ⎜ |   |   | ⎟
    ⎜ c v c v c ⎟          ⎜ c v cc v c ⎟         ⎜ c v v c v c ⎟
    ⎜    ∨      ⎟          ⎜    ∨       ⎟          ⎜    ∨        ⎟
    ⎝    a      ⎠          ⎝    a       ⎠          ⎝    a        ⎠

Ⅰb  ⎛ k   t   b ⎞      Ⅱb  ⎛ k   t   b ⎞      Ⅲb  ⎛ k   t   b ⎞
    ⎜ |   |   | ⎟          ⎜ |   ∧   | ⎟          ⎜ |   |   | ⎟
    ⎜ c v c v c ⎟          ⎜ c v cc v c ⎟         ⎜ c v v c v c ⎟
    ⎜ |     | ⎟            ⎜     |   | ⎟          ⎜    ∨     | ⎟
    ⎝ u     i ⎠            ⎝     u   i ⎠          ⎝    u     i ⎠
```

표기된 것은 음양자질을 받기 이전의 원음소(archiphoneme)적 표기이다.

(13) '감감·껌껌·캄캄'의 형성

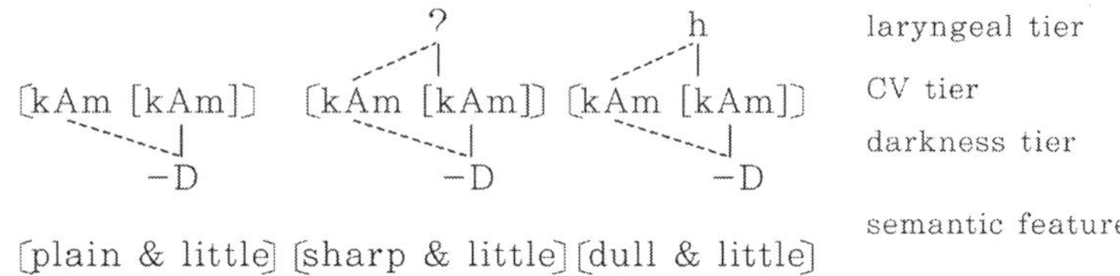

(14) '검검·껌껌·컴컴'의 형성

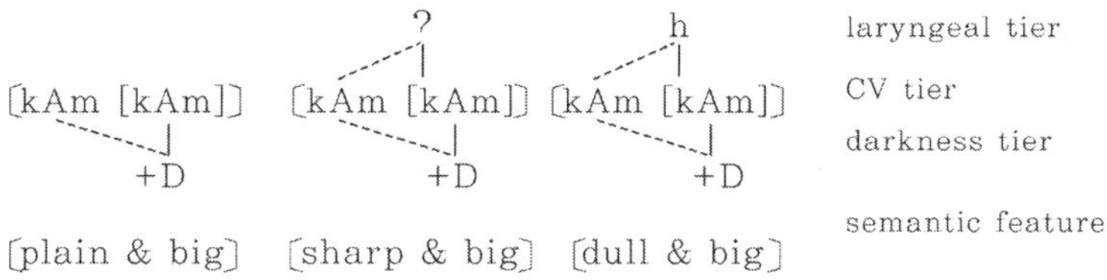

후두음소와 음양소의 자립적인 결합이 어울어져 (13) (14)와 같은 6 유형의 의미분화를 가능하게 한 것이다. 이는 (15)와 같이 도식화할 수 있다. 여기서 'αD'란, 기본구성이 [+darkness]이면 확산되는 자질도 [+darkness], [-darkness]이면 [-darkness]가 확산된다는 기호이다.

(15) 음성상징어의 형성(sound symbol formation)

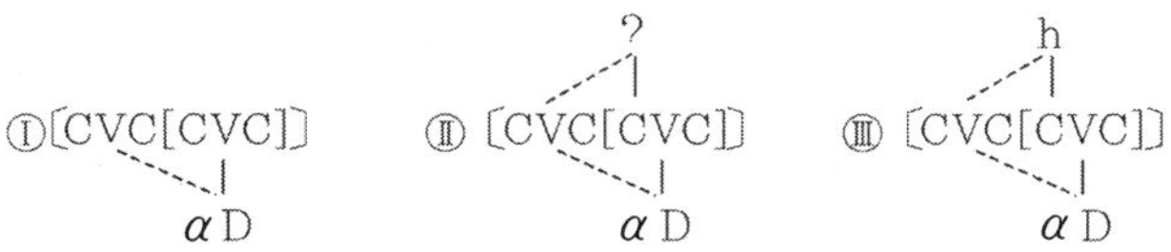

3. 후두음소의 상호 출입성

후두음층렬의 두 자음소 /ʔ/와 /h/는 공통된 특성만큼이나 상호 넘나
듦 현상을 보여 준다. 이 현상은 특히 제주도 방언에 두드러지는데, 육
지의 경음화 어사가 제주도 방언에서는 기음화하는 경향이 강하다. 특
히 중세어의 'ㅂ'계 어두자음군이 현대(육지)어에서는 대부분 경음화
했지만, 제주도에서는 'ㅳ' 'ㅄ'에 대해 'ㅌ', 'ㅊ'로 규칙적인 대응을
보이고 있다.

중세국어	현대어	제주도 방언
떼다(摘)	떼다	타다
딸기(苺)	딸기	탈
떨기(叢)	떨기	틀
뿟다(醎)	짜다	츠다
딱(雙)	짝	착

또 육지에서는 중세의 'ㅎ' 말음명사의 /h/가 탈락되어 복합어 형성
시 경음화규칙의 적용으로 경음화하는 '안집'과 같은 경우도 제주도에
서는 기음화하고 있다. 이는 제주도 방언의 고대성을 보여주는 것으로
평가할 수 있다. / · / 발음을 위시하여 제주도 방언이 전반적으로 국어
의 고대성을 보유하고 있는 점으로 추정한다면, 기음소 /h/이 보다 高層
에 존재했으리라는 가설을 설정케 한다.

이 가설은 두 가지 방향으로 나뉘어질 수 있다. 첫째는 /h/이 /ʔ/보다
먼저 생성되었다는 가정이 가능하나 증거 자료가 없으므로 추측에 그
칠 뿐이다. 둘째 방향은 세력 판도의 변화에 초점을 둘 수 있다. 다시

말해서 고대에는 후두음소 중에서 기음소의 영향력이 강하여 기음화
가 보다 우세했으나, 후대로 내려오면서 경음화의 세력이 강해졌다는
가정이다. 이 가정은 'ㅎ'말음이 고대에는 모음과도 연결되다가 점점
'파열음'이라는 제약된 환경만을 선호하게 된 음운사적 고찰을 통해
입증할 수 있는 것이다. /h/의 제약강화와 대비적으로 /ʔ/의 생성조건은
('추상적 복합격' ACC의 확장이 보여주듯이) 확대되어 왔다. 그 결과
육지어에서는 고대 한반도를 풍미한 기음화의 세력이 위축되면서 경
음화가 세력을 확장해 갔으나, 육지와 떨어진 제주도에까지 영향을 미
치지 못하였으니 그것을 제주도 방언의 고대성이라고 할 수 있다. 이
러한 세력판도의 변천 양상은 이미 정음 문헌에 나타나고 있으니 그
시기는 상당히 소급되어야 할 것이다.

    하늘해 갯다가 ㄴ려와 (釋譜 6 : 19)
    하늘콰 따콧 ㅅ시예 (初杜解 8 : 47)
    天子는 하ᄂᆳ 아ᄃ리니 (月釋 2 : 69)
    우케는 하ᄂᆳㅂᄅ매 니겟도다 (初杜解 7 : 16)

    돌ㅎ로 텨든 (月釋 17 : 85)
    雲母는 돐비느리니 (月釋 2 : 35)

경음화의 세력 확장에 가장 직접적인 원인은 경음소 /ʔ/의 자립성·
적극성이라 할 수 있다. 기음화의 경우는 어원적으로 존재하는 환경에
서만 가능하나, 경음소는 스스로 자신의 자리를 만들어가는 능동성을
가지고 있기 때문이다. 그리하여 「장애음+장애음」의 경우는 원천적인
/h/도 /ʔ/에게 자리를 내어 주는 현상까지 생겼다. '높다'는 [nop‘a]가

아니라 [nopt²a]이며, '부엌도'는 [puəktʰo]가 아닌 [puəkt²o]로 발음된다.

(16) 후두음 대치(laryngeal replacement : LR)

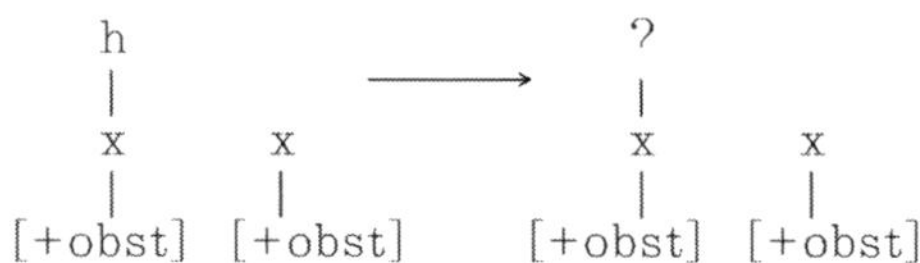

즉,

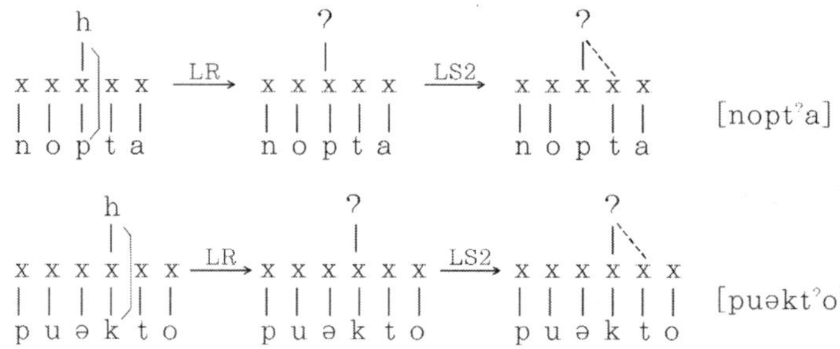

이처럼 후두음층렬의 /h/와 /ʔ/가 역동적인 관계를 맺으면서 존재하고 있는 것은 그들의 자립성 때문에 가능했다고 보며, 음운들이 살아 있는 유기체임을 인정하지 않을 수 없도록 한다.

4. 국어 자음체계의 이원적 구조

본항에서는 단선적인 구조로 당연시되어 온 국어 자음체계에서 후두음층렬(laryngeal tier)을 독립시켜 자립분절음운층렬(autosegmental tier)

로 설정할 것을 제안하였다. 국어에서 후두음층렬은 분절음층렬과의 독자적인 관계 기능을 가질 뿐 아니라, 음성상징어가 보여 주듯이 의미직능까지 갖추고 있는 명실상부한 자립분절음운층렬임을 알 수 있었다. 흥미로운 것은 국어의 음성상징어가 비연속적(non-concatentative)으로 형성되었다는 사실이다. 후두음층렬, CV층렬·음양층렬 등 세 층위가 각기 자립적인 기능을 하며, 그 결과 어감에 따른 6종류의 의미변별을 수행한다는 사실은 자립분절음운론만이 올릴 수 있는 성과라 생각한다.

삼지적 상관속을 이루는 국어 자음체계는 다음의 기저구조에서 후두음소와 분절음과의 결합으로 이루어졌다고 볼 수 있을 것이다.

국어자음의 기저구조

```
후두음층렬            ʔ     h
분절음층렬         k ŋ t s n l p m c
```

국어자음의 표면구조

```
  ʔ h
  | |
k k k        ŋ       ㄱ ㄲ ㅋ              ㅇ

  ʔ h ʔ
  | | |
t t t s s h n l      ㄷ ㄸ ㅌ ㅅ ㅆ ㅎ    ㄴ ㄹ

  ʔ h
  | |
p p p        m       ㅂ ㅃ ㅍ              ㅁ

  ʔ h
  | |
c c c                ㅈ ㅉ ㅊ
```

그런데 위의 도표는 다음의 두가지 의문점을 제시해 준다.

첫째, 기저자음층위에서 표면자음층위를 도출하는 현상에 대한 제약은 어떤 것인가? 후두음층렬이 분절음층렬과 결합할 때 $\begin{smallmatrix}h&h&h&h\\|&|&|&|\\k&t&p&c\end{smallmatrix}$ 는 성립하면서 $\begin{smallmatrix}h\\|\\s\end{smallmatrix}$는 성립하지 못하고 있는 점이다. 즉 /s^h/의 빈자리에 관한 의문이다. 이 의문에 대한 하나의 가설은 동일음 연속결합을 거부하는 제약(OCP)으로 설명이 가능할 것 같다. 왜냐하면 */s^h/의 경우는 /s/ /h/ 모두 마찰음이니, 마찰음 자립소 h가 같은 마찰음과의 결합을 거부하는 성질이 */s^h/ 음운 형성을 제지시켰다는 추정이 그것이다.

'ㅎ'말음명사 중에서 '슬ㅎ(育), 세ㅎ(三), 소ㅎ(潭), 수ㅎ(雄)'등 어두음이 [s]인 어사들은 예외없이 말음 'ㅎ'의 역행 확산을 받지 못하였다. 그러므로 후두음소가 분절음운에 확산되는 조건은 OCP 제약을 받아들여 다음과 같이 한정시켜야 한다.

후두음 확산(laryngeal spread : LS)

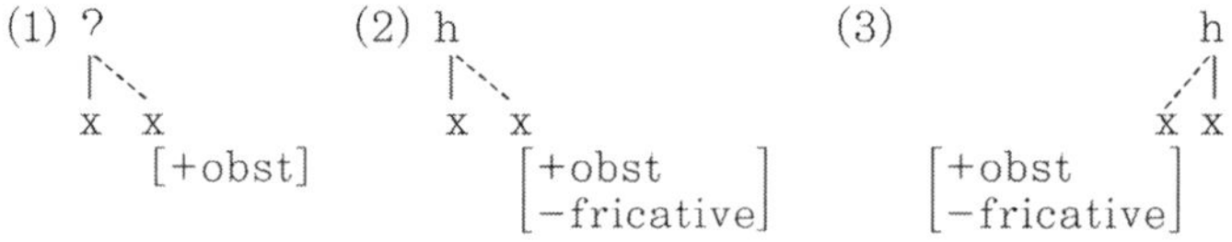

둘째, 기저자음 구조에는 ?와 h이 모두 있으나, 표면구조에서 ?이 별도로 성립하지 않고 있다는 사실이다. h의 존재와 ?의 부재에 관한 의문이다.

이는 역사적인 변천사실로 이해할 수 있다. 오정란(1988a)에서는 향가의 격표시 생략위치의 '叱'이 /ʔ/표기였음을 밝히고 있다. /ʔ/의 존재시기는 적어도 훈민정음 당시까지 잡을 수 있으니, ʔ의 사실적인 표기인 'ㆆ'가 훈민정음 체계에 후음 전청자로 기술된 사실과 실제 표기법에도 사용된 사실들이 이를 입증한다. 그러나 사이 소리의 사이시옷에의 통합과 경음표기의 단일화 등으로 미루어 ʔ는 곧 음성자질화하였으니 이후 ʔ는 표면구조에 단독으로 나타나지 않고 경음의 자질로만 나타났던 것이다.

/h/의 확산조건의 제약과 /ʔ/의 생성조건의 확대라는 역학적인 관계는 기음의 우세에서 경음의 우세로 국어 음운사를 변천시킨 동인이 되었다고 볼 수 있다.

3 음절지배제약과 경음

국어에서의 빈번한 자음들의 음운현상에 비음동화와 경음화가 있다. 비음동화는 장애음이 비음의 영향으로 비음화되는 현상으로 조음방법에 의한 동화로 간주되어 왔다. 반면 두 장애음의 연속시 후행 장애음의 규칙적인 경음화는 비음화와는 별개의 것으로 인식되어 왔다.

본항에서는 음절 구조에 따른 범어적인 강도체계가 음운 현상의 주요 동인이 된다는 인식에서 이들 음운과정의 본질을 파악하고자 한다. 자음들의 강도 및 조음 위치들의 우월성 여부가 국어 자음현상의 두 지렛대가 됨을 밝히고, 나아가 이들 두 지렛대들은 음절 두음이 음절 말음을 지배한다는 공통적인 지배관계에서 기능하게 된다는 사실을 천착하고자 한다. 그 결과, 지금까지 별개의 음운현상으로 간주되어 온 경음화·비음화·위치동화 현상들이 하나의 역동적 범주 내에서 도출된 것임을 밝히게 될 것이다.

1. 강도 조정 현상

1.1 울림도 동화의 한계

소위 비음동화는 공명성[sonorant]자질의 확산으로 이해된다. 자질층위이론에 의하면 [공명성] 자질은 조음방법 마디의 지배를 받으며[1],

이것은 인접 장애음의 무표적인 조음방법 마디로 확산되어 비음동화
가 일어나게 된다는 것이다[2]. 자질 층위 이론(feature hierarchy theory
혹은 feature geometry)[3]의 문제는 비음화되는 경우(국민[궁민]) 뿐 아
니라 비음화되지 않는 예들도 비음화시키는 오류(임금*[임음])를 범한
다는 사실이다.

(1)

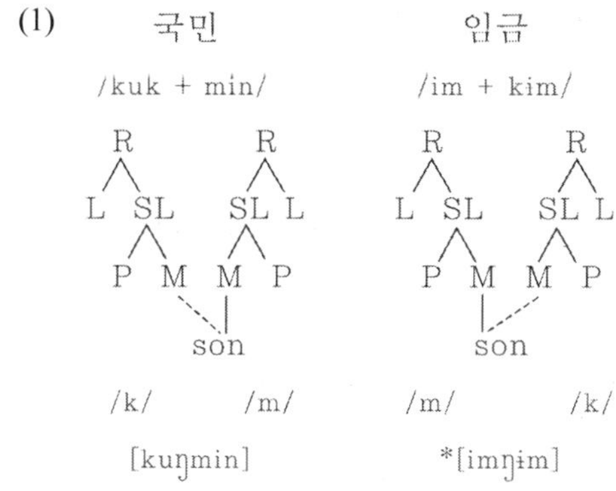

자질층위 이론에 의하면 /im +kɨm/은 [공명성]의 무표적 조음방법마
디로의 확산에 의해 *[imŋɨm]으로 동화되어야 하나 이는 잘못된 것이
다. 국어에서 이때는 [공명성]의 확산이 일어나지 않으며 [imgɨm]으로

---

1) 자질 층위도에서 [공명성]의 위치는 학자에 따라 견해차를 보이나, 조음방법 마디의 지배를
받는다고 봄이 타당할 것이다. Mohanan(1983)은 뿌리마디 아래의 발성도, 공명도, 조음
위치의 세 가지 기능적인 집단 중에서 [공명성]자질은 공명도의 지배를 받는다고 보았다.
Clements(1985)는 [공명성]이 조음방법 마디의 지배를 받는다고 보았고, 김기호(1990)에
서는 [공명성]이 뿌리마디의 직접지배를 받는다고 본 김기호(1987)의 견해를 수정하여
조음방법 마디의 지배로 간주하고 있다.
2) 이것을 단일마디 확산(single node spreading)이라고 한다. 이 개념은 자질층위 이론으로
하여금 음운의 동화현상을 보다 자연스럽게 설명할 수 있도록 한다.
3) 자질층위이론에서 R은 뿌리(root), L은 후두음(laryngeal), SL은 초후두음(supra-laryngeal;
후두음 위 조음기관), P는 조음위치(place), M은 조음방법(manner)를 나타낸다

발음될 뿐이다. 그 밖에도 '감각·단골·군불'등 많은 예외적인 예들을 찾을 수 있다.

　이러한 약점은 음소 결합의 음절구조상 위치를 무시한 결과 일어난 태생적인 것이라 할 수 있다. 국어에서 [공명성]의 확산은 '오른쪽→왼쪽'(역행동화)이라는 방향성을 지키고 있음을 간과한 결과라 하겠다.

　이러한 점에서 김차균(1981)이 제안한 울림도 동화는 국어의 본질 파악에 보다 근접한 것이라고 할 수 있다[4].

(2)김차균의 울림도 동화

　음절경계 바로 앞 소리의 울림도 ≥ 음절경계 바로 뒷소리의 울림도

---

[4] 김차균의 이해는 다음 도표에 의거한다. (김차균 1990 : 196)

국어의 음성도표

울림도 \\ 강도·자리		I 성분	II 잇몸	III 센입천장		IV 입술	V 여린입천장
강 ↑	1	(ʔ)	(d)t tʰ	(j) c cʰ		(b) p pʰ	(g) k kʰ
	2	h	s sʰ	(ç)(ʃ)(ʃʰ)			
	3		d	j		b	g
	4	(ɦ)	(z)	(ʒ)		(β)	(ɣ)
	5		n	(ɲ)		m	
	6		(l)	(ʎ)			
	7		ɾ				
	8	ø	(ø)	(y)	(ɥ)	(ʷ)	(ø)
		(ø)		y	ɥ	w	(ø)
	9	ï		i	ü	u	(ï)
	10	ə		e	ö	o	(ə)
↓	11	a		ɛ			(a)
울림도 \\ 자리		[+후설 -원순]		[-원 -후*]	[+원* +후]		[+후 -후]
강도		약		중	강	중	(약)

국어에서 (2)를 어기는 발음은 음절도를 조절하여 (2)를 만족시키고자 하는데, 그 결과 국민/kuk+min/ → [kuŋmin], 악마/ak+ma/ → [aŋma]의 발음이 도출된다는 것이다. (2)에 부합되기 위한 울림도의 조절방법에는 (3)울림도 높이기 규칙, (4)울림도 낮추기 규칙이 있다고 한다.

(3) 울림도 높이기 규칙

XVĊ · CVY(여기서 Ċ은 닫침소리, X, Y는 0개 이상의 임의의 소리의 연결)의 같은 구조에서, Ċ의 울림도가 C의 울림도보다 작을 때, Ċ의 울림도를 C의 울림도에 완전히 동화시킨다. 그러나 구조적인 또는 생리적인 제약으로 완전히 동화가 불가능할 때는 Ċ의 울림도를 국어에 존재하면서 C의 울림도에 가장 가까운 울림도까지 끌어 올린다.

(4) 울림도 낮추기 규칙

XVĊ · CVY의 구조에서 Ċ의 울림도가 C의 울림도보다 낮지만 구조적인 제약이나 생리적인 제약으로 Ċ의 울림도를 C의 울림도에 동화시킬 수 없을 때는 C의 울림도를 낮추어 Ċ의 울림도에 동화시킨다.

그러나 울림도를 기준으로 한 김차균의 이러한 설명에는 심각한 문제가 있다. 첫째, 김차균(1981)에서도 말한 바와 같이 '학사 · 법사'등 '장애음+마찰음'의 연결시 일어나는 후행음의 경음화를 설명할 수 없다[5]. 그에 의하면 (5)와 같이 '학사[학따], 법사[법따]' 등의 표면형이 나타나야 하나 이는 잘못된 것이다.

---

5) 김차균(1981)에서 들고 있는 예외 중에서 '달노리'[tallori] 등 설측음화 현상은 국어 'ㄹ'음의 겹자음성으로 파악되어야 하는 문제이다.

(5)   학사   법사

        /hak+sa/   /pəp+sa/   기저형

         1° 2°   1° 2°

       hak˺ + sa   pəp˺ + sa   ← 닫힘소리 규칙

       hak˺ + sʼa   pəp˺ + sʼa   ← 경음동화

       hak˺ + tʼa   pəp˺ + tʼa   ← 울림도 낮추기 규칙

      *[hak˺ tʼa]   *[pəp˺ tʼa]   표면형

         1° 1°   1° 1°

둘째, 울림도의 기준으로는 '장애음+장애음'의 연결시 예외없이 나타나는 규칙적인 경음화 현상(국도[국또], 국밥[국빱])은 별개의 현상으로 남아 있게 된다. 왜냐하면 'ㄱ・ㄷ・ㅂ・ㅈ'와 'ㄲ・ㄸ・ㅃ・ㅉ'의 울림도는 동일하기 때문이다. 그러나 '강도(strength)'라는 관점에서 본다면 전자(평음)와 후자(경음)는 '다른 값'을 가진다. 경음은 평음보다 강도상 더 강한 음이다. 이처럼 '강도' 개념은 평음과 경음을 구분할 뿐 아니라 '자음'의 속성에 보다 적합한 것이다. 무엇보다 자음 사이에서 일어나는 국어음운현상은 음절구조 상 '말음+두음'의 관계라는 점이다. 음절두음의 말음에 대한 상대적 우위성을 설명하려면 "보다 자음스러운" 속성 즉 '강도'로 설명함이 자연스러운 접근법이라 하겠다. 따라서 규칙적인 경음화 현상도 강도와 음절구조를 고려한다면 동일한 범주의 음운현상으로 설명이 가능하다.

또한 울림도 동화에 의하면 마치 선행하는 음절말음이 후행하는 음절두음보다 강한 위치인 듯이 기술되는 우를 범함도, 기술상의 문제점이라고 할 수 있다.

이러한 문제점들의 극복은 음절구조에 따른 범어적인 강도차이 및 자음의 강도(consonant strengthening)에 의해 해결될 수 있을 것이다.

1.2 음절구조와 자음강도 체계

자음에서 공명도와 강도의 세기는 역비례관계에 있다. 공명도가 클수록 자음의 강도는 약하며, 공명도가 적을수록 자음의 강도는 강하다. 이는 범어적으로 입증된 사실이다(Jesperson 1904, Grammont 1950, Hooper 1976, Kiparsky 1979, Vennemann 1988 등). 이는 특히 음절을 음운론에서의 주요한 단위로 인식시킨 자연생성음운론자(NGP)인 Hooper(1976)에 상세하게 언급되어 있다.

C_iVC_f 음절의 내적구조에서 음절두음 Ci의 자음강도는 음절말음 C_f의 자음강도보다 강하다. (C_i=consonant initial, C_f=consonant final)

(6) 음절의 내부구조(Hooper 1976 : 199)

MARGIN	NUCLEUS	MARGIN
obstruents nasals liquids glides	vowels	glides liguids nasals obstruents
Least vowel-like	Most vowel-like	Less vowel-like
STRONG	WEAK	WEAK

또한 Foley(1970), Otero(1971) 등의 인도유럽어의 자음추이에 대한 연구 결과 다음과 같은 자음의 강도체계를 발견했는데 이는 범어적인 것으로 인정된다.

(7) 자음의 강도체계

$$\delta \quad d \quad t \quad tt$$
$$\underrightarrow{\hspace{6cm}}$$
$$1 \quad 2 \quad 3 \quad 4 \quad strength$$

(7)은 곧 무성장애음은 유성장애음보다 강하고, 또한 겹자음은 단순자음보다 강하고, 폐쇄음은 마찰음보다 더 강하다는 것을 보여준다. 그 외 많은 학자들의 연구에 의해 인정되는 범어적인 자음강도의 전체적인 체계는 다음과 같다.

(8) 범어적인 자음의 강도체계(Hooper 1976 : 206)

glides	liquids	nasals	voiced continuant	voiceless continuiant voiced stop	voiceless stop
1	2	3	4	5	6

또한 Vennemann & Ladefoged(1973)은 이것을 생성음운론의 이분법 변별자질로 나타내고 있다. (9)에서 '↔' 표는 '…와 동등하다'는 뜻인데, 이 규칙은 자질잉여규칙(feature redundancy rule)이다.

(9) 자질강도의 잉여규칙

$$[3 \text{ strength}] \leftrightarrow \begin{bmatrix} + \text{ stop} \\ - \text{ fricative} \end{bmatrix}$$

$$[3 \text{ strength}] \leftrightarrow \begin{bmatrix} - \text{ stop} \\ + \text{ fricative} \end{bmatrix}$$

$$[3 \text{ strength}] \leftrightarrow \begin{bmatrix} - \text{ stop} \\ - \text{ fricative} \end{bmatrix}$$

또한 Hooper(1976 : 206-207)에는 Venneman교수의 사적인 제안을 다음과 같이 소개하고 있다.

(10) 범어적인 자음의 강도관계

$$\text{strength}\left(\begin{bmatrix} A \\ \text{voice} \end{bmatrix}\right) > \text{strength}\left(\begin{bmatrix} A \\ +\text{voice} \end{bmatrix}\right)$$

$$\text{strength}\left(\begin{bmatrix} A \\ -\text{sonorant} \end{bmatrix}\right) > \text{strength}\left(\begin{bmatrix} A \\ +\text{sonorant} \end{bmatrix}\right)$$

$$\text{strength}\left(\begin{bmatrix} A \\ -\text{continuant} \end{bmatrix}\right) > \text{strength}\left(\begin{bmatrix} A \\ \text{continuant} \end{bmatrix}\right)$$

$$\text{strength}\left(\begin{bmatrix} A \\ +\text{tense} \end{bmatrix}\right) > \text{strength}\left(\begin{bmatrix} A \\ -\text{tense} \end{bmatrix}\right)$$

또 만약 A가 [+sonorant]인 경우는 다음의 강도체계를 가진다.

$$\text{strength}\left(\begin{bmatrix} A \\ +\text{nasal} \end{bmatrix}\right) > \text{strength}\left(\begin{bmatrix} A \\ -\text{nasal} \end{bmatrix}\right)$$

(10)의 강도관계를 고려하여 (8)을 수정하면 (11)과 같다. 본항에서 자음의 강도는 (11)을 기준으로 할 것이다.

(11) 자음의 강도체계

glides	liquids	nasals	voiced continuant	voiceless continuant voiced stop	voiceless stop	tensed
1	2	3	4	5	6	7

이러한 자음강도체계에서는 국어의 '평음 : 경음'이 동일한 값을 가지는 것이 아니라, 경음의 강도가 보다 강한 것임을 보여준다. 그리하

여 울림도 동화에서 예외 혹은 별개의 현상으로 간주되어 온 '장애음+마찰음', '장애음+장애음' 연결시 일어나는 경음화 현상은 비음화와 마찬가지로 동일한 범주내에서 설명이 가능하게 된다.

1.3 강도 조정 현상 – 비음화와 경음화

국민/kuk \$ min/에서 'k'와 'm' 음소의 관계는 음절말음과 음절두음의 관계이다. 이 때 범어적인 (6)의 경향에 따라 음절두음은 선행하는 음절말음보다 자음강도에서 강하거나 최소한 같아지려고 할 것이다. 이것을 '음절두음의 강도강세'라 하여 (12)와 같이 나타내어 보자. 여기서 C는 자음 (consonant), i는 음절두음(syllable initial), f는 음절말음 (syllable final), s는 자음강도(consonant strength)이다.

(12) 음절두음의 강도강세 : $Cf(s) \leq Ci(s)$

$(C)VC_f \$ C_i V(C)$의 구조에서 음절두음 Ci는 음절말음Cf보다 자음강도에서 같거나 강하려는 속성을 가지고 있다.

그런데 만약 (12)의 제약을 어기는 결합형이 나타나면 (12)에 맞게 조정하려는 음운과정이 일어나게 된다. 강세조정 방법에는 두 가지가 있게 되는데 '강도 올리기 과정'과 '강도 낮추기 과정'이 그것이다. 이 때 어느 과정이 선택되느냐 하는 것은 범어적인 음절구조강세에 의존할 것이다. 즉, '강도 올리기 과정'은 음절초 자음에서 일어날 것이며, '강도 낮추기 과정'은 음절말 자음에서 일어나게 될 것이다.

국어에서는 '강도 올리기 과정'은 '장애음＋마찰음'과 '장애음＋장애음'의 경우에 선호되며, '강도 낮추기 과정'은 '장애음＋비음'의 경우에 선호되는 경향이 있다. 두 과정 중에서 음절두음의 강도 올리기 과정이 보다 일반적인 과정으로 간주된다. 다만 '장애음＋비음'의 경우에만 '강도 낮추기 과정'이 선택되는 것은 음절두음인 비음의 강도 강화가 어렵기 때문이다.

(13) 강도 올리기 규칙

　　만약 (12) $C_{f(s)} \leqq C_{i(s)}$에 어긋나는 결합형이 나타나면, 후행하는 음절두음의 강도를 높여 (12)에 맞게 조정하라.

(14) 강도 낮추기 규칙

　　만약 (12) $C_{f(s)} \leqq C_{i(s)}$에 어긋나는 결합형이면서 (13)강도 올리기 규칙을 적용하기 곤란한 경우에는 선행하는 음절말음의 강도를 낮추어 (12)에 맞게 조정하라. 이때 강도 낮추기는 [공명성]의 확산으로 이루어진다.

다음에 (12)(13)(14)의 규칙으로 경음화와 비음화현상의 과정을 나타내어 본다. 이 때 자음의 강도는 (11)에 의거한다.

(15) 경음화
　　ㄱ) '마찰음+장애음'의 경우 (12에 어긋남)
　　　법사 /pəp \$ sa/　→　[pəp s'a]
　　　　　6　＞　5　(13)　　6　＜　7

　　　학사 /hak \$ sa/　→　[hak s'a]
　　　　　6　＞　5　(13)　　6　＜　7

ㄴ) '장애음+장애음'의 경우 (강화욕구가 있게 됨6))

박다 /pak \$ ta/ → [pak t'a]
　　　6 = 6　　(13)　　6 < 7

업고 /əp \$ ko/ → [əp k'o]
　　　6 = 6　　(13)　　6 < 7

그렇다면 (15)의 경음화를 가능하게 한 음성적 요인은 무엇일까. 그것은 바로 앞에서 살펴본 후두음층렬의 자립성이라 하겠다. 음절두음의 음절말음에 대한 지배관계에 의해 음절말음이 강도상 강화되는 것이 최적인 상황에서 국어에 존재하는 경음이 선택되었는데, 평음의 경음화를 가능하게 한 것은 바로 자립적 기능을 가진 '경음소'의 힘이라 할 수 있다. '마찰음+장애음', '장애음+장애음' 결합시 선행 음절말음의 내파화로 후두음층렬에 경음소 /ʔ/가 생성되고, 그 경음소가 후행 음절두음(장애음)에 확산되어 평음이 경음으로 발음되도록 만든 것이다.

(16) 비음화 : '장애음+비음'의 경우 (12에 어긋남)

국민 /kuk \$ min/ → [kuŋ min]
　　　6 > 3　　(14)　　3 = 3

밥물 /pap \$ mul/ → [pam mul]
　　　6 > 3　　(14)　　3 = 3

(16)의 결합에서, 두음(비음)의 강화가 불가능하므로 선행 음절말음

---

6) '장애음+장애음'의 경우 같은 강도의 결합형으로 (12)의 조건에 어긋나는 것은 아니지만, 음절구조에 따른 강도차이의 강화욕구에 의해 후행 음절두음의 강도 올리기를 시도한다고 볼 수 있다. 지금까지 이런 경우의 경음화는 선행하는 음절말음의 내파화에 의해 경음화된 다는 사실은 인식되었지만, 음절구조에 의한 파악은 간과되어 왔었다. 그런 점에서 음절구조와 자음강도에 의한 경음화 현상의 설명은 경음화의 근본 동인을 찾을 수 있다는 점에서 설명력의 우위성을 지니게 되는 것이다.

의 약화가 이루어진 것이다. 약화는 두음이 가진 [비음성]의 확산으로
만들어지는데, 그 과정은 자질층위이론적 표기인 (1)을 보면 쉽게 이해
될 것이다.

2. 위치조정 현상 – 연구개음화와 순음화

김차균(1990)에서는 조음위치에 따른 상대적인 강도를 제시하고 이
를 '강도동화'라고 명명하고 있다. 그러나 본항에서는 자음의 강도에
의한 조정현상을 '강도'로 규정하였기 때문에 김차균의 개념과는 상반
된 것이다. 그의 '강도동화'는 본항에서는 '위치조정'의 개념으로 사용
된다. 다음은 김차균(1990 : 216)에서 제시한 예들이다. (18)은 (17)을
위한 김차균의 규칙이다.

(17) 기저 또는 중간 표상　　　　표면 표상　　　　일어난 현상

ㄱ. 꽃밭[kot˺Pat]　　　　[kop˺Pat˺]　　　Ⅱ · Ⅳ→Ⅳ · Ⅳ
　　　Ⅱ　Ⅳ　　　　　　Ⅳ　Ⅳ

ㄴ. 단골[dan˺gol]　　　　[daŋ gol]　　　Ⅱ · Ⅴ→Ⅴ · Ⅴ
　　　Ⅱ　Ⅴ　　　　　　Ⅴ　Ⅴ

ㄷ. 옆구리[yəp˺kuri]　　　[yək˺kuri]　　　Ⅳ · Ⅴ→Ⅴ · Ⅴ
　　　　Ⅳ　Ⅴ　　　　　　Ⅴ　Ⅴ

ㄹ. 달력[dalʎək˺]　　　　[dalʎʎək˺]　　　Ⅱ · Ⅲ→Ⅲ · Ⅲ
　　　　Ⅱ　Ⅲ　　　　　　Ⅲ　Ⅲ

　　못질[mot˺Cil]　　　　[moc˺Cil]　　　Ⅱ · Ⅲ→Ⅲ · Ⅲ
　　　　Ⅱ　Ⅲ　　　　　　Ⅲ　Ⅲ

간장[ganˀjaŋˀ]　　　　　　　[gaɲˀjaŋˀ]　　　Ⅱ · Ⅲ→Ⅲ · Ⅲ
　　　　Ⅱ　Ⅲ　　　　　　　　Ⅲ　Ⅲ

ㅁ. 잇고/øiøgo/(→ øiʔˀKo)　　[gaɲˀjaŋˀ]　　Ⅰ · Ⅴ→Ⅴ · Ⅴ
　　　　　　Ⅰ　Ⅴ　　　　　Ⅴ　Ⅴ

잇네/øiøne/(→ iʔˀne→øitˀne)　[øin ne]　　Ⅰ · Ⅱ→Ⅱ · Ⅱ
　　　　　　Ⅰ　Ⅱ　　　　Ⅱ　Ⅱ

(18) 강도 높이기 : Ćの 강도를 높여서 Ĉ의 강도에 완전 동화시켜라.
　　(단, C'=ʔˀ인 경우를 제외하고는 이 규칙은 임의적이다. C'=ʔˀ일 때는
　　ʔˀ를 tʔ로 바꾸거나 강도동화를 필수적으로 적용하거나 둘 가운데 한
　　쪽을 택해야 한다.)

그러나 우리는 (17)의 예에서 몇가지 수정할 점을 발견하게 된다.
ㄱ~ㄴ의 예들은 조음위치 동화의 대표적인 것으로 수용할 수 있다. 그
러나 ㄹ~ㅁ예들에 관해서는 재고가 있어야 할 것이다.

무엇보다 김차균에서 조음위치에 따른 강도체계를 5단계까지 세분
화시킨 것은 무의미하다고 할 수 있다. 국어의 음운현상의 설명을 위
해서는 연구개음(velar)과 순음(labial)과 치조음(alveoar)의 우선순위를
부여하면 충분할 것이다. 이는 다음 김차균(1981 : 67-68)에도 암시되어
있는 바이다.

"조음위치 동화에서도 강도가 낮은 자음이 강도가 높은 자음에 동화되지
만 그 역은 일어나지 않는다는 일반적인 동화의 원칙이 엄격하게 지켜지고
있으며, 또 한편으론 의사소통 기능의 위치인 점강의 위치에 있는 소리는 점
약의 위치에 있는 소리에 동화되지 않는다는 사실도 역시 지켜지고 있다.
조음위치 동화에서 한가지 주목해야 할 것이 있다. 군불/kunpur/의 위치동

화인 발음[kum˞bul]은 감각/kamkak/의 위치동화된 발음 [kaŋ˞ga˞k]보다 훨씬 더 자연스러운 발음으로 들리고 겉보기 /kəthpoki/의 위치동화된 발음 [kəp p'ogi]는 옆구리/yəphkuri/의 위치동화된 발음[yək˞ k'uri]보다 더 자연스러운 발음으로 들린다. 이것은 표(39)를 보면, [ŋ] : [m] : [n]=16 : 12 : 2로 강도의 비율이 나와 있는 것을 보면 그 원인을 알 수 있을 것이다. 이 비율을 더 일반적으로 간단하게 말하면 다음과 같다.

　　연구개음 : 순음 : 치조음 = 8 : 6 : 1(조음위치 강도의 비율)

이 비율은 연구개음은 치조음보다 8배, 순음은 치조음보다 6배로 강하다는 것이 아니라 연구개음과 순음은 강(强)조음점, 치조음은 약(弱)조음점임을 나타내는 데에 의의가 있다고 생각한다.

동화에 있어서 약한 강도를 가진 것일수록 동화가 잘되고 강한 것일수록 동화가 잘 일어나지 않는다는 것을 생각하면 방금 위에서 말한 [kum˞bul]이 [kaŋ˞gak˞]보다 [kəp˞p'ogi]가 [yək˞k'uri]보다 더 나은 발음인 이유를 알 것이다. 즉 조음점의 강도가 낮은[n˞]이 [m˞]이나 [ŋ˞]으로 변하는 것이 조음점의 강도가 높은 [m˞]이 [ŋ˞]으로 변하는 것보다 더 자연스럽고, 마찬가지로 [t˞]이 [p˞]이나 [k˞]으로 변하는 것이 [p˞]이 [k˞]으로 변하는 것보다 더 자연스럽다는 것이다.

또 반대로 /kukmur/(국물)이 [*kum˞mul]로 발음되는 것은 /kuknan/이 [*kun˞nan˞]으로 발음되는 것보다는 덜 어색하다. 이것은 연구개음이 순음으로 변하여 자연스러움을 어기는 정도는 연구개음이 치조음으로 변하여 자연스러움을 어기는 정도보다는 어기는 정도가 낮은 데에 원인이 있다."

따라서 위치조정과정에 필요한 조음위치 표시는 연구개음(velar)의 [dorsal]자질과 순음의 [labial]자질, 경구개음의 [　](무표)로 가능할 것이다. 국어의 위치동화는 이들 세 자질 사이의 우선성을 부여하는 (19)의 규칙으로 충분한데, 자질확산의 방향은 음절두음에서 음절말음으로의 방향인 '오른쪽 → 왼쪽'이 된다. 이 방향성 역시 음절구조의 범어적인 지배관계와 관련이 있는 것이다. 여기서 C는 자음(consonant), i는 음절두음(syllable initial), f는 음절말음(syllable final), p는 강세위치(strength place)이다[7]. 확산 결과 동일 조음위치에서의 발음으로 노력경제를 획득하게 된다.

(19) 음절두음의 위치강세

(C)VC$_f$\$C$_i$V(C)의 구조에서 음절두음 C$_i$가 음절말음 C$_f$보다 위치강세에서 우월성을 가지고 있을 경우, 그것은 음절말음에 확산되어 동일한 조음위치를 확보하게 된다.

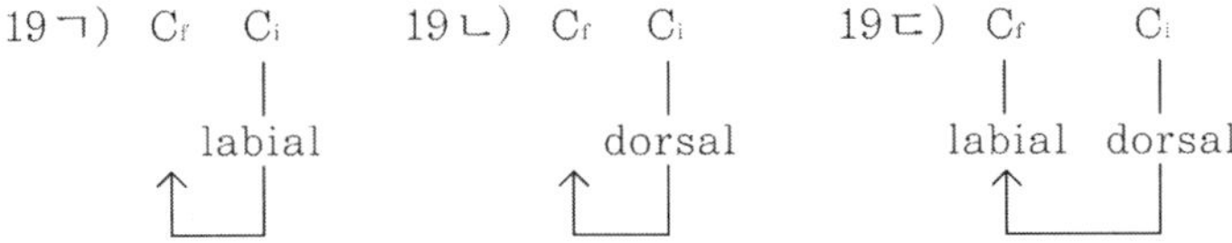

이와 같이 '음절두음→음절말음'으로의 확산은 일어나지만 그 역의 방향은 일어나지 않는다.

(예 : 박눈/pak \$ nun/→*[pakŋun], 박달/pak \$ tal/ → *[pakŋal] 등)
　　　　dor.　alv.　　　　　　　　　　dor.　　alv.

다음에 김차균의 (17)예들을 새롭게 제안한 규칙 (19)에 의거하여 다시 설명한다. (20)이 보다 간결하면서도 설명력이 강함을 알 수 있다.

---

7) 잠재표기 이론을 빌리면 경구개음, 순음, 연구개음은 다음과 같이 간략하게 표기될 수 있다. 국어에서 경구개음은 가장 무표적인 음이다.

　　경구개음　　　순음　　　연구개음
　　　X　　　　　X　　　　　X
　　　　　　　　　｜　　　　　｜
　　　　　　　　labial　　　dorsal

여기서 치조(alv.) 자리는 (19)의 '빈자리'(무표)이다.

(20)　ㄱ. 꽃밭 /kot \$ pat/　→　[kop p'at]
　　　　　　alv.　　lab.　(19ㄱ)　lab.　lab.

　　　ㄴ. 단골 /dan \$ kol/　→　[daŋ gol]
　　　　　　alv.　　dor.　(19ㄴ)　dor.　dor.

　　　ㄷ. 옆구리 /yəp \$ kuri/　→　[yək k'uri]
　　　　　　lab.　　dor.　(19ㄷ)　dor.　dor.

못질 /mot \$ cil/은 (19)의 조건에 어긋나므로 위치동화가 일어나지 않
　　　alv.　alv.
는다. 오히려 (12)음절두음의 강도강세의 조정을 받아 [motc'il]이란 올
바른 표면형을 도출해 낸다.

　　　ㄹ. 못질 /mot \$ cil/ → [mot c'il]
　　　　　　　6　=　6　(13)　6　<　7

간장 /kan \$ caŋ/ 역시 (19)의 조건에 어긋나므로 위치동화는 일어나지
　　　alv.　alv.
않는다. 또한 강도강세에 있어서 /kan \$ caŋ/은 (12)를 만족하기 때문에
　　　　　　　　　　　　　　　　3　<　6
더 이상 음운현상은 일어나지 않는 예이다. 반면, '잇고[익꼬]'는 강도
조정으로 후행 음절두음의 경음화가 일어나고 아울러 위치조정으로
선행 음절말음의 연구개음화도 일어나게 된 예이다.

　　　ㅁ. 잇고 /it \$ ko/ → [it \$ k'o]　→　[it k'o]　→　[ik k'o]
　　　　　　　6　=　6　(13)　6　<　7　(19ㄴ)　alv.　dor.　　dor.　dor.

잇네 $\overset{/\text{it \$ ne/}}{\text{alv. alv.}}$ 는 (19)에 해당되지 않으므로 위치동화는 일어나지 않는다. 반면 강도강세에서는 $\overset{/\text{it \$ ne/}}{63}$ (12)를 만족시키지 못하므로 (14)의 적용을 받게 된다.

$$\text{ㅂ. 잇네 /it \$ ne/} \rightarrow \text{[in ne]}$$
$$6 \; > \; 3 \quad (14) \quad 3 = 3$$

또한 뒤에서 후술하겠지만 강도조정 규칙과 위치조정 규칙은 하나의 결합형에 순차적으로 적용되는데, 이는 '꽃밭·옆구리·잇고' 등의 예에서 알 수 있다. 현대국어의 표준어는 강도조정규칙(소위 '조음방법동화')에 의한 도출형만 인정하며, 위치조정규칙(소위 '조음위치동화')에 의한 도출형은 표준어로 인정하지 않는다.

3. 강도 · 위치조정과 지배관계

지금까지 우리는 경음화·비음화의 근본 동인인 음절구조에 따른 '음절두음의 강도강세' 및 조음위치 동화의 근본동인인 '음절두음의 위치강세'를 살펴 보았다. 이들 강도강세와 위치강세의 공통성은 음절두음이 음절말음보다 강한 강세(위치)를 지닌다는 것이었다. 바꾸어 말하면 강도와 위치에 있어서 음절두음은 음절말음을 지배하는 관계에 있다고 할 수 있다. 음운현상에서 그 역의 방향은 일어나지 않는다는 사실로 미루어 이 지배관계가 한국어 음운현상의 중요한 버팀목 역할을 하고 있음을 알 수 있을 것이다.

지배관계의 표시는 Harris(1990)의 지배음운론(government phonology)의 도식을 빌리고자 한다. 다만 Harris가 제안한 분절음 내부의 원소들의 표시는 부자연스럽고 또 개별 언어에 따라 많은 수정이 필요한 것으로 받아들이기가 곤란하다[8]. 오히려 국어 자음사이의 음운현상에 나타나는 지배관계의 동인은 음절두음의 음절말음에 대한 자음강도 및 조음위치의 우위성이 되어야 함을 지금까지의 고찰에서 알 수 있었다.

Harris는 내부 원소의 복잡도에서 보다 복잡한 분절음이 덜 복잡한 것을 지배한다고 하였는데[9], 이때 나타나는 자음들의 복잡도는 흥미롭게도 본항에서 채택한 자음의 강도체계와 일치하고 있다. 물론 Harris 자신이 어디서도 자음 강도체계와의 일치성은 밝히고 있지 않으므로

---

8) Harris는 분절음을 이루고 있는 원소들을 제시하고 그 특성을 (1)과 같이 부여하였다. (2)는 그에 따른 원소들의 복합 모습이다. (Harris 1990 : 264)

  (1) Harris의 원소들의 특성

U°	labial	h°	noise
I°	palatal	N^+	nasal
v°	none	H^-	stiff vocal cords
R°	coronal	L^-	slack vocal cords
$?^\circ$	occluded		

  (2) 여기서 밑줄친 것이 head원소이다.

$$
\begin{array}{ccccc}
P & t & c & k & kp \\
X & X & X & X & X \\
\underline{?}^\circ & ?^\circ & ?^\circ & ?^\circ & ?^\circ \\
\underline{U}^\circ & & & & \underline{U}^\circ \\
& \underline{R}^\circ & & & \\
& & \underline{I}^\circ & & \\
& & & \underline{v}^\circ & \\
h^\circ & h^\circ & h^\circ & h^\circ & h^\circ
\end{array}
$$

9) 이것을 Harris는 복잡도 조건(Complexity Condition)이라고 하였다. "A와 B 위치를 각기 점유하고 있는 분절음을 α와 β로 하라. 그러면 만약 A가 B를 지배한다면, β는 α보다 더 복잡해서는 안된다." 다음의 예들이 부적절한 이유는 바로 복잡도 조건을 어겼기 때문이라고 본다.

그가 자음의 강도를 염두에 두고 원소 규정과 부여를 하였는지 그 여부는 알 수 없다.

지배음운론은 세 종류의 성분만을 염두에 두고 그 지배관계를 밝히는 데 있는데 이는 범어적이다. 즉, 음절두음(onset : 0), 음절핵(nucleus : N), 운모(rhyme : R)가 그것이다. 화살표는 지배의 방향을 나타낸다[10].

(21)

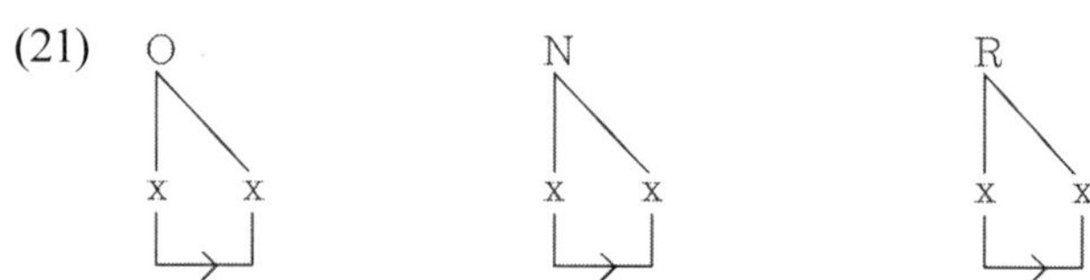

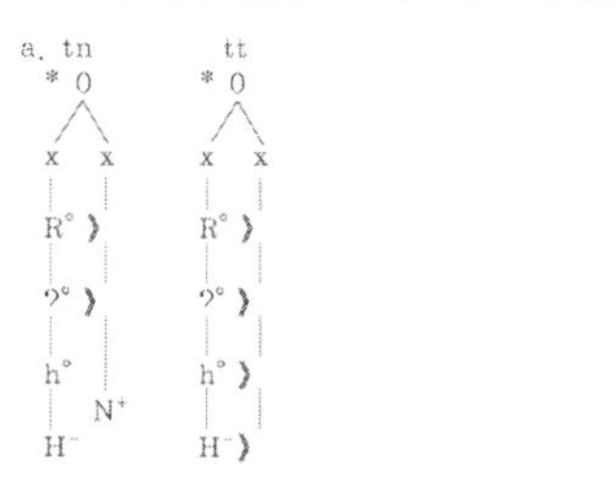

10) (21)과 (22)의 지배관계를 보여주는 것으로 다음의 예들이 있다.

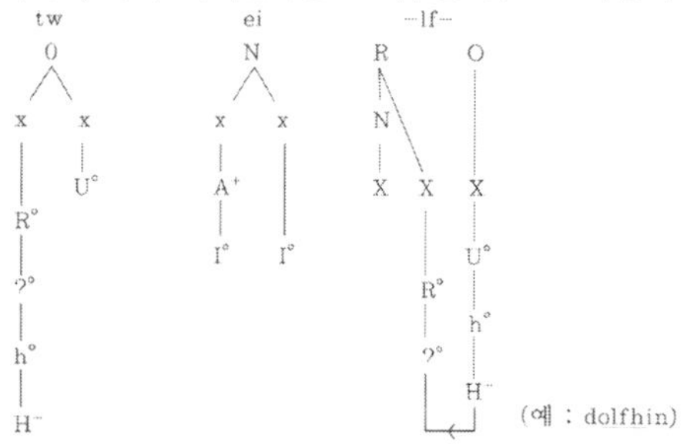

(예 : dolfhin)

(22) 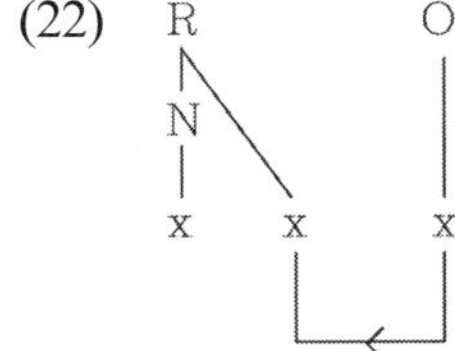

(21)은 음절두음에서의 지배관계, 음절핵에서의 지배관계, 운모에서의 지배관계를 나타내고 있으며, (22)는 선행음절말음(coda)과 후행하는 음절두음과의 지배관계를 나타내고 있다. (22)를 음절말음되기(Coda Licensing)라고 하는데, 곧 음절두음이 선행음절말음을 지배하는 관계를 보여주고 있다. Harris의 분절음 내부의 원소 구성 및 복합은 인위적인 부자연스러움을 부정할 수는 없으나, 이러한 지배관계의 표시는 음운현상의 설명에서 설명력을 가지고 있다고 본다.

그리하여 국어의 강도·위치 조정에서의 지배관계를 (22)를 빌어서 나타내면 (23)과 같다.

(23) 국어의 강도·위치 강세의 지배관계

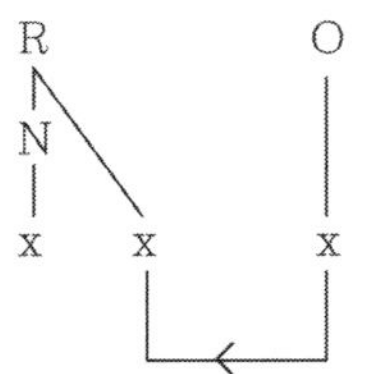

ㄱ. 음절두음의 강도강세 : $Cf(s) \leq Ci(s)$
ㄴ. 음절두음의 위치강세 : $Cf(p) \leftarrow Ci(p)$

곧, 국어의 경음화·비음화·위치동화는 두 자음의 연속에서 각 자음의 음절내에서의 위치에 따른 지배관계에 의한 것이라는 것이다. 강도 조정과 위치 조정의 방향성은 범어적인 "음절두음의 음절말음 지배"라는 한 방향으로만 흐름을 알 수 있었다. 지금까지 간과되어온 이 지배관계야말로 국어의 자음현상에서 가장 중요한 규준이라고 할 수 있다.

앞에서 잠깐 언급한 바와 같이 강도 조정과 위치 조정은 순차적으로 일어나는 것인 바, 이를 아래에 예시화함으로서 결론에 대하고자 한다.

편의상 '강도 조정과정'은 1단계, '위치 조정과정'은 2단계로 구분하여 본다. 현대 한국어의 표준어는 1단계 조정까지만 인정하고 있다. 2단계 조정형은 비표준어로 언중의 수의적인 형으로 간주한다.

(24) 1, 2단계 모두 적용되는 경우

$$6 = 6 \qquad (13) \qquad 6 < 7$$
옆구리 /yəp \$ kuri/ ----------→ yəp \$ k'uri ----------→ [yəkk'uri]
lab. dor.   (19ㄷ)

$$6 = 6 \qquad (13) \qquad 6 < 7$$
닫고 /tat \$ ko/ ----------→ tat \$ k'o ----------→ [takk'o]
alv. dor.   (19ㄴ)

(25) 1단계만 적용되는 경우

$$6 > 3 \qquad (14) \qquad 3 = 3$$
독눈 /tok \$ nun/ ----------→ toŋ \$ nun   [toŋnun]
dor. alv.

$$6 > 3 \qquad (14) \qquad 3 = 3$$

국민 /kuk \$ min/ --------→ kuŋ \$ min [kuŋmin]

dor. lab.

(26) 2단계만 적용되는 경우

$$3 < 6$$

감각 /kam \$ kak/ ----×--→ kam\$ kak --------→ [kaŋgak]
(감도 만족) lab dor (19ㄷ)

$$3 < 6$$

군불 /kun \$ pul/ ----×--→ kun \$ pul --------→ [kumpul]
(강도 만족) alv. lab. (19ㄷ)

이와 같이 국어 경음의 음성적 특징은 후두음층렬의 경음소 확산이지만, 확산의 방향성을 제어하는 것은 음절두음과 음절말음 사이의 지배관계임을 살펴보았다. 음절말음에 대한 음절두음의 강세는 의미론적 기능부담량에서뿐 아니라 심리적·사회심리적 요인과도 결부된 범어적 언어현상이라 할 수 있을 것이다.

4 연속체로서의 경음

국어 음운론에서 가장 많이 다루어진 주제 중의 하나가 경음화 현상에 대한 연구일 것이다. 경음화는 병서와 관련된 국어사적인 문제일 뿐 아니라 표기법 문제 및 현대국어에서의 공시론적인 규칙화 문제라는 다양하고 흥미있는 문제점들을 내포하고 있기 때문이다. 그러나 그 열기에 비하여 경음화의 실체 규명에 대한 미진함은 아쉬운 사실이기도 하다.

그나마 오정란(1988, 1989)은 당시까지의 단선적(linear)이며 귀납적인 경음 기술에 대하여, 복선적(non-linear)이며 연역적인 설명을 시도하였다는 점에서 의의를 찾을 수 있다. 경음화 및 기음화를 유발하는 후두음소를 자립분절층렬인 후두음층렬에 독립하여 설정하였고, 복합어 내부에서 일어나는 불규칙적인 경음화 현상을 추상적인 복합격(ACC : abstract compositive case)의 설정으로 규칙화하였던 것은 나름대로 의미를 부여할 수 있을 것 같다.

본항에서는 경음화 기술에 대한 지금까지의 여러 연구들이 간과하였던, 그러나 가장 근본적인 실체 규명을 그 목표로 한다. 경음화 내지 기음화가 발생하는 근본 원인과 동인에 대한 추적이 그것이다. 그리하여 표면상으로는 불규칙적이며 예외적이고 복잡하게 드러나는 현상들이 실은 규칙성과 체계성 아래 역동적으로 이루어지는 것임을 밝히고자 한다. 그 과정에서 지금까지의 연구에서 간과되었던 용언 활용에서의 유성음화와 경음화의 실체 규명에 초점을 두게 될 것이다. 다시 말

하여 경음화와 기음화 및 유성음화는 모두 후두에서 일어나는 음운현
상(후두음화)이라는 공통 특성을 가지고 있으므로 이들 사이에 존재할
연속체적 특성을 밝히고자 한다.

1. 음절강도제약과 후두음화의 방향성

'음절말음 + 음절두음'의 결합에서 후두음화가 일어나는 위치는 후
행하는 음절두음(onset)에 국한된다. 필연적으로 경음화가 일어나는
'장애음1 + 장애음2'의 결합에서 음절두음인 장애음2는 경음화하고, 음
절말음인 장애음1은 중화된다. 이때의 경음화와 중화는 음운론적으로
'강화'와 '약화'로 평가할 수 있다.[1] 이는 범어적으로 강화는 음절 두
음에 나타나며, 약화는 음절말음에서 나타난다는 사실과도 일치한다.
(오정란 1995)

　(1) 먹다 [먹따] 잡다 [잡따] 부엌도 [부억또] 밖과 [박꽈]

경음화뿐 아니라 'ㅎ'과 장애음이 결합되어 일어나는 유기음화의 경
우에도 유기음이 나타나는 위치는 음절두음이다. 이때 'ㅎ'은 장애음
앞이나 뒤 어디든 자유롭게 오는데 음절말음 위치에서는 중화되거나
탈락되고, 후행하는 음절두음 위치에서는 후행장애음과 결합하여 유기

---

1) 중화(neutralization)는 형태소가 변별기능의 부담량을 어느 정도까지 포기해 버리는 현상
　이므로 약화(weakening)과정이다. '부엌도·밖과' 등의 예들은 중화가 음성적으로도 약
　화과정임을 잘 보여준다. 반면 평음의 경음화 내지 기음화는 음운의 강화(stregthening)과
　정이다. (Foley 1970)

음으로 발음된다는 사실 역시 후두음화의 방향성이 음절두음에 집중
됨을 보여준다.

    (2) ㄱ. 'ㅎ + 장애음' ; 낳고 [나코/낟코]　낳다 [나타/낟타]　낳지 [나치/낟치]
       ㄴ. '장애음 + ㅎ' ; 낙하 [나카/낙카]　잡하 [자파/잡파]

    이것은 의미 변별 기능의 부담량에서 음절두음의 부담량이 음절말
음에 비하여 훨씬 높기 때문이라고 보여진다.Hooper(1976)와 오정란
(1995)을 고려한 국어의 자음강도체계는 다음과 같다. 여기서 경음과
기음은 평음보다 강도가 강하며, 이 평음이 유성음 사이에서 약화된
유성장애음은 4의 강도값을 부여 받으며 이들은 또한 마찰음 'ㅅ · ㅎ'
과 강도에서 동격으로 간주된다. 이때의 강도값은 공명도 개념과는 반
비례의 관계이다.

    (3) 국어 자음의 강도체계

활음	유음	비음	유성장애음/마찰음	장애음	경음/기음
1	2	3	4	5	6
/y, w/	/l/	/m, n, ŋ/	/g, d, b, j/	/k, t, p, c/	/k', t', p', c', s'/
			/s, h/		/kʰ, tʰ, pʰ, cʰ/

(3)의 강도체계를 (1)과 (2)의 예에 대입하여 보자.

    (4) 먹다　　　　　/mək · ta/ ⟶　　[mək˺ t'a]

$$5 = 5 \qquad\qquad 5 < 6$$

부엌도 $\quad$ /puək$^h \cdot$ to/ $\longrightarrow$ [puək$^\urcorner$ t'o]

$$6 > 5 \qquad\qquad 5 < 6$$

(5) 낳고 $\quad$ /nah $\cdot$ ko/ $\longrightarrow$ [nat$^\urcorner$ k^{h}o] $\longrightarrow$ [nak$^\urcorner$ k^{h}o]

$$4 < 5 \qquad\qquad 5 < 6 \qquad\qquad 5 < 6$$

낙하 $\quad$ /nak $\cdot$ ha/ $\longrightarrow$ [nak$^\urcorner$ k^{h}a]

$$5 > 4 \qquad\qquad 5 < 6$$

원 형태소의 '음절말음 : 음절두음'의 강도체계가 같거나('먹다'), '말음>누음'이거나 ('부엌도', '낙하'), '말음<두음'일 때를('낳고') 막론하고, 표면 강도형은 모두 '말음<두음'으로 조정되고 있음을 알 수 있다.

(5) '낳고·낙하'의 표준발음은 [나코]·[나카]이지만 많은 언중들은 [낙코][2])·[낙카]로 발음한다. 이 현상은 'ㅎ'과 'ㄱ'의 기음화로 인한 축약현상 후에 일어난 양음절화로도 설명 가능하다.

(6) 기음의 양음절성(ambisyllabicty)

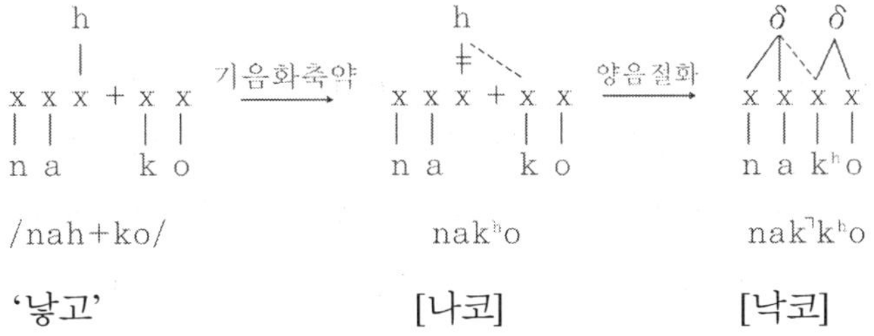

/nah+ko/ $\xrightarrow{\text{기음화축약}}$ nak^{h}o $\xrightarrow{\text{양음절화}}$ nak$^\urcorner$k^{h}o

'낳고' $\qquad\qquad$ [나코] $\qquad\qquad$ [낙코]

'ㅋ'/k^h/의 양음절화로 선행 음절말음에서는 국어의 7종성에 의한 중화 제약으로 인하여 [ㄱ]으로 발음되고 후행 음절두음에서는 [ㅋ]이 제

---

2) [낳코]를 [낙코]로 발음하는 현상은 음절두음(연구개음)의 위치강세로 인해 음절말음(치조음)이 연구개음화한 것이다.

음가대로 발음되는 것이다.

이것은 후두음화의 기본 동인이 의미적 기능부담량 차이에 의한 음절두음의 강화에 있음을 보여 주는 것이다.

여기서 말하는 강도는 Harris(1990)의 개념에 의하면 복잡성(complexity)으로 대체될 수 있다. Harris의 복잡성이란 음소의 내부 구조를 이루고 있는 원소들의 수효를 말한다. 원소의 개수가 많을수록 복잡성은 높아지고, 적을수록 복잡성은 낮아진다는 것이다. 이 복잡성에 근거하여 Harris는 음소 사이의 지배관계를 제시하였는데, 복잡성이 높은 것이 낮은 것을 지배한다는 것이다. 설명의 편의를 위해 3항에서 서술된 내용이지만 다시 한번 부연하고자 한다.

(7) Harris의 복잡성 조건 :
    a. A와 B 위치에 속하는 음소를 각각 α와 β로 하자.
    b. 그리고 만약 A가 B를 지배한다면, β는 α보다 더 이상 복잡해서는 안된다.

Harris의 (7) 조건은 복잡성에서 $\alpha \geq \beta$이어야 함을 의미한다. 그런데 Harris에 의하면 공명도와 복잡성은 반비례하여, 공명도가 높을수록 복잡성이 낮아진다는 것이다. 즉 공명도가 낮은 무성장애음은 원소의 수가 많아서 복잡성이 높은 반면, 공명도가 높은 유음이나 과도음으로 갈수록 원소의 수가 적어져서 복잡성이 낮아지게 된다. 그러므로 복잡성에 의한 Harris의 자음의 지배관계는 공명도가 낮은 음소가 공명도가 높은 음소를 지배한다고 본다.

그러나, Harris의 지배 음운론에 의한 원소의 내부구조 개념은 지금까지의 우리의 직관과 상충되는 면이 있다. 그 예로 국어의 중화현상을 들 수 있다. 국어에서 '낫, 낮, 낯, 낳-' 등은 음절말에서 '낟 [nat]'으로 중화된다. 이때 중화된 [t]는 원음소 {T}로 표기할 수 있다고 인지되고 있다. 이때 중화 이전의 'ㅅ, ㅈ, ㅊ, ㅎ' 등은 중화된 [t]에 비하여 유표적인 것이며, 따라서 [t]는 국어에서 가장 무표적 자음으로 인식되고 있다. 또한 무표적인 것을 기저에서 미명세(underspecification)시키는 이론에 익숙해져 있는 우리에게는, 무표적인 것이 보다 복잡성이 높은 것으로 설정되는 그의 이론이 생경하게 느껴지는 이질감을 느끼게 된다.[3]

따라서 Harris의 복잡성 조건보다는, 강도체계와 음절두음의 음절말음에 대한 지배관계를 원용한 제약체계가 음운과정 설명에 보다 합당하리라 본다.

다음 (8)에서 C는 자음(consonant), f는 음절말음(final), i는 음절두음(initial), s는 강도(strength)를 의미한다.

(8) 음절두음의 강도지배 : Cf(s) < Ci(s)

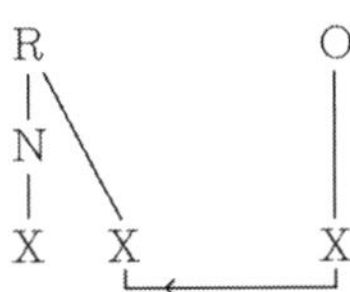

____

3) Harris는 국어의 /p→w/, /t→r/ 및 /t→s→h→ø/과정이 연화(lenition)인 것은 음소 내부구조의 복잡성이 점점 낮아지기 때문이라고 한다.

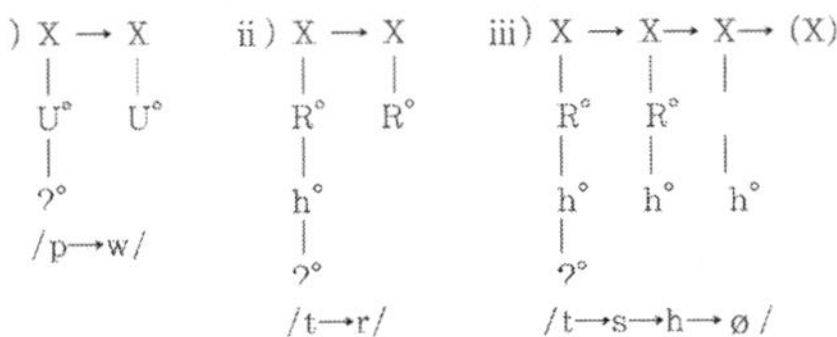

ⅰ) 음절두음은 음절말음을 강도에 있어서 지배한다.
ⅱ) (C)VCf $ CiV(C)의 구조에서 음절두음 Ci는 음절말음 Cf보다 자음강
도에서 강하여야 한다.

2. 음절강도제약과 후두음화의 단계성

2.1 '융합'과 '대립'의 의미

1. 명사와 명사가 결합하여 복합어를 이룰 때, 표면적으로 드러나지
는 않지만 기저적인 어떤 관계에 의하여 맺어질 것이다. 기저적인 이
관계를 오정란(1988)은 '격(case)'의 범주로 파악하여, '추상적인 복합
격(ACC)'이라는 개념을 설정한 바 있다. 복합격의 종류에 따라 동일
음운환경에서도 경음화 혹은 비경음화 과정을 밟는다고 설명하였다.
그 결과 불규칙적인 현상으로써 체계적인 설명이 불가능하였던 복합
어 내부의 경음화 현상에 대한 규칙화를 시도할 수 있었다. 즉 ACC가
속격, 처격, 수혜격의 관계로 복합어가 이루어지면 경음화가 일어나고,
그 밖의 격들(주격, 목적격, 도구격, 공동격 등)로 복합어가 이루어지면
비경음화가 일어난다고 보았다.

경음화하는 예들 : 촛불 [초뿔], 안방 [안빵], 봄비 [봄삐], 혼숫감 [혼수깜]
비경음화 예들 : 마소 [마소], 금비며 [금비녀], 콩밥 [콩밥], 해돋이 [해도지]

여기서 '촛불'은 속격 ACC, '안방·봄비'는 처격, '혼수감'은 수혜격
으로 이루어진 복합어이다. 반면 '마소'는 공동격, '금비녀·콩밥'은 도

구격, '해돋이'는 주격으로 이루어진 복합어이다.

그런데, 격의 종류에 따라 음운 현상이 이분화되는 이들 복합어의 의미론적 차이점은 의미적 일관성(semantic consistency)이라는 규준에 의하여 찾아볼 수 있다. (오정란 1988 : 173-175) 경음화가 일어나는 '촛불·안방·봄비·혼숫감' 등의 복합어에는 부분의 의미가 일관성있게 지속되는 의미적 일관성은 사라지고 없다. 대신 두 요소 사이에 선행어에 대한 후행어의 지배관계가 성립되고 있음을 알 수 있다. 초 < 불, 안 < 방, 봄 < 비 등. 'A<B' 관계인 후행어의 의미적 약화를 막기 위해 후행어 B의 어두음은 음성적 강화를 꾀하게 되는데, 그것이 곧 경음화인 것이다.

반면, 경음화가 일어나지 않는 '마소·금비녀·콩밥·해돋이' 등에서는 부분의 의미가 지속적이며 일관성있게 전환한 결과를 총합의미로 가지는 의미적 일관성을 찾을 수 있다.[4]

이때 의미론적 일관성을 가졌다는 것은 형태소 결합이 [연속성] 위에서 이루어졌다는 것이며, 이는 곧 형태소 사이의 관계가 '융합'적이라고 할 수 있다. 반면 의미적 일관성 대신 형태소 사이의 관계가 지배관계로 맺어지게 된다는 것은 [지배성]을 특징으로 한다는 것이며, 이는 곧 형태소 사이의 관계가 '대립'적이라고 할 수 있을 것이다. 다시 말하면 '융합(fusion)'은 [연속성]으로, '대립(opposition)'은 [지배성]을 의미론적 특성으로 가진다는 것이다.

---

4) Aronoff(1976)은 [A+B]와 [A#B] 사이의 차이점을 의미적 일관성에 의하여 해석하였다. [A#B]는 부분의 의미 총합으로 의미적 일관성을 가지고 있는 상태이다. (예 : compárable, re-collect) [A+B]는 각 형태소의 의미총합과 동등하지 않는 특정 의미로 어휘화한 경우이다. (예 : cómparable, préfable, recollect) 여기서 [A#B]는 음운론적 단계이며, [A+B]는 형태론적 단계이다.

2. 이러한 융합과 대립의 특성은 체언과 조사의 곡용, 어간과 어미의 활용 사이에도 존재하고 있다. 이병근(1981 : 84-85)은 체언이나 용언의 어간말 모음의 교체양상에 따라 강약의 차이를 부여하고 있다. 체언 어간 말의 /i, u/는 곡용할 때 어떠한 음운론적 환경에서도 교체를 일으키지 않지만, 용언 어간말의 그것들은 모음어미 앞에서 어간말 모음의 glide를 수의적으로 형성할 가능성을 보여준다는 것이다.[5]

    (9) 체언의 경우 : 무우-에, 새우-에, 가시-에
        용언의 경우 : 싸우- → 싸우어 - 싸워
                 피- → 피어 - 펴
                 보- → 보아 - 봐

이때 체언의 경우는 오히려 조사 앞에 /y/를 삽입하여 히아투스(모음충돌)를 기피하는 수의적인 현상도 나타난다.(무우-예, 새우-예, 가시-예 등) 그리하여 이러한 glide 형성에 비추어 어간의 교체조건의 강약을 다음과 같이 제시한다. (이병근 1981 : 85)

(10)

	체언	용언
어간	강	약
어미	약	강

(10)의 '강'과 '약'의 개념은 어간과 어미의 결합시 '체언'의 어간은

---

5) glide 형성 규칙 (이병근 1981 : 85) ;

$$[+syll] \rightarrow \begin{bmatrix} -voc \\ -cns \\ +high \end{bmatrix} \; / \underline{\quad} verb\ stem + VX$$

어미에 의한 glide 형성에 대하여 강하고, 용언의 '어미'는 용언어간 말음을 glide화하므로 강하다는 것이다.

그러나 용언 어간의 경우(연결형), '먹-면', '먹-나' 등에서 어간 '먹-'은 비음인 어미의 영향에서 벗어나기 위하여 '으'를 삽입함으로써 원형태를 지키는 강한 모습을 보여 준다. '먹-면'은 [먹으면], '먹-나'는 [먹으나]로 활용한다. 그러므로 glide 형성이라는 점에서는 (10)이 성립할 수 있으나, 전체적인 굴절체계의 관점에서는 문제점이 있다고 할 수 있다.

오정란(1997a)에서는 형태소 보존기능을 가지는 '으' 삽입의 유무에 따라 '체언+조사'와 '어간+어미'의 관계를 '융합'과 '대립'으로 구분하였다.

교착어인 국어에서 체언과 용언이 문법적인 기능을 실현하기 위해서는 문법적 접미사인 조사나 어미와의 결합이 있어야 한다. 이때 두 가지 상반된 기능이 역동적으로 일어나게 되는데, 하나는 음운론적 과정의 수행으로, 이것은 필연적으로 형태소의 변형을 가져오게 된다. 이에 대하여 형태소의 변형을 막기 위한 반동적인 기능이 있게 되는데 그것이 곧 '형태소 보존기능'이다. 음운론적 과정은 자음강도체계를 만족시키는 과정이며, 형태론적 과정은 '으'의 삽입과 경음화로 일어나게 된다. 곡용과 활용은 이 두 기능의 실현에서 다르게 반응한다.

체언의 곡용에서는 체언의 형태 보존을 위하여 조사 자체의 이형태들이 존재하게 된다. 선행 체언의 말음 조건에 따라 '-이/가, -은/는, -을/를, -으로/로, -과/와' 등이 상보적 분포를 나타낸다. 이것은 체언의 형태는 가능한 보존되는 반면, 조사는 원형태 개념이 약화되는 관계이다. 즉, 음운론적 기능은 강화된 반면 형태론적 기능은 약화된 관계인 것이다. 그 결과 국어에서 체언과 조사의 결합관계는 느슨하여, 조사의 생략은 자연스러운 언어현상으로 인식되어진다. "철수∅밥∅먹는다" 등. 체언과 조사 사이의 관계는 상호보완적이며, 용납이 가능한 '융합' 적인 것으로 볼 수 있다. 이것이 성립되는 이유는 체언과 조사의 자립성 여부가 이미 차등지어 진다는 사실에 기인하는 것 같다. 체언은 자립형태소이며 조사는 의존형태소이므로, 조사와의 결합에서 체언은 원래의 부분의미를 일관성있게 유지함이 가능하기 때문이다.

반면, 어간과 어미의 관계는 다르다. 어간과 어미 모두 의존형태소이므로 어느 한쪽의 생략은 곧 문법기능의 포기와 단어로써의 성립 불가능을 의미한다. 항상 결합되어야 하는 이들 어간과 어미 사이에는 각자의 형태소 보존을 위하여 자연히 '대립'적인 관계가 성립되게 되는데, 이것은 각 형태소의 원형태 보존으로 나타난다. '먹-며, 잡-니' 등의 어간과 어미의 결합은 그대로 두면 자음강도제약에 따라 [멍며], [잠니]로 어간의 형태변형을 가져오게 되므로, 이에 대한 방어 기능이 있게 된다. 즉 '으'의 삽입이 그것이다. 그리하여 '먹-며'는 [먹으며], '잡-니'는 [잡으니]로 형태소 유지를 꾀한다.6) 반면 유성자음으로 끝나는 어간 뒤의 장애음 어미 두음은 자신이 약화되는 것을 막기 위하여 경음화한다. '안다[안따], 감다[감따]' 등의 예들은 어간 말음의 영향으로 어미 두음의 약화에 거부하는 어미의 대립관계를 보여 준다.

이와 같이 대립관계의 어간과 어미는 각 형태소 고정을 위하여 ⅰ) 어간의 형태소 유지를 위해서는 '으' 삽입, ⅱ) 어미의 약화를 막기 위하여 어미 두음의 경음화로 기능하고 있음을 알 수 있다.

지금까지의 논의를 요약하면 '융합'과 '대립'의 개념은 '형태소 유지

---

6) '잡-니'의 [잡으니]는 연결형의 경우이다. 반면 종결형 어미 '-니'의 '-ㄴ-'은 [연속성]어미이므로, 어미이지만 융합과정을 밟게 된다. 즉 종결형어미 '-니'는 음운론적 과정에 따라 [잡니?]로 된다. 자세한 것은 오정란(1997a) 참조.

의 의지’와 연결된다는 것이다. ‘융합’은 그것이 약한 관계인 반면, ‘대립’은 형태소 유지가 강하게 반영되는 관계라는 것이다. 그러므로 융합은 음운론적 과정을 수용하는 반면, 대립은 음운론적 과정에 의한 형태소 변형을 거부하는 형태론적 과정이다. 또한 융합과 대립의 의미적 특성은 [연속성]과 [지배성]으로 대표될 수 있을 것이다.

(11) 융합과 대립

	굴절양상	범 주	의미특성	언어현상7)
융 합	곡 용	음운론	연속성	비경음화(동화)
대 립	활 용8)	형태론	지배성	‘으’삽입]경음화(이화)

유성음 사이에서 무성음이 유성음화하는 것은 자연스러운 음성 현상이므로, 이를 음운론적 과정(phonological process)이라고 할 수 있다. 그런데 음운론적 과정에 대한 예외 현상이 있을 수 있는데, 이것은 형태론적 과정(morphological process)의 결과이다. 그러므로 전자는 융합의 산물이며, 후자는 대립의 산물로 볼 수 있다는 것이다. 이것은 Vennemann(1974)과 Hooper(1976)이 제안한 자연생성음운론(natural generative phonology)의 규칙 분류와 흡사하다. 음운론적 과정은 자연생성론자들의 음운규칙(P-rule : phonological rule)에, 형태론적 과정은 형태음소규칙(MP-rule : morphophonemic rule)에 상응할 수 있다. (자세한 내용은

---

7) 언어현상에서 비경음화란 음운환경에 순응하는 유성음화를 뜻하므로 동화현상이며, ‘으’삽입과 경음화는 음운환경에 동화되기를 거부하는 것이므로 이화현상이라고 할 수 있다.
8) 이 때의 활용어미는 [연속성]을 가지지 않는 경우이다. [연속성] ‘-ㄴ-’과 연관된 어미는 융합과정을 밟게 된다.

오정란 1993a 참조)

후두음화의 실체를 규명하기 위하여 본고에서 주안점을 두는 음운 현상은 용언의 경음화와 비경음화이며, 오정란(1987c)에서 이미 고찰된 복합어 내부의 경음화와 비경음화 현상도 논리적인 전개를 위하여 간단하게 연결·언급하게 될 것이다.

2.2 융합과 음운론적 과정

음운론적 과정을 밟게 되는 결합관계는 [연속성]으로 특징지어지는 융합에서 일어나게 된다. 복합어를 이루게 하는 ACC 중에서 속격, 처격, 수혜격을 제외한 나머지 격들은 두 단어를 의미적 일관성에 의한 융합관계로 결합시키는 역할을 한다. 그 결과 유성음 아래의 장애음은 음운과정에 의하여 유성음화하게 된다.

$$(12) \ \text{해 \# 돋이} \xrightarrow[\text{주격 ACC}]{} \text{해돋이 [hɛdoji]}$$

$$\text{물 \# 받이} \xrightarrow[\text{목적격 ACC}]{} \text{물받이 [mulbaji]}$$

$$\text{금 \# 비녀} \xrightarrow[\text{도구격 ACC}]{} \text{금비녀 [kɨmbinyə]}$$

$$\text{봄 \# 가을} \xrightarrow[\text{공동격 ACC}]{} \text{봄가을 [bomgaɨl]}$$

체언 곡용에 있어서 조사들은 생략도 가능할 정도로 체언과 융합된 모습을 보여 준다. 또 체언과의 곡용시 조사의 영향으로 체언의 형태가 변형되는 것을 막기 위하여, 혹은 모음충돌(hiatus)이라는 바람직하지 못한 음성형의 산출을 막기 위하여 조사들은 이형태들을 가지게 된다. 이는 곧 음운 과정에 치중하여 단일 형태소 유지라는 형태소 보존 기능을 약화시킨 결과이다.

(13) ㄱ. "나는 학교에 간다" ——→ "나∅ 학교∅ 간다"
　　　 "아기가 밥을 먹는다" ——→ "아기∅ 밥∅ 먹는다"
　　 ㄴ. '밥+는' *[밤는] (체언형태변형)　　　∴ [밥은]
　　　 '차+은' *[차은] (모음충돌)　　　∴ [차는]
　　 ㄷ. '밥+를' *[밤늘] (체언, 어미형태 변형)　　　∴ [밥을]
　　　 '차+을' *[차을] (모음충돌)　　　∴ [차를]

반면, 용언의 활용에서 어미는 결코 생략되지 않는다.[9] 모두 의존형태소인 어간과 어미는 각 형태소의 원형을 유지하여 의미 전달의 기능이 약화되지 않도록 '으' 삽입이나 어미의 경음화 등으로 기능함은 앞에서 살펴본 바와 같다.

그런데, 그러한 대립적 관계인 어간과 어미의 관계가 융합적인 것으로 전환되는 경우가 있다. '먹-는-다, 안-는-다'의 '-는-'과 '먹-느-냐, 안-느-냐'의 '-느-' 그리고 종결형 어미 '먹-니?, 안-니?'의 '-니-' 요소들이 그것이다. 이 '-는, -느-, -니' 들이 결국은 '-ㄴ'으로 귀결된다는 것은 '가-ㄴ-다, 오-ㄴ-다'의 예에서 찾을 수 있다. '-ㄴ' 어미는 후행 어미 두 음의 경음화 대신 유성음화를 유도하며, 어간 말음의 형태소 보존을 위한 '으' 삽입도 거부하면서 음운론적 과정에 충실히 순응하게 한다.

---

9) 조사와 어미의 이 차이가 단어 분류기준에 의하여 국어 문법론을 분석주의 체계, 절충주의 체계, 종합주의 체계로 구분하도록 하였다.

태가 발화 당시에도 연속 상황이라는 공통성을 지니고 있다. 즉 [연속
성]을 특징으로 한다는 사실이다. 따라서 '-ㄴ'어미가 음운론적 과정에
순응하는 것은 곧 그 특성 [연속성]이 어간과 어미의 대립관계를 융합
관계로 전환시켰기 때문이라고 추정할 수 있는 것이다.

　기실 '-ㄴ'의 이러한 특성은 국어사적 언어 현상의 남겨진 조각이다.
중세국어에서 시상을 나타내는 선어말 어미 중에서 현재 계속형을 나타
내는 '-ᄂᆞ-'가 그 원형이라고 추정할 수 있는 것이다. (이기문 1972 :
163) '-ᄂᆞ-'의 현재 계속형의 의미 특성이 곧 [연속성]이기 때문이다.

　(14) 안는다 [anninda]　　먹는다 [məŋninda]
　　　 안니? [anni]　　　　먹니? [məŋni]
　　　 간다 [kanda]　　　　온다 [onda]

　'-ㄴ'의 이러한 특성은 관형사형 어미에서도 나타난다. 관형사형 어
미는 '-ㄹ'과 '-ㄴ' 두 가지인데 '-ㄹ'은 후행 체언을 경음화시키지만, '-
ㄴ'은 그렇지 아니하다. '올 것[올 껏]'과 '온 것[온 것]', '할 바[할 빠]'
와 '한 바[한 바]'가 그것이다. '수식어+체언'의 관계에서는 분명한 지
배관계가 성립되므로 이들은 대립의 관계이다. 그러나 '-ㄴ'의 [연속성]
특성은 대립을 융합의 관계로 전환시켜 음운론적 과정을 수용하도록
하는 것이다. '온 것'에서 유성자음 'ㄴ'과 모음 사이의 'ㄱ'은 음운론
적으로 유성음화하게 되는 것이다.

　(15) 온 것 [on gət]　　　　한 바 [han ba]
　　　 감는 것 [kamnin gət]　안는 바 [annin ba]

용언 활용에서 융합관계는 음운론적 과정을 밟는다는 또 하나의 예
로써 '안기[안끼]'와 '안기다[안기다]'를 들 수 있다. '안-'의 어간에 명
사형 어미 '-기'가 결합되는 것은 동사의 명사화를 추구하는 것이므로
명사화 어미의 특성이 강화되는 대립관계이다. 반면 '안-다'가 '안기-
다'로 피동화하는 것은 '안-'이 피동화 접사 '-기-'를 융합하는 과정이
므로 융합관계이다.[10]

    (16) 안기 [ank'i]   안기다 [angida]

2.3 대립과정과 경음화

2.3.1 용언의 경음화

대립관계인 어간과 어미의 결합이 각 형태소의 원형태를 보존하기
위한 세가지 방법이 있을 수 있다. 이것은 어간 말음과 어미 두음 사이
의 관계이다.

첫째, '장애음1+장애음2'의 결합이다. 이때는 음절 강도제약에 의하
여 장애음2(음절두음)의 경음화 내지 기음화로 나타난다. 음절두음의
강도강화(경음화 내지 기음화)는 형태소 강화로 인식된다. 잡다[잡따],
박고[박꼬] 등.

둘째, '장애음+유성자음'의 결합이다. 자연스러운 상태에서 이 결합
은 어미두음(유성자음)의 강도제약을 만족시키기 위하여 선행 어간말
음의 장애음은 비음화하여 약화된다.[11] 이를 막기 위한 '으'의 삽입은

---

10) 여기서 내리는 잠정적인 결론은 어간과 어미의 활용이 대립관계인 것은 그 어미가 어말에
    독자적으로 올 수 있는 경우에 한한다는 것이다.
11) 체언내부에서는 이러한 음운론적 과정을 수용한다. 소위 범어적인 비음동화 현상이 그것

어간의 형태소 변형을 막게 된다. 먹-면[먹으면], 먹-마[먹으마] 등.

셋째, '유성자음+장애음'의 결합이다. 자연스러운 상태에서 이 결합은 강도제약을 만족시키므로, 어미두음(장애음)은 유성음과 유성음 사이에서 자연스레 유성음화하게 될 것이다. 그러나 어미두음의 유성음화는 곧 형태 기능의 약화이므로, 이에 대한 반작용이 일어나게 된다. 어미두음의 강화, 곧 어미두음의 경음화가 그것이다. 감다[감따], 안다[안따] 등.

이때 '포옹'의 뜻인 '안다'[안따]의 '-ㄴ'이 [연속성] '-ㄴ'이 아니라 어간 요소이므로 대립관계로써 경음화가 일어난다. 반면 '알다'가 [연속성] '-ㄴ'을 취하게 된 '안다'는 융합관계이므로, *[안따]가 아니라 [안다]이다.

(17) ㄱ. 안다 [an t'a]   신자 [sin c'a]
       감다 [kam t'a]   심자 [sim c'a]
    ㄴ. 알다 → 안다 [an da]
       안다 → 안는다 [annin da]
       신다 → 신는다 [sinnin da]
       감다 → 감는다 [kamnin da]

(17)의 ㄱ은 용언의 어간과 어미는 대립관계로써 형태론적 과정(경음화)을 겪는 것을 보여준다. 그러나 그 용언들이 '-ㄴ'에 의하여 융합화하면 음운론적 과정(유성음화)을 밟는 것을 17ㄴ)에서 알 수 있다.

이다. 예 : 국민 [궁민], 십만 [심만] 등.

2.3.2 '-ㄹ' 관형사형의 경음화

수식어와 체언의 관계는 지배관계가 설정된 것이다. 따라서 이들은 대립관계로써 형태론적 과정을 수용하게 된다. 국어의 관형사형 어미 '-ㄹ'은 그 대표적인 예이다. '-ㄹ' 뒤에 오는 체언은 예외없이 경음화하여 형태소의 강화를 시도한다. 이러한 '-ㄹ'과 후행 형태소 사이의 대립관계는 상당히 두드러진 것으로써, 중세국어의 각자병서 표기에도 잘 나타나 있다. '-ㄹ' 뒤의 형태소는 각자병서로 표기되거나, 아니면 '-ㅭ'과 전청음(평음)으로 표기되어 있다. 이때 'ㆆ'은 후두 폐쇄음 [ʔ]의 음가 표기이므로 'ㆆ+전청음 = (어중) 경음'라는 등식이 성립될 수 있는 것이다. (오정란 1988 참조)

(18) ㄱ. 올 바 [ol p'a]　　　　　　갈 곳 [kal k'ot]

　　　　숨을 곳 [sumɨl k'ot]　　　먹을 밥[məkɨl p'ap]

　　ㄴ. 이실 쩌긔 (월인석보 9 : 16)　오실 낄 (월인석보 7 : 10)

　　　　건너싫 제 (용비어천가 50)　값 길히 (용비어천가 19)

'-ㄹ' 관형사형 어미가 보여주는 대립적 특성과 '-ㄴ' 어미의 융합적 특성의 차이는 곧 경음화와 유성음화라는 상이한 음운과정을 밟게 하는 동인이 되고 있다. 또한 대립 관계로 결합된 복합어들이 경음화되고 있음도, '-ㄹ'관형사형의 경우와 같이 그들 사이가 지배관계로 설정되었기 때문이다. 속격, 처격, 수혜격으로 이루어지는 복합명사는 의미적 일관성이 아니라 후행어가 선행어를 지배하는 관계(A<B)로 맺어진 상태이므로 후행어의 경음화가 일어난다.

(19) 손 # 등　──────→ 손등 [son t'iŋ]
　　　　속격　ACC

봄 # 비 ——————→ 봄비 [pom p'i]
　　　　처격　ACC

고기 # 배 ——————→ 고깃배 [kogi p'ɛ]
　　　　수혜격　ACC

3. 음절강도제약과 후두음화의 연속체적 특성

3.1 융합과 대립의 음절강도제약

음절강도제약은 음절두음의 강도가 음절말음보다 강하여야 한다는
제약으로, 국어에서 예외없이 적용되는 음운과정이다. 그 결과 음절두
음과 음절말음의 강도차가 존재하게 되는데, 허용되는 강도차의 정도
가 단어에 따라 다르게 나타난다.

　융합관계인 체언은 동격까지도 수용하고 있다. 즉 '국민→[궁민], 법
망→[범망]' 등에서 음절강도체계에 어긋나는 '5>3'의 관계를 '3=3'으
로 조정하여 수용하고 있는 것이다.

(20) 국민　kuk · min ——————→ kuŋ · min
　　　　　5 > 3　　　　　　　　3 = 3

　　　법망　pəp · maŋ ——————→ pəm · maŋ
　　　　　5 > 3　　　　　　　　3 = 3

(20)은 후행하는 음절두음이 [비음성]일 때 선행 음절말음은 강도제
약에 순응하기 위하여 음절두음의 [비음성] 자질을 덧가짐으로써 강도
를 약화시키는 방법을 보여주고 있다. 보다 공명도가 높은 [비음성] 자

질의 덧가짐은 언어보편적인 비음동화 현상으로 인식되고 있는 것이다. 이것은 융합관계에서는 음운과정을 수용한다는 것을 입증하는 예이다. 또한 이것은 원래 음절강도제약을 충족시키고 있는 단어들에서도 마찬가지이다.

(21) 민 국　mim · kuk　⟶　min · guk[12]
　　　　　3 ＜ 5　　　　　　3 ＜ 4

　　심 복　sim · pok　⟶　sim · bok
　　　　　3 ＜ 5　　　　　　3 ＜ 4

(21)의 예들은 음절강도제약을 만족시키는 자음결합이면서 또한 그것들이 융합관계로 이루어졌다면, 유성음 사이에 있는 후행 자음은 유성음으로 바뀐다는 것이다. 이것은 곧 융합에서는 음절강도제약을 지키되 가능하면 음절두음과 음절말음의 강도차를 좁히는 방향으로 음운 과정이 일어난다는 것을 입증하는 것이다. 여기서 강도차를 줄이는 작용은 곧 동화(assimilation)의 일종으로 해석된다.

융합의 이러한 기능은 복합어에서도 마찬가지이다.(속격, 처격, 수혜격 이외의) 기타격의 관계도 연결된 복합어들은 강도차를 줄이는 동화의 방향, 즉 유성음화한다.

(22) 금비녀 (도구격ACC) kim · pinyə　⟶　kim · binyə
　　　　　　　　　　3 ＜ 5　　　　　　　3 ＜ 4

　　봄가을 (공동격ACC) pom · kaɨl　⟶　pom · gaɨl
　　　　　　　　　　3 ＜ 5　　　　　　　3 ＜ 4

---

12) 빠른 속도의 발음에서는 '민국'은 [밍국]으로 된다. 이는 강도조정에 뒤이은 수의적인 위치조정이다.

또한 [연속성] '-ㄴ' 어미가 결합된 용언 활용과 관형사형의 경우도
마찬가지이다.

(23) ㄱ. 먹 는 다　məknɨn · ta ⟶ məŋnɨn · da

　　　　　　　　　　　3 < 5　　　　　　　3 < 4

　　잡 니?　　cap · ni ⟶ cam · ni

　　　　　　　5 > 3　　　　3 = 3

　　ㄴ. 먹는 밥　məknɨn · pap ⟶ məŋnɨn · bap

　　　　　　　　3 < 5　　　　　　　3 < 4

　　간 곳　　kan · kot ⟶ kan · got

　　　　　　　3 < 5　　　　3 < 4

그러나 대립관계에서는 상이한 반응이 나타난다. 융합관계인 (20)과
동일한 자음결합(파열음＋비음)일지라도, 대립관계인 어간과 어미에서
는 비음동화를 거부하기 위하여 '으' 삽입이 있게 된다. 그 결과 어간
의 말음은 변형을 면하게 된다.[13)

(24) 잡 - 며, cap · myə ⟶ cam · myə (×)

　　　　　　　5 > 3　　　　　　3 = 3

　　　　　　　⟶ capɨ · myə (O)

　　먹 - 나, mək · n a ⟶ məŋ · na (×)

　　　　　　　5 > 3　　　　　　3 = 3

　　　　　　　⟶ məkɨ · na (O)

---

13) '으'의 삽입으로 어간 말음은 원형태가 유지되지만, 독립 음절의 어두음이 되어 정렬제약
　(Align)을 위배한다. 그러나 정렬제약 위배는 형태소보존제약 위배보다 하위의 제약이므
　로 '잡으며'가 수용된다. (오정란 1997a)

또한 (21)와 동일한 자음결합(비음＋파열음)일지라도 대립관계인 활용에서는 (21)와 달리 강도차를 크게 하는 방향으로 음운변화가 일어난다. 이것은 음소결합상의 자연스러운 음운론적 과정(동화)을 거부하기 위한 것으로 이화(dissimilation)의 일종으로 볼 수 있다. 이때 이화는 후행 어두음의 경음화로 나타난다. 이화의 원인은 동화의 결과로 빚어질 형태소의 약화를 막기 위한 것으로 보아진다.

(25) 안 다　an·ta ───────→ an·da (×)
　　　　　　 3 < 5　　　　　　　　 3 < 4

　　　　　　 ───────→ an·t'a (O)
　　　　　　　　　　　　　　 3 < 6

　　 감 고　kam·ko ──────→ kam·go (×)
　　　　　　 3 < 5　　　　　　　　 3 < 4

　　　　　　 ───────→ kam·k'o (O)
　　　　　　　　　　　　　　 3 < 6

(25)에서 일어나는 어미의 경음화 현상은 음운론적 환경과는 무관한 형태론적 과정임을 알 수 있다. 대립의 이러한 기능은 속격, 처격, 수혜격 ACC로 이루어진 복합어[14])에서도 동일하다.

(26) 손 등 (속격ACC)　son·tɨŋ ──────→ son·dɨŋ (×)
　　　　　　　　　　　 3 < 5　　　　　　　　 3 < 4

　　　　　　　　　　　 ──────→ son·t'ɨŋ (O)
　　　　　　　　　　　　　　　　　 3 < 6

　　 안 방 (처격ACC)　an·paŋ ──────→ an·baŋ (×)
　　　　　　　　　　　 3 < 5　　　　　　　　 3 < 4

───

14) 속격·처격·수혜격 ACC로 이루어진 복합어들도 선행어에 대한 후행어의 지배관계로 이루어진 것으로 대립관계로 볼 수 있다.

$$\text{an} \cdot \text{p'aŋ (O)}$$
$$3 < 6$$

고기배 (수혜격ACC)　kogi · pɛ ⟶ kogi · bɛ (×)
$$0 < 5 \qquad\qquad 0 < 4$$

$$\longrightarrow \text{kogi} \cdot \text{p'ɛ (O)}$$
$$0 < 6$$

대립관계인 '-ㄹ' 관형사형과 체언의 관계에서도 '-ㄹ' 뒤 체언의 강화(경음화) 현상이 나타난다.

(27) 올 것　　ol · kət ⟶ ol · gət (×)
$$2 < 5 \qquad\qquad 2 < 4$$

$$\longrightarrow \text{ol} \cdot \text{k'ət (O)}$$
$$2 < 6$$

숨을 방　　sumɨl · paŋ ⟶ sumɨl · baŋ (×)
$$2 < 5 \qquad\qquad 2 < 4$$

$$\longrightarrow \text{sumɨl} \cdot \text{p'aŋ (O)}$$
$$2 < 6$$

대립관계의 예들 (24) (25) (26) (27)에서 음운론적 과정(유성음화, 동화, 약화)은 거부되고, 그 대신 형태론적 과정('으' 삽입과 경음화, 이화, 강화)이 선택됨을 알 수 있다.

'방아'의 발음이 유성음화 혹은 경음화하는 경우를 보자. '물방아', '돌방아'는 [mul baŋa] [tol baŋa]로 유성음화하지만, '디딜방아'는 [titil p'aŋa]로 경음화한다. 전자는 도구격(복합격)으로 이루어진 융합관계 복합어15)이므로 유성음화하였고, 후자는 대립관계인 '-ㄹ'관형사형과

---

15) '물방아'는 '물로 돌아가는 방아', '돌방아'는 '돌로 만든 방아/돌로 찧는 방아'란 의미로 도구격ACC로 이루어진 복합어이다.

체언의 관계이므로 경음화한 것이다.

지금까지 논의된 바를 요약하면 '융합'에서는 원래의 강도차에서 그것을 좁히는 방향으로 음운변화가 일어나고, '대립'에서는 넓히는 방향으로 진행된다는 것이다. 여기서 궁금한 것은 그들이 허용하는 강도차의 기본범위 문제이다. 융합에서는 원 형태소가 가지고 있던 '두음-말음'의 강도차를 좁히는 방향으로 진행되는데 최소 동격까지도 허용함을 알 수 있다 (20) (21) (22) (23). 반면 대립에서는 원형태소의 강도차를 넓히는 방향으로 진행되는데, 그 강도차가 최소 1은 초과할 것을 요구하는 것 같다 (25) (26) (27). 다시 말하면 '최소한 동격(융합)'과 '최소한 1 초과(대립)'가 그들이 허용하는 강도차의 기본범위라는 잠정적인 추정이 가능할 것 같다.

3.2 후두음화의 연속성

지금까지 대립관계인 용언활용과 복합어들이 강화 수단으로 경음화를 선택함으로써 형태소의 약화를 거부하고 있음을 살펴 보았다. 이러한 대원칙에 대하여 예외현상으로 보이는 두 가지 경우가 있다.

첫째, 장애음과 장애음의 결합관계일 때이다. (4) (5)의 예가 그것이다. '먹다'와 '낳고'의 경우는 어간과 어미라는 대립관계이므로 동격 내지 어긋난 강도체계가 '말음<두음'으로 수정된 것이 자연스럽게 받아 들여진다. 그러나 융합관계인 체언의 곡용 '부엌도'와 체언 내부 '낙하'에서는 '말음=두음'이라는 동격형으로도 가능하여야 하나, 장애음과 장애음의 결합에서는 반드시 '말음<두음'으로 조정되고 있는 것이다. 다시 말하면, 도출된 음성형만으로는 융합과 대립의 구분이 불가

능하다는 것이다.

이것은 장애음과 장애음의 결합이라는 음성적 특성으로 이해되어야 할 것이다. 비음 결합형 체언(융합관계)은 원래의 동격 강도형이 그대로 유지되지만 (예 ; 신망, 상면), 장애음 결합형 체언(융합관계)은 원래의 동격 강도형이 '말음<두음'으로 조정되어진다(예 ; 국밥, 밥보). 비음 결합형이 동격까지 인정되는 것은 비음의 자질구조에서 조음위치와 조음방법[공명성]을 변화시키지 않고 (8)의 강도체계를 만족시킬 방법이 없기 때문이다. 반면 장애음 결합형은 음절말 장애음은 장애음 앞에서 음성적으로 내파되며, 그때 산출되는 내파음 후두폐쇄음으로 인하여 후행 장애음은 자연스럽게 경음화된다. 여기서 후행장애음은 곧 음절두음이므로, 음절두음의 음절말음에 대한 지배에 의한 강화(경음화) 현상으로 이해된다. 그러므로 장애음 결합형은 음성적으로 후행 장애음의 경음화를 유발하게 되고, 또 이 강도형(5<6)은 융합과 대립 어느 관계에도 수용되는 것이다. 즉 융합관계에서도 장애음 결합형의 강도형이 동격에서 '<'으로 바뀌는 것은 필연적인 음성 현상으로 이해되어야 한다는 것이다.

둘째, 대립관계인 용언 활용에서 '-ㄹ'로 끝나는 어간과 어미의 결합의 경우이다. '길-다, 졸-다, 달-다' 등에서 어미의 두음은 경음화되어야 하는데 오히려 유성음화(동화)하고 있다. 이에 대해서는 두가지 해석이 가능하다. 하나는 (27)의 관형사형 어미와 체언과의 차별성을 위함이다. 만약 '길-다, 졸-다' 등을 [길따] [졸따] 등으로 어미를 강화시킨다면 (27)의 '올 것, 숨을 방'의 '것, 방'과 어미 '-다'가 동일한 자립 형태소로 인식될 가능성이 높기 때문이다. 즉 모두 대립관계이지만, 어느 경우의 [지배성]이 부각되어야 하는가 하는 점에서 의존형태소인 어미가 자립형태소 체언에 강화 욕구를 양보하였다고 볼 수 있다. 해석의 두 번째는 어미가 체언에 강화욕구를 양보했다손 치더라도, 조정된 어간과 어미의 강도차가 1 이하일 경우였다면 '-ㄹ' 어간과 어미의 약화는 거부되었을 것이다. 다행히 '길-다, 졸-다' 등의 유성음화는 두음과 말음의 강도차 2를 산출하므로 각 형태소의 대립성은 유지되는 단계였던 것이다.

(28) 길다　　kil·ta ──────→ kil·t'a (× : 27과 상충됨)
　　　　　 2 < 5　　　　　　　 2 < 6

　　　　　　　　　　 ──────→ kil·da (O)
　　　　　　　　　　　　　　　 2 < 4

　　　졸다　　col·ta ──────→ col·t'a (× : 27과 상충됨)
　　　　　　 2 < 5　　　　　　 2 < 6

　　　　　　　　　　 ──────→ col·da (O)
　　　　　　　　　　　　　　 2 < 4

　　이와 같이 대립관계에서 다른 결합구조와의 상충으로 인하여 부득이 약화를 허용할 경우, 약화된 상태의 강도차가 최소 2 이상일 것을 요구하는 것을 알 수 있다. (25)에서 '안다' /an·ta/의 음운론적 환경에서 /t/는 필연적으로 [d]로 유성음화할 수밖에 없고, 그럴 경우 강도차는 '2'에서 '1'로 줄어들게 된다. 이 강도차는 어간과 어미의 독자성을 지키기에는 너무 약한 것이므로 대립관계의 활용에서는 오히려 어미의 경음화가 있게 된 것이다. (28)에서 대립관계인 용언이 강도약화를 허용할 수 있는 것은 'ㄹ'이 가장 강도가 약한 자음이기 때문에 가능한 것이다.

　　이 '-ㄹ' 말음 어간이 현재 진행형 시제로 바뀌어 [연속성] '-ㄴ'을 취하게 되면 융합화한다.[16)]

────────────

16) '-ㄹ'말음 어간과 'ㄴ' 결합형 '길-는, 졸-는'은 그대로 두면 설측음화가 일어나 'ㄹㄹ'로 변하여 어미 두음의 변형을 가져온다. 이때 어미두음 'ㄴ'의 'ㄹ'로의 변형보다는

(29) 길다 → 긴 강 /kin · kaŋ/ ⟶ [kin · gaŋ]
$\qquad\qquad\qquad$ 3 < 5 $\qquad\qquad$ 3 < 4

$\qquad$ 졸다 → 존 방 /con · paŋ/ ⟶ [con · baŋ]
$\qquad\qquad\qquad$ 3 < 5 $\qquad\qquad$ 3 < 4

'오다, 가다' 등 어간이 개음절인 경우 대립관계임에도 불구하고 후행하는 어미두음이 유성음화하는 것도, 그 강도차가 '2'를 초과하기 때문에 약화를 허용한다고 볼 수 있다.

(30) 오다 /o · ta/ ⟶ [o · da]
$\qquad\qquad$ 0 < 5 ⟶ 0 < 4

$\qquad$ 가다 /ka · ta/ ⟶ [ka · da]
$\qquad\qquad$ 0 < 5 ⟶ 0 < 4

지금까지의 논의를 바탕으로 (8)의 강도제약은 다음과 같이 세분화될 수 있다.

(31) 융합과 대립에서의 자음강도제약
ㄱ. 융합에서의 자음강도제약 : $Cf(s) \leqq Ci(s)$
융합관계에서 자음강도는 음절두음이 음절말음을 지배하되, 최소 동격까지 허용된다.
ㄴ. 대립에서의 자음강도제약 : $Cf(s) < Ci(s)$
대립관계에서 자음강도는 음절두음이 음절말음을 지배하여야 한다. 단 부득이 원래 강도체계의 약화가 있을 경우에는 최소 강도차 2 이상이어야 한다.

어간 말음 'ㄹ'의 탈락을 취함으로써 형태소 약화의 부담을 음절 말음에 부가시킨 것 같다.(오정란 1997a)

(31)을 기초로 하여 융합과 대립관계에 일어나는 유성음화 현상과 경음화 현상을 도표화하면 다음과 같다. 여기서 우리는 '강도차 강화 → 약화 허용 → 약화'라는 후두음화의 단계성을 알 수 있다.

(32) 후두음화의 연속체적 단계성

	융합관계 음운론적 과정 (유성음화) $Cf(s) \leq Ci(s)$		대립관계 형태론적 과정 (경음화) $Cf(s) < Ci(s)$	
체언 내부	국민 　　[연속성] 한국	강도차 약화	-	
복합어내부	물방아 금비녀 봄가을 　[연속성] 해돋이	강도차 약화	손등 안방 　[지배성] 고깃배	강도차 강화
용언활용 / 수식어와 체언	산 닭 간 곳 　[연속성] 먹는 밥	강도차 약화	디딜방아 살 닭 갈 곳 [지배성] 먹을 밥	강도차 강화
용언활용 / 어간과 어미	감는다 안는다 　[연속성] 온다	강도차 약화	감다 　[지배성] 안다	강도차 강화
용언활용 / 어간과 어미	감는다 안는다 　[연속성] 온다	강도차 약화	길다 졸다 　[지배성] 오다	강도차 '2' 초과시 강도 약화 허용

대립관계이면서 'Cf(s) < Ci(s)' 강도체계의 수립이 불가능한 유성자음으로 시작되는 어미의 활용은 '으'의 삽입으로 각 형태소의 대립성을 지키게 된다. (예 : 심-며 → 심으며, 먹-마 → 먹으마, 심-나 → 심으나 등)

이상, 본항에서는 동일한 음운환경에서 상이한 두 음운현상(유성음화와 경음화)이 일어나는 원인을 융합과 대립이라는 규준에 의하여 살펴보았다.

융합과 대립이란 형태소 결합의 의미적 특성에 근거한 것으로써 융합은 [연속성], 대립은 [지배성]을 그 특성으로 한다고 보았다. 그 결과 융합관계에서는 음운론적 과정을 수용함으로써 유성음화 현상이 일어나게 되는데, 이는 형태소의 약화를 의미한다. 대립관계에서는 경음화 내지 '으'의 삽입이라는 형태론적 과정으로써 형태소 약화를 초래하는 음운론적 과정을 거부하게 되는데, 이는 형태소의 강화이다. 또한 융합은 동화이며, 대립은 이화현상이다.

그에 따라 자음결합에 필수적으로 적용되는 음절 위치에 따르는 자음강도제약도 융합에서는 $Cf(s) \leq Ci(s)$, 대립에서는 $Cf(s) < Ci(s)$로 조정되어진다. 이 조정은 국어의 후두음화가 융합과 대립이라는 상황에 따라 단계적으로 요구되고 있음을 보여주는 것이다.

이를 통하여 복합어 내부 및 용언 활용 사이에서 서로 연관성없이 불규칙적으로 일어나는 것으로 간주되어 온 유성음화와 경음화 현상을 규칙적이며 체계적인 것으로 설명할 수 있었다.

5 한국어 경음의 연구 현황과 전망

　　현대국어에서 삼지적 상관속을 이루는 음운 중 유독 경음만은 고대국어에는 존재하지 않았던 음운이다. 뒤늦게 국어에 나타난 경음이지만1), 그 확산력과 확산 속도는 엄청났다. 중세문헌의 많은 평음 어사들이 근대국어에 이르면서 경음화되었으며2), 경음화는 시대가 흐를수록 더욱 확산되는 추세에 있으니3), 오늘날 국어 순화를 위하여 경음 사용을 자제하자는 운동까지 전개되었지만 오히려 경음의 확산은 멈추지 않고 있다4). 또한 국어 복합어 내부에서 일어나는 사이시옷 개재 현상은 그 출현 환경의 다양성으로 하여 일본어에서의 Rendaku현상(연탁현상)처럼 국어의 독특하고 흥미로운 현상인데, 그런 만큼 음운론

---

1) 중세국어의 경음은 훈민정음의 합용병서 및 각자병서로 표기된 기록들이 처음이다. 그러나 비록 고대국어에는 음운으로서의 경음은 없었지만, 평음의 경음화를 가능하게 한 후두폐쇄음의 존재를 확인할 수 있다. 향가의 '叱'이 그것인데, 그 음가는 [?]로 추정된다(오정란 1988b : 19-63).

2) 곳고리>꾀꼬리, 돗돗ᄒ다>따뜻하다, ᄀᆞᆺᄀᆞᆺᄒ다>깨끗하다, 딛딛ᄒ다>떳떳하다 등.

3) 이러한 경음의 확산 뒤에는 사회심리학적 요인이 강하게 자리잡고 있는 듯하다. 즉 아노미(anomie) 현상에 대한 보상 심리가 그것이다. 현대 사회로 올수록 소외감, 무력감, 욕구불만 등 불안한 심리상태를 지니게 되는 인간들은 대화 시에도 상대방이 자신의 말에 귀를 기울이지 않으리라는 불안감, 혹은 소외감을 느끼게 된다. 이것을 극복하고 이 상황에서 자기 보호본능에 의하여 표현 효과가 강한 경음으로 발음하게 되는 것이다. 이처럼 경음화는 내부의 불안감을 위장하고 상대방의 시선을 집중시킬 수 있으리라는 보상 기능을 가지기 때문에, 사회가 발달하고 복잡해질수록 경음은 증가 추세에 놓일 수밖에 없는 것이다(오정란 1988b : 16-17)

4) 일반적으로 단어의 소리가 변하는 가장 큰 요인은 그 단어의 의미 영역을 확보하기 위한, 다른 단어와의 구분을 위함이 가장 클 것이다. 그러나 평음의 경음화는 다른 단어와의 변별이 아니라, 그 어사 자체의 강조라는 심리적 요인에 가장 많이 근거하고 있다. 요즘 젊은이는 "사랑해"를 "싸랑해", "세련되었어"를 "쎄련되었어", "과(科) 대표"를 "꽈 대표" 등으로 어두음을 경음으로 발음하는 것을 당연시하고 있다. 이것은 바로 현대를 살아가는 인간들의 불안심리를 반영한다고 할 수 있다.

연구에서 관심의 대상이 되어 온 주제이기도 하다.

본항에서는 한국어 음운론의 주요 쟁점인 경음화 연구에 대한 과제와 연구 현황을 돌아보고, 앞으로의 전망을 짚어보고자 한다. 경음화는 국어사에서도 가장 주요한 줄기를 이루는 요체이지만, 본항에서는 연구 범위를 현대국어로 제한하고, 또 경음 자체의 음성 특질에 대한 연구는 제외하고 음운론적인 접근에 한정하기로 한다.

1. 경음화 현상의 연구 현황과 과제

1.1 단어 영역의 경음화 현상

전통적으로 국어 경음화에 대한 연구는 단어 차원의 경음화 연구에 치중되어 왔다. 그런데 단어 차원에서도 결합 음운의 종류에 따라 규칙적인 경음화와 불규칙적인 경음화로 나뉘어진다. 규칙적인 경음화 현상은 선행어 말음이 장애음으로 끝날 때 후행 연성장애음이 무조건 경음화하는 현상이다. 불규칙적인 경음화는 선행어 말음이 공명성 자음으로 끝날 경우 후행 연성장애음이 경음화 혹은 유성음화하는 다양성을 보이는 경우이다.

1.1.1 규칙적인 경음화 현상

국어에서 선행말음 'ㄱ, ㄷ, ㅂ' 뒤에 오는 연성장애음은 무조건 경음화하는 현상5)에 대한 규칙화는 전통적인 생성음운론 연구들에서 초점

---

5) 예 ; 국밥[국빱], 밥국[밥꾹], 닫고[닫꼬], 솟대[손때] 등.

이 된 주제였었다. 김진우(1967 : 9)의 규칙화6)를 시작으로 많은 시도들이 있게 된다.

김영기(1974)는 국어 자음에 일어나는 많은 음운현상들을 충실하게 분석하고 이를 규칙화하였다는 점에 후학들의 연구에 많은 기여를 하였다. Chomsky의 이론에 충실하게 추상적인 기저형 설정과 그에 따른 여러 규칙들 그리고 규칙순에 의하여 전개하되, 예외 현상들에 대한 설명력 강화를 위하여 독자적인 경계 표시를 많이 사용하고 있다7). 이용재(1978)도 생성음운론에 의하여 국어 경음화를 연구한 것이다8).

그러나 자질 표시에 근거한 생성음운론에 입각한 이러한 규칙화는 경음화의 경우, 원인이 되는 자질과 결과되는 자질 사이의 인과적 관계가 불투명하다는 한계점을 가진다. 이러한 궁금증은 자립분절음운론의 도움으로 어느 정도 해소된다9). 선행 음절말음의 내파화가 자립분절음소인 경음소[?]를 생성하게 되고 이것이 다음 음절 두음으로 확산되는데, 이것이 경음화라고 이해 가능하기 때문이다(오정란 1988a).

그러나 이러한 연구들의 맹점은 경음화 위치가 반드시 후행음절의 두음이라는 사실에 대한 원인은 밝히지 못하고 있다. 나타나는 현상에 근거하여 "후두음 확산은 오른쪽"이라 정할 뿐이다. 이런 점에서 볼 때

---

6) [-son] →[+tense]／[-son] ―

7) 김영기(1974 : 131)의 불파음 뒤 경음화 규칙(post-unreleased fortition) ;

$$\begin{bmatrix} +rel \\ -son \end{bmatrix} \rightarrow [+tense] / [-rel] -$$

8) 이용재(1978)의 경음화 규칙 ;

$$\begin{bmatrix} +obst \\ +lenis \end{bmatrix} \rightarrow [+fortis] / [+obst]$$

9) 오정란(1988c)은 국어에서 삼지적 상관속을 형성하는 경음소[?]와 기음소[h]는 자립분절음 층렬인 후두음층렬에 존재하면서 독자적인 음운현상을 일으킨다는 것을, 국어 음성 상징어 분석을 통하혀 밝힌 것이다.

오히려 Hooper(1973)[10] 등의 자연생성음운론(NGP)이 그 원인 규명에는 보다 나아간 듯하니, 음절말음에 대한 음절두음의 우세성이 그것이다. 왜냐하면 음절두음이 음절말음에 비해 우세하다는 것은 음절의 위치에 따른 의미 기능량을 고려할 때 당연히 도달할 수 있는 결론이기 때문이다.

김차균(1981, 1990)의 일련의 연구들에서 '음절경계 바로 앞에 오는 음성의 울림도 ≧ 음절 경계의 바로 뒤에 오는 음성의 울림도'라는 조건을 찾아낸 것은 생성음운론적 규칙화 이상의 성과로 평가되어야 할 것이다. 다만, 김차균의 연구에서는 울림도(sonority)라는 개념을 사용하였으나, 음절 사이의 관계로 볼 때는 오히려 '강도(strength)' 개념이 보다 적확한 것으로 보인다.

오정란(1993)은 김차균(1990)의 개념을 Hooper 등의 자연음운론과 KLV(1985, 1990)[11]의 지배음운론에서의 지배 개념을 빌어 수정·보강한 것이다. 국어 음운현상의 가장 강력한 동인은 음절말음에 대한 음절두음의 우세성으로 전제하고, 음절 두음은 음절 말음에 비해 강한 강도의 음성형을 요구한다고 발전시켰다. 울림도와 강도는 서로 반비례하는 동전의 양면같은 관계이나, 어느 개념을 사용하느냐에 따라 설명력은 확연히 달라지게 된다.

이러한 연구를 종합하면 규칙적인 경음화현상은 다음과 같이 이해된다. 1) 장애음과 장애음 연쇄에서 선행 음절말 장애음은 내파되면서

---

10) Hooper, Joan B.(1973), *An Introduction to Natural Phonology*, New York : Academic Press.
11) Kaye, J., J. Lowenstamm & J.-R. Vergnuad(1985), "The Internal Structure of Phonological Elements : A Theory of Cham and Government", *Phonology Yearbook* 2. 그리고, Kaye, J., J. Lowenstamm & J-R. Vergnuad(1990), "Constituent Structure and Government in Phonology", *Phonology* 7.

내파음 곧 경음소[ʔ]를 생성한다. 2) 국어 음절 구조의 지배관계 ; 음절 말음에 대한 음절두음의 강도 강세를 지키기 위하여 경음소의 오른쪽 확산이 일어난다. 3) 그 결과 후행 두음의 경음화가 일어나게 된다.

1.1.2 불규칙적인 경음화 현상

불규칙적인 경음화 현상에서는 1.복합어를 이룰 때 일어나는 사이시옷 현상 2. 용언에서의 경음화 현상 3. 관형형 '-ㄹ' 뒤 경음화 현상들이 그 주관심사였다.

이들 불규칙적인 경음화 현상은 음운론적 요인만으로는 설명이 불가능하여, 자연히 형태론적 혹은 통사론적인 정보가 필요하게 되었다.

(가) 사이시옷 현상에 대한 기술

국어에서 복합어를 이룰 때 동일한 음성 환경이지만 단어에 따라 경음화 혹은 유성음화라는 상반된 현상이 일어난다. 이때 경음화가 일어나는 경우를 사이시옷 개재현상(예 ; 안방, 손등, 촛불 등)이라고 한다. '사이시옷'이라는 용어는 역사적인 표기체계에 근거한 것인데[12], 실제 발음은 후행어를 경음화시키는 것이니까 후두폐쇄음 [ʔ]이다. 국어에 있는 자모를 이용한다면 [t]가 가장 가까운 음이니[13], 김영기(1974)는 사이시옷 현상을 t 삽입으로 해석한다[14].

---

12) 용비어천가와 훈민정음언해에, 결합음운의 종류에 따라 'ㄱ,ㄷ,ㅂ,ㅸ,ㆆ' 등이 사이시옷으로 사용되고 있는데, 이들의 대표 표기로 'ㅅ'이 선택되었었다. 또한 중세국어에서 어두 경음 표기는 'ㅅ'계 합용병서에 의하였는데, 이러한 표기 관습은 1933년 '한글맞춤법통일안'에서 경음표기를 각자병서로 정할 때까지 계속되었었다.
13) 'ㄷ'이 내파되면 후두폐쇄음 [ʔ]이 되며, 뒤에 공명음이 올 경우 [n]으로 동화되기 때문에 't-삽입'으로 설정할 경우엔 두 가지 음운현상에 대한 설명이 용이하다. 경음화뿐 아니라, '이+몸→잇몸' 등 'ㄴ' 삽입 현상에서도 같은 맥락으로 설명이 가능하다.
14) 김영기(1974 : 163)의 t-삽입규칙(어간이 다음절일 때는 수의적이라는 제약) ;

그렇다면 이들 상반된 음운현상이 일어나는 원인은 무엇일까. 이희승(1965 ; 171-172)의 분류별 분석[15]이 그 고뇌의 흔적이며, 기능주의에 입각하여 경음화를 설명한 정국(1980 ; 30-46)의 분석도 동일 범주의 것이다. 그러나 아쉽게도 정국(1980)에서는 분류는 했으되, 그것을 규칙으로 제어하지는 못하고 있다[16].

이들 규칙에 의하면 동일한 음운론적 환경에서 유성음화하는 단어들(예 ; 금비녀, 콩밥, 봄가을 등)까지도 경음화시키는 오류를 범하고 있다.

오정란(1988a)는 이희승, 정국에서의 분류를 '격(格 case)'이라는 하나의 기준에 의해 분류하고 규칙화하려는 노력이었다. 두 단어가 결합될 때 표면적으로는 드러나지 않지만, 내부적으로 두 단어의 결합시 존재한 의미론적인 어떤 격의 존재를 수용한 것이다. 이를 '추상적인 복합격(abstract compositive case ; ACC)'라 하여, 경음화가 일어나는 경우는 선행어에 대한 후행어의 지배관계(대립관계)가 이루어지는 속

$$\emptyset \rightarrow t \, / \, [+son] \text{—} \notin \begin{bmatrix} +cons \\ -tns \end{bmatrix}$$

'내+가'가 '냇가 [낻깨]' 로 경음화되는 현상은 다음 세 규칙들이 규칙순에 의하여 적용된 결과이다.

1. t-삽입규칙 2. 장애음 불파규칙 3. 불파음 뒤 경음화 규칙

15) 먼저, 사이시옷이 개재되는 경우 ; (가) 첫 말이 주가 되고 다음 말은 종속적 지위에 있어서 그 중간에 소유격적 의미를 필요로 하는 말 (예 ; 비ㅅ방울, 바다ㅅ물, 손ㅅ등) (나) 둘째 말이 주가 되고 첫말은 아랫말을 수식하는 관형격적 의미를 다분히 포함하고 있는 경우 (예 ; 움ㅅ집, 봄ㅅ바람)

다음, 사이시옷이 개재되지 않는 경우 ; (가) 첫 말은 다음 말이 포함하고 있는 내용의 한 재료가 되는 경우 (예 ; 마루방, 돌집, 질그릇, 밤밥) (나) 둘째 말이 한 개의 완전한 독립명사가 되지 못하고 동사나 형용사의 어간으로부터 전성한 경우 (예 ; 해돋이, 손잡이, 강 건너) (다) 첫 말이 소유격의 주체나 수식의 관형어가 충분히 되지 못하는 경우와 그리하여 두 말을 분리하여 생각할 것이 아니라 전연 단일한 명사로 볼 성질의 말 (예 ; 봄보리, 신발, 밀밭, 콩밭)

16) 정국(1980 : 59)의 규칙

$$\begin{bmatrix} C \\ +lax \end{bmatrix} \rightarrow [+tense] \, / \, \begin{bmatrix} C \\ +son \end{bmatrix}]_{NN} [\text{—}$$

격[17], 처격, 수혜격 ACC가 개재하는 경우로 한정지었다. 왜냐하면 복합어 형성 후 단어경계가 형태소 경계로 약화되어 자연스레 후행어의 약화(유성음화)가 일어나게 되므로, 대립관계인 이들 복합어의 경우엔 유성음화를 막기 위해 경음소인 후두폐쇄음을 삽입시켜 경음화로 강화시킨다고 해석하였다. 또한 사이시옷 개재현상은 동일한 격으로 연결될지라도 사용빈도 혹은 친숙도에 따라 단어에 따른 개별성을 보이는 복잡한 현상이다. 그래서 오정란에서는 이러한 언어외적 요건을 반영하기 위하여 Hyman(1978)[18]의 경계변화(boundary change) 개념과 Aronoff(1976)[19]의 개념을 도입하여 규칙에 반영하였고, 국어 경음화현상이 단어에 따라 개별적이며 연속체적인 것이라고 제안하였다. 예를 들어 도구격으로 결합된 복합어 '김밥'이 [김빱]으로 발음되는 것은 사용빈도에 따라 의미적 일관성에서 지배관계로 바뀌게 되었고 따라서 후행어의 의미약화를 경계한 경음소 삽입의 결과로 해석하였다.

(나) 용언에서의 경음화 현상

용언의 경음화 문제는 복합어 경우보다 더 복잡한 양상을 보인다. '알다(知), 길다(長), 늘다'는 경음화 되지 않으나, '안다(抱), 신다(被)'와 '감다, 숨다, 남다'는 경음화한다. 선행어 말음이 모두 연성 장애음이라는 동일한 조건임에도 불구하고, 어간 말음의 종류 'ㄹ(설측음) : ㄴ, ㅁ(비음)'에 따라 다른 음운현상이 일어나는 이 문제는 어떻게 설명되어

---

17) 속격 관계로 결합한 복합어에 사이시옷이 개재할 때는 선행어가 무정물[-animate]일 것을 요구한다. ([-A]의 경우 : 솔방울, 눈동자 // [+A]의 경우 : 개다리, 범가죽)
18) Hyman, L. W.(1978), ''Word Demarcation'', *Universals of Human Language*, Vol.2, Stanford University Press.
19) Aronoff, M.(1975), ''Able'', *NELS* 5.

야 할 것인가. 이 문제 역시 사이시옷 개재의 불규칙성 이상으로 해명되어야 할 과제라 생각한다.

또한 '알다(知)'의 현재형 /안다/는 경음화 되지 않으나, '안다(抱)'의 기본형 /안다/는 경음화되며, 그 피동형 /안기기/는 경음화되지 않는다. 이런 문제에 대한 설명도 하나의 과제이다.

생성음운론에 의한 연구들은 비음으로 끝나는 어간 뒤의 경음화 현상과, 관형형 어미 '-ㄹ' 뒤에서의 경음화 현상을 규칙화하려고 노력하였다. 김영기(1974)의 용언어간 경계 경음화 규칙과 관형형 경계 경음화규칙이 그것이다[20].

용언에서의 경음화 혹은 관형형어미 '-ㄹ' 뒤의 경음화현상에 대한 관심은 전상범(1976)에서도 찾을 수 있다. 이 연구 역시 사이시옷 개재가 아닌 경음화현상을 전통적인 생성음운론에 입각하여 규칙화한 것인데[21], 통사 정보를 규칙에 반영하고 추상적인 기저형 설정[22] 및 규칙순에 의한 적용으로 용언에서의 경음화를 설명하고자 것이다.

구조주의 언어학에 대한 생성음운론의 장점이 "왜"라는 질문에 대한 설명력에 있었다고 한다면, 경음 연구에 관한 한 이들 시도는 절반의 성공밖에 거두지 못한 것으로 평가된다. 왜냐하면 이들 규칙으로는 첫

---

20) 김영기(1974 : 175)의 용언어간 경계 경음화규칙 ;
   $[-son] \rightarrow [+tense] / [+nas] \& —$

   김영기(1974 : 178)의 관형형 경계 경음화 ;
   $[-son] \rightarrow [+tense] / 1 = —$

21) 전상범(1976 : 33)의 된소리 규칙 ;
$$[+obst] \rightarrow [+tense] / \begin{bmatrix} il \\ \begin{bmatrix} \langle -obst \rangle \\ -cont \end{bmatrix} \quad \langle V/A \rangle \ stem \end{bmatrix} + —$$

22) 현대국어의 [-il]은 중세국어의 <ㄹㆆ>의 반사형이기 때문에, [-il]의 기저형을 /-ilt/로 설정하자고 제안한다(전상범 1976 : 34).

째, 다양한 선행 환경과 경음화 사이의 어떤 필연적이며 유기적인 관계를 나타내지 못하고 있으며, 둘째, 예외형들을 무시하다보니 자연히 "왜"라는 원인 규명이 아니라 결과적으로 나타난 표면현상의 기술 수준에 머무르고 있기 때문이다.

전자의 문제점들은 이후 자질위계이론과 음절음운론의 도입으로 어느 정도 설명력이 강화된다. 자질들 내부의 위계 개념과 미명세 이론과의 결합, 그리고 확산(spread)이라는 개념의 도입 등으로 이루어진 표시(representation)들은 경음화가 이루어지는 내부 과정이 보다 선명하게 이해되는 강점을 가진다. 그러나 후자의 문제는 여전히 답보 상태로 남아있다.

1.2 구 이상 영역의 경음화 현상

구 단위 이상에서 일어나는 경음화 현상은, 해당 용언이 단어 차원일 경우와 정반대로 나타난다. 다시 말하면, 이들 용언이 관형형으로 기능할 때는 단어 차원의 경우와 완전히 상반되는 현상을 보인다는 사실이다. '-ㄹ' 관형형어미 뒤에서는 대체로 경음화하는 반면(용언의 경우는 유성음화함 ; 날다, 길다 등), '-ㄴ' 관형형 어미 뒤에서는 오히려 유성음화하고 있다(용언의 경우는 경음화함 ; 안다, 신다 등).

(1) '-ㄹ' 관형형 어미 뒤에서의 경음화 ; 갈 곳, 올 집, 먹을 밥
(2) '-ㄴ' 관형형 어미 뒤에서의 유성음화 ; 간 집, 온 곳, 먹은 밥
손향숙(1987 : 245-263)은 '신다'는 경음화하지만, '간고기'는 경음화하지 않는 현상을 설명하기 위하여 경음화를 유발하는 [+CG]의 삽입

을 제한하는 것으로 해결한다. 즉, 관형형 접미사(adnominal suffix) [-in]은 다음 자음을 경음화시키지 않으므로, 동사어간 뒤에만 [+CG] 연결된 x slot을 삽입시키는 제약23)을 두고 있는 것이다. 반면 후행어를 경음화시키는 [-il]의 경우는 접사 끝 운율(suffix-final melody) /l/ 뒤에 부동자질 (floating feature) [+CG]를 기저적으로 가진 것으로 표시하여 해결하고 있다24). 이러한 해석은 나타난 표현 현상에 대한 설명력은 있으나, 접사의 종류에 따라 [+CG] 부과 여부를 결정하는 동인(動因)에 대한 궁금증은 풀리지 않고 있다.

그뿐 아니라 후행어를 경음화시키는 것으로 인정되는 '-ㄹ' 관형형어미도 실상은 보다 복잡한 양상을 보이고 있다는 사실이다. '먹을 밥'에서는 후행어가 경음화되나, '먹을 비빔밥'에서는 경음화되지 않는다.

시정곤(1993)은 'a.먹을 밥 / b.*먹을 그 밥 / c.*먹을 비빔밥'을 예로 들면서, 관형구성에서 경음화 현상의 음운론적 조건을 만족시키기 위해서는 통사부에서 핵이동을 가정해야 한다고 하였다. 여기서 b,c는 핵이동 제약에 따라 핵이동이 차단되므로 '-ㄹ' 기저의 [+CG] 확산에 의한 경음화도 역시 일어나지 않는다고 하였다.

반면 운율음운론(prosodic phonology)을 국어 연구에 적용한 강옥미(1992)는 운율단위와 음운 현상과의 관계를 살피면서, 후어휘부에 적용되는 장애음 뒤 경음화 규칙은 음운론적 단어(phonological word)보다는 크고 억양구(intonational phrase)보다는 작은 음운론적 구(phonolo

---

23) 단어 경음화 ; 어간 다음에 [+CG]에 연결된 x slot을 삽입하라(손향숙 1987 : 246)

$$\text{ø} \rightarrow \text{x} \quad / \quad \text{x} \quad] \text{——}$$
$$\quad | \qquad\qquad | $$
$$[+CG] \qquad [+nas] \quad \text{stem}$$

24) 이러한 가정의 시작은 전상범(1976)에서 찾을 수 있으며, 또한 김동레(1998)도 같은 맥락이다.

gical phrase)[25] 안에서 적용되는 음운규칙이라고 한다. 경음화 규칙은 이 단위를 넘어서서 적용되지는 않는다고 하였다.

전선아(1993, 1998)는 실제 발화 자료를 근거로 한 음성학적 조사 결과를 토대로 발화의 억양 형태를 바탕으로 국어의 운율단위 설정을 제안한 것이다. 그에 따르면 한국어의 장애음 뒤 경음화 규칙은 강세구 내에 적용되는 것으로, 강세구 경계를 넘어서서는 적용이 되지 않는다고 하였다. 신지영(1999) 역시 음성 실험을 통하여 국어 장애음 뒤 경음화 현상은 운율단위에 민감한 음운 규칙으로 그 적용 범위가 강세구(AP)임을 밝히고 있다.[26]

문제는 이러한 경음화 현상 역시 하나의 규준에 의하여 설명이 되지 않는다는 사실이다. 같은 관형형 어미 '-ㄹ' 뒤에 오더라도 후행하는 불완전 명사 '-것, -바'의 경우는 강세구 위치에 상관없이 예외 없이 경음화하고 있다.

(3) /갈 것/ ; a. AP[갈 것]   b. AP[갈] AP[것]
(4) /올 바/ ; a. AP[올 바]   b. AP[올] AP[바]

또 뒤에 오는 단어가 불완전 명사 아닌 단어인 경우에도 1음절이거나, 많이 사용되는 단어인 경우도 강세구 위치에 상관없이 경음화한다.

---

25) 강옥미(1992)에서의 '음운론적 구'의 개념은 Selkirk(1980)에 의한 것이며, 유필재(1994)는 통사구조와 의미론적 초점을, 김태경(2000)은 통사적 의존 조건과 긴밀성 조건을 음운론적 구의 정의에 이용하고 있다. Selkilk, E. O.(1980), "The Role of Prosodic Categories in English Word Stress", *Linguistic Inquiry* 11.

26) 신지영(1999 : 44)에 제시된 예들
 /세워질 다리/ ; a. AP[세워질 다리]   b. AP[세워질] AP[다리]
 /세워질 그 다리/ ; a. AP[세워질 그 다리]   b. AP[세워질] AP[그] AP[다리]

이러한 단어 개별적인 어휘 특성에 따른 경음화 현상도 밝혀야 할 것이다.

    (5) /갈 길/ ; a. AP[갈 길]   b. AP[갈] AP[길]
    (6) /올 곳/ ; a. AP[올 곳]   b. AP[올] AP[곳]

이에 대한 문제 인식은 분석적 연구 방법에 의한 김유범(1999)에 나타나 있다. 관형사형 어미 '-ㄹ' 뒤 경음화현상은 후행 요소의 의존성과 자립성 여부, 그리고 사용 빈도와 관련된 언중들의 친밀성 정도에 의한 수의적인 현상일 뿐만 아니라, 경음화 진행 양상에서 정도성의 성격을 띤다고 하였다. 그 예로 "입을 것>먹을 시금치>묶을 갈대"의 순서로 경음화 가능성이 약해진다고 한다.

두 번째 의문은, '-ㄹ'과 같은 관형형 어미이면서도 '-ㄴ' 뒤에서는 경음화가 일어나지 않는다는 사실이다. 'ㄹ'과 'ㄴ'은 같은 공명음이며 또 'ㄹ'의 공명도가 보다 높기 때문에, 후행음을 경음화시키기에는 오히려 'ㄴ'의 가연성이 높을 수 있다. 그러나 현실은 반대로 나타난다. 그러므로 이들 결합 사이에는 다른 어떤 요인이 있을 지도 모른다.

    (7) /갈 곳/과 /간 곳/
    (8) /올 집/과 /온 집/

오정란(1997b)은 이것을 해결해 보고자 한 시도이다. 다시 말하면 복합어 내부 및 단어 차원에서의 용언과 활용시의 차이 — 용언의 관형어미 '-ㄹ'과 '-ㄴ' 사이의 괴리, 다시 말하면 음운론적 배열과는 상관없이 일어나는 이들 유성음화와 경음화 현상을 하나의 규준에 의하여 설명하고자 한 시도이다. 그 원인을 융합과 대립이라는 규준에 의하여 살펴보았는데, 융합은 [연속성], 대립은 [지배성]을 그 특성으로 한다고 하였다[27]. 또한 융합은 동화이며, 대립은 이화이다. 그 결과 융합관계에서는 음운론적 과정을 수용함으로써 유성음화 현상이 일어나게 되는데, 이는 형태소의 약화를 의미한다. 대립관계에서는 경음화 내지 '으'의 삽입을 통하여 형태소 약화를 초래하는 음운론적 과정을 거부하게 되는데, 이는 형태론적 과정으로 형태소의 강화이다. 그에 따라 자음 결합에 필수적으로 적용되는 음절 위치에 따르는 자음 강도 제약도 융합에서는 $Cf(s) \leq Ci(s)$, 대립에서는 $Cf(s) < Ci$로 조정된다. 즉 이 논문은 이들 복잡한 후두음화의 단계성을 밝히고자 한 하나의 시도인데, 앞으로 이 부분에 대해 보다 깊은 연구가 있길 바란다.

2. 경음화의 원인 규명과 외국이론 수용에 의한 표시 문제

국어 경음화 현상을 대하는 태도에는 전통적인 분석 태도를 취하는 연구와 외국이론을 수용하여 국어에 적용하는 연구 사이에 뚜렷한 차이가 존재한다.

외국이론 수용에 의한 연구들 중에서 단선음운론에 의한 연구들은 기저형 설정과 규칙화, 그리도 규칙들 사이의 순서 등이 주관심이었으며, 또 경음의 음성특성을 어떻게 자질 표기화할 것인가가 주요 관심사

---

27) 의미론적으로 보았을 때, '-ㄴ'은 [연속성]을 특징으로 하는 융합관계의 관형형 어미인 반면, '-ㄹ'은 [지배성]을 특징으로 하는 대립관계의 관형형 어미로 보았다(오정란 1997).

였다. 복선음운론 이후의 이론 수용에 의한 연구들은 경음화의 원인보
다는 표시(representation)에 초점을 두고 있다. 특히 자질위계이론은 경
음의 내부 구조를 밝히는데 주목하고 있으며, 또 그 성과도 인정되어야
할 것이다. 경음은 유성음, 유기음과 함께 분절음과는 다른 독자적인 층
렬―후두음층렬에 존재한다는 사실을 밝힌 것은 의의라 하겠다.

안상철(1986)은 어휘음운론을 국어에 적용하여 사이시옷 개재 현상
은 stratum 1 단계에서 일어난다고 보았다[28]. 김기호(1987 : 180)에서는
자질 위계이론과 미명세이론을 결합하여 한국어의 경음, 유기음, 평음
을 표시하고 있으며[29], 손향숙(1987)의 경음화 규칙[30], 그리고 김희섭
(1991)은 자질위계이론(Feature Geometry)에 의거하여 후두음 형성(glott
al formation)을 표시한 것이다[31].

---

28) 사이시옷 개재 현상은 stratum 1에서 일어난다고 규정한 후, '손등, 안방' 등 복합어(sub-c
ompounding)는 stratum 1단계에서 형성되므로 경음화되지만, 금비녀 등 co-compoundi
ng의 경우는 stratum 2에서 일어나므로 사이시옷이 개재되지 않는다고 하여 구분하였다.
경음화에 대한 이러한 설명 역시 원인 규명보다는 결과적인 현상에 의해 단계 구분을
하였다는 점에 그 한계가 있다.

29) 경음(tense) 유기음(aspirated)   평음 (lax)

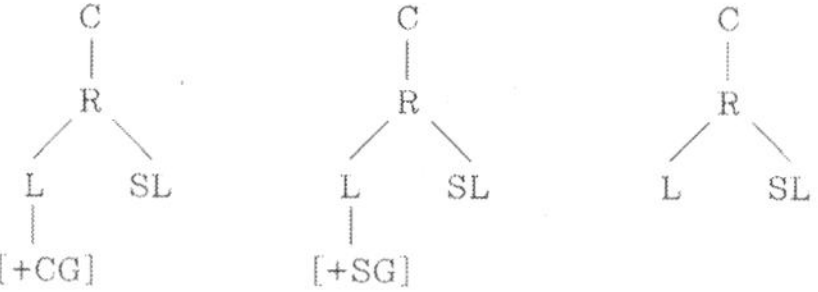

30) 손향숙(1987 : 241-263)은 일반적인 경음화 규칙을 다음과 같이 설정하였다.

즉, 한국어의 사이시옷 현상은 x slot의 삽입으로 보아, [+CG]와 연결된 삽입된 x slot이
후행어의 경음화를 유발한다는 것이다.

31) 김희섭(1991 : 288)의 표시 ;

　　오미라&오든 Odden,David (1997)은 경음을 자질적인 것으로 파악하고, OCP로 국어 경음을 설명한 연구이며, 이세창(1999)은 폐쇄음을 Steriade(1991)[32]의 가설에 근거하여 aperture position에 의하여 폐쇄음들을 구분한 후, 최적성 이론에 입각하여 폐쇄음 뒤 경음화(/잡고/ → [잡꼬]), 마찰음 뒤 경음화(/솟다/ → [손따]), 파찰음 뒤 경음화(/낮과/ → [낟꽈]) 등을 다루는 논문이다. 안현기(2000) 또한 폐쇄음 뒤 경음화(post-stop tensification)에 대한 연구이다[33].

　　이 연구들이 경음화가 일어나는 내부 구조를 확연하게 보여 주고, 또 그 과정을 설명력 있게 표시해 준다는 점에서 이들 이론의 강점을 알 수 있다. 그러나 문제는 이들 연구에서는 국어 경음화의 그 복잡한 불규칙적인 예외적 현상은 무시되고, 또 변이형들은 관심의 대상이 아니며, 오직 규칙적인 경음화 현상만이 관심의 대상이 될 뿐이라는 사실이다. 그 결과 규칙적인 음운 현상의 내부 표시 문제에만 중점을 두고 있다.

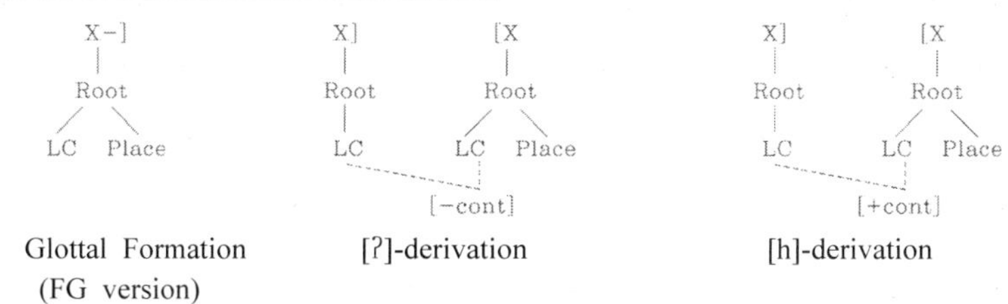

32) Steriade, D.(1991), "Closure, Release and Nasal Contours", MS., UCLA.

33) 안현기(2000 : 90-91)의 폐쇄음 뒤 경음화 ;

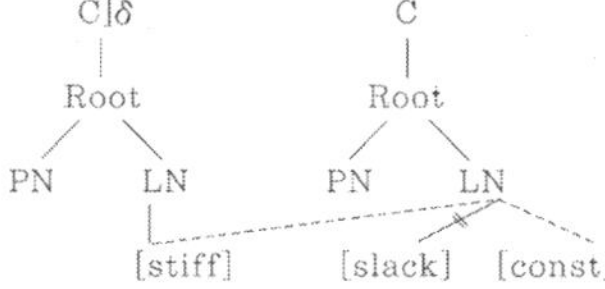

　　이 표시는 세가지 sub-process 즉, a process of [slack] delanking, a process of [stiff] spreading, a process of deriving the [const] feature를 가진다고 한다.

반면, 분석학자들의 주된 관심은 앞에서 살핀 바와 같이 경음화의 원인 규명과 나아가 다양한 변이형들을 찾아내어 그것들에 정격형 못지 않는 아니, 정격형 이상의 의미 부여를 하고 있다는 사실이다. 이러한 초점의 차이가 외국이론 수용에 의한 연구와 분석적 연구 사이의 거리이다.

이처럼 외국이론 수용에 의한 연구들이 언어 현상들은 동질적(homo geneous)이라는 전제 하에서 진행된다면, 분석적 방법에 의한 연구들은 이질적(heterogeneous)인 현상 즉 예외들이 나타나는 원인 규명에 주안점을 두고 있다고 할 수 있다. 두 가지 방법 모두 경음의 실체 파악에 도움을 주고 있지만, 문제는 외국이론 수용에 의한 연구와 분석적 방법에 의한 연구 결과가 통합되어야 실체 파악에 보다 접근 가능하다는 점이다.

물론 어느 태도가 더 바람직하는가 하는 문제는 전적으로 가치관의 문제이다. 외국이론 수용에 의한 표시들이 경음의 음성 특질의 내적 구성과 체계를 밝히는데 많은 기여를 했음도 사실이다. 그러한 기여도는 분석적인 연구가 이루지 못한 업적으로 평가되어야 할 것이다.

그러나 언어 연구의 본질이 언어 변화의 원인 규명에 있음을 생각한다면, 원인 규명이 있은 다음, 그 결과를 표시에 반영하는 노력이 뒤따라야 한다고 생각한다. 다시 말하면 분석적인 접근의 결과와 외국이론 수용에 의한 표시(representation)가 이루어낸 성과를 모아 협력하여 하나의 이론을 만들어낼 때 보다 바람직한 설명이 나오지 않을까 하는 것이다.

3. 경음화 연구의 전망

지금까지의 국어 경음화 연구의 현황을 살펴 본 결과, 앞으로 진행될 연구초점과 연구 방향에 대해서 다음과 같이 조심스러운 전망을 내려보고자 한다.

(1) 모든 언어 현상과 마찬가지로 국어 경음화 현상은 계속 변하는 살아 있는 유기체라는 사실이다. 주요 요인은 사용빈도 혹은 친숙도 등이 될 것인데, 이를 어떻게 이론화하고 규칙화하는가하는 문제가 있다.

(2) 국어 경음화 현상은 하나의 실체이기 때문에 분절적인 존재가 아니라 연속체(continiuum)적인 존재라는 사실이다. 이에 대한 사실 인식과 이론화는 다르다. 어떻게 이론화하고 규칙화할 것인지가 문제이다.

(3) 지금까지의 많은 연구들이 경음화 현상의 이런 문제들을 인식하고 나름대로 해결하려고 하였으나, 순수언어학적 연구방법 틀 속에서 머물렀기 때문에 한계점을 보일 수밖에 없었다. 이런 점에서 이봉원(2002)에서 제안한 사용기반적(Usage-Based) 이론은 하나의 대응방안이 될 수 있을 것이다. 이봉원은 Bybee (1994, 1997, 2001)[34]의 개념을 빌어 국어의 음성음운 현상을 사용기반적 가설[35]에서 접근한 것이다.

---

34) Bybee, J.(1994), "A View of Phonology from a Cognitive and Functionalist Perspective", *Cognitive Linguistics* 5.
Bybee, J. (1997), "Usaged-based Phonology", *Functionalism and Formalism in Linguistics*, Vol.1, John Benjamis.
35) 사용기반적 접근의 기본 가정(Kemmer, S. & Barlow, M., 2000, "A Usaged-based Conception of Language", *Usaged-based Models of Language*, CSLI Publications. 이봉원 2002 : 2-3에서 따옴) ;
　　ㄱ. 언어 구조와 언어 사용 용례 사이의 밀접한 관계
　　ㄴ. 빈도 정보의 중요성

이 이론에 의하면 반복적인 사용이 언어 구조를 형성하고 어휘부에 수록되는 단위는 관습화된 것이면 단어 이외의 구성도 가능하다는 입장이다. 또 어휘부란 역동적인 것으로 구체적인 사용례들이 잉여 정보의 삭제 없이 저장되고, 또 이들의 사용에 의하여 끊임없이 변화될 수 있다는 것이다. 따라서 어휘부에는 구체적 음성특성까지 명시되어야 한다고 본다. 국어 경음화의 경우 사이시옷 개재나 '-ㄹ' 관형형 어미 뒤의 경음화 현상 등 복잡하고 다양한 현상들은 모두 친숙도 내지 사용빈도-- 반복의 효과에 따른다는 것이다. 반복의 효과는 언어 형식의 약화나 구와 같은 구성 단위의 강화로 나타내는데, 경음화의 경우는 후자- 강화로 나타나는 경우로 해석하고 있다.

그러나 앞으로 이 이론이 풀어야 할 숙제도 만만찮으니, 순수이론이 제공한 설명력과 막강한 이론화를 능가할 수 있는 이론화 구축이라는 숙제가 그것이다. 또한 자칫하면 모든 언어 현상을 빈도 효과라는 하나의 규준에 의하여 단순화할 위험성을 안고 있으며, 지나치게 표면형에만 초점을 맞춘 결과 표면적인 현상 이전에 존재한 여러 요인들이 경시될 문제점도 있다. 이런 점을 극복할 수만 있다면 언어 연구의 새로운 대안이 될 수 있을 것이다.

어쨌든 현재까지 진행된 경음화 연구에서 순수언어학적 연구가 거둔 성과에도 불구하고 그 한계점 인식을 공유하고 있는 터이므로, 앞으로의 경음 연구는 언어는 동질하다는 가정을 버리고 오히려 이질적

ㄷ. 언어 습득에서의 학습과 경험의 역할에 초점을 둠
ㄹ. 언어 표상은 고정된 실체로서 저장되기보다는 창발적임
ㅁ. 이론 구축과 기술에서의 사용된 자료의 중요성
ㅂ. 사용, 공시적 변이, 통시적 변화 사이의 밀접한 관계
ㅅ. 언어 체계와 비언어적 인지 체계의 연결성
ㅇ. 언어 체계의 작동에 있어서 문맥의 중요한 역할

인 언어 현상 그것을 진실로 인정하는 추세로 나아갈 것이라 생각한다. 즉 다양한 변이형을 인정하고 그러한 변이형 생성의 원인을 밝히는 방향으로 전환되리라 본다. 다시 말하면 계량적 분석방법에 의한 통계적 처리에 의한 연구 혹은 사용기반적 연구 쪽으로 나갈 가능성이 있고, 또 그것이 오히려 경음화의 실체 규명에 보다 접근하는 길이 아닐까 한다. 그럴 경우 문법에서 차지하는 어휘부의 기능은 더욱 증대될 것이며, 그 중요성은 보다 부각될 것이다. 다만, 방향 전환시 순수이론의 연구틀을 커버할 수 있는 보다 형식화되고 명시화된 '연구방법과 설명의 이론화'라는 과제가 놓여있음을 인식해야 할 것이다.

한국어 硬音論

경음의 생성과 발달

한국어 硬音論

제2편
경음의 생성과 발달

1 경음의 생성 : 향가의 '叱' 표기

    현존하는 모든 실체가 근원이 되는 조상에서부터 발전했듯이, 현대 국어의 음운현상도 따지고 보면 중기 혹은 고대 혹은 알타이제어와의 공통특성에 귀착·발원하고 있음을 볼 수 있다.

    공시적인 단면에 비친 음운 현상의 규명은 음운론의 주된 과제이다. 그에 못지않게 맥을 이어주는 통시적인 작업도 음운의 실체 파악에 불가결한 것이다. 이러한 관점에서 국어 경음의 원시 모습을 추구하는 작업은 가치가 있는 것이다. 그러나 아쉽게도 고대국어의 모습을 보여주는 자료가 향가나 삼국사기 지리지 등에 단편적으로 편존함은, 연구의 한계점 뿐 아니라 고대의 음운추정을 위험한 것으로 인식하게도 만든다. 허나 위험을 감수하면서도 수행해야 함은 그것이 경음의 실체 파악에 필수적인 단계이기 때문이다.

    현대국어의 자음체계가 형성하고 있는 [평음 : 경음 : 유기음] 삼지적 (三肢的) 상관속이 고대국어에서도 존재했는가 하는 문제에 대해서는 대다수 학자들이 회의를 표시한다. 평음의 존재는 확실시되나 경음·유기음 계열에 대해서는 부정적이다. 유기음의 경우, 평음과 더불어 양 계열의 존재를 인정하는 입장(이기문 1972 : 65-68)과 無氣無聲의 단일 체계로 보는 입장(박병채 1971 : 307-317)으로 나눌 수 있다. 즉 유기음이 全淸 또는 次淸으로 불규칙하게 반영되는 현상에 대해 전자가 존재한다는 사실에 가치를 부여했다면, 후자는 존재 자체를 유기음의 발달 과정의 암시로 해석한 점이다.

그러나 경음의 경우는 전적으로 부정되고 있는 실정이다. "만약 존재했다면 중국음의 전탁 계열이 東音에 된소리로 반영되었을 개연성이 크다고 할 수 있는데 전탁은 동음에 원칙적으로 평음으로 반영되었던 것이니 동음에는 된소리가 하나도 없었다."(이기문 1977 : 91)는 결론이다. 박병채에서도 고대국어에서는 후두화에 의한 상관대립은 존재하지 않은 것으로 추정하면서(1971 : 307-317), 향가의 '叱'자를 된시옷인 'ㅅ'의 원천적 표기형으로 보고 있다(1967 : 23-31). 환언하면 고대국어 당시의 경음은 부정하지만 향가에 나타나는 '叱'과 중기국어의 된시옷과의 연계는 인정하고 있는 것이다. '叱'은 음향적 요소에서 형태적 요소로 발전하여 속격의 기능을 갖게 된 것으로 국어의 독특한 발달형이라는 것이다(박병채 1967 : 147).

이와 같이 경음의 원형 추구에 반드시 요구되어지는 향가의 '叱'에 대한 검토는 새로운 각도에서의 해석을 요구한다고 할 수 있다. 본항에서는 '叱'이 중기국어의 사이시옷 'ㅅ'과 맥을 잇게 되는 합리적인 해명을 위하여 일본 한자음과의 대응 및 '噯'의 약자 가능성으로 해결코자 한다. 나아가 향가에 나타나는 '叱'의 용법을 분류·검토하여 그 음가와 기능의 규명에 주력하여 고대국어의 자음체계를 정립하고자 하는데, 고대에서 중기국어의 추이과정을 자립분절음운론(autosegmental phonology)에 의거하여 밝히고자 한다.

1. '叱'의 음가

향가가 표기된 시대와 가까운 唐韻(751년, 孫愐)에서 취한 '叱'의 반절은 尺栗切이다. 廣韻(1008년)에는 昌栗切로 되어 있다. '尺'과 '昌'은 같은 穿母에 속하며, '栗'은 質韻으로 舌內入聲이다.

<표1> '叱'의 再構

反切	反切上字의 聲目과 音價	廣韻韻	等呼 및 音價	再構音
昌栗/尺栗	穿母 t́s`- (正齒音)	質	外 17開口 3.4等 -ï̆ĕt/-i̯ĕt	*츤/친

본 재구에 의하면 '叱'의 음가는 [t's'i̯ét]이다. Karlgren의 표기에 의하여도 /t'si̯ĕt/이다. 康熙字典에 기록된

"叱 : 唐韻·集韻·韻會·正韻 尺栗切 音 𪆴 又 集韻·韻會 戚悉切 音 七"에서 '叱'의 음이라는 '𪆴'·'七'은 尺栗切·親吉切로 /t'si̯ĕt/이다. 당시 국어 한자음이 중국의 入聲 韻尾 [t]를 [l]로 받아들인 사실로 미룬다면 '친'이 '叱'로 변한 과정은 다음과 같을 것이다.[1]

---

1) 중국음의 [t]가 국어에서 [l]로 실현된 현실에 대하여 이기문(1972 : 73)은 當代에 舌內入聲韻尾가 [*t]>[d]>[ð]>[r]로 약화된 방언이 있었는데 이것이 東音에 반영되었다고 본다. 반면 박병채(1967 : 176)는 한자 유입 뒤 국어에서 일어난 자생적 변화로 보고 있다.

t's'i̯et > t's'il > tsil

그러나 향가에 사용된 '叱'은 [t's'i̯ét]도 [tsil]의 음가 표시도 아니었다. 아래 예를 보기로 한다.

(1) 花肹 折叱可 (獻花歌)
(2) 栢史叱枝次 (讚耆婆郎歌)

(1)의 '叱'은 중기문헌의 '것거'의 종성 'ㅅ'에 대응하는 표기이다. 반면 (2)의 '叱'은 중기의 사이시옷에 해당하는 것으로 이런 경우의 사이시옷은 후두음[ʔ]의 음가로 추정되는 것이다. '叱'의 음절말의 'ㅅ' 표기에 사용된 사실은 그외 신라의 관직명과 지명표기에서도 찾을 수 있다.

(3) 第三弩禮 一作弩 尼叱今 尼叱今或作尼師今 (遺事 王曆 第1)
　　儒理尼師今 立 南鮮太子也 號 尼師今 (史記 卷2 新羅本紀 第1 儒理尼師今條)

여기서 '尼叱今'과 '尼師今'은 同名을 표기한 것이니 '叱'이 곧 '師' 음가와 상통함을 보여준다.[2] 이 역시 '叱'이 'ㅅ'의 표기임을 시사해 주는 것이다.

---

2) 이숭녕은 「음운론연구」(300-319)에서 15세기의 'ㅅ'은 본시 속격 'ㅅ'의 발달로 보고 있다. 즉 '斯·師' 등을 'ㅅ'의 기원형으로 보고 이들은 'ㅅ'의 음절 표기였다고 주장한다. 이에 대해 박병채(1967 : 30)은 斯字例가 속격 'ㅅ'의 고형임은 의심할 수 없으나 이것이 'ㅅ' 懸音으로 음절표기였다는 점은 수긍할 수 없다고 보아 '斯·師' 字類도 고유명사의 어중에 개재할 때는 성모 'ㅅ'으로 음차되었던 것이라 본다. 이들은 향찰표기체계에서 창안적인 특수용자인 '叱'이 관용되기 이전에 'ㅅ'을 표기하기 위한 차자형식이었고 점차 '叱'으로 대체된 것이라 설명한다.

(4) 橫川縣 一云 於斯買 (潢川縣 35 高句麗)
　　 釜壤 一云 於斯內 (廣平縣 35 高句麗)
　　 居斯勿縣 (靑雄縣 36 百濟)
　　 多斯只縣 一云 沓只 (河濱縣 34 新羅)

이들 (4)예는 특히 'ㅅ'의 기원을 보여주는 '斯'의 존재 때문에 일찍부터 주목되어 온 것이다.[3] 박병채(1968 : 83)는 '於斯一橫'에서 斯>siɛ는 聲母s-가 어말자음으로 사용된 것이며, '於斯>as'로 중기국어의 '엇'(橫)과 대응됨을 지적하였다. 그리하여 그는 'ㅼ'는 본원적으로 자음음소 /~s(t)/의 창안적 표기체계에서 발달하였다고 결론짓고 있다.

'ㅼ'과 '師・斯'의 연관성은 'ㅼ'이 'ㅅ'의 표기임을 뒷받침하여 준다. 그러나, /t's'iĕt/로 재구되며 당시 국어 한자음은 /t's'il/로 추정되는 'ㅼ'이 'ㅅ'표기에 차용된 근거는 아직 미해결의 장으로 남아 있다.

차용 근거에 대하여 향찰표기체계에서 창안적인 특수용법이라는 설명(박병채 1967 : 30) 외에 '朕'에서 그 기원을 찾고자 한 시도도 있었다. 이동림(1964 : 18)은 다음의 과정을 제시하였다.

$$/-/(?)//-/朕/(ㅎ)-ㅼ(ㅅ)\longleftarrow \begin{array}{c} ㄱ \\ ㅅ(ㄷ, ㅈ) \\ ㅂ \end{array}$$

후두마찰음계 'ㅎ'이 그 간극을 좁히면 [s]음으로, 이것을 폐쇄시키

---

3) 삼국사기 지리지 권 34에서 37에 실린 삼국 新舊 지명표기는 고대국어 언어자료로 중요하다. 특히 고구려나 백제어의 경우는 이들 지명 자료가 없었더라면 그 편린조차 찾기 힘들었을 것이다. 김형규(1947), 박병채(1982), 이병선(1982), 도수희(1987) 등 많은 연구가 행해졌다.

면 [t]화하여 설단내파음 'ㄷ'와 일치한다는 설명이다. 나아가 합용병서의 어두 'ㅂ·ㅅ'도 여기서 유래하였다는 제자설로 발전시켰다. 그러나 '叱'과 '肹'은 동일 문헌·동일 가요에 함께 사용된 차용자이다.

遊烏隱城叱肹良 望良古 (彗星歌 遺事 卷5 融天師彗星歌)
花肹折叱可 獻乎理音如 (獻花歌 上同 水路夫人)

이처럼 공존하는 두 용자를 수직선상에 두어 '肹'에서 '叱'이 발생하였다고 봄은 수긍키 어렵다. '肹'과 '叱'은 별개의 用字로 봄이 온당하다고 본다.

어두음 'ㅅ'에 초점을 둔 이동림과는 달리 어말음 'ㅅ'에 주목하고 있는 천소영(1985 : 475-498)의 견해가 있다. 그는 다음의 음운변천을 추정하고 있다.

$$-ㄹ(\,|\,) > -t > -s$$

이 음운변천과정은 음운론적 설명의 타당성 문제[4]에서 설명력을 상실한다. 왜냐하면 상기 변천과정은 음운변천의 자연성(naturalness)에 위배되기 때문이다. 설명적인 타당성(explanatory)를 획득하려면 그 변천과정이 다음과 같아야 할 것이다.

$$-s > -t >-l$$

---

4) Chomsky(1964)는 음운분석의 성공도를 세 가지 측면에서 분석하였다. 관찰적 타당성(observational adequacy), 기술적 타당성(descriptive adequacy), 설명적 타당성(explanatory adequacy) 등이 그것인데 음운기술의 목적은 설명적 타당성의 획득이라 하였다.

①단계는 음절말 위치에서의 [s]의 내파음화, ②단계는 [t]의 流音化로 설명이 가능한데, 그 증거는 고대로부터 현대국어에 이르기까지 국어에서 빈번한 예들이 있다.

이기문은 '叱'이 음절말의 [s]를 표기한 것임에는 의문의 여지가 없다(1977 : 95). '尸·叱·只' 등의 음독의 근거는 아직 밝혀져 있지 않으나 '㫋'가 실증하듯이 신라어 표기법에 약자들이 존재했으니 이들도 약자들이 아닌가 하는 가설이 있어 왔으나 이러한 가설의 증명은 이루어져 있지 않다(1972 : 64)고 하였다.

略字 가능성에의 접근은 '日尸·道尸' 등의 '尸'을 良 혹은 羅의 약자로 보는 경우로 미루어 추정의 가치가 있다고 본다. 叱이 [sȋět]로 읽혀야 하는 여러 요인에 의하여, 본항에서는 만약 그것이 약자라면 '嘬'이 본자일 것이라는 제안을 하고자 한다. 그 이유는

첫째, 의미적인 면에서의 부합이다. 集韻에 '嘬 色櫛切 音 瑟 叱聲'이라 하였고, 倉項篇에 '大訶爲叱'이라 하였다. '叱'이 꾸짖는다라는 동사라면, 嘬은 '叱聲' 곧 '꾸짖는 소리'라는 명사일 뿐 동일의미범주를 지니고 있다.

둘째, 성운학적 관점에서 성모·운모의 공통성을 지니고 있다. 집운에 근거한 嘬의 재구는 다음과 같다.

反切	反切上字의 聲目과 音價	廣韻韻	等呼 및 音價	再構音
色櫛	山 ṣ- (正齒音)	櫛	外 17開口 3等 -ȋět	*슫

嘬과 叱은 성모의 경우 동일음계에 속하는 자들이니 치음 중에서도

정치음계이다. 운모의 완전한 일치이다. 呲의 質韻과 噎의 櫛韻은 같은 臻攝에 속하며, 운경의 順位·內外轉·開合에서도 일치한다.

셋째, 형태적인 면에서 만약 噎을 약자화한다면 呲의 산출이 자연스럽다는 점이다.

重刊眞言集과 五大眞言에 나타나는 二合表記의 '瑟'이 병서의 어두 'ㅅ'표기에 대응함도 하나의 방증자료가 될 수 있다. 이들 문헌의 간행 연대는 중기후대이나 오대진언의 梵字에 대한 한자표음은 한국인의 관습이 아니라 중국인의 관습으로 그 연대가 당대까지 올라갈 수 있다. 집운에 밝힌 바 噎의 음은 瑟이라 하였는데 다음의 예들이 그것이다.

쌈 瑟鵪 씨 瑟地 쎠 瑟耻 (五大眞言)
짜 瑟吒 쌔 瑟破 쌔 沙縛 씨 瑟抳 씨 瑟辰 (重刊眞言集)

이러한 여러 연구들은 '呲'을 [t′s‘i̯ĕt]로 보았을 때 일어나는 미해결의 문제들 즉 '呲'과 'ㅅ'표기, 격조사 자리의 '呲', 師와 呲의 통용 그리고 중기국어 병서에 사용된 어두'ㅅ'에 이르는 역사적 연계성들의 해결을 위한 것으로 보인다. 후술되겠지만 '呲'이 종성에서의 [s]차용, 생략된 격표시에의 [ʔ]차용이라는 기능과 음가에 있어서의 통일성을 지니고 있다는 사실도 그것이 [s-] 음가표기라는 추정을 가능하게 한다.

呲이 [si̯ĕt]라는 추정은 일본한자음의 고찰에서 그 가능성을 엿볼 수 있다.

呲의 漢音은 シツ, 吳音은 シチ이다. 일본학자들은 오음은 육조시대 중국의 정통정부인 南朝의 正雅音으로, 한음은 隋·唐初의 장안의 북방 표준음으로 보고 있다. 이는 Karlgren교수가 일본한자음 중 오음을 6, 7

세기의 동방과 동남방 한어로, 한음을 7, 8세기의 수와 初唐시대의 장안의 북방한어로 보는 견해와도 일치한다(박병채 1971 : 42). 한음과 오음 공히 シ[s]임은 주목할 만하다. 일본에 한자가 전래한 것이 삼국시대 백제를 통한 것임을 고려하고, 叱 의 기능과 음가의 통일성을 참작한다면 당시 차용된 叱은 [si̯ĕt]의 음가로 해석이 가능하다.

그밖에도 국어 한자음의 'ㅈ・ㅊ'이 일본 한자음에서 'ㅅ'으로 대응하는 여러 예들이 있다.

シヤ	┌ 又 且 車 借 差 遮	(ㅊ)
	└ 些 炙 者 酒	(ㅈ)
シヤク	┌ 尺 借 責	(ㅊ)
	└ 勺 芍 赤 雀 鵲	(ㅈ)
シツ	┌ 七 漆	(ㅊ)
	└ 叱 桎 疾 蛭 質 櫛	(ㅈ)
シチ	┌ 七	(ㅊ)
	└ 質	(ㅈ)
シニラ	┌ 祝 秋 臭	(ㅊ)
	└ 什 汁 州 舟 周 宗 洲 集	(ㅈ)
シニツ	┌ 出	(ㅊ)
	└ 卒	(ㅈ)

또 怨歌에 나타나는 '秋察尸'은 중기 문헌 'ᄀ술'의 원형인데 경상도 방언의 '가실・가살' 등과 대응한다. 이 또한 'ㅊ'이 'ㅅ'으로 반영될 수 있었던 국어의 상황을 나타내는 것이라 생각한다.

秋察尸不冬爾屋支墮米 (怨歌)
ᄀ술히 霜露ㅣ와 草木이 이울어든(月釋序 16)

이러한 음운 대응현상과 당시 사용된 叱의 기능과 음가 및 그 역사
성들은 '叱'의 음독이 [sǐět]이어야 한다는 결론에 이르게 한다.

2. 성모와 운모의 관련성

향가에서 '叱'([sǐět])이 지닌 음가에 대한 기존 연구는 'ㅅ'표기에
집중되었다. 이기문(1977 : 95)에서는 '叱'의 용법을 음절말의 'ㅅ'표기
에 국한시키고 있다. 그러나 '叱'이 음절말의 'ㅅ'표기로 사용되지 않은
용례가 그보다 능가함도 간과할 수 없는 사실이다.

일찍이 양주동(1965)의 소위 '詞腦歌' 해독에 따른 '叱'의 용법과 음
가는 종성 'ㅅ', 持格 촉음 'ㅅ', 持格 'ㅅ', 조사 생략에 따른 'ㅅ' 등이
었다. 또한 신라시대 '叱'의 속음이 'ㄹ' 종성이었으므로, 'ㄹ'에도 略借
되었다고 기술하였다.

박병채(1971 : 315)에서는 '叱'의 운이 舌內入聲이라는데 주안점을 두
어 설내입성 [-t]는 실질적으로 후속음에 작용하는 후두폐쇄의 기능을
담당하였고, 이와 같은 용법은 그 후 이두에도 그대로 이어져, 훈민정
음에서는 'ㅅ'계의 합용자로 계승된 것이다. 또한 '叱'과 직접 관련된
훈민정음의 자모는 'ㆆ'으로 보아 'ㆆ'의 음가[ʔ]의 표기인 후두음 影母
字를 사용하지 않고 穿母字 '叱'([t's'ǐět])를 사용한 것은 하나의 관념적
인 借字法이라 하였다.

이러한 '叱'의 규명에 있어서 유의할 사항은 다음과 같다.

첫째, 향가에서 '叱'의 사용회수는 91회로 가장 많은 빈도를 보이는
글자다. 그런데 최다 사용빈도수에도 불구하고 기능상 통일성을 보이

고 있다는 사실은 주목할 점이다.

이는 '叱'이 특수용법을 위하여 특별히 도입된 글자임을 의미하는 것이다.

둘째, 경음의 발달과 '叱'과의 관련성이다. 향가에서의 '叱'은 15세기 문헌에서 'ㅅ'으로 표기된다. 이는 시옷종성 뿐 아니라 사잇소리, 나아가 'ㅅ'계 어두 합용병서에 이르기까지 공통적인 현상이다.

이러한 사실로 미루어 볼 때 '叱'은 기능에 따른 차용 음가가 약속에 따라 사용된 것이라 추정한다. 특히 정음 문헌의 경음 표기로 보이는 'ㅅ'계 병서와의 連脈은 향가 당시 경음의 상태를 추적하는 데 중요한 관건이 된다.

'叱'([si̯ĕt])의 성모와 운모의 관련성은 차용음가의 고찰에 중요하다.

'ㅅ'[s]이 內破하면 [t]가 된다. [t]와 후두음[ʔ]는 조음상으로는 꽤 다르나 청각상으로는 매우 유사하다. D. Jones의 설명을 빌면 "특징상 관련있는(realted in character)"음운이다.[5]

환언하면 '叱'의 성모와 운모는 별개의 음운이 아니라는 점이다. 성모[s]와 운모[t]는 상관관계에 있으니, 내파되지 않는 환경에서는 [s], 내파되는 환경에서는 [t]의 차용이 '叱'자 자체로 가능하게 만든 빼어난 차용법으로 평가할 수 있다.

'叱'의 용례 분석으로 미루어 당시에 존재했던 [t], 분명히 말하면 [ʔ] 표기의 필요성 때문에 입성 운미의 [l]音化를 인정 않는 음의 도입이 필요했었다. 그 결과 채택된 /si̯ĕt/는 [s]표기(성모차용)와 [ʔ]표기(운모차용)에 사용되었으며 하나의 字로 두 가지 음의 記寫는 경제적인 방법

---

5) Jones, D.(1950 : 10) "A phoneme is a family of sound in a given language which are related in character and used in such a way that no one member ever occurs in a word in the same phonetic context as any other member."

이었다. 더욱이 두 음의 상관관계는 음운론적으로 보편성이 있는 것이었기에 보다 합리적인 것으로 널리 이용되었던 듯하다.

'ㅅ'으로 대표되는 '叱'은 외파 위치에서는 [s], 내파 위치에서는 [ʔ]의 표기였다. 이러한 '叱'의 성모와 운모의 상관관계는 지금까지 도외시되어 왔었다. 그러나 향가에 나타난 '叱'의 규명과 15세기 사이시옷 등과의 연관성 해명에 설명적인 타당성을 제공하는 열쇠임을 강조하고자 한다.

3. '叱'의 기능

향가에 사용된 '叱'을 용법에 따라 나누면 크게 두 가지로 대분된다.

첫째, 어말 종성에 사용된다. 용언·명사·조사 등의 종성에 표기되는 경우를 말한다.

둘째, 생략된 격조사 자리에 표기된다. 그 격조사는 소유격·주격·목적격·처소격 등에 걸친다.

차용음가는 외파의 위치에서는 성모 [s]를, 내파의 위치에서는 운모 [-ĭĕt] 곧 [ʔ]였으니, 어말 종성의 경우는 [s], 격조사의 흔적 표시에는 [ʔ]가 차용되었다고 볼 수 있다.

이러한 사실은 '叱'이 기능과 음가상의 통일성을 지니고 있었음을 말해주고 있다. 나아가 후자의 경우 후두음 [ʔ]의 존재는 고대국어 당시에 그것이 음운으로 존재했으며, 나아가 국어 경음 발생의 가능성을 제시하고 있는 점에서 중요하다.

3.1 어말종성의 '叱'

현대국어는 어말 내지 음절말 위치에서 'ㄱ · ㄴ · ㄷ · ㄹ · ㅁ · ㅂ · ㅇ'의 7종성의 대립을 보인다. 이에 반해 훈민정음 해례에는 'ㄱ · ㅇ · ㄷ · ㄴ · ㅂ · ㅁ · ㅅ · ㄹ'의 8종성 체계를 수립하고 있다.

"所以ㅇㄴㅁㅇㄹ△六字爲平上去聲之終 而餘皆爲入聲之終也 ㄱㅇㄷㄴㅂㅁㅅㄹ八字可足用也 如빗곳爲梨花 엿의갗爲狐皮而 ㅅ字可以通用 故只用ㅅ字" <訓民正音 解例>

현대국어에서는 中和된 'ㅅ-ㄷ'이 15세기에는 대립되었음을 보여주는 것이다. 그런데 향가 표기를 검토하면 흥미로운 사실이 발견된다. 정음에서 8종성의 'ㅅ'은 어말의 치음계열이 'ㅅ'으로 중화된 것을 보여주고 있으나, 향가의 표기들은 고대 당시에는 이들 치음계의 중화가 일어나지 않았음을 시사한다. 즉 음절말 위치에서 'ㄷ · ㅅ · ㅈ' 등이 대립하고 있었음을 알 수 있다.

어말 종성의 'ㅅ'은 지명과 인명 등에서는 '斯 · 師 · 思' 등으로 표기되었고, 향가에서는 '叱'으로 나타나고 있다. 고대국어가 종성에서의 내파화를 아직 모르고 있었던 상태였다면 거기에 사용된 '叱'은 [siĕt]의 성모[s]의 차용이었음은 수긍이 가는 현상이다. 종성 '叱'은 중기국어의 시옷종성의 원형이다.

3.1.1 용언 종성의 '叱'
용언에 사용된 '叱'은 중기 문헌의 'ㅅ' 종성과 대응된다.6)

(5) 花肹折叱可 獻乎理音如 (<u>것가</u> : 獻花歌)

　　두 갈히 것그니 : 兩刀皆缺 (龍歌 36)

　　能히 樹下 魔軍을 것그시며 (圓覺序 4)

(6) 奪叱良乙 何如爲理古 (<u>아살</u> : 處容歌)[7]

　　너 내 利益을 앗ᄂ니 (越釋 7 :46)

　　나라홀 앗이리니 (月釋 2 : 5)

(7) 功德修叱如良來如 (<u>닷ᄀ라</u> : 風謠)

　　福을 닷가 하늘해 나앳다가 (月釋 1 : 42)

　　됴ᄒᆞᆫ 根源을 닷ᄀ샤 (月釋 8 : 90)

(8) ㄱ. 惱叱古音多可支 (<u>닛곰다가</u> : 願往生歌)

　　ㄴ. 惱叱古音 鄕言云報言也 (遺事 願往生歌本文)

　양주동(1965 : 507), 지헌영(1947 : 11) 등에는 '닏곰다가'로 해독하였
다. '닛'의 원형은 '닏', '닏'은 곧 '니ᄅ'(云 · 說, 遺事原註의 소위 '報
言')의 본형(양주동 1965 : 507)으로 보고 있다. 그러나 향가 당시는 음
절말 내지 어말에서의 'ㅅ'종성의 내파화를 경험하지 못했고, 내파화는
그 후대의 것으로 보는 지금의 관점에서는 이 설은 인정하기 어렵다.

　'닏'은 '닛'의 원형이 아니라, 오히려 어말에서의 'ㅅ'의 내파화를 경
험한 이후의 표기여야 한다. 그런데 이 '닛다'(報言)는 15세기 문헌의
'니ᄅ다'(云)와 대응된다.

---

6) 지헌영(1947), 김준영(1964), 양주동(1965), 전규태(1976) 등 향가 해독에 관한 기존
　　연구들을 참고로 하였으나 그들과는 상이한 본 논문의 논지가 본항 이후에 전개될 것이다
　　(下線-필자해석).
7) 양주동(1965 : 378), 지헌영(1947 : 70) 등에는 '아사ᄂᆞᆯ'로 해독하였다. 이기문(1972 :
　　82)에는 '아살' 혹은 '아ᅀᆞᆯ'로 해독하였다. '叱'이 'ㅅ'뿐 아니라 'ㅿ'까지도 표기했다고
　　보려면 보다 철저한 논증이 있어야 할 것이다.

後聖이 니르시니(後聖以矢 龍歌 5장)
謂는 니를 씨라(月釋序 10)
부텨 니르샤딕(月釋 1 : 17)
世尊하 날 爲ᄒ야 니르쇼셔(月印 1 : 17)

이와 동일한 음운변천을 보이는 것으로 '모ᄅ다'(不知)가 있다(아래 해독은 양주동(1965)에 따른 것임).

(9) ㄱ. 雪是毛冬乃乎尸 (서리몯누올 : 讚耆婆郞歌)
　　ㄴ. 去奴隱處毛冬乎丁 (가논곧모ᄃ온뎌 : 祭亡妹歌)
　　ㄷ. 際毛冬留願海伊過 (ᄀ모들　願海이고 : 總結无盡歌)

'毛冬'은 '모ᄅ'의 古形 '모ᄃ' 내지 '몯'의 고형을 보임이 명백하다. 이에 대응하는 15세기의 다음 예들이 있다.

구든 城을 모르샤(不識堅城 : 龍歌 19)
聖은 通達ᄒ야 몰롤 이리 업슬 씨라(月釋 1 : 19)
人間애 잇ᄂᆞᆫ돌 모르고(蒙法 41)

15세기 문헌의 'ᄅ' 활용용언이 'ㄷ' 종성을 가졌음을 보여주는 단적인 예로 '다르다'(異)가 있다.

ᄂᆞ민 뜯 다르거늘(他則意異 : 龍歌 24)
이ᄂᆞᆫ 다롤 씨라(訓正註解)

그런데 그 부사형으로 어간원형 '닫'이 사용되고 있다.

別은 달 내야 ᄒᆞ듯흔 ᄠᅳ디라 (釋譜序 4)
아시 셰간 ᄂᆞ호아 달 사로려키늘 (弟求分財異尾 : 三綱 薛包)

본조의 '惱叱'은 당시에는 '닛'의 표기였는데 종성의 내파화가 진행됨에 따라 '몬다(不知) - 모ᄅᆞ다' '달다(異) - 다ᄅᆞ다' 등의 유추로 인하여 '닛다(報言) - 닏다-니ᄅᆞ다'로 음운 변천한 것이다.

(10) 彗星也白反也 人是有叱多 (<u>잇다</u> : 彗星歌)

셔ᄫᅳᆯ 賊臣이 잇고 (龍歌 37章)

이 ᄀᆞᄐᆞ니 이시리잇고 (釋譜 6 : 5)

(11) 法界毛叱所只至去良 (<u>ᄆᆞᆺᄃᆞ록</u> : 禮敬諸佛歌)

ᄆᆞᆺᄂᆞᆫ 말 ᄆᆞᆺᄂᆞᆫ 입겨지라 (訓正註解)

히 ᄆᆞᆺᄃᆞ록 邊疆을 防守ᄒᆞ야 (窮年守邊疆 : 註解 10 : 20)

(12) 此良夫作沙毛叱等耶 (<u>ᄉᆞᄆᆞᆺ</u> : 禮敬諸佛歌)

서르 ᄉᆞᄆᆞᆺ디 아니ᄒᆞᆯ씨 (不相流通 : 訓正註解)

바ᄅᆞ 자성을 ᄉᆞᄆᆞᆺ 아ᄅᆞ샤 (直了自性 : 月釋序 18)

어말 종성의 상기 예들이 보여주듯이 '叱'은 'ㅅ'을 표기하였다. 당시 어절말 내지 어말 위치의 종성의 내파화는 일어나지 않은 상태이므로 종성 '叱'의 음가는 '叱'(ṣĭĕt)에서 외파 상태의 음가 곧 성모[s]가 차용된 것이다.

표기상으로는 향가 종성의 '叱'과 15세기 정음 문헌의 'ㅅ'종성은 동일하다. 그러나 향가의 '叱'종성은 분명히 [s]음으로 시옷종성의 표기였으나 정음문헌의 시옷종성과 음가상으로는 일치를 보여 주지 않는다

는 점은 주목의 대상이 되는 것이다. 후술하겠지만 정음 문헌의 그것
은 이미 어말 위치에서의 내파화를 경험한 것으로 결합음운에 따라 그
음가가 유동하고 있었던 것이다. 파열음 앞의 것이 먼저 내파된 음가
를 가지게 되고 비음 앞의 것은 비음의 영향으로 약하나마 [s]의 자질
을 보유한 상태였다고 볼 수 있다. 이 비음 앞의 'ㅅ'종성도 16세기에
는 내파·동화된 음가의 표기였었으며, 시간의 수직선 위에서 하나의
표기가 이어져 내려온다 할지라도 음가는 계속 변화하고 활동하고 생
활하는 유기체라는 사실은 국어 음운사의 관점에서 볼 때 새롭게 조명
해 볼 문제라고 할 수 있다.

3.1.2 명사 종성의 '叱'

향가에서 '叱'이 명사 종성에 사용된 예는 세 곳으로 빈도상으로는
극히 미미하다. 그러나 '叱'이 기능면에 따라 차용 음가의 규칙성을 지
니고 있었음을 보여 주는 귀중한 단서가 된다.

(13) 心未際叱肹逐內良齊 (ㄱᆞㅿ : 讚耆婆郎歌)[8]

　　　岸은 ㄱᆞ시라 (月釋序 26)

　　　ㄱᆞᆽ 업시 저지고져 ᄒᆞ시니라 (月釋 18 : 38)

(14) 游烏隱城叱肹良望良古 (잣ㅿ : 彗星歌)

　　　城은 자시라 (月釋 1 : 6)

　　　ᄆᆞ술히어나 자시어나 (釋譜 6 : 40)

(15) 月羅理影支古理因淵之叱 (고인못ㅿ : 怨歌)

---

8) 양주동(1965 : 318)에서는 'ㄱᆞᆽᆞᆯ'로 해독하였다. 중기문헌에 'ㅿ'이 나타난다고 하여
　뚜렷한 증거없이 고대까지 소급시킴은 위험한 작업이다.

이 어구에 대한 해독은 여러 갈래이다.

양주동(1965 : 626-628)은 '둘 그림제 녠 못앳'으로 해독하였다. '古理因'은 '舊'를 의미하는 '녯'이 자음접변에 의해 '녠'으로 轉한 것을 표기했다고 본다. '之叱'은 '잇', 곧 방위격조사라 하였다. 그러나 '古理因'을 '녯'의 전음 '녠'의 표기로 봄은 당시의 음운 규칙에서 同型性(pattern congruity)[9]을 상실한 풀이라 할 수 있다. 지금까지의 기술에서 고대국어의 종성'ㅅ'은 제 음가를 지님이 확인되었다. 그러한 상태의 종성 'ㅅ'은 'ㄴ'으로 바뀔 수가 없는 것이다. '녯→녠'으로의 해독은 소위 어말에서의 내파화란 조건이 선행된 이후라야 성립이 가능하다.

'之叱'을 '잇'으로 해독하여 방위격조사로 보는 것은 무리인 듯하다. 왜냐하면 향가의 차자형식은 의미요소에 대해서는 훈차, 형태요소에 대해서는 음차체계를 원칙으로 하고 있다. 특히 격형에 있어서는 더욱 정연한 모습을 보이고 있음에 미루어(박병채 : 1967), '之'를 '의'로 '義訓讀'한다 함은 하나의 예외를 만들어 내는 것이며, 또한 '之'의 '義訓讀'으로 '의'가 성립되느냐도 의문이다.

이에 비해 지헌영(1947 : 15-17)의 '달빛 고인 (옌) 소애ㅅ'이란 해독은 앞에서 지적한 모순점을 탈피코자 한 흔적이 보인다. 그러나 '古理因'을 '고인'으로 보면서도 '옌……흘러간'을 굳이 부가 삽입한 것은 본 어구의 난해성으로 인한 고뇌를 보여주는 것이기도 하다. 양주동·지헌영 모두 '之叱'을 조사로 본 것은 공통적이다.

'之叱'을 조사로 볼 경우의 첫 번째 모순점은 '잇'으로의 해독 근거가 수긍키 어렵고, 설사 그것을 수긍한다 하더라도 기타 다른 격조사

---

9) 원래 同型性(pattern congruity)는 자유변이(free variation)·상보분포(complmentary distribution)·음성적 유사성(phonetic similarity) 등과 더불어 음소설정의 기준을 말한다. 이 동형성이란 개념은 음운규칙상의 변화에도 적용시킬 수 있다고 본다.

들의 차용체계와 유리된다는 사실에 기인하다.

둘째, 상기 예가 담긴 원가는 '之叱'의 표기를 두 군데 남기고 있는데 두 경우의 해독이 일관성을 결여하고 있고, 나머지 한 군데의 해독도 수긍하기 어렵다는 점이다. 다음에 '之叱'이 표기된 또 하나의 구절을 싣는다.

世理都之叱逸烏隱第也 (怨歌)

양주동(1965 : 632-637)에서는 '누리도 아쳐론 데여'로 보고 있다. 상기 '淵之叱'에서는 '之'를 義訓借 '읻'로 풀이했으나 여기서는 이를 의훈차 '앛'이라 하였다. 그 이유로 조사로는 '앳'이 되나 조사가 아닌 경우엔 '앗'이 되는데 여기서는 '叱'음 '질·짇'에 의하여 '앛'에 쓰여졌다는 것이다. 동일한 촉음종성에도 古借字에 'ㅅ·ㅈ·ㅊ'를 구별표기한 예가 있다는 설명이다.

그러나 하나의 '之叱'이 차자의 근거로 의훈차를 하면서 조사일 때는 '앳' 그밖의 경우는 '앗'이 된다는 설명은 객관적인 증거와 설득력이 결여되어 있다. 또한 '앗'이 '질·짇'음에 의하여 '앛'으로 사용된다는 설명도 납득이 가지 않는다. 그와 함께 'ㅅ·ㅈ·ㅊ'를 구별표기한 예가 있음을 말함은 '之叱'의 '叱'이 '앛'의 'ㅊ'을 표기함을 이르는 듯하나, 그렇다면 '叱'이 'ㅊ'을 표기했다는 말이 된다. 어말에서 'ㅅ'을 표기하는 '叱'이 어떤 근거로 'ㅊ'을 표기할 수 있었는지 근거가 없다. 이러한 의문점들이 해결되지 않는 한 '之叱'을 조사로 보는 논지에는 동조할 수 없게 된다. 이 해독이 이러한 난점을 무릅쓰고 '앛'을 주장하는 이유는 '원가'의 항목과 중기국어에 나타나는 '아쳗-(厭·惡)'과의 연계를 생각하기 때문인 듯하다.

몬져 드르샤 아쳗게 ᄒ시고 (先覺令厭 : 船若心經 51)
三界生死를 아쳗ᄂ니 (惡三界之生死 : 永嘉集下 40)

향가의 내용을 먼저 상정해 놓은 후 해독하는 것은 주관성의 개입이 농후해 질 위험이 있다. 물론 향가는 원문에 나타난 노래의 배경과 불가분의 관계에 있는 것은 사실이나, 그 해독은 어디까지나 객관적이며 향가 표기체계의 규준 위에 입각한 것이어야 할 것이다.

지헌영(1947 : 15-16)은 '之叱'의 해독에 일관성을 부여하려는 노력을 보여준다. 곧 '누리셔ᄫᆞᆯ앳 일은데여'로 보았다. '之叱'은 전자와 마찬가지로 조사로 보고 있다. 그러나, 이 경우 일관성은 인정되나 가사만으로는 내용전달이 어렵게 되어 가사보다 더 긴 부연설명이 불가피하게 된다.

'澆薄한 仁情世態(人世의 普遍的인 事理)가 (아름다운 우리나라의) 서울(慶州)에 이루어진 이때여니……'

김준영(1964 : 66)은 '之'를 훈독 '애', '叱'은 약음차 'ㄹ'로 보아 '모샐'로 읽는다. 그러나 '之'의 훈독 '애'의 근거가 미약하고, '叱'을 'ㄹ'의 약음차로 보는 것도 무리이다. 그 당시 차자법에 의한 표기라면 '之'를 '애'로 인정하더라도 '모샐'은 '淵之尸'로 기록되어야 할 것이다. 이에 새로운 각도에서 본항목을 조망하여 보자.

古理因淵之叱

‘古理叱’을 ‘녠’으로 볼 수 없는 이유는 앞에서 밝혔다. 그러므로 ‘古理叱’은 ‘고인’으로 봄이 온당할 듯하다.

‘淵之叱’에서 ‘之叱’은 ‘ᄀ’으로 풀이한다. 즉 ‘못ᄀ’(淵邊)이다. ‘之’는 훈차로 ‘ᄀ’가 되며[10] ‘叱’은 종성에서의 ‘ㅅ’음차이다. 이때의 ‘之叱’은 찬기파랑가의 ‘心未際叱’과 상통한다. 다같이 ‘ㅅ’종성 ‘叱’을 취하며, ‘ᄀ(변)’이란 의미를 공유한다.

‘ᄀ’외 표기에 ‘際叱’과 더불어 사용된 ‘之叱’은 기능상 보다 다양하게 사용되었다. 本條에서의 명사 외에 부사(怨歌), 형용사(遇賊歌) 등으로도 쓰였으니 의미적으로 한계가 그어진 ‘際叱’보다 훨씬 융통성을 지녔기 때문이라고 생각된다.

이처럼 ‘달 그림제 고인 못ᄀ’으로 풀이할 때 ‘之叱’의 ‘叱’이 명사종성에 사용된 ‘ㅅ’표기였음을 알 수 있다.

이처럼 명사 종성에 사용된 ‘叱’은 용언 종성과 동일 범주의 표기로 曀의 성모를 음차했던 것이다.

3.1.3 ‘之叱’과 ‘阿叱’

‘之叱’과 ‘阿叱’에 대해서는 크게 두 가지 견해로 나눌 수 있다.

첫째, ‘之叱’과 ‘阿叱’이 같은 기능을 가지는 같은 음의 표기라는 주장과 둘째, ‘之叱’과 ‘阿叱’은 별개의 기능을 가지는 상이한 음의 표기라는 주장이 그것이다.

전자의 경우에 양주동(1965)을 들 수 있다.

---

10) 康熙字典에 ‘唐韻 · 正韻 止而切 集韻 · 韻會 眞而切 玉篇 是也 適也 往也’라 기록되어 있다.

(16) 法性叱宅阿叱寶良 (普皆廻向歌)

‘阿叱’을 ‘앳’ 즉 방위격조사로 풀었다. 중기문헌에서 ‘집’은 방위격에도 ‘애·에’ 아닌 ‘이·의’를 취하는 특수명사로 ‘宅阿叱’은 ‘집잇’이 원칙이나 ‘앳’ ‘阿叱’과 ‘잇’ ‘之叱’은 구별없이 혼용된다고 보았다(pp. 851).

(17) 月羅理影支古理因淵之叱 (怨歌)
　　서리엿 半만 모샛蓮이 갓고로몟도다. (杜諺 9 : 24)

이에 준한다면 ‘之叱’은 기실 ‘阿叱’을 써야 하나 고어법에 ‘애·이’의 구별이 엄격치 않음으로 ‘앳·잇’도 혼용된 것이라 한다(pp. 628~629).

후자의 경우에 박병채(1967)이 있다.

‘阿叱’은 향가표기에서 ‘矣·未·叱’ 등과 함께 속격으로 사용된 이채로운 형태로 보았다. 속격형성의 a/ə가 ‘叱’과의 연결로 노출된 것인 ‘阿叱’은 어간말음이 자음일 때 연접되어 있었다. 15세기 국어의 ‘앳/엣/옛’은 모음연결법칙에 따른 ‘阿叱’의 발달형으로 본다(pp. 143~145). 그러나 ‘之叱’은 격형이 아니라 특수어사의 표기 즉, ‘然叱’과 대립되는 표기예로 보고 있다. 之叱>이랏(이럿), 然叱>그랏(그럿)을 표기한 한정사이니, ‘之’와 ‘然’는 공히 이를 의훈차한 특수표기로서 叱>ㅅ이 첨가한 형이라는 것이다(p.143).

‘之叱’을 격표기로 해독함은 ‘阿叱’과 형태적으로 유사한 점과 체언 아래에 위치하였기 때문이었겠으나 속격의 형태적 발달과정에서 볼 때 무리한 독법이라는 지적(박병채 1967 : 143)은 정곡을 찌른 것이라 본다.
향가에서 '之叱'이 사용된 곳은 네 군데이다.

 (18) ㄱ. 月羅理影支古理因淵之叱 (怨歌)
    ㄴ. 世理都之叱逸烏隱第也 (怨歌)
    ㄷ. 唯只伊吾音之叱恨隱 (遇賊歌)
    ㄹ. 法界惡之叱佛會阿希 (請轉法輪歌)

'阿叱'이 사용된 곳은 두 군데이다.

 (19) ㄱ. 行尸浪阿叱沙矣以支如支 (怨歌)
    ㄴ. 法性叱宅阿叱寶良 (普皆廻向歌)

그런데 (18) (19) 예들에 대한 기존의 해독이 일관성을 상실하고 있
는 점에 비추어 '叱'의 음가와 기능이 체계적이며 안정된 차용방법이
었음을 밝힘과 아울러 종성 '叱'의 기능에 따른 규칙성을 강조하고자
한다.

앞에서 밝혔듯이 '之叱'은 'ㅅ'의 표기로 기능상 다양하게 사용되었
으며, 반면 '阿叱'은 소유격을 표시하는 격조사로써 '앳/엣'이란 음가의
표기뿐 아니라 기능상으로도 확고한 것이었다고 볼 수 있다. 기능에
따른 양자의 차이는 곧 格形과 非格形의 차이이기도 한 것이다.

3.1.3.1 '원가'의 '之叱'

원가(怨歌)의 서두는 사철 푸른 잣나무를 두고 信忠이 즉위전의 孝成
王과 약조한 내용을 싣고 있다. 그리고 나서 지금은 자신을 잊어 버린

왕을 그리워하는 심정의 묘사가 있게 된다. 후반부의 해석에서 '之叱'
과 '阿叱'에 의한 무리가 발생한다.

월羅理影支古理因淵之叱
行尸浪阿叱 沙矣以支如支

'淵之叱'을 '못굿'으로 해독해야 하는 이유는 앞(명사종성의 '叱')에
서 밝힌 바 있다. '之叱'을 방위격 조사 '앳'으로 보면 他 格形 표기의
표기체계와는 유리되는 하나의 돌연변이를 인정해야 한다는 모순, 그
리고 애(익)로의 음독근거의 모호함, 나아가 원가 마지막 어구의 '之叱'
해독과 동질성을 찾기 어려운 점 등이 그것이었다. 이를 극복한 '이
랏'(박병채 1967 : 143)이란 해독 역시 앞 뒤 문장의 연결에 무리를 보
여 주는 난점을 지니고 있다.

行尸浪阿叱沙矣以支如支

양주동(1965 : 629-631)에는 이때의 '阿叱'은 조사가 아니라 語首로
본다. '阿叱沙矣以'를 하나의 용언으로 보아 '애와치'의 표기로 풀이하
였다.

行尸浪 阿叱沙矣以支如 (녈믎결 애와티듯)

이에 반해 지헌영(1947 : 5-16)은 그 모순점을 벗어나고자 '阿叱'을
조사로 간주하고 '沙矣以支如支'는 '사이(간격, 공간)잇듯'으로 풀이하

였다.

여기서 '阿叱'을 속격으로 처리한 의견이 보다 설득력이 있어 보인다. 이는 중기국어의 '앳, 엣, 옛' 등과 연결되는 것이다.

法性叱宅阿叱寶良 (普皆廻向歌)
鴨江앳 將軍氣를 (鴨江將氣 : 龍歌 39장)
노르샛 바오리실씨 (嬉戱之毬 : 龍歌 44장)
楚國엣 天子氣를 (楚國王氣 : 龍歌 39장)
君命엣 바오리어늘 (君命之毬 : 龍歌 44장)
東海엿 도즈기 (東海之賊 : 龍歌 59장)

여기서 '앳·엣·옛' 등은 '-에 있는', '-에 의한'이란 뜻을 지닌 속격으로 명사를 수반하게 된다. '沙矣'를 '사이'로 본 견해는 이와 같은 조건은 충족시키나 문맥의 연결상 무리가 있게 된다. 그리하여 다음의 부가 설명이 불가피하다.

'지나가는 물결에 間隔이 있듯이(계속하여 내마음 설레며)'(지헌영 1947 : 16)

이런 점에서 '沙矣'는 새로운 해석을 요구하게 된다.

'矣'는 唐韻·于巳切이다. 等呼는 齊齒·撮口音으로 中古音은 rje/rjwe 로, 국어 한자음은 /i/에서 ai/əi로 동요되었던 듯하다. 여기서는 '沙'의 어말모음 표기이다. '沙'는 현대국어의 '모래'로 중기문헌에는 '몰애'로 나타난다. 그러므로 '沙矣'의 '矣'는 '애' 표기로 볼 수 있다.

그믈 미틔 金몰애 잇느니 (月釋 1 : 24)
몰애마다 흔 界오 (月釋 21 : 16)

그러나 향가 표기의 '沙矣'는 '몰애'의 전 단계 '몰개'로 봄이 옳을 것이다. 이는 국어 음운사에서도 확인되는 사실이다.

'ㄱ>ㅇ(zero)'의 'ㄱ'탈락을 보여주는 다음의 예들이 있다(이기문 1977 : 19-20).

  (a) '몰애'(沙), '놀애'(歌), '달애'-(誘), '얼의'-(凝) 등 명사 및 동사어간
  (b) '늘이-'(使飛), '살이-'(使住), '알외-'(告)와 같은 파생어간
  (c) '굴아마괴'(寒鴉), '갈외'(蠨蛸) 등의 합성어
  (d) '노ㄹ'(獐), 'ㄴㄹ'(津) 등의 곡용형 '놀이' '늘의' 등
  (e) 'ㄹ' 말음명사의 공동격형 '믈와'(水) 등
  (f) '오ㄹ-'(登), '다ㄹ-'(異) 등의 활용형 '올아', '달아' 등
  (g) 'ㄹ' 말음 동사의 활용형 '알오', '알어늘' 등

이러한 음운사적인 증거외에 현존 경상도 방언의 '몰개'도 하나의 방증자료가 된다.

다음으로 '以支如支'을 살펴보자.

'사이 잇듯'(지헌영)에서는 '잇다(有)'란 뜻으로 풀이된다. 그러나, 향가에서 보통 허자(虛字)로 사용된 '支'를 아무 근거없이 종성 'ㅅ'으로 음차하고 있음은 본 해독의 문제점이라 하겠다.

'애와티듯'(양주동)으로의 풀이에서는 '支'는 허자로 간주하면서 '如'의 해독에서 "……'如'는 名詞下에선 '다이'이나 본조는 動詞下임으로 '듯」."(p.630)이라 설명하고 있다. 그러나 '以支如支'는 '몰개'라는 명사 아래이므로 '이듯'이 아닌 '이다이'이니 '沙矣以支如支'는 '몰개이다이' 곧 '모래이듯이'로 풀이되어야 전후 문맥상 자연스러울 것이다.

月羅理影支古理因淵之叱

行尸浪阿叱 沙矣以支如支

(양) 둜그림제 녯 모샛 (달그림자가 옛못의)

　　녈 믌결 애와티둧 (가는 물결 원망하듯이)

(지) 달빛 고인(옌) 소애ㅅ (달빛이 괴인(괘서 서로 떨어지지 않는)못에)

　　녈믌결잇 사이 잇둧 (지나가는 물결에 간격이 있듯이(계속하여 내 마

　　음 설레며)

(필자) 둘그림제 고인 못궂 (달그림자 고인 못가(邊))

　　녈 믈결앗 몰개이다이 (가는 물결에(방금 밀려온) 모래같고져)

　상기 세 해독 중에서 필자의 졸견이 원가의 앞뒤 문맥의 연결에 보
다 합리적이며 음운론적인 면에서도 무리가 없음을 알 수 있다.

世理都 之叱逸烏隱第也

　양주동(1965 : 633-637)은 앞 구의 '之叱'은 방위격조사로 보면서 본
구의 '之叱'은 '앛' 곧 '厭·惡'이란 의미를 지닌 용언으로 풀이한다.
'아쳗'이란 ㄷ변격용언의 雅語連體形 '아쳘온'으로 해독한다. 이 해독의
부당함은 앞 항에서 지적한 바 있다.

　지헌영(1947 : 15-16)에서는 '都'를 '셔블(京)'로, '之叱'은 조사 '앳'으
로, '逸烏隱'은 '일은(成)'으로 보아 '누리셔블앳 일은데여'로 풀이하였다.

　여기서 '之叱'은 '淵之叱'과 같은 '궂'의 표기로 보고자 한다. 다만
'淵之叱'의 경우가 '邊'이란 명사라면, 여기서는 독립적인 부사 '궂'으
로 사용된 점이 다르다. '겨우·갓'이란 뜻이다.

　그듸 精숍 지수려 터흘 궃 始作ᄒ야 되어늘 (釋譜 6 : 35)

ᄌᆞᆺ 글 비흔 혀근 사라미 마를 (新學小生 : 三綱 · 朱雲折檻)
ᄌᆞᆺ 아로미 (纔有堂 : 楞解 1 : 74)

'逸'은 음독으로 '일'이다. '逸烏'는 '일우다(成)'란 뜻의 동사 어간이다.

큰 功을 일우ᅀᆞᇦ니 (大功斯立 : 龍歌 57장)
成은 일울씨라 (釋譜序 5)
ᄂᆞᆺ가온 가지로 집 일워 자라 (卑校成屋椽 : 杜解 1 : 12)

'烏'는 음독인데 唐韻에 '哀都切', 集韻 · 正韻에 '汪胡切𠀤音汚'로 되어 있다. '都'와 '胡'는 공히 廣韻韻 模韻이다. '模'는 上平聲 제12 開口 1등으로 [-uo]의 음가이다. 이는 국어 한자음에 [-o]로 반영되었다. 隱은 '온'의 어미 'ㄴ'의 표기이다. '逸烏隱'은 '일온'으로 해독된다.

그런데, 여기서 중요한 사실이 있다. 특별히 언급은 없었지만 '일은 ──이루어진'으로 해독한 지헌영은 이를 자동사로 보았기 때문이다. 그러나 그것이 자동사 '일다'(成)였다면 '逸隱'은 곧 '일은(일은)'으로 충분하나, '烏'가 들어간 것으로 미루어 '逸烏隱'은 타동사 '일우다'의 표기임에 틀림없다. 이처럼 15세기 문헌의 '일우다'가 향가 표기에 '일오다'로 나타나는 현상은 흥미롭게도 "15세기 이전에는 아마 어간과 어미 사이에 아주 불완전하고 느슨한 모음조화가 있었을 뿐이며, 대부분의 격어미 모음은 陽母音으로 나타냈을 것"(이기문 1979 : 31)이라는 견해에 접근함을 알 수 있다. 용언에 있어서도 유사한 결론 도출이 가능할는지는 보다 광범위하고 분석적인 작업 후에야 할 수 있겠지만 '일우다'의 향가 당시의 음은 '일오다'였음을 확인할 수 있다. 양주동(1965 : 635)에서는 雅語조사 '오'의 연체형으로 보고 있다.

‘苐’는 ‘第’의 속자로 광운 ‘特計切’, 集韻・韻會・正韻 등에는 ‘大計切’이다.

<표2> ‘第’의 再構

字	半切	半切上字의 聲目과 音價	廣韻韻	等呼 및 音價	再構音
第	特計/大計	定 (舌音)	霽	第13開口 4等 -iei	*뎨

‘第’는 時를 의미하는 ‘뎨’의 표기인 것이다. 15세기의 ‘제’는 이 ‘뎨’가 구개음화한 형이다.

> 驪山役徒를 일ᄒ샤 지부로 도라오싫제 (失驪役徒 言歸干家 : 龍歌 18장)
> 時節이 바드로온제 브트니 (屬時危 : 杜解 6 : 3)

‘他’는 감탄어미인데 당운에 ‘羊者切’, 집운・정운에 ‘以者切’이라 하였다. 광운운은 馬韻이니 등호는 제29開口 2,4等으로 [-a] 내지 [-ịa]의 음가이다. 즉 ‘他’는 ‘아’ 내지 ‘야’의 표기인데 15세기의 감탄어미가 ‘-야/-여’임을 미루어 ‘-야’로 해독함이 무방하다.

> 나쟈 바먀 셔긔 나ᄂ니 (白日黑夜瑞雲生 : 初朴通事上 68)
> 나져 바며 머므디 말오 ᄇ르라 (白雲黑夜不住的搽 : 初朴通事上 13)

‘之叱逸隱苐也’는 그러므로, ‘ᄌ 일온 뎨야’로 해독된다.

이러한 해독이 언어학적인 타당성은 물론 本歌의 제작 동기 및 그 배경과 부합됨은 삼국유사 본문의 내용에서도 증명된다. 孝成王이 信忠

에게 후일 자신이 왕이 되면 잊지 않겠노라 약속한 후 몇 달이 지나 왕이 되었으나 그를 잊고 부르지 않자 이를 섭섭히 여겨 부른 노래가 '원가'이다.

그러므로 '兒史沙叱 望阿乃 世理都 之叱 逸烏隱苐也'(즛사 브라나 누리도 ㄷ 일온 뎨야)는 '자신(信忠)은 효성왕의 모습을 바라나, 이제 막 세상을 이룬—— 즉위를 뜻함 —— 때가 아닌가!' 그러므로 자신을 잊었다는 것을 반어적으로 표현하면서 왕이 자신을 잊었음은 즉위 후 바쁘시기 때문이라고 애써 이해하려는 심정을 담고 있다.

「원가」가 수사법상 뛰어난 기교를 보이는 점은 이 문구와 바로 앞 문장과의 비유에 있다고 볼 수 있다. '왕이 막 즉위를 한 상태'를 '가는 물결에 방금 못가로 밀려온 모래'와 대비시키고, '자신이 왕의 모습을 그리는 상황'을 '달그림자 고인 못가'로 情景化한 것이다.

이처럼 완곡하고 부드러운 표현은 즉위 후 등용하겠다는 왕의 약속을 웅변 이상으로 전달할 수 있었고, 왕을 감동시킬 수 있었던 것이다. 다음에 원가의 현대어역을 싣는다.

> 뜰의 잣이 가을에 안 시들매
> 너 어찌 잊어 하신
> 우럴던 낯이 계샤온져.
> 달 그림자 고인 못가
> 가는 물결에 모래이듯이,
> 모습이야 바라보나
> 세상도 갓 이룬 때인 것을!

3.1.3.2 '우적가'의 '之叱'

'우적가(遇賊歌)'는 원성대왕 때 향가를 잘 짓던 승려 永才가 남악으로 가던 길에 대현령에서 도적 60여인을 만나 그들에게 지어 들려 준 노래이다.

'우적가'의 전체적인 해석은 해독자에 따라 상당한 차이를 보여준다. 삼국유사 본문의 내용 그대로 도적을 만나 그들에게 들려준 사실 묘사 위주로 본 견해가 있는가 하면(양주동 : 1965), 반면에 心歌 혹은 禪歌로 해석한 풀이도 있다(지헌영 : 1947).

여기서는 용언말에 사용된 '叱'의 음가 추정에 한정하여 '之叱'이 들어간 '伊吾音之叱恨隱'의 해독만 살펴보기로 한다.

양주동 (1965 : 664-669)에서는 '이오맛흔'으로 해독하였다. '之叱'은 '앗'의 표기로써 '伊吾音之叱'은 '이옴앗'인데 이는 '이오맛'(요맛)을 寫한 것이라 한다. 즉 '이오맛흔'을 '요만한'이란 뜻으로 풀이했다.

지헌영(1947 : 25-27)은 '吾'는 '내', '音之叱'은 '소래ㅅ', '恨隱'은 '하는'으로 풀었으니 '내 소래ㅅ 하는 - 내가 소리를 잘 한다는 것을'로 보았다.

여기서 '叱'을 '앗'의 종성으로 보거나 '소래ㅅ'에서의 사잇소리로 본 견해 모두 'ㅅ'의 표기로 해독하였다. 그러나 '之'의 경우는 '아' 혹은 '소래'의 'ㅣ'모음 표기로 보고 있다.

상충되는 이들 견해 중에서 공통적인 평가는 '之叱'을 '吾音'에 밀착된 요소로 풀이한 점이다. 그렇다면 '之叱'을 통합시키는 '伊吾音'은 무엇의 표기일까?

'伊'는 당운에 '於脂切', 集韻에 '於夷切' 등으로 미루어 '이'의 음차이다. '吾'는 '五乎切'(당운), '訛胡切'(집운·회운·정운)이니 '오'이다.

‘音’은 ‘於今切’(당운·집운·회운·정운)이니 侵韻에 속하는 바 제38開口 3,4등[ĭəm/-ḭəm]의 음가이다. 이러한 음가 추정에 비추어 ‘伊’는 지시형용사 ‘이’로 간주하고, ‘五音’은 ‘오음’ 곧 15세기의 ‘오을다’(全) 명사형의 古形으로 간주할 수 있다.

善心이 오올면(月釋 8 : 1)
ㅎ나히 ᄠ로 달아 비치 오ᅀᆞ로 희오(月釋 2 : 46)
몸 오ᅀᆞ로 도라 보샤미(月釋 2 : 56)

‘之叱恨隱’은 ‘ᄀᆞᆺ혼’(如)이다. 정음 문헌의 ‘ᄀᆞᆮ다·ᄀᆞᆮ다’의 고형이 ‘ᄀᆞᆺ혼다’임을 알 수 있다.

如는 ᄀᆞᆮᆯ 씨라(訓正註解)
감ᄑᆞᆫ 琉璃ㅅ 빗 ᄀᆞᆮᄐᆞ시며(月釋 2 : 55)
토비 赤銅葉 ᄀᆞᆮᄐᆞ시며(月釋 2 : 57)

즉 ‘ᄀᆞᆺ혼다’에서 종성 ‘ㅅ’이 내파화하여 ‘ᄀᆞᆮ’이 되자 후속음 ‘ㅎ’과 결합하여 ‘ㄷ → ㅌ’으로 음운변천한 것이 ‘ᄀᆞᆮ다’인 것이다. 여기서 고대어에서는 유기음이 아니던 어사가 후대에 이르면서 [h]와의 결합으로 유기음화하는 과정을 알 수 있는데 이는 박병채(1971 : 307-317)에서 보여준 유기음의 발달과정과 일치한다. ‘伊吾音之叱恨隱’(이 오음 ᄀᆞᆺ혼)은 ‘潽陵’을 수식한다. ‘潽陵’은 ‘善陵’과 같은 말로써 ‘陵’은 ‘善’의 말음 ‘ㄴ’ 표기이니 곧 善이다.(양주동 1965 : 668-669)

(20)　ㄱ. 向乎仁留善陵道也 (普皆廻向歌)

ㄴ. 一切善陵頓部叱廻良只 (總結无盡歌)

즉 '伊 吾音之叱恨隱 善陵隱'의 현대역은 '이 온전한 善은'으로 풀이되겠다. 이것은 月印釋譜의 다음 문장과도 상통한다.

善心이 오을면(月釋 8 : 1)

순수 우리말인 '오을다'는 그 뒤 한자어 '穩全하다'로 대체되었는데 '穩全한'의 고어는 '오음굿흔'이었으니, 아마도 '오음'은 어떤 완전한 형태의 사물을 지칭하였으리라는 추측도 해 본다. 그 지칭사물에서 '오을다'라는 형용사가 발달했던 것이 아닐까.

이상에서 우적가에 사용된 '之叱'은 '굿흐다(如)'의 어간표기 '굿'이었음을 밝혔다.

3.1.3.3 '청전법륜가'의 '之叱'

현전 향가 25수 중에서 11수가 균여대사의 普賢十願歌다. 균여대사(均如大師, 923-73)는 황주에서 나서 불교교리를 일반에게 쉽게 보급시키기 위하여 원왕가 11수를 알기 쉬운 향가로 지었는데 작품년대는 960년대로 추정된다. 한림학사 최행귀(崔行歸)가 이를 한문으로 번역한 것이 「大華嚴首座圓通兩重大師均如傳」(1075년, 赫連挺)에 실려 있다.

'청전법륜가(請轉法輪歌)'는 '普賢十願歌(願王歌)' 중의 한 편인데 '之叱'이 든 다음의 구절을 살펴보기로 한다.

法界惡之叱佛會阿希

양주동(1965 : 785)은 '惡之叱'에서 '惡'은 음차 '악'으로 內의 古俗訓이며, '之叱'은 '잇'으로 보아 '法界악잇'은 '法界內之'의 뜻이라 풀었다. 지헌영(1947 : 40)에서는 '法界앳 佛會아히'로 해독하였다. 즉 '惡之叱'을 합한 것이 '앳'이라는 것이다. 또한 향가에 사용된 '惡'은 '造將來臥乎惡寸隱'(懺悔業障歌), '惡寸習落臥乎隱三業'(上同) 경우만 原義 '모딜'로 훈독하고 나머지 경우는 모두 음차해야 한다. 특히 '逸烏川理叱磧惡希'(讚耆婆郎歌)에서 '磧惡'은 '지악'(지역)임에 惡은 '악' 혹은 'ㄱ'의 借字임을 명시해 주고 있다고 하였다. (1965 : 153-154)

> 國惡太平恨音叱如 (安民歌)
> 一念惡中涌出去良 (稱讚如來歌)
> 衆生叱海惡中 (普賢十願歌)

이들 예의 '惡'을 음차 '악'으로 간주할 때, 그 어의는 무엇일까? 양주동(1965 : 306-307)은 이를 '內'의 古俗川 '악'으로 보아 이들을 '國內·一念內·海內'로 해독하였다. '內'의 훈이 '안' 외에 '악'인 증거로 현대어 '안악·안악네'(內·內人), '뜰악·그악'(庭內·該附近)를 들고 있다.

상기 예들은 현재로써는 '惡'을 '內'의 뜻으로 해독하는 이상의 방법은 모색키 어려우므로 여기서는 음차 '악'(內)으로 보고자 한다.

문제는 '法界惡之叱 佛會阿希'의 '惡之叱'에 있다.

앞에서 '之叱'을 格形으로 볼 수 없는 이유를 밝힌 바 있다. 그러나 '法界악잇' 혹은 '法界앳'으로 보는 견해들은 '之叱'을 조사로 처리했기 때문에 가능한 것이다.

‘之’는 ‘ㄱ’의 약음차(청전법륜가)로도 사용되었다.

이와 같이 ‘阿叱’·‘之叱’의 종성으로 사용된 ‘叱’은 [sïět]의 성모 [s]의 차용표기였던 것이다.

3.2 생략된 격의 흔적 ‘叱’

향가 25수를 분석하여 고대국어의 격형(格形)을 전체적으로 조명한 연구로 박병채(1967)를 들 수 있다. 그 자료에 제시된 바에 의하면 곡용하는 것으로 간주되는 총 198개의 어휘는 12격으로 분류된다. 즉 주격(nominative)·속격(genitive)·처격(locative)·절대격(absolutive)·대격(accusative)·조격(instumental)·서술격(predicative)·감탄호격(exclamative-vocative)·강세격(emphasis)·거격(enumerative)·이격(translative) 등이다.

그런데 격은 문법범주의 하나로서 모든 언어에서 체언은 그 자체가 원칙적으로 격현상을 동반하는 것이다. 그러므로 격이란 반드시 노출되는 것은 아니어서 체언 자체가 격의 기능을 보유하기 때문에 격조직은 언어에 따라 수적으로 다른 것이다. 국어는 교착어의 특질상 의미요소에 대한 형태요소가 자유로이 연접 분리되어 문법적 기능을 드러내는 것이므로 형태적으로 격을 연접시킴으로써 그 관계를 명백히 드러낼 수 있는 것이다. 이와 같은 언어적 구조에서 형태의식의 작용에 따라 자연발생적으로 多岐的인 발달을 초래한 것으로 보이며 향가 시대에 이미 표기의식에서 형태관념이 다분히 작용한 것으로 보인다. 현대어에서 우리가 사용하는 격형이 대부분 향가의 격형이 그동안 음운론적 변화과정을 거쳐 굳어진 것임을 보아 알 수 있다. 그러나 그 기원적인 발달과정에서 볼 때 원시국어에 소급할수록 체언 자체가 격기능을 직접 겸유했던 것으로 보며 형태의식의 發靈에 따라 점차 숫적으로 증대되었을 것이다.(박병채 1967 : 90)

[...] 문맥으로 문법적인 관계가 명시되는 환경에서는 격 표시를 생략하기도 한다. 이는 언어의 노력 경제라는 심리적 측면에서 이해할 수 있다. 그러나 엄연히 문법기능을 가지는 격의 생략은 완전한 零의 상태로 사라질 수는 없으며, 그 위치에서 자신의 흔적(trace)을 남기게 된다.

영어에서도 동일한 현상을 찾을 수 있다. 소위 'wanna-축약'이 그것이다. 영어화자(특히 미국인)들의 발음에서 'want to'는 'wanna'로 축약(contraction)할 수 있다.

> (21) ㄱ. I want to win
> ㄴ. I wanna win

이런 류의 축약은 (22)의 문장에서도 가능하다.

> (22) ㄱ. who do you want to beat−?
> ㄴ. who do you wanna beat?

그러나 (23)의 문장에서는 축약이 되지 않는다.

> (23) ㄱ. who do you want− to win?
> ㄴ. *who do you wanna win?

(22)와 (23)은 Chomsky의 소위 WH-이동(WH-movement)규칙의 문장들이다. 그런데 (22)의 who는 beat 뒤(———로 표시된 위치)에서 기원한 것이므로 want와 to의 축약을 저지하지 않는다. 반면 (23)의 who는 want와 to 사이에서 유래한 것이므로 축약을 저지하는 것이다. 이처럼 (23)의 경우 wanna 축약이 저지되는 것은 want와 to 사이에서 기원한 who가 비록 文頭로 이동하지만 자신이 있던 위치에 空交點(empty nodes)을 남기기 때문에 가능한 것이다. 이 공교점의 존재가 want와 to의 축약을 막아주기 때문이다.

(24) [NP who] do you want [NP e] to win?

이 공교점 명사구는 무엇을 가리키는가? Chomsky는 "Xn유형의 이동된 범주는 그것이 이동한 위치에다 이동된 성분과 同指標되는 [Xn e] 자체의 공교점 흔적을 남긴다"고 하였다.[11]

(25) ㄱ. John seems to me to have perjured himself.
　　 ㄴ. [NP2 John] seems to me [NP2 e] to have perjured himself.

(25)에서 동지표된 공교점 [NP2 e]가 소위 "흔적"(trace)이다. 이 흔적이 음운론적으로 조동사 축약과 wanna축약 등을 저지시키는 역할을 한다고 보는 것이 Chomsky의 흔적이론, Trace Theory(of Movement Rules)이다.

---

11) "Any moved category of type X^n leaves behind in the position out of which it moves any empty node 'trace' of itself [X^n e] which is coindexed with the moved constituent" (Radford 1981 : 194)

고대국어 향가에서 격이 표시되어야 할 자리에 '叱'이 대체되고 있는 현상은 흔적 이론으로 설명할 수 있다. 그렇다면 생략된 격의 흔적인 '叱'의 음가는 무엇인가?

지금까지 '叱'은 속격으로만 간주되어 왔다. 그러나 향가의 면밀한 분석은 비록 소수이지만 주격·목적격 등에도 '叱'이 표기되었음을 보여준다. 이 사실은 '叱'이 격 표시에 두루 사용되었음을 증명해 준다. 이때 '叱'의 음가 차용은 /sï̆ĕt/의 운미에 근거한 후두음 [ʔ]로 휴지(pause)의 기능을 지녔던 것으로 보여진다.

첫 번째 이유는 '叱'이 격의 흔적 표시인 만큼 후두 긴장 정도의 내파음의 선택이 유력하기 때문이다. '叱'의 운미 /-ï̆ĕt/의 내파음은 [ʔ]이다.

두 번째 근거는 중기국어 사이시옷과 '叱'의 연관이다. '용비어천가'와 같은 조선초의 문헌에 사용된 사잇소리는 상하음에 따라 "ㄱ·ㄷ·ㅂ·ㅸ·ㅅ·ㅈ·ㆆ·ㅿ" 등으로 구별 사용되었는데, 이는 원칙적으로 五音上 上音과 동일하되 不淸不濁인 상음에 비해 硬한 평음을 채택하고 있다. 이 사실은 사잇소리가 표기 그대로의 음가가 아니라, 상음의 조음 상태 그대로 후두폐쇄를 동반한다는 정밀한 인지의 표명임을 나타낸다. 더욱이 모든 사잇소리는 'ㅅ'으로 표기가 가능했고 현실적으로 'ㅅ'으로 통용되었던 사실은 그 음가가 [ʔ]임을 입증하는 것이다. 이러한 'ㅅ'의 우세는 향가의 '叱'에서 유래한 역사성에 근거하는 것이다.

나아가, '叱'이 독립적인 요소로 표기된 사실은 고대국어 당시에는 [ʔ]이 음운으로서의 위치를 지키고 있었음을 보여 준다. 통시적으로 볼 때, 음운 [ʔ]는 중기국어에 이르면서 위치의 동요를 겪어 음성 자질화하게 된다. '叱'의 존재가 국어음운사상 중요한 점은 후행어의 경음화를 유발시키는 그 기능이다. 국어 경음은 [ʔ]과 평음의 결합으로 인하여 발생하게 되었는데 주된 경음자질 [?]가 향가에 '叱'으로 표기되었던 것이다.

이처럼 '叱'은, 비록 생략되었지만 존재하는 격의 위치를 밝혀주는 당시의 음운 /?/였던 것이다. 이러한 역할의 빈번함이 [?]와 평음의 연결을 유도하게 되어 국어 경음의 발생을 실현시켰다고 추정한다.

3.2.1 속격의 '叱'

생략된 격의 위치에 쓰인 '叱'의 용례 중 최다 빈도를 보이는 것이 속격이다. 이것은 또 고유어에 쓰인 경우와 한자어에 쓰인 경우로 나눌 수 있다.

첫째, 고유어의 경우에 '叱'이 속격으로 사용된 다음 예들이 있다.

(26) 栢史叱枝次 高支好 (讚耆婆郞歌)

'叱'이 속격에 사용된 대표적 예이며 15세기 문헌에는 이 경우 '叱'이 'ㅅ'으로 대체되었다. 그러나 그 음가는 [s]가 아닌 운미의 차용[?]임을 단적으로 보여주는 예가 이 경우이다. 즉 '栢' 말음 'ㅅ'표기가 '史'인데 그 당시 종성 'ㅅ'은 어말에서 대립되었음으로, '叱' 또한 [s] 표기였다면 두 음은 충돌할 수밖에 없었을 것이다. 그랬다면 '叱'이 아닌 속격 곧 '矣'를 사용함이 자연스러운 방법이었을 것이다. 그러나 상기 '叱'은 표시된 속격이 아닌 생략된 격의 위치에 표기되는 특수 用字였기에 가능했으며, 또한 그 음가도 후두 긴장의 휴지 상태인 [?]였음이 확실하다.

(27) 川理叱 磧惡希 (讚耆婆郎歌)

‘나리 ㅅ 직벽히’(양주동 1965 : 318), ‘나리 ㅅ 별아히’(지헌영 1947 :
21) 등의 해독들에서 ‘磧惡’은 ‘小石’ 혹은 ‘벼리(岸)’로 견해 차이를
보이나, ‘叱’을 속격으로 봄은 공통적이다.

(28) 倭理叱 軍置 (彗星歌)

‘倭’는 광운·집운에 ‘烏禾切’로써 ‘渦’음이라 하였고, 당운에는 ‘於爲
切’로 기록되었으니 ‘외’ 혹은 ‘와’였다. 그러므로 15세기 국어의 ‘예’
(倭 예와 : 字會中, 4)는 ‘와리>왜>예’로 음운변천한 듯하다. 여기서의
‘叱’ 역시 속격 흔적으로 사용되었다.

(29) 蓬次叱 巷中 (慕竹旨郎歌)

‘次’는 ‘蓬’(다봊)의 어말음 표기이며, ‘巷’은 ‘ᄆᆞ슬’(梁), ‘굴헝’(池) 등
으로 해독된다. 어느 경우든 ‘叱’은 속격의 자리에 사용된 것으로 보아
야 한다.

둘째, 한자어의 경우 ‘叱’이 속격으로 사용된 다음 예들이 있다.

(30) 功德叱 身乙 (稱讚如來歌)
　　　法叱 供乙留 (廣修供養歌)
　　　普賢叱 心音12) (總結无盡歌)

---

12) ‘音’은 ‘마ᅀᆞᆷ’의 말음표기.

佛體叱　海等13) (普皆廻向歌)

佛體叱　殺亦 (普皆廻向歌)

辯才叱　海等 (稱讚如來歌)

一毛叱　德置 (稱讚如來歌)

淨戒叱　主留 (懺悔業障歌)

頓部叱　懺悔 (懺悔業障歌)

十方叱　佛體 (懺悔業障歌)

同體叱　緣起 (隨喜功德歌)

嫉妬叱　心音 (隨喜功德歌)

衆生叱　田乙 (請轉法輪歌)

菩提叱　菓音14) (請轉法輪歌)

佛體叱　事 (普皆廻向歌)

難行　苦行叱　願己 (常隨佛學歌)

상기 예들의 '叱' 역시 속격 대용이며 후두 긴장의 휴식[?]의 음가 차용임을 알 수 있다. 또한 이 부류에 속하는 것으로 '法界惡之叱 佛體'(請轉法輪歌)의 '叱'도 포함한다. '之'는 '惡'의 말음ㄱ표기.

속격의 경우 '叱'이 [s] 음가를 지닌 것은 '阿叱' 뿐이다. 즉 모음과 결합하여 어말 종성으로 사용될 경우이다.

法性叱　宅阿叱　寶良 (普皆廻向歌)

'阿叱'은 '앗'으로 15세기의 엇/엿 등의 선신으로 보는 것이다. 그러나 '法性叱'의 '叱'은 같은 속격이지만 [?]상태이니, 격의 계속적인 나열

---

13) '等'은 '바들'의 말음표기.
14) '音'은 '여름'(果實)의 말음표기.

을 피하기 위한 노력이 바로 '叱'의 도입임을 보여주는 단적인 예라고 할 수 있다. 또한 하나의 가설이 되겠지만, 고대에도 현대어와 마찬가지로 동일격이 나열될 경우 마지막에 오는 격의 표시가 일반적이었음도 보여 주는 것이다. 이는 다음에 서술할 목적격에서 더욱 확실해진다.

3.3.2 목적격의 '叱'

목적격 흔적으로 '叱'이 사용된 경우도 다수 있다. 이때의 '叱' 역시 속격의 경우와 동일한 [?]표시이다.

(31) 一等下叱 放 一等肹 除惡支 (禱千手觀音歌)

'叱'의 신라시대 속음이 'ㄹ' 종성이므로 'ㄹ'에도 약차되었다고 보아 'ㄹ' 표기로 보는 견해(양주동 ; 471)와 타 경우와 같이 'ㅅ'표기로 보는 견해(지헌영 ; 17)가 있다.

'下叱'에서 '下'는 '一等'(ᄒᆞ든ᄒ)이 'ㅎ'말음명사였음을 나타내는 'ㅎ'표기로 보아야 한다. '一等肹'에서 보듯이 목적격 조사 '을' 대신 '肹'을 사용한 점이 그것을 입증한다. '一等下'(ᄒᆞ든ᄒ)는 15세기의 'ᄒᆞ나ᄒ'의 전신이다.

弟子 ᄒᆞ나ᄒᆞᆯ 주어시든(釋譜 6 : 22)
百千萬億分에 ᄒᆞ나토 몯 미츠리니(月釋 17)
도로 ᄒᆞ나히 ᄃᆞ외며(釋譜 6 : 34)

즉 '肹=下乙'이라는 등식관계의 성립이 가능하다.

또한 속격의 '法性叱 宅阿叱'(普皆)에서 동일격이 계속될 때 앞의 것을 생략하고 뒤에 오는 격만을 표시하는 앞의 예문은 같은 범주에 속한다. 그러므로 '叱'은 목격적의 생략 위치에 표기된 [?]이다.

이러한 견지에서 같은 노래((禱千手觀音歌))의 다음 구절도 이해되어야 한다.

(32) 千隱手叱 千隱目肹

'隱'은 '千'(즈믄)의 말음표기이다. '즈믄 손흘 즈믄 눈흘'의 손과 눈의 나열에서 동일격이 사용되므로 앞의 것은 생략하여 '叱'으로 표시하고 뒤의 것만 밝혀 두는 것은 같은 방식이다. '叱'을 모두 속격(持格)으로만 간주해온 지금까지의 평가가 상기 예들의 해독에 설득력있는 해답을 제공하지 못한 것은, '叱'이 생략된 격의 흔적 표시로 통용되었다는 사실과 동일격의 나열시 선행격의 생략이 보편적이었다는 사실을 간취하지 못했기 때문이라 생각한다.

(33) 直等隱心音矣命叱 使以惡只 (兜率歌)

'隱'은 '直等'(고든)의 어말음 표기이며 '音'은 '心'(마合)의 어말표기이다. '矣'는 속격조사로 '모合'과 '命'의 관계를 보여준다. '叱'은 부리는 대상이 '心音矣命'임을 나타내는 목적격이다. 그 밖에도 목적격의 생략표지로 사용된 '叱'의 용례들이 다수 있다.

(34) 吾焉 頓部叱 逐好友伊音叱多 (常隨佛學歌)

> 一切善陵 頓部叱 廻良只 (普皆廻向歌)
> 衆生叱 邊衣干音毛 (普皆廻向歌)
> 頓部叱 吾矣 修叱孫丁 (隨嬉功德歌)

와 같은 예들이 그것이다.

3.2.3 주격의 '叱'

'叱'이 주격 대용으로 사용된 예는 향가에서 단 두 곳 뿐이다. 그러나 빈도수가 적다고 하여 그것이 무시될 수 없음은 첫째, 빈도수라는 것이 향가 25수에 국한되기 때문이며, 둘째 국어는 주어생략이 의미 전달에 영향을 미치지 않는 한 주어 생략이 자연스런 언어이기 때문이다.

> (35) 此也 友物北所音叱 彗叱只有叱故 (彗星歌)
> 　　이 어우 므슴ㅅ 彗ㅅ기 이실꼬 (梁 : p.561)
> 　　이예 벋들ㅅ 소리ㅅ 슬ㅅ아 잇고 (池 : p.8)

'此也 友物北所音叱'의 해독에서는 전자보다 후자의 풀이가 타당성이 있어 보인다. 단 후자의 해독을 수용하려면 '北'이 '叱'의 오자임을 전제하여 한다.

본 노래에 '叱'의 재구음 [sʾĕt]의 음차가 아닌 [t → l]의 과정을 겪은 국어 한자음의 음절 [sil]의 차용이 유일하게 나타난다. '叱只有叱故'의 '叱'이 그것으로 즉 '실기잇고'이다. '실기다'는 '실그러지다'란 뜻의 어사로 정음문헌의 '실긔다'와 같은 말이다.

실긔다 歪着

실긔여 기우다 歪斜 (漢淸文鑑 9 : 78)

그러므로 '彗 叱只有叱故'는 '彗星(을) 실긔잇고'로 해독된다. 그러므로 '友物北所音叱'의 '叱'는 혜성을 실긔는 주체(友物北所音)에 붙은 주격 대용이다.

'北'이 '叱'의 오자라면 '友物叱'의 '叱'은 속격, '所音叱'의 '叱'은 주격 호격이니 '벌들(의) 소리(가) 를 실긔잇고'로 해독된다.

나아가 이 해독이 타당성을 획득하는 다른 이유는 본 노래의 전구 '彗星也白反也 人是 有叱多'(彗星여 술본여 사름미 잇다)와의 연관성이다. 이때 말한 '사름'이 '벋들'이며 이들이 요망한 별 혜성을 위축시키는 원동력임을 알 수 있다. 삼국유사 본문의 내용으로 미루어[15] 혜성이 나타남은 곧 왜군의 침략을 상징함이니 융천사가 이 노래를 부름으로써 혜성이 사라지고 왜군도 돌아갔다는 사실로써 알 수 있다.

또한 '三花之徒'가 '友物'의 구체적인 인물로 설정되었다고 보는 것도 무리가 아닐 것이다. 그러므로 彗星(일본병)이 大星(신라)을 범하려 하자 이를 경계한 융천사가 "우리 신라에는 많은 '사름'이 있으니 즉 三花之徒와 같은 화랑들의 무리(友物)가 있어 이들의 소리가 너희들 혜성(일본병)을 살긔노라."라고 노래하게 된 것이다. 이러한 경고문을 받은 혜성(일본병)은 곧 사라지게 되었으니 왜군의 침략에 맞서 향가로써 물리치게 된 언어의 힘을 보여주는 자료라 할 수 있다.

그러므로 '友物北所音叱'의 '叱'은 주격 생략의 위치에 사용된 대표적 예로 보아야 할 것이다. 普賢十願歌에서 또 하나의 예를 찾을 수 있다.

---

15) 第五居烈郎 第六實處郎 第七寶同郎等 三花之徒 欲遊楓岳 有彗星犯心大星 郎徒 疑之 欲罷其行 融天師作歌歌之 星怪卽滅 日本兵還國 反成福慶 大王歡喜 遣郎 遊岳焉(遺事 本文)

(36) 塵塵處物叱 邊呂白乎隱 功德叱身乙 對爲白惡只(稱讚如來歌)

여기서 塵塵處物이 모시겠다고 기원한 대상은 바로 다음에 연결되는 '功德叱身'임을 문맥에서 알 수 있다. 그러므로 이때의 '叱'은 주격의 흔적 표시로 볼 수 있다.

지금까지 '叱'의 속격·목적격·주격 등의 격조사 대용의 용례들을 고찰하였다. 격의 생략 이유는 추측컨대 교착어인 국어에서 격의 생략으로도 문법관계가 표시될 경우에는 번거로움을 피하고자 하는 言衆의 노력경제심리의 발로로 볼 수도 있고, 혹은 노래의 운율상의 필요로 의한 것으로 볼 수도 있을 것이다. 그러나 격이 생략된 자리는 원초적인 영(zero)의 자리와는 다른 것으로써 격의 흔적을 남기게 된다.

이동변형이 주된 기능을 가지는 영어에서는 Chamsky의 흔적이론(trace theory)으로 WH-이동의 경우, 조동사 축약·wanna 축약·하위범주·격표시·일치·관용구·재귀대명사의 해석·선택제약 등의 문제 해석이 가능하다. 국어는 영어와는 달리 탈락규칙이 주를 이루는데 고대국어의 격표시 '叱'도 마찬가지이다. 격의 종류와는 상관없이 격이 생략된 자리에 격이 있다는 흔적의 표시로 대용된 것이 '叱'이었는데 /siĕt/의 운미의 내파음/ʔ/의 차용으로 그 역할이 가능했던 것이다. 나아가 '叱'의 독자적인 표기가 가능했다는 사실은 고대 당시에는 후두음 [ʔ]이 하나의 음운으로 존재했음을 증명해 주는 것이라 생각한다.

이처럼 격 생략 위치에 흔적 [ʔ]의 존재가 요구되었음은 현대국어의 연접(juncture)[16) 현상에서도 마찬가지이다.

---

16) 발화의 호흡단락에 대한 연접은 文頭와 文尾의 끊김을 외부개방연접(external open jucture), 文中의 끊김을 내부개방연접(internal open jucture)이라고 한다. 실재로 전자는 말미개방(terminal jucture)을, 후자는 단어와 단어사이의 끊김으로 연접 혹은 개방연접이

(37) ㄱ. 아버지가+방에+들어가신다

　　ㄴ. 아버지+가방에+들어가신다

(38) ㄱ. 목사가+마귀를 +쫓는다

　　ㄴ. 목사+가마귀를+쫓는다

(37)(38)의 문장은 휴지를 어디에 두느냐에 따라 의미가 달라진다. 이 경우 주격의 격표시가 생략되는(ㄴ)의 문장들에서는 필히 석이 있어야 할 위치에서의 휴지——곧 [?]를 요구하고 있는 것이다.

그러므로 Chamsky의 공교점(空交点) 표시를 원용하여 향가의 구절을 표기하면 다음과 같다.

(39) 栢史 [case t]枝次

　　　一等下[case t]放　一等肹除惡支

　　　友物北所音[case t]　彗叱只有叱故

격 흔적 [case t] 위치에 /?/음운 표기자인 '叱'을 대용함으로써 흔적 표시를 위한 노력에 충족을 기할 수 있었던 것이다.

3.2.4 '흔적'의 기능에 대한 첨언(添言)
- 현대국어 겹받침의 경음화 현상

현대국어 겹받침에 대한 종래의 논의는 어느 쪽이 묵음(silence)되느냐에 관심이 집중되었다.[17] 그러나 겹받침의 묵음은 결국 후행어미의

라고도 한다. 이 개방연접에 대해 '이어짐'을 폐쇄연접(closed jucture)이라고 한다. (Trager-Bloch 1941 : 223-246)

17)① 김진우(1967)의 규칙

경음화를 초래하므로 소위 묵음화는 경음화의 선행규칙으로 존재해야 한다는 것이 필자의 생각이다. 국어의 다른 경음화는 한번의 규칙적용으로 가능했지만 겹받침의 경음화는 두 번의 규칙적용을 받아야만 할 것이다. 또 묵음에 대한 재고도 필요하다고 생각한다.

겹받침에 대한 논의가 필요한 이유는 '길다, 곱다, 날다'와 '핥다, 훑다, 홅다'의 차이로 분명해진다. 전자는 '-ㄹ'어근용언의 규칙적용으로 비자립적인 어미가 왔으므로 유성음화한다. 후자는 제2자음 탈락으로 '할다, 훌다, 홀다'가 되지만 어미는 경음화한 [-t'a]로 발음된다. 이러한 현상에서 겹받침에는 '경음화를 막는 조건'을 초월하는 어떤 '힘'이 있음을 추론케 한다. 필자는 이를 '흔적'(trace)이라고 보고 있다.

1. $\begin{bmatrix} \text{-grave} \\ \text{-cons} \end{bmatrix} \rightarrow \emptyset\ /\ [\text{+cons}]\_\begin{bmatrix} \# \\ C \end{bmatrix}$

2. $[\text{+cons}] \rightarrow \emptyset\ /\ \_C\begin{bmatrix} \# \\ C \end{bmatrix}$

② Kim-Renaud Young-key(1974)의 규칙

1. $C \rightarrow \emptyset\ /\ [\text{-cont}]\ \$$

2. $1 \rightarrow \emptyset\ /\ \_[\text{-cont}]\ \$$ (optimal)

3. $\begin{bmatrix} \text{-cor} \\ \text{-rel} \end{bmatrix} \rightarrow \emptyset/[\text{+cor}]\$$

4. $p \rightarrow \emptyset/1\text{-}\$$

③ 이혜숙(1980)의 규칙

1. $1 \rightarrow \emptyset/\text{-} \begin{bmatrix} \text{-syll} \\ \text{+cons} \\ \text{-cor} \\ \text{-ant} \\ \text{-cont} \end{bmatrix} \begin{bmatrix} \text{-syll} \\ \text{+cons} \\ \text{+cor} \\ \text{-cont} \end{bmatrix} \begin{bmatrix} \# \\ C \end{bmatrix}$

2. $\begin{bmatrix} C \\ \text{-cont} \end{bmatrix} \rightarrow \emptyset/1\text{-} \begin{bmatrix} \# \\ C \end{bmatrix}$

3. $C \rightarrow \emptyset/\ [\text{-cont}]\text{-} \begin{bmatrix} \# \\ C \end{bmatrix}$

4. $C \rightarrow \emptyset\%/\ [\text{+nasal}]\text{-} \begin{bmatrix} \# \\ C \end{bmatrix}$

④ 박영순(1985)의 규칙

1. $C \rightarrow \emptyset/\ C\text{-}C$

2. $1 \rightarrow \emptyset/\ \text{-}CC$

국어 겹받침은 탈락되는 음소의 위치에 따라 두 부류로 나뉘어진다. 우측자음탈락 단어들과 좌측 자음탈락 단어가 그것이다. 그런데 겹받침 요소들은 주변음이냐 중앙음이냐에 따라 이등분된다. 즉 'ㄱ·ㅁ·ㅂ'은 주변음([-coronal])이며, 'ㄴ·ㄹ·ㅅ·ㅈ·ㄷ·ㅌ' 등은 중앙음([+coronal])이다. 이에 근거하여 겹받침의 분포상황을 살펴보기로 한다.

일반적인 우측 자음탈락 단어들 :

ㄱ. '-ㄴ'계 단어 : 앉다, 얹다 (ㄵ : ([+coronal][+coronal]))
ㄴ. '-ㅂ'계 단어 : 없다, 값 　(ㅄ : [-coronal][+coronal])
ㄷ. '-ㄳ'계 단어 : 삯, 넋 　　(ㄳ : [-coronal][+coronal])
ㄹ. '-ㄹ'계 단어 : 핥다, 훑다 (ㄹㅌ : [+coronal][+coronal])

좌측 자음탈락 단어들 : '-ㄹ'계 단어[18]

갉다, 긁다, 맑다, 닭다, 옮다, 밟다, 읊다(ㄹㄱ·ㄹㅁ·ㄹㅂ·ㄹㅍ : ([+coronal]
[-coronal])

이러한 분포상황에서 주변음과 공명음의 상대적 우위를 엿볼 수 있다. 첫째, [-coronal]자음의 우월성이다.[19] 소위 '주변음 선호제약'이다. 국어 겹받침은 표기순서에 관계없이 [-coronal] 자음(주변음)이 살아남는다.

1. '없다, 값' 등의 'ㅄ'([-cor][+cor]에서 [-cor]인 'ㅂ'은 남고 [+cor]인 'ㅅ'이 탈락한다. '삯'에서도 [-cor]인 'ㄱ'이 남고, [+cor]인 'ㅅ'이 탈락한다.

---

18) 뒤자음이 발음되는 경우는 'ㄹㄱ·ㄹㅁ·ㄹㅍ(ㄹㅁ)'이며, 앞자음이 발음되는 경우는 'ㄹㅂ·ㄹㅅ·ㄹㅌ'이다. 보다 자세한 내용은 <표준발음법>을 참조할 것.
19) 현대국어의 겹받침은 [-coronal][-coronal]의 구조는 용납하지 않는다. 이는 'ㄱㅂ·ㄱㅁ·ㅁㄱ·ㅁㅂ·ㅂㄱ·ㅂㅁ' 등의 겹받침이 없다는 사실에서 알 수 있다.

2. '갉다, 닭다, 밟다' 등 'ㄺ·ㄻ·ㄼ([+cor][-cor])'에서 [-cor]인 'ㄱ·ㅁ·ㅂ'이 남고 [+cor]인 'ㄹ'은 탈락한다.

둘째, [+cor] 자음이 연속될 때는 공명도 높은 자음이 우위권을 가진다. [+cor][+cor]로 연결된 국어 겹받침은 공명도가 높은 선행자음(좌측자음)이 남고 상대적으로 공명도가 낮은 후행자음(우측자음)이 탈락된다. 이것은 C1과 C2 중 공명도가 큰 C1 자음이 살아남는, 소위 '공명음 선호제약'이다.

1. '앉다, 얹다' 등 [+cor][+cor]인 'ㄵ'은 선행자음 'ㄴ'이 남고 후행자음 'ㅈ'이 탈락된다.

2. '핥다, 훑다, 훑다' 등 [+cor][+cor]인 'ㄸ'은 선행자음 'ㄹ'이 남고 후행자음 'ㅌ'이 탈락된다.

그런데 여기서 중요한 점은 탈락되는 자음들은 단순히 사라지는 것이 아니라 자기 자리에 자취(trace)를 남겨 놓고 사라진다는 사실이다. 겹받침 탈락 후 후행어미가 경음화함으로 미루어 그 자취는 자립분절소[?]로 보아야 할 것이다. 만약 탈락되는 받침이 흔적을 남기지 않는다고 가정하면 '핥다, 훑다, 훑다'류의 경음화는 그 근거를 찾을 수가 없게 된다. 왜냐하면 '-ㄹ' 어근용언은 비자립적인 어미를 유성음화시키기 때문이다. 예: 길다, 돌다, 불다 등.

겹받침의 흔적 논의에 있어서 'ㄸ'류가 핵심인 이유는 '핥다' [+cor][+cor] 연속에서는 공명성 자음 선호로 인해 '할다'가 되는데, 만약 'ㅌ'이 흔적없이 완전 소멸했다면 '할다'는 [halda]가 되어야 하기 때문이다. 그러나 실상 '핥다'는 [halt'a]이므로 탈락하는 'ㅌ'이 경음화를 유발시키는 어떤 흔적 [?]을 남겼다고 볼 수밖에 없다. 다시 말해 '원래 없던 것'과 '있던 것이 탈락된 흔적'의 차이에 대한 인식이 필요하다는 것이며, 그러한 '흔적' 표시로 향가에서는 '叱'이 사용되었다는 것이다.

4. 고대국어의 자음체계와 추이과정

고대국어의 자음체계에 관한 지금까지의 견해들은 크게 二大分된다. 평음과 유기음의 二元的 상관대립을 가졌다고 보는 경우와 무기무성음의 단선체계로 보는 경우가 그것이다. 고대국어에서의 경음의 존재는 부인되므로 논쟁의 초점은 유기음의 존재에 대한 것이다.

전자의 대표적인 논자가 이기문(1979 : 65-68)이다. 그는 불규칙적이나마 존재한다는 사실 자체에 주목하고 있다. 중국음의 全淸과 全濁은 東音의 평음으로, 次淸은 유기음으로 나타나는 경향을 주시하였고, 고대 한자 차용표기의 검토를 증빙자료로 내세우고 있다. 가령 "居柒夫 或云 荒宗"(史記卷 44), "東萊郡本居柒山郡"(史記卷 34)에서 '荒, 萊'를 의미하는 단어가 '居柒'(중기국어 '거츨')이라 발음됨을 알 수 있는데 '柒'(漆)은 분명히 차청자라는 것이다. 따라서 '居柒'은 *kächӧr로 재구될 수 있는 것이다. *ic^h-(異次, 伊處)와 보현십원가의 '佛體'도 그 예로 들고 있다.

이러한 견해에 반하여 유기음의 존재를 부정하는 견해도 강력하다 (河野六郎 1968 : 박병채 1971). 이들은 당시의 한사음 재구의 결과, 중국음의 차청이 우리나라 한자음에 규칙적으로 반영되지 않은 사실에 그 근거를 두고 있다. 다음의 통계표가 이 사실을 확인케 해준다고 말한다.(박병채 1977 : 309)

牙音				舌音				齒音				脣音			
見 k-		溪 k'-		端·知 t-/t̂-		透·徹 t'-/t̂'-		精·照·莊 ts-/tś-/tʂ-		淸·穿·初 ts'-/tś'-tʂ'-		幫·非 p-/f-		滂·敷 p'-/f'-	
ㄱ	ㅋ	ㄱ	ㅋ	ㄷ	ㅌ	ㄷ	ㅌ	ㅈ	ㅊ	ㅈ	ㅊ	ㅂ	ㅍ	ㅂ	ㅍ
270		88		89	14	41	61	151	34	13	36	82	30	30	17

이 표에서 보여주는 전청음과 차청음에 대한 유기음의 분별없는 상호 유동 현상은 국어 음운사에서 유기음의 발달과정을 암시하는 것으로 생각되며 적어도 고대국어의 원형에서는 기음화에 의한 상관대립이 존재하지 않았다는 사실을 보여주는 것이라 할 수 있다. 특히 이 표에서 주목의 대상이 되는 것은 牙音에서는 거의 유기음의 흔적을 보여주지 않으며, 齒音에서는 차청음이 유기음으로 반영되는 率이 높은데 반하여, 舌音에서는 오히려 차청음이 무기음으로 반영되는 율이 높고, 脣音은 그 중간적인 반영현상을 보여준다는 점이다. 이것은 국어 음운의 통시적인 변화에서 음질상 유기음화의 진행과정을 보여주는 것이며 계열에 따른 선후관계 및 지속(遲速)에 따른 음운결합환경을 보여주는 것이기도 한 것이다.

그것을 토대로 하여 고대국어의 폐쇄음 계열은 무성무기음의 단일 체계로 재구된다. 그리하여 당시 존재했던 음운 h와의 결합으로 유기음화하는 과정은 먼저 치음을 침윤(浸潤)하기 시작하면서부터 순음→설음→아음의 순으로 확대되어 평음과의 변별성이 확립된 것이라고 하였다.(박병채 1977 : 309-317)

유기음이 음질에 따라 발달 시차가 있었다는 설명은 설득력이 있으며 그것과 상기 통계표의 부합은 흥미로운 사실이다. 현실적으로 자료가 제한된 고대국어의 언어현상에 대한 추정은 자칫하면 주관적인 합리화로 흐르기 쉬운 위험을 안고 있다. 그러나 그런 위험 부담이 클수록 요구되는 것은 자료의 정확한 평가와 객관적인 기술이다. 이러한 논지에서 볼 때 위의 두 견해 중에서 후자의 해석이 보다 설득력이 있음을 알 수 있다.

반면, 경음에 대해서는 공통적으로 고대국어의 경음을 인정하지 않고 있다. 고대국어의 경음계열이 존재했다면, 그리하여 평음·유기음·경음의 3계열이 존재했다면 중국 중고음의 전탁 계열이 東音에 경음 계열로 반영되었을 가능성이 크다고 할 수 있는데, 전탁음은 동음에 원칙적으로 평음으로 반영되었던 것이다. 그리하여 동음에는 경음이 하나도 없었던 것이다. 이 사실은 동음성립시에는 아직 국어에 경음 계열이 없었음을 말해주는 것으로 해석할 수밖에 없고, 한자차용표기에서도 경음의 표기가 확인되지 않는다는 사실도 같은 결론에 도달하게 한다는 견해다.(이기문 1972 : 68)

전탁자들이 향가 표기체계에 차자된 모습은 다음과 같다. (박병채 1971 : 28-101에서 참조)

牙音		喉音	舌音		齒音						脣音	
群 g-		影 .-	定 d-		從 dz-		邪 z-		日 ńź		並 b-	
ㄱ	ㅈ	ㅇ	ㄷ	ㅌ	ㅈ	ㅊ	ㅅ	ㅎ	ㅇ	△	ㅂ	ㅍ
7	1	30	10	3	10	2	7	1	13	5	6	2

그러한 단언 중에서도 [ʔ]의 존재를 고대에 인정한 연구(박병채 : 1971)는 경음 연구에 하나의 가능성을 제시한 것으로 평가된다. 고대 국어의 원형에 후두파열음 [ʔ]을 인정하는 이유로 첫째, 후두파열음 [ʔ] 이 훈민정음의 기본자음 17자 체계에 정식 규정되어 사용되었다는 사 실이 이 음의 역사성을 드러내는 까닭이며, 둘째 고대국어의 원형에서 중기국어에 이르는 통시적인 음운변화를 설명하고 음운론적 해석을 시도하는데 중시되기 때문임을 그는 밝히고 있다.

그러나 무엇보다 고대국어에 [ʔ]가 존재했다는 명백한 증거는 앞에 서 살핀 바 격조사 생략에 두루 대용된 ‘叱’이라 할 수 있다. 즉 격조사 등이 생략되면서도 문법적인 기능 때문에 남긴 흔적 그것이 후두음 [ʔ] 임을 당시의 선조들은 인지했던 것이다.

이렇게 볼 때 고대국어의 자음체계는 다음의 단선체계로 인정할 수 있다. (박병채 1971 : 311)[20]

아음	설음	순음	치음	후음
/k/ /ŋ/	/t/ /n/ /r(l)/	/p/ /m/	/c/ /s/	/ʔ/ /h/

그렇다면 이들 단선체계에서 중기국어의 삼지적 상관체계로의 추이 는 어떤 경로로 이루어졌을까?

이기문은 유기음에 대해 처음 語中의 음결합(ph, hp 등)에서 생겨나 서 아직 밝혀지지 않은 이유들로 어두에 나타나게 되었으리라는 잠정 적인 가설을 세우고 있다(1972 : 66). 반면 박병채에서는 /h/와 /ʔ/이 평

---

20) 고대국어의 자음체계 중 후음을 제외한 기타 계열의 설정 근거는 박병채(1971)에 근거하였다.

음과의 결합으로 중기국어의 음운체계가 형성되는 과정을 아래의 그
림으로 보여 준다. (1971 : 317)

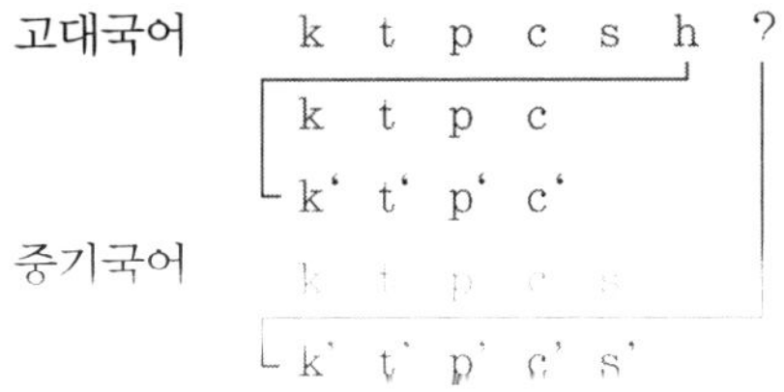

```
고대국어     k  t  p  c  s  h  ?
            ┌─────────────────┐ │
            │ k  t  p  c       │ │
            └ k' t' p' c'       │ │
중기국어       k  t  p  c  s     │
            ┌─────────────────┘
            └ k' t' p' c' s'
```

　　상기 도표는 독립적으로 존재하던 국어의 유기음과 경음의 요소들
이 평음과 결합하는 과정에서 유기음과 경음을 도출해내는 과정을 보
인 것으로 음운론적으로 설득력이 있는 해석으로 평가한다.

　　이는 1980년대 음운론의 주류를 이루는 복선음운론(non-liner phonol
ogy)의 생각에 접근하는 것이다. 고대국어에서 중기국어로의 자음추이
과정은 복선음운론 중에서도 자립분절음운론(autosegmental phonology)
의 견지에서 설명할 수 있다.

　　고대국어와 중기국어의 자음체계를 비교해 보면 고대국어의 음운체
계 중 후두음계열(laryngeal)이 당시 초분절소의 지위에 있었음을 암시
해 준다. 폐쇄음의 후음 /ʔ/과 평음의 결합으로 경음이 발생하였고, 마찰
음의 후음 /h/과 평음의 결합으로 유기음이 발생하였다고 보아야 하기
때문이다. 이런 견지에서 고대국어의 자음체계는 초분절음층렬(autoseg
mental tier)과 분절음운층렬(segmental tier)의 복선 체계로 나누어 보아
야 할 것이다. 전자에는 /ʔ/와 /h/가 속하며, 후자에는 아음의 /k/·/ŋ/, 설
음의 /t/·/n/·/r(l)/, 순음의 /p/·/m/, 치음의 /c/·/s/ 등이 속하게 된다.

<표3> 고대국어의 자음체계

laryngeal tier	/ʔ/와 /h/								
segmental tier	/k/	/ŋ/	/t/	/n/	/r(l)/	/p/	/m/	/c/	/s/

서로 독립적인 두 층렬에 존재하는 /ʔ/와 /h/가 평음 /k/ /t/ /p/ /c/ /s/ 와 결합하여 경음과 유기음을 이루게 되는 과정은 국어사에서 주요한 음운 현상이다.

국어에서 경음과 유기음의 발달과정은 성조의 경우와 달리 자음과 자음의 결합과정으로 특이한 경우에 속한다. 이기문(1972 : 66)에서의 가설처럼 유기음의 경우 처음 어중의 음결합(ph, hp 등)에서 생겨나서 아직 밝혀지지 않은 이유들로 어두에서 나타나게 되었을 가능성이 높다 고 본다. 유기음은 'ㅎ'과 'ㄱ·ㄷ·ㅂ·ㅈ'와의 축약에 의해 생성되므 로 연결 방향은 좌·우 다 가능하다.($: 음절경계)

(40) 유기음의 초기형태

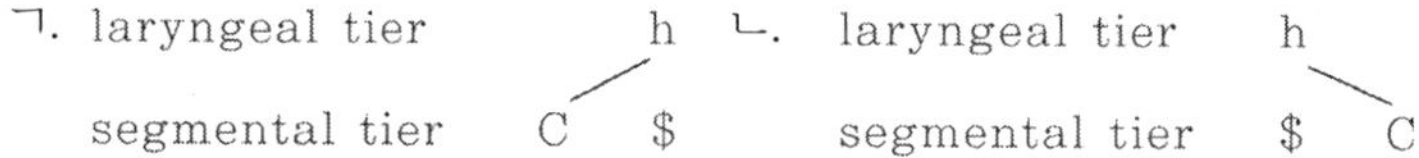

(ㄱ)의 좌측 가지연결의 결과 유기음이 발생하는 원형을 보여주는 예로 찬기파랑가의 '栢史叱枝次高支好'가 있다. '高'는 훈독으로 '놉'이 다. 종성 'ㅂ'과 '好'의 'ㅎ'이 합쳐져서 ('支'는 허자) 유기음 'ㅍ'의 발 생이 있게 된 것이다.

(41) 栢史叱枝次 高支好 (讚耆婆郎歌)

　　놉ᄂᆞᆺ가빈 업시 (月歌 2 : 4)

城 높고 다리 업건마른 (龍歌 34)

경음의 경우는 음운 연결시 後行語(음절두음)가 경음화하므로 우측 가지연결만 허용할 수 있다. 현대국어의 사이시옷 개재의 경우도 후행어가 경음화하는 것이 통례이다.

(42) 경음의 초기형태

```
laryngeal tier        ?
                       \
segmental tier    $      C
```

경음의 초기단계도 어중의 음결합($^{?}$k, $^{?}$p 등)에서 자연발생적인 생성에서 비롯되었을 것이다. 이러한 초기 모습을 보여 주는 예들이 향가에 다수 나타나고 있다. 경음의 원형으로도 볼 수 있는 이들 자료는 고대국어 당시 경음발생의 가능성이 배태하고 있었음을 암시해 주는 귀중한 예들이라고 할 수 있다. 이 가능성이 시간이 흐르면서 점차 표면으로 실현되었을 것이다.

먼저, '母音 + 叱 + 破裂音'의 연결형에서 /?/음운표기인 '叱'과 후행파열음의 결합은 장차 후행어의 경음화를 초래했을 것이다.

(43) 毛如云遣 去內尼叱古 (祭亡妹歌)

吾焉 頓部叱 逐好友伊音叱多 (常隨佛學歌)

不冬喜好尸 置乎理叱過 (隨喜功德歌)

法雨乙 乞白乎叱等耶 (請轉法輪歌)

힝혀 실신ᄒ시면 맛당이 엇디ᄒ리잇가 (太平廣記 1 : 13)

대중이 모댓거늘 舍利佛이 드ᄌ᷀니 (月釋 7 : 56)

둘째, '-ㄹ+叱+평음'의 연결형이 있다. 이 유형은 중기국어의 '-ㅭ+평음' = '-ㄹ+각자병서'라는 등식관계의 원형인 듯하다. 후술하겠지만 각자병서는 어중경음의 표기였다. 이 어중경음은 특히 '-ㄹ' 뒤라는 환경의 제약을 받았는데 [계속성]을 특징으로 하고 있다.

(44) 物叱好支 栢史 (怨歌)

　　　不冬萎玉內乎留叱等耶 (恒順衆生歌)[21]

　　　法界居得 丘物叱丘物叱爲乙 (上同)[22]

　　　갏길히 (龍歌 19)　　　　　　이실쩌긔 (月釋 9 : 16)

　　　건너싫제 (註歌 50)　　　　　오실낄 (月釋 7 : 10)

셋째, '破裂音+叱+파열음'에 해당하는 예가 있다.

(45) 得賜伊馬落 人米無叱昆 (隨喜功德歌)[23]

　　　ᄀᆞ르매 빙 업거늘 (龍歌20장)

이러한 제 현상들은 자립적인 층렬에 떠 있던 후음 /ʔ/가 어중에서 국어의 음성적인 특질로 인하여 후행어의 초성(평음)과 연결되는 모습을 보여준다. 그와 같은 잦은 음결합은 마침내 경음의 어두출현을 가능하게 하고 독립적인 경음 어사의 출현을 초래하게 하였으리라 추측한다.

---

21) '留'은 '르'의 留音借로 '尸'과 동일한 連體助詞로 보고 있다. (양주동 1965 : 836)

22) 양주동(1965 : 838)은 '丘物叱丘物叱'을 '구믈구믈', '蠢蠢'의 義로 풀었다. 지헌영 (1947 : 46)은 '둙둘ㅅ둙들ㅅ'로 풀었는데 그 뜻은 衆生이라 하였다. '丘物'은 음차로써 뭇벌레들이 기어가는 모습의 의태어요, '叱'은 '-르'과 평음 사이에 들어간 후음 /ʔ/으로 해석하고자 한다.

23) '無'는 '업'으로 훈독된다.

고대 국어 당시 자립적인 초분절층렬에 있던 /h/와 /ʔ/ 중에서 /h/는 평음과의 결합기능을 수행하면서 그 자신도 음운(phoneme)으로서의 지위를 지킬 수 있었다. 그러나 /ʔ/는 결합기능을 수행하면서 점차 음운으로서의 지위를 상실하고 음성(phone)으로만 존재하게 된다. /ʔ/가 음성자질로 변한 이유는 의미변별의 기능부담이 적었기 때문이라 추측할 수 있다.

음성자질로서의 자립분절소(free autosegment) [ʔ][h]의 결합기능의 기술은 상기 (40)(42)로는 부족하다. (40)(42)는 그것들이 음운으로서 의미분화 및 담화시 호흡의 멈춤과 같은 역할을 수행할 때 가능한 기술이다. 음운의 자격을 상실하고 음성자질로 존재하는 자립분절소[ʔ]에는 [x]라는 개념의 도입이 필요하다고 생각한다.

x는 음운론적 연쇄(phonological string)에서의 위치(position)를 나타내는 것인데, 담화시에는 아무런 역할도 하지 않는 것이다.[24] 이러한 x를 자립분절소에 부여하고 분절음의 각 요소에도 각각 x를 부여하면 그것들이 곧 골격(skeleton)을 이룬다. 분절음들의 x에 비해 자립분절층에 떠 있는 자립분절소의 x는 조건만 주어지면 분절음(장애음)의 그것들과 연결되려는 특성을 지닌다. 그 연결과정은 확산(spread)이란 개념으로 볼 수 있다.

---

24) Itô(1986 : 49-73)는 일본어의 연탁현상(Rendaku)을 설명하기 위하여 유성음층렬(voicing tier)을 설정하였다. 복합명사에서 두 번째 명사가 유성 장애음을 가지고 있을 때는 Rendaku가 일어나지 않는다는 Lyman's law를 자립분절음운론에 의한 아래공식으로로 규칙화하였다.

$$[+\text{voi}] \rightarrow \emptyset\,/\,\underset{|}{\underset{X'}{\quad}}[+\text{voi}]$$

후두음확산(laryngeal spread : LS)

(1) [h]의 경우

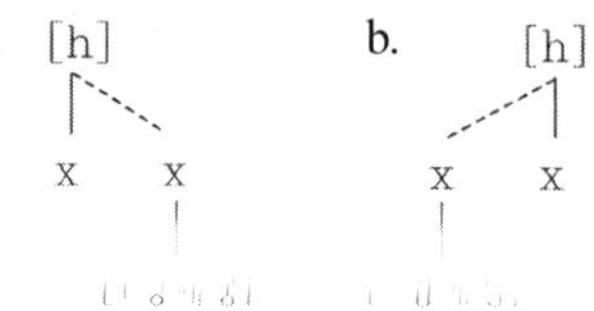

(2) [ʔ]의 경우

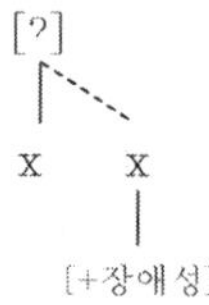

이 후두음 확산은 경음화의 요체로써 경음화의 기본개념이 되는 것
이다.

2 경음의 발달 : 정음 문헌의 병서 표기

1. 연구사 개관

1443년에 창제된 훈민정음은 그때까지 한자를 통해서만 추정되어 온 우리말의 실체가 우리 문자로써 표명되었다는 데 큰 의의를 둘 수 있다.

정음 문헌에는 현대 표기법의 관점에서는 수긍하기 어려운 여러 표기들이 나타난다. 그 중의 하나가 어두자음군의 형태를 갖춘 합용병서이다. 어두에 자음군을 불허함은 알타이제어의 공통특성이며 국어의 경우 역시 엄격하다. 그러나 훈민정음 해례 合字解에는 설명은 물론 예까지 들고 있다.

初聲二字三字合用並書如諺語 따爲地 짝爲隻 뽐爲隙之類

소위 'ㅅ'계 병서와 'ㅂ'계 병서가 그것인데, 'ㅂ'계 병서의 경우는 二字병서뿐 아니라 三字병서까지 등장하고 있다. 과연 이들 어두 'ㅅ'과 'ㅂ'이 표기 그대로의 음가를 지녔는지, 아니면 다른 음의 상징적 표기였는지 하는 문제는 지금까지의 낳은 논란에도 불구하고 문제점을 안고 있는 실정이다.

또한 표기법상으로 현대국어의 경음과 동일한 각자병서의 음가 규명 역시 미완의 상태에 놓여 있다. 정음 당시의 각자병서는 순수 국어

표기를 위함보다 한자어 전탁음 표기에 더 비중을 두었음으로 그 음가 추정에 혼란을 빚어 왔다. 그러나 어중 경음과 어두 전탁음이 밀접한 관계에 놓인다는 사실에서 각자병서의 본질을 규명할 열쇠를 찾을 수 있을 것이다.

1.1 합용병서에 관한 연구들

1.1.1 어례 제시

각자병서가 한자음과 국어음 양자에 사용된 것과는 달리, 합용병서는 국어음 표기에만 사용되었다. 정음 당시 이들은 ‘ㅅ’계 二字 합용병서, ‘ㅂ’계 二字 합용병서, ‘ㅂ’계 三字 합용병서의 삼계열을 보이고 있다.

① ‘ㅅ’계 二字 합용병서

ㅺ	ᄭᅥ딘	(墮・溺)	<龍歌37>
	ᄭᅩ리	(尾)	<月釋1 : 16>
ㅻ	ᄮᅡᄒᆡ	(男)	<月釋19 : 14>
ㅼ	ᄯᅡ	(地・坤)	<月釋序4>
	ᄯᅴ	(帶)	<月釋8 : 99>
ㅽ	ᄲᆞᄅᆞ	(速)	<月釋御序18>
	ᄲᅧ	(骨)	<月釋1 : 13>

② ‘ㅂ’계 二字 합용병서1)

ㅳ	ᄠᅵ	(垢)	<月釋8 : 11>
	ᄠᅡ다	(摘)	<月釋2 : 12> 1)

1) ᄩᅡᆯ씨니(彈 : 月釋 8 : 40), ᄩᅱ운ᄃᆞᆯ(騰 : 龍歌48) 등 ‘ㅶ’계는 제외시킨다. 후술하겠지만 ‘ㅶ’의 어두 ‘ㅂ’은 이미 후행 ‘ㅌ’에 흡수된 상태로써 무음가로 보아야 하기 때문이다.

ᄡ	쌀	(米)	<月釋1 : 45>
	ᄢ	(種)	<月釋2 : 2>
ᄧ	쁠씨라	(鹹)	<月釋1 : 23>
	딱	(隻・對)	<訓解>

③ 'ㅂ'계 三字 合用병서

ᄥ	쎠디	(淪)	<楞諺1 : 8>
	ᄩ	(隙)	<訓解>
ᄦ	쁘리샨	(破)	<圓諺下3 : 1>
	ᄣ	(時)	<訓解>

이 밖에 여진어 표기에 '쳐'가 보인다.

| 쳐 | 닌쳒시 | (紉出闊失) | <龍歌7 : 23> |

1.1.2 종래의 학설

'ㅅ'계와 'ㅂ'계로 대분되는 합용병서의 음가에 관한 연구는 크게 두 방향으로 나누어 볼 수 있다. 'ㅅ'계와 'ㅂ'계를 동등한 자격을 지닌 것으로 보는 것이 그 하나요, 반면 그 둘을 상이한 자격을 지닌 것으로 규정짓는 것이 두 번째 방향이다.

① 'ㅅ'계와 'ㅂ'계를 同軌로 보는 견해

1. 본음가 보유설

가) 최현배(1982b : 546-569)

'ㅂ'을 된비읍이라 칭하면서 현대어에 남아 있는 'ㅂ'의 잔영을 들어 된소리표기가 아니라 'ㅂ' 스스로의 소리값을 나타내는 것이었다고 한다. 'ㅅ'을 된시옷으로 칭하면서 훈민정음의 제작

방식상, 고문헌의 정음 당시의 표기예나 외국 말소리의 표기예로 미루어, 또 된시옷으로 적힌 'ㅅ'소리값이 오늘날에 남아 있는 것 등으로 보아 그 자체의 소리값을 나타내었다고 하였다.

나) 허웅(1975 : 316-333)의 설

합용병서가 문자 그대로의 음가를 가진 음이란 이유로 첫째, 훈민정음에 28자모의 음가를 각각 설명하면서 합용자의 음가를 특별히 설명하지 않은 것은 그 합용자가 제각기 제 음가를 가지고 있었기 때문이다. 둘째 종성과 중성의 합용병서는 제 음가를 가지고 있었을 터인데 그것이 초성의 경우만 예외가 될 수는 없다고 하였다.

2. 본음가 잠재설

가) 김민수(1955 : 42)의 설

"…초성에 쓰인 兩系합용병서는 된소리의 음가를 가진 것이다. 동시에 병서를 이룬 자음군이 각기 본질을 발휘할 형편에 놓이면 잠재했던 것이 나타난다. ……된소리를

된ㄱ …… ㅴ, ㅺ　　된ㄷ …… ㅳ, ㅵ, ㅼ　　된ㅂ …… ㅽ

된ㅅ …… ㅄ　　된ㅈ …… ㅶ

와 같은 내용이 포함된 것으로 인식하였다…"

3. 후두음화설

가) 박병채(1971 : 304)의 설

"…합용병서는 훈민정음에 규정된 바는 없으나 당시의 실재 음운으로 볼 수 있는 후두화음으로 볼 수 있다. 이 합용병서는 ㅅ계와 ㅂ계로 二大別되는데 이들이 어원적으로는 다소의 異同이 있기는 하나 모두 다음과 같은 후두화음으로 볼 수 있다. 즉

ㅺ, ㅴ ……… ㄱ의 후두화음　　ㅼ, ㅳ, ㅵ …… ㄷ의 후두화음
ㅽ …………… ㅂ의 후두화음　　ㅶ ……………… ㅈ의 후두화음
ㅄ …………… ㅅ의 후두화음

4. 경음 부호설

가) 이동림(1964 : 18)의 설

"…ㅅ계 ㅂ계 ㅄ계 복자음은 연음상 촉음이(ㅅ・ㅂ・ㄱ로 내파화하면서) 경음을 발달케 하여 字形으로 책정할 적에는 連音形成度의 강약의식으로 폐쇄음계・마찰음계를 구별하고 결국은 부호화한 것이다. 즉 <ㅂ>・<ㅅ>은 allograph…다"

나) 도수희(1971)의 설

각자병서・합용병서는 모두 경음표기이다. 단지, 합용병서는 음운단위로써의 경음이며, 각자병서는 음운 단위가 아닌 phonetic sign으로써의 경음이다.

다) 최범훈(1981 : 44)의 설

"…15세기 표기법에서 상세하고 정확을 기하려는 나머지 過

示差(over differenciation)적 태도로 인하여 경음표기에도 ㅂ～
계 ㅄ～계, ㅅ～계 등 복잡한 양상을 보이고 있다…"

② 'ㅅ'계와 'ㅂ'계를 異軌로 보는 견해

1. 'ㅅ'계는 경음, 'ㅂ'계는 본음가 보유설

가) 이숭녕(1982 : 19-43)의 설

'ㅂ'계의 발음표기는 [pt-][pt'-][pʔt-] 등으로, 'ㅅ'계는 경음으
로 간주하고 있다.

나) 이기문(1955 : 188-258, 1982 : 51-52)의 설

훈민정음의 모든 문자는 본래 음가대로 사용되는 것이 원칙
이었다. 'ㅂ'계 병서의 어두음은 현대어에 남아 있는 흔적 및
알타이 공통어와의 비교 언어학적 고찰에 의해 어원성이 입증
된다. 그런데 'ㅅ'계 병서의 'ㅅ'은 예외자로 소위 사이시옷으로
사용되었으니 선행어의 말음의 내파화와 후행어의 두음(ㄱ·
ㄷ·ㅂ·ㅅ·ㅈ)의 경음화를 나타낸 것이다.

다) 이남덕(1968 : 408-411)의 설

'ㅂ'계는 어두자음군이지만 'ㅅ'계는 각자병서와 함께 경음이
라고 하였다.

2. 'ㅅ'계는 경음, 'ㅂ'계는 표준어의 상징적 표기

가) 서정범(1967 : 13)의 설

"…'ㅂ'계 어두자음표기는 우리 국어의 어음에 있어서 경음,

평음, 유기음 이음동의와의 대응어사가 병존하는 어사에 대하여 표기자가 표준어로 정하는 어사에 'ㅂ'을 상징적으로 표기한 것이며, 'ㅳ, ㅄ, ㅵ'와 같은 표기어가 의도하는 음은 'ㄷ, ㅅ, ㅈ'와 같이 평음이고 'ㅶ, ㅵ'의 의도하는 음은 'ㅅㅈ, ㅅㄷ'와 같이 경음의 상징적 표기로서 'ㅂ' 고유의 어떤 음이 시차성을 지니고 표기된 것이 아니라 다만 표기자들의 표기기준에서 창안해 낸 표기법이니…

즉 평음의 표준어사는 'ㅂ'계 이자합용병서이고, 경음의 표준어사는 'ㅂ'계 삼자합용병서로 표준기준을 삼은 데서 이러한 다양한 표기가 등장했다는 것이다.

1.2 각자병서에 관한 연구들

1.2.1 어례의 제시

정음문헌의 각자병서는 'ㄲ ㄸ ㅃ ㅆ ㅉ ㆅ ㆀ ㄴㄴ'의 8가지이다. 이 중에서 'ㄲ ㄸ ㅃ ㅆ ㅉ ㆅ' 6자는 훈민정음에 예와 함께 나와 있고 ㆀ은 同書 해례 종성해에 나타난다. 훈민정음에는 없으나 문헌에 그 예가 보이는 것으로 'ㄴㄴ'이 있다. 다음의 어례에서 국어음 표기는 (국), 한자음 표기는 (漢)으로 표시하였다.

ㄲ	(국)	아슨 불까(龍歌 43)	이실까녀겨(月釋 11 : 217)
	(漢)	虯ᄭᅮᆯ(訓諺)	近끈(月釋序 3)
ㄸ	(국)	수물띠업서(月釋 7 : 36)	주글 뚤 모ᄅᆞ나니(月釋 7 : 18)

(漢)	覃땀 (訓諺)	動뚱 (月釋 2 : 13)	
ㅃ (漢)	竝뼝 (訓諺)	便뻔 (月釋 1 : 18)	
ㅆ (국)	엄쏘리니 (訓諺)	싸호면 (龍歌 52)	
(漢)	十씹 (訓諺)	常쌍 (月釋 1 : 15)	
ㅉ (국)	마쯔비예 (龍歌 95)	여듧번 짜히 (月釋 1 : 49)	
(漢)	字쫑 (訓諺)	族쪽 (月釋 2 : 11)	
ㆅ (국)	ㆅ爲引 (訓諺)	치혀니 (龍歌 87)	
(漢)	洪薭 (訓諺)	下향 (月釋 1 : 28)	
ㄴ (국)	다ᄂᆞ니라 (訓諺)	슬ᄂᆞ니라 (楞諺 2 : 9)	
ㆀ (국)	괴ᅇᅧ爲人愛我 (訓諺)	히ᅇᅧ (訓諺)	

　이상 8개의 각자병서가 사용된 실례를 살펴보면 한자음과 국어음에 같이 쓰인 것과, 한자음에만 쓰인 것, 또는 국어음에만 쓰인 것들로 분류된다. 또 국어음에 쓰인 것이라도 어두에 쓰인 것과 어두에 쓰지 않은 것 등으로 차이가 있어 각개의 특성을 엿보게 한다.

<표1> 각자병서의 용례적 특성(김민수 1953 : 53)

		① ㄲ	② ㄸ	③ ㅃ	④ ㅆ	⑤ ㅉ	⑥ ㆅ	⑦ ㄴ	⑧ ㆀ
한자음		○	○	○	○	○	○	×	×
국어음	어두	×	×	×	○	×	○	×	×
	어중	○	○	○	○	○	○	○	○

　즉 각자병서가 국어음에 사용될 때는 어중음의 표기에 국한되었다. 다만 '쓰, ㆅ'와 같은 마찰음(spirant or fricative)의 경우는 어두 출현도 가능했음을 알 수 있다.

1.2.2 종래의 학설

각자병서의 음가에 대한 두 주류는 경음설과 유성음설이다. 전자의 입장을 표명하는 측에서는 각자병서로 표기된 국어음이 현대국어에서는 모두 경음이며 그 표기법 또한 동일함을 들고 있다. 후자의 경우는 각자병서의 주된 기능이 한자 전탁음 표기임을 들고, 전탁음의 고대 추정음가가 유성음임으로 미루어 각자병서는 유성음이라고 주장하고 있다. 그 밖에 평음 혹은 간음(間音)이라고 보는 견해도 있다.

①경음설

1. 최현배(1982b : 569-590)의 설[2]

가) 훈민정음 음운조직상 牙音 'ㄱ, ㄲ, ㅋ, ㆁ'에서 'ㄱ'은 평음, 'ㅋ'은 격음, 'ㆁ'은 탁음이니 'ㄲ'은 경음일 수밖에 없다.

나) 고문헌의 국어음 표기 각자병서예가 현대국어에서는 모두 경음이다.

다) 외국문자(가나, 범자)의 한글 음역으로 미루어 경음이다.

라) 전탁에 대한 고문헌의 공통점이 그 평성은 차청과 비슷하고 上 ·去·入 삼성은 전청과 거의 같다는 것이니 전탁과도 비슷하고 차청과도 비슷한 소리는 경음이다.

마) 한자음에서 각자병서가 거의 모두 평음화했음은 한자 통용음의 세력을 꺾지 못하여 是正音이 다시 속음으로 돌아간 것이다.

---

2) 최현배(1982a : 73-86)에서는 우리말 경음은 소리의 바탕이 前淸後濁으로써 경탁음 즉 유성음으로 보고 있다.

2. 허웅(1953, 1975 : 333-342)의 설

가)　'全淸並書則爲全濁以其全淸之聲凝則全濁也'(訓民正音制字解)
　　에서 '凝'은 '되어진다'는 경음의 청각인상을 표현한 말.

나) 현대어에서 웃음절의 끝소리가 무성자음이고 아래음절의
　　첫소리 역시 무성자음일 때는 아래 음절의 첫 자음을 경
　　음으로 내는 경향이 있는데 이 경우 고문헌에는 아래 음
　　절의 첫소리를 雙書로 적은 것이 나타난다.

다) 현대어의 관형사형 어미 'ㄹ' 밑에서는 /ㄱㄷㅂㅅㅈ/와 같
　　은 자음이 경음으로 발음되는데 옛날에는 그 사이에 무성
　　의 휴식(후두폐쇄)을 넣는 것이 원칙인 듯하며 'ㆆ'을 표
　　기하였다.

라) 사잇소리 표기법으로 미루어 경음이다.

마) 쌍서로 표기된 말이 현대 국어에서는 거의 경음화하였다.

3. 이기문(1955 : 235-239, 1978 : 124)의 설

앞서(1955) 각자병서의 실제 발음은 'ㄱ' 'ㄴ' 등과 다름없으면
서 전탁부류의 한자에만 적용되는 일종 특수한 표기법으로 보았
으나, 그 뒤(1978) 각자병서는 경음이라 하였다.

4. 이동림(1964 : 15-18)의 설

"……전탁음은 된소리다. ……한자음은 단음소 의식에서 同字
합용각자병서로, 국어음은 복합음소를 살리어 합용병서로 책정했
을 것이다……"

5. 이남덕(1968 : 409)의 설

가) ‘ㅃ・ㄸ・ㄲ・ㅉ・ㅆ・ㆅ’의 음가는 된소리다.

나) ‘ㅽ・ㅼ・ㅺ・ㅾ’의 음가도 된소리다.

밑줄 친 여섯 표기는 어두표기에 사용되었다. 이 모든 된소리는 된소리 요소와 p・t・c・s・k・h의 여섯 simple sound가 합한 된소리 복합 자음군이라고 생각한다.

6. 도수희(1971)의 설

각자병서는 경음이되 phonetic sign으로써의 경음으로 간주한다.

- 병서
  - 각자병서
    - ㄲ・ㄸ・ㅃ・ㅉ・ㅆ・ㆅ ············· 경음(음운 단위가 아닌)
    - ㆅ・ㆀ・ㅥ ································ 장음부호
  - 합용병서
    - 초성 합용병서(ㅼ・ㅶ・ㅴ・ㅵ) ··· 경음(음운단위)
    - 중성 합용병서(ㅘ・ㅐ) ················ 각발음
    - 종성 합용병서(ㄺ・ㄳ・ㅩ) ·········· 각발음

② 유성음설

1. 정경해(“雙書濁音論”)[3]의 설

가) 훈민정음 해례에 전탁음에 대해서 ‘凝’이라 한 것은 ‘엉긴 소리’로써 탁음의 음감을 말한 것이다.

나) 전탁으로써 표기된 한자는 모두 탁음이다. 이것은 중국 음운이나 일본 한자음으로 볼 때 분명한 사실이다. 그런데 훈민정음의 음운설명의 체계는 중국 운학에서 온 것이요, 중국 운학은 실담음운학(悉曇音韻學)에서 온 것이다. 그러므로

3) 프린트판이라고 하는데 구할 수가 없어서 허웅(1953 : 113)에서 내용을 재인용함을 밝힌다.

실담음운학에서 말하는 탁음이나 훈민정음의 탁음이나 그 내용은 동일할 수밖에 없다. 그리고 무엇보다 제자한 사람 자신이 쌍서를 탁음이라 하였은즉 쌍서는 탁음일 수밖에 없는 것이다.

다) 叶音(사잇소리)은 그 下音을 경음으로 발음시키기 위한 의식적인 기입이 분명하다. 즉 이것은 '사이 된소리표'이다. 그런데 훈민정음 언해에는 전탁음 위에 이 '사이 된소리표'가 있으니 만일 전탁음이 된소리일 것 같으면 그 위에다가 된소리표를 덧붙였을 리가 천만 없는 것이다.

2. 김민수(1953 : 52-60)의 설

가) '凝'자를 무성음의 유성화(voiced)로 해석하였다.

나) 전탁음은 주로 한자음을 충실히 표기하기 위해 소용된 음이다. Karlgren씨의 설에 의하면 전탁자의 고대 중국 추정음가가 유성음이므로 각자병서음은 그 추정음과 같은 유성음, 즉 유성파열음, 유성마찰음으로 단정하였다.

3. 박병채(1971 : 304)의 설

"…각자병서는 ㄲ=[g] ㄸ=[d] ㅃ=[b] ㅉ=[z] ㅆ=[dz] ㆅ=[ɦ]에 해당하는 중국의 전탁음 표기자이며……"

4. 이숭녕(1982 : 15-16)의 설

"…전탁의 ㄲ ㄸ ㅃ 자는 g d b의 표시로 봄이 옳을 것이며 유성음임을 말한다."

5. 김선기(1972 : 15-16)의 설

　동국정운은 모든 점에서 현실음 기록에 힘썼다는 점과 일본 한자음 발음에 흐린소리가 남아 있고, 가랏말에도 고대 향가에 흐린 소리가 있었으며 현재도 두 모음 사이에서 흐린 소리가 난다는 사실과, 비교 언어학적으로 볼 때 만주 몽고 일본말에 유성음이 존재하므로 동국정운의 ㅃ, ㄸ, ㄲ 등은 현실적으로 존재했다.

③ 평음설

1. 박승빈의 설(강길운 : 1955에서 재인용)

　평음에 가깝고 약간 격음을 가미한 음이란 설인데 이는 「四聲通攷」 「飜譯老乞大朴通事凡例」 「洪武正韻譯訓序」 등의 전탁의 평성은 차청과 비슷하고 上去入 삼성은 전탁과 거의 같다는 기록의 訓詁인 듯하다.

④ 간음설

1. 강길운(1955 : 93-136)의 설

　각자병서음의 본질은 전청음(평음)보다는 강하고 'ㅅ'계 합용병서음(경음)보다는 약한 음, 즉 평음과 경음과의 間音이다. 따라서 같은 각자병서라고 할지라도 음가의 차가 심하여 경우에 따라서는 평음 또는 경음과 같이 들리는 불안정한 음이다.

등등의 설이 있다.

2. 음운으로서의 경음 ; '人'계병서

2.1 어두 '人'의 역사성

'人'계 병서의 어두 '人'의 근거에 관한 문제는 곧 음가에 관한 문제와 직결된다.

향가의 '叱'([sĭĕt])의 고찰에서도 밝혔듯이 [s]는 환경에 따라 [s]일 수도 [t]일수도 있는 음이다. 나아가 후두음 [ʔ]표기에도 가능한 음이다. 이러한 세 속성을 가진 [s]에 대한 정확한 이해만이 '人'계 병서에 해결책을 제시해 주리라 생각한다. '叱'이 [s]의 음가로 사용된 것은 고대국어에서 종성으로 사용된 경우이다. 중기에 이르면서 종성의 시옷은 점차 내파화의 과정을 밟게 되므로, 그것이 온전한 제 음가를 갖는 경우는 종속적 모음과의 연결에 한하게 된다. 중기국어 '人'계병서의 어두 '人'은 고대국어에 독립(초분절)음운으로 존재했던 후두음 /ʔ/의 계승으로 보아야 할 것이다.

원래 '叱'(/ʔ/)은 생략된 격의 자리에 흔적 표시로 사용되었는데, '人'계병서와 흡사한 표기가 이미 향가에도 나타나고 있으니, 자립분절음 층렬에 떠 있던 /ʔ/이 평음과 결합하는 초기 모습을 보여주는 다음 예들이 그것이다.

吾隱去內如辭叱都 (祭亡妹歌)

人米無叱昆 (隨喜功德歌)

'辭叱都'는 중기문헌표기식으로 하면 '말쏘'이며, '無叱昆'은 '업쏜'이

될 것이다. 차이는 고대에 '叱'으로 독자적인 위치를 가지던 것이 중기에 이르러서는 主音 앞 副音의 자격(어두 'ㅅ')으로 자음군 형식으로 나타난다는 점이다. 이는 /ʔ/이 국어에서 음운의 위치에 있다가 점차 음성자질로 축소되는 과정을 보인 것으로 평가할 수 있다. 이는 훈민정음에 나타난 'ㆆ'로써 입증되는 사실이다.

'ㆆ'은 후음의 전청자로 影母에 해당하는데 훈민정음에 'ㆆ喉音如挹字初發聲'이며 그 음가가 '盖以ㆆ聲深不爲之凝ㆆ比ㅎ聲淺故凝而爲全濁'[4)] 이라 하여 후음 'ㅎ'보다 소리가 더 깊은 후음인데, '初聲之ㆆ與ㅇ相似於諺可以通用也'[5)] 즉 'ㅇ'과 비슷한 음이라고 설명하고 있다. 여기서 'ㆆ'이 조음부가 깊은 후두음임을 추정할 수 있고 각자병서와의 등식 관계를 연관지워 볼 때 그것이 경음의 특성인 조음부 긴장과 밀접함을 알 수 있다.

후음의 기본자인 'ㅇ'이 목구멍을 형상했다면 'ㆆ'은 혀가 목구멍을 막고 있는 모습의 상형자이다. 즉 음성 [ʔ]의 가장 사실적인 표기가 'ㆆ'인 것이다. 허웅은 이를 후두폐쇄음으로 보고 무성의 휴식 즉 절음 현상을 표기하는 방법으로 보았다(1975 : 295).

이기문은 'ㆆ'을 경음 요소로 하나의 음성자질을 나타낸 것이라 하여 경음 자체에 포함된 자질로 보고 있다(1977 : 28). 이에 반해 허웅은 경음과는 독립된 한 자질로 보면서 음소로써의 설정여부에 있어서는 조직외적 음소로 보고자 하였다(1975 : 367). 이남덕은 더 나아가 [ʔ]음에 이 'ㆆ'음을 比定시키고 경음 요소를 대표 문자로 나타낸다면 'ㆆ'자 외에는 따로 없다고 하였다(1968 : 411). 이숭녕은 'ㆆ'은 [ʔ]의 구실

---

4) "'ㆆ'은 소리가 깊어 얼지 않는다. 'ㅎ'은 'ㆆ'에 비해 소리가 얕으므로 얼어서 전탁이 된다."
5) "초성에 쓰이는 'ㆆ'은 'ㅇ'과 비슷하므로 우리말에는 같이 쓰인다."

즉 경음의 구실을 가질 뿐이라 하였다(1982 : 42).

음성 [ʔ]를 음운 /ʔ/로 격상시킨 것이 'ㆆ'의 製字이다. 사실 음성 [ʔ]를 위한 대우는 '시옷'의 특수 용법-곧 병서의 어두 'ㅅ', 사이시옷-등으로 충분한 것이다. 그럼에도 불구하고 굳이 'ㆆ'의 제자를 단행한 것은 나름대로의 필요성 때문이었다. 가장 주된 요인은 성운학적 견지에서 자모체계의 균형을 세워 후음 전청자의 빈칸(gap)을 채우는 역할이 그것이다. 그러나 'ㆆ'가 당시 현실적인 음운이 아님은 훈민정음 자체의 기록들이 암시하고 있다.

初聲之ㆆ與ㅇ相似於諺可以通用也(正音 解例 合字解)

초성에 사용되는 'ㆆ'과 'ㅇ'과 비슷하므로 'ㅇ'과 함께 사용함이 가능하다는 것이다. 그것도 한자음 표기에서만 가능했고(예 : 音흠 · 挹흡) 국어표기에서의 초성표기는 보이지 않는다. 단지 세종 · 세조대 문헌에 동명사 어미의 표기와 「용비어천가」 · 「훈민정음언해」에서 사이시옷 대신 사용된 예들이 보일 뿐이다.

[-t] 종성이 [-l]음화한 한자어를 본래의 [-t]로 교정시키고자 창안한 방법이 '以影補來'이다. '補來'를 수행하는 '影'이 'ㆆ'이었는데(예 : 筆붏), 그와 동일한 기능이 고유어에도 요구되었으니 동명사어미의 '-ㅭ' 표기가 그것이다. (예 : 갏길) 以影補來의 '影'母가 [-l]의 [-t]화를 꾀하고, '-ㅭ'의 'ㆆ'이 후행자와 합하여 경음화함(각자병서로 표기됨)은 'ㆆ'의 음가가 '凝'의 구실을 하는 후두긴장의 자질과 상통함을 입증하는 것이다. 사잇소리 역시 내파적인 휴식 ([ʔ])을 통하여 후행자에 긴장을 가하게 하는 것이니 'ㆆ'가 당시 음운이 아닌 음성(경음의 부수적인 자질)으로 존재했음을 입증해 준다. 정음 用字例에 'ㆆ'이 빠졌다는 사실

도 같은 맥락 위에서 이해되어야 한다.

그러므로 정음의 자모체계를 운서와 일치시키려는 노력이 후음 전청자 자리에 이미 음성자질화한 [ʔ]를 음운으로 격상시켰던 것이다.

그러나 독립음운으로써의 자격을 거부하는 언중들의 심리는 'ㆆ'의 사용대신 'ㅅ'(어두'ㅅ', 사이시옷)의 사용을 선호하게 되었다. 'ㅅ'은 이미 존재하는 음운 표기로써 특수기능('ʔ'의 표시)을 수행할 수 있었으므로 음성의 표시로는 보다 타당했던 것이다.

요약하면, 후두음 [ʔ]이 독립된 음운으로 존재했던 고대국어의 'ㄸ'에 대응하는 중기문헌의 'ㅅ'은, 병서의 어두 'ㅅ' 및 사잇소리이다. 'ㄸ'이 음절에 상응되는 '자리'를 지켰음에 반해 어두 'ㅅ'은 '자리'의 상실을 보여주니 이는 곧 [ʔ]이 음운이 아닌 하나의 음성자질로 인식되었음을 입증하는 것으로 보아야 할 것이다.

이러한 어두 'ㅅ'의 역사성으로 미루어 정음 문헌의 'ㅅ'계 병서는 경음표기로 보아야 당연하다. 곧 'ㅼ·ㅺ·ㅃ' 등은 주음 'ㄱ·ㄷ·ㅂ'에 후두긴장 [ʔ]이 따르는 음을 의미한다. 나아가 어중에 사용된 각자병서와는 달리 국어 어두음표기에 통용되었던 점으로 미루어 당시 존재한 음운으로써의 경음을 'ㅅ'계병서로 문자화했다고 이해된다.

다음에 'ㄸ'과 어두 'ㅅ'의 관련성을 간단하게 도표화한다.

<표2> 'ㄸ'과 어두 'ㅅ'의 관련성

	/ʔ/와 /k/의 연결	/ʔ/와 /t/의 연결	/ʔ/와 /p/의 연결	비고
고대국어	/ʔ//k/	/ʔ/ /t/	/ʔ/ /p/	/ʔ/=ㄸ
중기국어	/kʔ/	/tʔ/	/pʔ/	[ʔ]=어두 'ㅅ'

※ / /는 음운, [ ]는 음성을 표시

2.2 'ㅅ'계 병서의 원형들

정음 문헌의 'ㅅ'계병서들의 원형은 무엇인가. 즉 국어의 경음어사들은 어떤 과정을 밟아 무엇으로부터 발달하여 온 것인가 하는 문제는 어원에 관한 관심과 직결된다.

경음의 초기형태는 자립분절층렬에 존재하던 후두음 /ʔ/와 평음의 연결에서 비롯되었을 것이다. 곧 어중에서의 음결합에 따라 /ʔ/와 후행어가 연결되든지 혹은 생략된 격위치에 사용되던 /ʔ/이 후속음과 연결되는 현상 등이 그것이다. 이런 자생적인 발달 외에 제문헌의 기록과 알타이제어와의 대응은 어두 'ㅅ'이 독립음절에서 모음탈락으로 인하여 형성되기도 했음을 보여주고 있다. 또한 고대에는 외파의 위치에서 [s]의 음가를 가졌던 시옷종성이 중기로 이르며 내파화하는데 그에 따라 병서의 어두 'ㅅ'과 근사한 음가를 갖게 되어 표기상 혼용되는 경우도 나타난다. 또한 사잇소리도 어두 'ㅅ'과 같은 형태로 표기되는데 이 경우의 음가 또한 같은 것으로 추정한다.

본항에서는 'ㅅ'계병서의 성립 원형을 자생적 발생의 경우를 제외하고 1.사이시옷과의 연계성 2.시옷종성과의 연계성 3.음절축약에 의한 경음화 등으로 검토하고자 한다.

2.2.1 사이시옷과의 연계성

현대어에서 복합어의 경우, 유성음 사이의 소리가 약화됨을 막기 위하여 경음으로 발음하는 경우가 있다. 이때 사이시옷이라는 말을 적용하는데, 아랫말의 첫소리를 경음으로 발음하는 현상이다. 이 현상을 경화현상으로 보는 입장(Martin 1954 : 54-55), 복합어나 복합어와 비슷한 말의 구성요소들 중 나중에 오는 요소의 첫소리가 강조되는 현상으로 보는 입장(배양서 1969 : 27), 선행말음의 舒媛함을 急促하게 하기 위한 수단이라는 선행어에 초점을 둔 입장(지춘수 1964 : 149), 조음현상으로 보는 견해(유창순 1964 : 24-25) 등 여러 각도에서의 연구가 있어 왔다. 이 사이시옷에 대해 이를 복합형태소로 보아 /ㄱ,ㄴ,ㄷ,ㅁ,ㅂ,ㅅ,ㅈ,ㅎ/의 음소로 날 수 있다고 한 배양서(1969 : 27-42)에 대해 김차균(1974 : 27-42)은 복합형태소임은 찬성하되 /ㄹ,ㄴ,ㅂ,ㅎ/은 제외시킨 /ㅅ/이라는 주체적인 체계 음소라는 견해를 피력했다.

또한 허웅은 유성음 사이의 소리가 약화함을 방지하기 위하여 그 소리를 강화하여 경음으로 내는 것은 현대어에 나타나는 현상이겠는데 15세기 국어에서는 이러한 경우에 반드시 아랫소리가 경음으로 되지는 않고 그 사이에 무성의 휴식(사잇소리)를 둔 듯하여 여기 소위 '사잇글자'를 넣어 표기한다. 이 사잇소리(무성의 휴식)는 입안의 여러 군데를 막으면서 聲을 정지시켰던 듯하니 龍歌에서는 'ㄱ,ㄷ,ㅂ,ㆆ,ㅅ,ㅿ'의 六字가 사용되었다고 기술하고 있다.(1975 : 392-93)

허웅의 '무성의 휴식'이란 술어에 대해 이남덕(1968 : 142-145)은 발성 기관의 개폐를 말한 것으로 보아 아무리 정지상태라 하더라도 '발음'이 아니라고는 못할 것이다. 더욱 이러한 정지로 말미암아 다음에 오는 음에 어떤 영향을 끼쳤는데 그것이 소리가 아니라고 어떻게 설명할 수 있으며, 그리고 정지가 있다 하더라도 이 정지가 어떤 문법적 의도를 가지고 있고 문법적 기능(관형격 기능 : 필자 주)을 나타내고 있는데 이것을 '무성의 휴식'으로 무시할 수 없다고 하였다. 따라서 사잇소리가 문법적 기능을 가지는 하나의 형태소로 볼 수 있는 형태소 자격을 가지는 한 음은 음소 자격이 있게 된다. 또 경음의 특징은 어떤 표기를 하였든지 간에 경음 요소가 선행하면 다음 소리는 강해지고(되어지고) 마치 그 소리가 두 개 붙은 것과 같은 청각 인상을 준다는 것이다. 경음 요소를 따로 떼어 음성 표시를 한다면 성문폐쇄음 [ʔ]을 비정해야 한다고 하였다.

훈민정음 해례 합자해에 사이시옷에 관한 설명이 나온다.

文與諺雜用則有因字音以補以中終聲者如孔子ㅣ<u>魯ㅅ사름</u>之類

이 '文與諺雜用'(孔子ㅣ魯ㅅ사름) 외에도 '諺與文雜用'이나 국어음 표기에도 사용되었다.

(諺與文雜用例)	부텻像 (月釋21 : 204)	죽사릿法 (月釋21 : 202)
(국어표기례)	하늜긔 (月釋21 : 21)	아드닚긔 (龍歌25)

선행어가 국어인 경우 사이시옷은 선행어의 종성으로 표기되는 것이 원칙이었던 듯하며 상기 국어예에서 알 수 있듯이 이미 종성이 있더라도 그것에 병서하였다. 선행어가 한자인 경우는 '魯ㅅ사름'처럼 따로 표기하였다. 용비어천가에 나타난 사이시옷의 용례는 다음과 같다. (허웅 1973 : 36-39 참고)

1) [유성음]+[무성음]의 경우

	「ㄱ,ㄷ,ㅂ,ㆆ」사용법	「ㅅ,ㅿ」사용법
1. [-ㅇ]+[무성음-]	平生ㄱ (12)	定社之聖ㅅ긔 (99)
2. [-ㄴ]+[무성음-]	몃間ㄷ지븨 (110)	秋人ㅅ서리 (14)
3. [-ㅁ]+[무성음-]	사룲뜨디 (15)	님긊德 (118)
4. [-모음]+[무성음-]	先考ㆆ뜯 (12)	西水ㅅᄀᆞᅀᅵ (6)

5. [-ㄹ]+[무성음-]　　　하늟쁘들 (86)　　　깊ㄱ새 (56)

2) [유성음]+[유성음]의 경우
1. [-모음]+[유성자음-]　　　나랏일훔 (85)　　　우흿龍 (100)
2. [-유성자음]+[유성자음-]　　　바룴우희 (83)　　　하늟ㅁ숫믈 (85)

[유성음]+[무성음]의 경우 선행 불청불탁음의 전청자를 사잇소리로 삼은 것은 해당 유성음이 조음상태에 긴장자질을 더한다는 의미로 해석된다. 이는 'ㄱ·ㄷ·ㅂ·ㆆ'대신 'ㅅ' 표기가 가능하다는 사실에서도 확인된다. 즉 사잇소리 'ㄱ·ㄷ·ㅂ·ㆆ'등은 'ㅅ'과 같으니 이들은 후두긴장을 뜻하는 [ʔ]의 상징이었던 것이다.

[유성음]+[유성음]의 경우는 'ㅅ' 대신 'ㅿ'이 사용되었다. 정음문헌의 'ㅿ'은 독립음운이라기 보다는 유성음 사이라는 음성적 환경을 인식한 당시 학자들의 정밀표기에 근거한 制字로 보아야 할 것이다. 'ㅂ'에 상응하는 순경음 'ㅸ'도 마찬가지다. 음운과 환경에 따른 이음에 대한 각별한 인식은 어두 경음 표기의 'ㅅ'계 병서와 어중 경음표기를 위한 각자병서의 설정에서도 알 수 있다. 그러므로 'ㅿ'·'ㅸ'·각자병서 등은 당시 학자들의 섬세한 음성학적 통찰력을 증거하는 자료로 동일 범주에 넣을 수 있다.

이들 중기문헌의 사잇소리는 향가의 '叱'에서 연유한다. 단지 향가 당시에는 속격 외에도 주격·목적격 등 격조사가 생략된 곳 어디에나 사용되었던 '叱'이 정음 당시에 이르면 주로 속격 위치에 한정된다는 점이 다를 뿐이다.

이들 사잇소리 [ʔ]와 후행어의 결합은 곧 경음화를 유발하였던 바이는 'ㅅ'계 병서와 동일한 표기 형태를 취하게 만들었다. 용비어천가

에 사이시옷이 후행어에 내려와 병서된 예들이 많이 나타나는데 그 형
태는 '꺼·ㅳ·ㅽ'등 'ㅅ'계 병서와 동일하다.

선째 (善竹, 龍歌 1 : 47)　　　뒷심꼴 (北泉洞, 龍歌 2 : 32)
훈끼 (訓比느, 龍歌 7 : 25)

이 경우를 이기문(1977 : 51)에서는 'ㅅ'이 내파화를 포기하고 경음화
만을 나타낸 것으로 해석했으나, 내파화의 포기가 아니라 사잇소리 표
기의 'ㅅ'이 'ㅅ'계 병서의 어두 'ㅅ'과 같은 [ʔ]였기 때문에 후행어에
내려 쓴 병서표기가 가능했다고 생각된다.
이 사이시옷으로 인해 형성된 것으로 보이는 'ㅅ'계병서에 '-쯰'를
들 수 있다.

世尊ㅅ긔 (月釋 1 : 17)　　　世尊쯰 (月釋 1 : 36)
부텻긔 (月釋 1 : 10)　　　부텨쯰 (月釋 2 : 16)

2.2.2 시옷종성과의 연계성

현대국어에서 음절말 내지 어말 위치의 자음 대립은 'ㄱ·ㄴ·ㄷ·
ㄹ·ㅁ·ㅂ·ㅇ'의 7가지이다. 이에 반해 훈민정음 해례에는 'ㄱㅇㄷ
ㄴㅂㅁㅅㄹ'의 팔종성의 체계를 수립하고 있다.

所以ㅇㄴㅁㅇㄹㅿ六字爲平上去之終而餘皆爲八聲之終也　ㄱㅇㄷㄴㅂㅁㅅㄹ
八字可足用也　如빗곳爲梨花엿의갗爲狐皮而ㅅ字可以通用故只用八字

현대어의 관점에서는 음절말 위치에서 [s-t] 대립의 가능성은 생각하

기 어렵다. 지춘수는 'ㅅ·ㄷ'이 정음 당시에도 실제 조음운동에 있어서는 중화되었는데 四聲七音의 經緯의 체계를 고수하려는 데서 양자를 구별 설정했다고 한다. (1964 : 717-37)

그러나 이기문은 15세기 자료의 면밀한 검토로 이 구별 표기가 음운론적 대립을 나타낸 것이라는 가설을 세우고 이 가설을 지지하는 사실로 다음과 같은 것을 들고 있다. (1977 : 78-80)

1. 표기법의 통일(음소적 원리)
2. 문헌상 'ㅅ'과 'ㄷ'의 혼재가 거의 나타나지 않는다.
3. 동화현상에 있어서 'ㄴ' 앞의 'ㄷ'은 'ㄴ'이 되었으나 ('걷너-''건너-'의 공존) 'ㅅ'에 있어서는 이런 동화가 보이지 않는다. (잇ᄂ니(有) 낫나치 (個個)
4. 조선관역어의 표기에 'ㅅ'은 '思'로 나타나는데 (花果思 城雜思) 'ㄷ'은 제대로 표기되지 않는다 (田把 陽別).
5. 老朴集覽의 '禿禿麼思'에 대한 주 '禿字音투上聲讀 麼思二合爲音맛 急呼則用思字曰투투맛 慢言之則用食字曰투투마시 元時語如此'는 '思'(ㅅ)의 발음이 내파적인 [s]였음을 시사하는 것이다.

허웅 역시 종성 'ㅅ'을 점약음으로 보아 내파음 [t̚]에 매우 가까운 소리로서 자칫하면 [t̚]로 바뀔 가능성을 내포한다고 하였다. 그 예로 '갓나히'를 들 수 있는데 이 [kas̚na-]가 한편으로는 [s̚] 소리를 유지하기 위하여 '가스나히'(>가시나)로 변하기도 하나 한편으로는 [s]가 그 약한 마찰과 좁은 간극으로 인해 내파음 [t̚]로 변하여 [kat̚na-]>[kanna-](역행동화)로도 변한 것이다. 즉 정음 당시의 시옷종성은 'ㄷ'과는 종성에서 구별되었지만 그것은 완전한 [s]가 아닌 내파적 [s] 혹은

내파음 [t˺]에 매우 가까운 소리였다는 말이다. (허웅 1975 : 331)

이처럼 정음 당시의 시옷종성이 완전한 [s]의 음가를 지니지 못했음은 문헌의 기록으로도 입증된다. 조선관역어에 시옷종성이 '思'로 표기되어 있음은 이기문에서 살핀 바 있다.

그러나 같은 문헌임에도 불구하고 후속음과 연결시에는 '思'의 표기가 생략된 기록이 나타난다는 사실은 매우 시사적이라 하겠다.

城　雜思
出城　雜那憂大

지금까지 논의의 대상 밖이었던 '出城 雜那憂大'라는 이 기록은 정음 당시 시옷종성의 음가를 암시하는 것으로 句中에서 종성 'ㅅ'이 완전하게 청취되지 못했다는 전초신호로 평가되어야 할 것이다.

그런데 시옷종성의 음가는 후속하는 결합음의 종류에 따라 차이가 났던 것 같다. 후행 비음과 연결될 때는 그래도 약하나마 [s]의 음가를 지녔다고 추정되는데 '갓나히'가 '가스나히'로 기록된 다음 예들이 그것이다. 이것은 비음 앞의 시옷종성이 [s]로 발음되는 연유로 모음삽입으로 독립음절을 획득하게 된 것으로 보인다.

갓나히 소리 (釋譜 19 : 14)
가스나히 (七大 15)

반면 파열음 'ㄱ·ㄷ·ㅂ'에 앞서는 시옷종성은 후행어로 내려와 'ㅅ'계 병서와 동일 형태를 취함이 흔하였다. 이런 혼기례는 그들 사이에 음가의 동일성을 전제하지 않고는 불가능한 일이었을 것이다.

갓골 (月印 1 : 17)　　　— 가ᇧ라 (月印 7 : 8)
닷가 (月印 1 : 25)　　　— 다ᇧ라 (月印 7 : 14)
밧긔 (月印 8 : 83)　　　— 바ᇧ (月印 1 : 23)
엇뎨 (月印 7 : 11)　　　— 어쎼 (月印 7 : 17)
깃브다 (釋譜 13 : 7)　　— 기쁴ᄒ고라 (釋譜 13 : 25)

　그 반대로 이미 경음어사로 굳어진 것들이 평음으로 표기되는 경우
가 있는데, 그때는 선행에 시옷종성이 올 때에 한하였으니 어누 'ㅅ'과
시옷종성의 연계성을 보여 줌이다.

웃곳ᄒ 것분 (釋譜 13 : 39)
그릇분 (月印 7 : 42)
푸른 빗분 (圓覺諺 29)
빗드ᄅ미러니 (舟楫而己 杜詩諺 19 : 24)

　위의 '분 · 드름'은 그 당시 이미 경음으로 굳어져 평상 '쓴 · 쓰름'으
로 표기되었으나, 앞에 내파화하여 후행어를 경음화시키는 시옷종성이
올 때는 평음표기도 가능했던 것이다.

二軍鞠手 쏜 깃그니이다 (二軍鞠手獨自悅澤 龍歌 44)
하늘우콰 하늘아래 나쏜 尊호라 (月釋 2 : 28)
耳는 쏘름미라 (訓正註解)
이 ᄀᆞᄒ실 쏘름미라 (楞解 1 : 28)

　이처럼 시옷종성의 내파화로 인한 후행 파열음의 경음화 역시 정음
문헌에 'ㅅ'계병서로 표기되었으니, 그것이 국어경음의 한 주류를 이루

고 있음을 알 수 있다.

2.2.3 음절축약에 의한 경음화

‘ㅅ’계 병서의 어두 ‘ㅅ’의 어원적 존재에 대해 그것을 인정하는 주
장과 단순한 경음표기의 부호라는 주장 사이에는 우열을 가릴 수 없는
대립이 있어 왔다. 전자에 대하는 후자의 입장은 ‘ㅅ’자체의 역사적인
특수성 및 ‘ㅂ’계가 현대어에 남기고 있는 잔영으로 그 존재를 인정받
는 반면 ‘ㅅ’계에는 그러한 증거가 없다는 것이다.

그러나 비록 소수이지만 前代 문헌에 [s]의 존재를 보여주는 기록이
있다는 사실은 간과할 수 없을 것이다. [sV-] 독립음절에서 모음탈락으
로 인해 경음화한 어사가 국어 경음화의 주류를 이루었다고 볼 수는
없으나 정음 당시 ‘ㅅ’계 병서로 귀착한 어사들의 한 부류를 이룬 것은
분명한 사실이다.

1. 삼국사기에 ‘ㅅ’의 존재성을 보여주는 기록이 있다 .

儒理王九年置十九等一曰伊代湌或云伊罰干或云干伐湌或云角干或云角粲或云舒
發翰或云舒弗邯 <三國史記 卷 38, 新羅官制>

이에 대해 황윤석(1729-1791)은 ‘舒發·舒弗>쌀’로 논증하였다.

有曰大角干者角即舒發舒弗也今俗猶呼角爲뿔舒之字母在諺文爲ㅅ發與불近而弗
又直音불若加ㅅ於불之右上則作뿔即角字方言也若불去ㅂ而直加ㅅ于上因以翰音相
近之多速呼則酒多干俗音又呼近翰邯羅俗然也亦曰蘇判亦曰蘇伐蘇亦舒之轉聲也 <頤
齋遺稿 卷 26 華音方言字義解>

‘불’(角)이 원래는 [səpul]이었는데 1음절 모음의 압출로 ‘쌀’이 되었다는 내용이다.

김민수(1955 : 24)에는 [səpul]>[spul]>[p'ul]로 해석하여 어두 ‘ㅅ’은 [sə]에서 모음 壓出 후 남은 [s]로 보았다.

이에 반해 이기문은 삼국사기 권1의 기록[6]을 빌어 ‘舒弗邯·舒發翰’은 ‘酒多’로 초기적 호칭이고 뒤에 ‘伊罰干·伊伐飡’ 즉 ‘角干’으로 불리어졌다고 본다. 한편 ‘角’을 의미했던 고대 어사 ‘伊罰·伊伐’은 후에 어두음 소실(apherése)을 일으켰다 경음화하였던가 혹은 어두음 소실이 경음화를 도발했을 것이다. 만약 이런 가상이 시인되는 것이라면 15세기 문헌의 ‘쌀’의 어두음은 경음일 수밖에 없는 것이다(1955 : 228-229)라고 하여 어두 ‘ㅅ’의 어원적 존재를 부정하고 15세기 문헌의 ‘ㅅ’은 단지 경음 부호라는 견해를 피력했다.

‘伊罰·伊伐’은 ‘角’을 의미하는 말이며 ‘舒弗·舒發’은 ‘酒’를 뜻하는 말로 별개의 것으로 처리한 위의 견해보다, 국어에는 어두자음형과 어두모음형의 대응이 존재한다는 사실로 해석한 이숭녕(1956 : 179-203)의 설명이 보다 설득력이 있다. 이러한 雙形은 고대로부터 현대까지 국어에 존재하고 있다고 한다.

    ▼ 어두 k음형과 어두 모음형의 대응 :
     움(陶穴) 漆沮 ᄀᆞ샛 움흘 漆沮陶穴 (龍歌 5)
     굼(穴) 구무 공(孔) (訓蒙 下 18)
    ▼ 어두 ĉ음형과 어두 모음형의 대응 :
     지즐(壓) 지즐울 압(壓) (訓蒙 下 11)

---

6) 王謂許婁曰此地各大庖公於此置盛饌美醴以宴衍之宜位酒多在伊飡之上以摩帝之女配太子焉酒多後云角干.

이즐(虧) 이즌 ᄃᆞ리(關月) (杜諺 22 : 24)
▶ 어두 p(b)음형과 어두 모음형의 대응 :
비슷하다(似)
이섯ᄒ다(髣髴) 져기 이섯ᄒ도다(稍依怖) (金剛經三家解 2 : 50)
依然은 이섯다 ᄒᆞ듯ᄒᆞ 마리라 (月釋序 15)

삼국사기 지리지와 「동국여지승람(東國輿地勝覽)」의 고찰을 통해 이 경향이 삼국시대와 통일신라 시대에도 존재했음을 보여준다.

孤山縣本百濟烏山縣 景德王改名今禮山縣

'孤山=烏山'에서 '孤=烏'의 대응 및 '오>고'로서 'o>ko'의 공식을 얻는다는 것이다.

이처럼 삼국시대나 통일신라시대에 이미 어두자음형과 어두모음형이 병행 또는 전후관계로 발달된 것을 알 수 있으며 '伊伐湌'과 '舒發翰'의 어두음의 차이도 이 범주에 속하는 것으로 같은 '角'을 의미한 말로 볼 수 있다.

이처럼 '쁠'의 'ㅅ'은 '舒'에서의 발달로 보아 그 어원성을 인정하고자 한다. 즉, /#səpul#/(舒弗·舒發)의 1음절 모음이 압출된 후 어두자음군 /spul/이 형성되지만 어두자음군을 배척하는 국어 음운구조에 부합하고자 어두 'ㅅ'이 내파하여 형성된 후두음 [ʔ]가 결합작용을 일으켜 주음/p/를 경음화시키게 된다. 정음 당시의 「쁠」은 'ㅅ'계병서의 형태이므로 경음어사로 보아야 한다.

2. 계림유사의 기록도 이 사실을 풍부하게 해준다.

女子勒帛曰實帶 (鷄林類事)

'實帶'는 정음표기의 '쁴'에 대응하는 것으로 어두 'ㅅ'과 '實'의 연계성을 보여준다. 역시 廣韻음에 의거하여 재구하면 다음과 같다.

<표3> '實帶'의 재구

	反切	反切上字의 聲母와 音價	廣韻韻	等呼 및 音價	再構音
實	神質	神 d'z-	質	外 17 開口 3,4 等 -ĭĕt/-i̯ĕt	*슬/*실
帶	當蓋	端 t-	泰	外 15 開口 1 等 -âi 外 16 合口 1 等 -ʷâi	*딗 *됬

※ 等呼는 韻鏡에 의거함. 外 : 「外轉」 內 : 「內轉」

'實帶'는 '*슬딗/*실딗'로 재구되지만 그 당시 실제 음운은 '*스딗/*시딗'였으리라 추정한다. 왜냐하면 계림유사의 '方言'에 사용된 한자들은 전체적으로 순수히 표음적으로만 사용되지 않고 짙은 표의성을 띠고 있다는 인상을 준다. 즉 '犬曰家狶'는 정음표기의 '가희(犬)'에 대응하는 것인데 '家狶'兩字의 의미는 '犬'과도 통한다. '刀子曰割'(갈) '傘曰聚笠'(슈룹) '水曰沒'(믈) 등에서도 이런 경향을 볼 수 있다. 이러한 경향은 중국에서 편찬된 외국어 자료에서 자주보는 것이기는 하지만 계림유사의 경우는 매우 심하여 단순한 표기상의 기교라고 하기 보다는 국어단어를 중국어로써 설명하려 한 저자의 의도를 드러내 주는 듯이 느껴진다. 이 책의 저자는 국어를 중국어의 한 '方言'으로 본 듯한 인상마저 준다. (이기문 1976 : 90)

同書에 '綿曰實'이라고 규정한데서 연유하여 '*스디/*시디'를 전사할 때 '*스/*시'란 음에 '實'(綿)을 대치시켰던 것이다. 이와 같이 '씌'의 어두 'ㅅ'도 독립된 음절의 모음압출로 인해 형성된 경우가 되겠다.

3. 15세기 문헌에 '샌르다'(促急)가 나타난다.

促急은 샌룰씨라(訓正註解)
速은 샌룰씨오(月釋序 18).

Ramstedt는 올차어의 [sapali](quick, nimber)와 '샌르다'를 대응시키고 있다.7) 이 역시 '샌-'의 어두 'ㅅ'의 어원적 존재를 보여주는 자료가 된다.

그러나 朝鮮館譯語의 기록에는 어두 'ㅅ'이 무시되어 있다.

水急 悶迫勒大

'迫'이 '샌'에 해당하는데 광운에 博白切, 집운·운회 등에 博陌切로 되어 어두 'ㅅ'은 보이지 않는다. 계림유사 시대에서 조선관역어에 이르는 어느 기간 중에 'ㅅ'을 어두에 지닌 독립된 음절이 1음절 모음의 압출로 어두자음군을 형성했는데 이 불안정한 상태를 탈피하려는 안정화의 방법으로 副音 [s]이 주음에 용해되는 즉 내파화의 과정을 밟게 되었던 것이다. 이 내파화한 [s] 곧 [t²]는 중국인에게는 청취불가능하여 표기상 무시되었다고 볼 수 있다.

---

7) Ramstedt(1949) Studies in Korean Etymology, Memoires de la Société Finno-Ougrienne XCV Helsinki ; 이기문(1955 : 230)에서 재인용.

4. '人'의 어원적 존재를 보여주는 방증적인 예로 다음과 같은 것도 해당한다.

> 똥(糞) : 일본어의 'シト'(尿)와 비교된다. 만주어에 site-(放尿하다) sike(尿)가 있다.(이기문 1955 : 230)

> 떡(餠) : 일본어의 'シトキ'와 대응된다. 인삼채취자 은어에 [si-dok] [si-do-gi] [si-do-gu]가 있음으로 미루어 [si-dɔgi] > [[sdɔg] > [t'dɔk] = ['təg]= [t'əg]으로 볼 수 있다.

여기서 어두 [s]의 내파화로 생성된 자립분절소 [ʔ]가 우측가지 연결의 방식으로 분절음운 [t]와 결합한 결과가 곧 경음화로 나타난 것이다.

2.3 원형들의 유기성

정음문헌에 '人'계 병서로 표기된 어사들은 향가 '叱'이 음운결합과정에서 생성한 경음표기 외에 자생적으로 경음화한 것, 음절축약에 의한 경음어사 등 정음 당시 경음어사는 모두 '人'계로 표기되었다고 볼 수 있다. 이들 여러 원형들이 동일 형태를 취할 수 있었던 근거는 무엇일까? 그것은 그들 사이에 존재하는 有機性 - 음가 및 음운규칙의 공통성에 기인한다고 볼 수 있다. 환언하면 후속 결합음에 따른'人'의 음가 및 음운규칙의 공모현상(conspiracy)의 추출이 본항에서의 연구과제가 될 것이다.

Yawelmani어에는 다음의 규칙들이 있다.

ⓐ Ø→V/C─CC
ⓑ C→Ø/CC+─

이들 두 규칙은 표면상으로는 ⓐ 모음삽입규칙 ⓑ 자음삭제규칙으로 별개의 것이다. 그러나 이 둘은 세자음연속을 파괴한다는 공통의 기능을 지니고 있는데 이처럼 여러 규칙이 하나의 복적을 위해 기능을 하는 경우를 규칙들이 공모(conspiracy)한다고 한다. (Kisseberth : 1970)

중기국어 경음화에 나타나는 공모현상의 추출을 위해 먼저 전통적인 생성음운론(TGP)에 입각하여 현상의 규칙화를 시도하겠다. 그러나 TGP에 의한 방법으로는 이들을 묶어주는 통일된 개념을 찾을 수 없으므로 복선음운론(AP)의 입장에서 재해석을 하고자 한다. 여기서 경음화 현상에 대한 원인규명과 보다 간결성을 충족시키는 규칙의 설정이 가능하고, 또 음절구조라는 기본개념에서 공모현상을 이해할 수 있게 하는 복선음운론의 우월성이 증명되리라 생각한다.

2.3.1 결합음에 따른 음가

'ㅅ'계 합용병서는 'ㄱ,ㄷ,ㅂ' 등 파열음과 결합한 경우와 'ㄴ' 즉 비음과 결합한 두갈래로 나눌 수 있다. 파열음과의 결합형태는 'ㅅ'에 대한 상반된 견해에 관계없이 근거로 다루어졌으나, 비음과의 결합형태는 본음가 보유설을 주장하는 입장(최현배 1982, 허웅 1975 등)에서는 논지를 확증시키는 자료로 삼았고, 경음설을 주장하는 측(이숭녕 1982, 이기문 1955, 1972 등)에서는 제외해 버리는 경향이 있었다.

파열음과의 결합상태 -ㅺ, ㅼ, ㅽ-일 때의 어두'ㅅ'의 음가는 전술한 바와 같이 [ʔ]이었다.

그러나 비음과의 결합형태-ㅆㄴ-를 이룰 때의 어두 'ㅅ'의 음가는 성격을 달리했던 것 같다. 이 상태를 보여주는 자료로 五大眞言集이 있다.

「오대진언집」은 唐의 僧 不空이 詔書를 받들어 인도의 범어로 기록된 진언을 한자로 음역한 것을 덕종왕비가 정음으로 음역한 책으로, 성종 16년(1485년)이었으니 정음창제 후 약 20년 뒤였다.

不空의 漢譯	德宗妃의 音譯	Sanskrit음	출진
塞訖哩	ㅅㄱ리	[skeri]	<五大眞言集 25>
姿麼囉	싸라	[smara]	<五大眞言集 75>

이러한 'ㅅ'계병서의 어두 'ㅅ'에 대해서 그것이 [s]음임을 주장하는 견해(최현배 1982b : 557-559, 김민수 1955 : 25, 허웅 1975 : 324-325)와 경음표기로 보는 견해(강길운 1957 : 24-45)로 나뉘어진다.

허웅은 'ㅅㄴ'의 등장예로 미루어 분명히 [sn]발음의 표기이다. 61장, 70장 등에 '瑟抳'를 '씨'로 표시하고 있으니 [s]발음이 어두에 있었음은 분명한 사실이며 더욱이 66장에는 같은 말을 'ㅅ니'로 표기하고 있으니 이 사실은 더욱 명백해진다. 'ㅅㄱ, ㅅㄷ, ㅅㅂ'도 그 한자표음과 대조해 보면 모두 초두에 [s]음이 발음되었음이 분명하다는 입장을 취한데 비해(1975 : 324-25), 강길운은 병서로 음역된 連子音은 모두 그 음의 접합이 close-contact이며 그 제1자음이 반드시 開音인 무성마찰음이고 그 후행음은 모두 폐쇄음이므로 마찰음의 지속이 방해를 받아 극히 짧아져서 약마찰음화한데다가 그 마찰음을 포함한 음절에 accent가 있어서 후행음이 경음 또는 이에 준하는 음으로 발음되는 까닭에 마찰음은 상대적으로 더 약화되어서 후행 폐쇄음 -t,p,k,v,m,n의 on-glide 또는 성문파열음과 같은 청각상 인상을 받기 때문에 마치 단순한 경음으로 간주되어서 prosiopesis(두음생략) 현상이 일어난다. 즉 일언이폐지하면 '시, ㅆ, ㅺ, ㅽ, ㅅ'는 경음표기라고 하였다. (강길운 1957 : 44)

전자는 '시, ㅺ, 시, ㅆ'의 'ㅅ'은 모두 [s]이라는 것이며, 후자는 이 모든 경우의 'ㅅ'은 경음표기라는 상반된 입장을 표명한 것이다.

심재기(1976)는 한자가 眞言音寫를 위하여 어떻게 응용되었나를 고찰한 결과 삭제와 결합이라는 두 원리에 근거함을 확인했는데 「'ㅅ'+비음」의 경우 나타나는 표기는 발음의 결합원리에서 찾을 수 있다고 하며 다음과 같은 예를 들었다.

二合 ····	二合 ···	三合 ·
勿哩(ᄃ리)	室哩(시리)	達羅麼(달마)

"이들 합자표기는 결국 그 이합 또는 삼합이 하나의 음절을 이루는데 이합의 경우는 첫째 자, 삼합의 경우는 첫째자와 둘째자의 초두음만을 취하여 발음할 것을 지시하는 어두복자음표기법이라고 할 수 있다. ……어두복자음표기법은 범어와 비교하여 음운체계가 다른 언어에 있어서는 실제의 발음에서 schwa에 해당하는 일종의 약모음을 삽입하여야만 발음이 가능했던 것으로 보인다. 진언집의 합자표기예의 한글 표기 부분을 보면 이합자의 첫째자인 모음표시가 대체로 아래아자(·)로 되어 있음은 주목할 필요가 있다. 그 아래아자(·)는 실제 한자의 모음은 아니라"고 하며 다음과 같이 공식화하였다. (심재기 1976 : 266-267)

$$V \rightarrow \emptyset / X\{C - \}.SCV$$

그러나 객관적으로 오대진언의 표기법을 고찰하면, 「‘ㅅ’+파열음」과 「‘ㅅ’+비음」의 경우 어두 ‘ㅅ’의 음가는 후행자음에 따라 차이가 남에 근거함을 알 수 있다.

「‘ㅅ’+파열음」의 음역 형태는 하나의 방법으로 되어 있다.

瑟鴝 삼　　　娑多 싸　　　瑟破 쌔　　　塞訖哩 싀리

「‘ㅅ’+비음」은 두 가지 방법으로 표기되었다. 여기서 비음과의 결합에 있어서는 ‘ㅅ’이 제 음가대로 발음되려고 한 모습이 보인다.

ㅅㄴ	瑟抳	씨	61장, 70장, 94장
		스니	66장
ㅅㅁ	娑麽	쌔	87장
		사마	96장

이는 당시의 ‘ㅅ’계병서의 음운상태를 보여주는 자료라 할 수 있으니 ‘ㅺ, ㅼ, ㅽ ’는 조선관역어 시대에 이미 [?]상태의 ‘ㅅ’이며 ‘ㅅㄴ, ㅅㅁ’의 경우는 후속음운의 비음성 때문에 불완전한 geminata 상태, 곧 간극이 좁으면서도 마찰은 약한 [s]음인 ‘ㅅ’이라고 추정한다. 이러한 [s]이었기에 ‘스니’ ‘사마’처럼 독립된 한 음절로 나타날 수 있었던 것이다. 또한 독립음절을 이룰 때 삽입되는 모음은 약모음이라는 사실이 비음과 결합되는 ‘ㅅ’의 음가를 대변해 준다고 볼 수 있다.

싸히 소리　갓나히 소리(釋譜 19 : 14)
싸히 香　　갓나히 香 (釋譜 19 : 17)

'싸히'(男)의 'ㅅ' 역시 간극이 좁고 마찰은 약한 [s]음을 가졌기 때문에 이 불안정한 상태를 벗어나기 위한 수단으로 'ㅅ'에 모음을 첨가하여 독립된 음절로 만들어 발음했을 터인데 그 이유로 인해 오늘날의 '사나이'(男)란 말이 생겼다고 추정한다.

지금까지 'ㅅ'계 병서의 음가를 결합음운과의 관련성 속에서 고찰한 결과 결합음운에 따라 그 음가가 달라진다는 사실을 알게 되었다.

시옷종성의 경우도 후속음운에 따라 음가가 상이함을 보여준다.

'-ㅅ+파열음'의 경우는 종성 시옷이 후행어로 내려와 'ㅅ'계병서와 동일한 표기형태를 보인다. 이때의 시옷종성의 음가는 내파음 [t̚]로 보아야 한다.

갓굴 (月釋 1 : 17)　　갓ㄱ니 (杜諺 16 : 57)
－가ㅅㄱ라 (月釋 7 : 8)　　가까 (釋譜 13 : 20)
깃브다 (釋譜 13 : 17)　　－기쁴ㅎ고라 (釋譜 13 : 25)

반면 '-ㅅ+비음'의 시옷종성은 조선관역어의 '雜那憂大'가 입증하는 바 불안정한 내파적인 [s]였다.

15세기 정음문헌의 자료를 볼 때 'ㄷ'은 'ㄴ' 앞에서 역행동화로 'ㄴ'이 되었으나, 같은 'ㄴ' 앞이라는 조건에서 'ㅅ'은 이런 동화를 보이지 않고 있다.[8] 만약 'ㅅ'이 내파화했다면 [t̚]로써 'ㄴ'에 동화되어 'ㄴ'이 되었을 것이다.

이처럼 비음 'ㄴ' 앞에서의 종성 'ㅅ'이 조선관역어의 기록에서 무시되고 또 내파화되지는 않았다는 사실에서 정음 당시 비음에 앞서는 시

---

8) '걷너-'와 '건너-'(渡), '돋나-'와 '단나-'(行)는 공존하고 있으나 '잇ㄴ니'(有), '낫나치'(個個)의 경우는 '인ㄴ니''난나치'의 모습이 보이지 않는다.

웃종성의 음가는 간극이 좁으면서도 마찰은 약한 [s]음이었다는 결론에 이르게 한다.

'ㅅ'계 병서가 '싸히→사나이'와 같이 모음 삽입으로 안정을 추구한 것처럼, 시옷종성도 같은 방법을 취하기도 하였다.

갓나히 (初朴通事上) → 가스나히 (七大 15)

2.3.2 음운규칙들의 공모(conspiracy)

2.3.2.1 TGP에 의한 해석

먼저, 사이시옷의 경음화 현상에 대하여 살펴보기로 한다.

TGP에서 음운규칙(phonological rule)은 기저형(underlying form)에서 표면형(phonetic form)을 도출하는 규칙이다. 중기국어 사이시옷의 기저형은 'ㅼ'의 재구음 /#si̯ět#/로 잡을 수 있다. 이 기저형은 어사와 어사 사이에서 내파하는데 후두음[ʔ]이 그 내파음이다.

(1) 어사간 내파규칙(interword implosion : Iw−I)

  /si̯ět/ → ʔ/#−#

[ʔ]이 된 사이시옷은 조만간 두 번째 내부단어경계(# : internal word boundary)를 뛰어넘어 후행어를 경음화시키게 된다.

배열제약(sequential constraints)과 음운규칙의 기술에 중요한 역할을 하는 세 개의 중요한 문법적 단위(grammatical units)가 있다. 완전단어경계(# # : full word boundary), 내부단어 혹은 어간경계(# : internal word or stem boundary) 그리고 형태소경계(morpheme boundary)가 그것이다.

음운변화과정에서 '# # → # → +'의 순으로 방어력이 약해진다. 그리하여 형태소경계는 거의 방어력이 零(zero)인 상태로써 일반적으로 표시를 생략하기도 한다.(Chamsky & Halle 1968)

국어의 사이시옷은 내부 어사 사이에 존재한다. 이 상태의 [ʔ]이 후행어와 결합되어 경음화하는데는 형태소경계에 비해 다소 저항을 받았을 것이나 곧 뛰어넘게 되었을 것이다. 후행 평음의 경음화는 자음강화로 본다.

(2) 자음강화규칙(consonat strengthening : CS)

$$\begin{bmatrix} \text{C} \\ -\text{glottal} \end{bmatrix} \rightarrow [+\text{glottal}] \; /^{ʔ}\#\text{———}$$

즉 사이시옷 뒤의 장애음 'ㄱ · ㄷ · ㅂ · ㅅ · ㅈ' 등은 경음으로 발음된다는 뜻이니 '션쌔 · 뒷심쏠 · -쐬'가 그 예이다. 그리고 용비어천가의 사이시옷 용례 중 뒤에 '무성음'이 오는 예는 모두 (2)규칙이 적용을 받는다.

몃間ㄷ지븨　　秋人ㅅ서리
사ᄅᆞᇝᄠᅳ디　　님긊德
先考ㆆᄠᅳᆮ　　값ᄀᆞ새

반면 유성음 사이에 존재하는 사이시옷은 후행 유성자음의 長子音化를 유발시켰던 것 같다. 무성음의 경음화와 유성음의 장자음화라는 차이점은 'ㅅ'과 'ㅿ'으로 표명되었다.

하ᄂᆞᇗ ᄆᆞᅀᆞᄆᆞᆯ　　우희ᇗ룡
바ᄅᆞᇗ우희　　나라ᇗ일훔

'ㅿ' 사잇소리 뒤의 'ㅁ·ㄹ·ㅇ' 등은 장음의 요소를 띤 장자음으로 보아야 할 것이다.

(3) 장자음화규칙(consonant lenghening : CL)

$$\begin{bmatrix} C \\ +\text{vocalic} \end{bmatrix} \rightarrow [+\text{long}] \;/\; ?\# \underline{\qquad}$$

[유성음]+[무성음] 사이에 쓰인 'ㅅ'과 「유성음+유성음」 사이에 표기된 'ㅿ'은 모두 동일한 기능을 가진 사잇소리이다. 단지 'ㅅ'과 'ㅿ'의 차이는 이 사이시옷들이 후행어에 미치는 음운변화를 고려한 것에 불과한 것이다. 유성음은 아무리 [?]을 선행하더라도 경음화되지 않는다. 그렇다면 이때의 [?]의 기능은 무엇일까? 후행 유성음의 강화 기능일진대, 유성음의 강화는 장자음 외에 다른 것을 상정하기 어렵다. 그러므로 이 경음화와 장자음화의 차이를 'ㅅ'과 'ㅿ'으로 표기한 것으로 추정할 수 있다.

정음 당시의 사잇소리 규칙은 후행 결합음운에 따라 두 개로 설정될 수 있다. 파열음이 오는 경우의 (2)경음화 규칙과, 비음이 오는 (3)장자음화 규칙이 그것들이다.

다음에 '世尊ᄭᅴ'와 '우희ᇗ龍'의 도출과정을 보인다.

(4) '世尊ᄭᅴ'의 도출과정

UR　　/sejon #sĭ̯ĕt# kɨi/　　世尊叱긔

$$\vdots$$

(1) Iw-I   sejon #$^?$#kɨi

$$\vdots$$

(2) CS   sejon #k$^?$ɨi

$$\vdots$$

PR   [sejonk'ɨi]   世尊씌

(5) '우힋龍'의 도출과정

UR   /uhɨi#sɪ̆ĕt #ryoŋ/   우희叱龍

$$\vdots$$

(1) Iw-I   uhɨi#$^?$#ryoŋ

$$\vdots$$

(3) CL   uhɨi#r: yoŋ

$$\vdots$$

PR   [uhɨiryo: ŋ]   우힋龍

둘째, 시옷종성의 경음화에 적용된 규칙들은 다음과 같다.

원래 시옷중성은 제 음가를 지녔던 것이므로 기저형은 /#CVS#/로 세우게 된다. 기저형을/#CVT#/로 세울 수 없는 또 하나의 이유는 그것 이 음운규칙의 자연성(naturalness), 수긍가능성(plausibility)에 위배되기 때문이다. 어말에서 [s → t]화는 소위 받침규칙(말음법칙)으로 설명되 는 자연스런 현상이지만, [t → s]화는 어느 언어에서도 찾기 힘들고 부 자연스러운 것이다.

파열음 앞 시옷종성의 다음 혼기례는 내파화를 의미한다.

갓글(月釋 1 : 17) 갓マ니(杜諺 16 : 57) ─── 가싀라(月釋 7 : 8) 가까(釋譜 13 : 20)

깃브다(釋譜 13 : 7) ──── 기쁴긔ᄒ고라(釋譜 13 : 25)
닷가(月印 2 : 25) ──── 다까라(月印 7 : 14)
밧괴(月印 8 : 83) ──── 바쐬(月印 1 : 23)

이때 시옷종성의 음가는 [t$^?$]임을 알 수 있다.

(6) 자음내파규칙(consonant implosion : CI)

$$s \rightarrow t^?/-+\ {}^{C}_{[+\text{plosive}]}$$

(7) 자음강화규칙(consonant strenghening : CS)

$${}^{C}_{[-\text{glottal}]} \rightarrow [+\text{glottal}]/t^?+-$$

다음에 「닷가다」의 도출과정을 보인다.

(8) UR /tas+kata/   닷가다

      ⋮

   CI tat?+kata

      ⋮

   CS tat+k?ata

      ⋮

   PR [tat′k'ata]   다까다

비음 앞 시옷종성의 음가는 약한 [s]음이었다. 그러나 그 불안정성은 곧 후행어의 동화로 돌파구를 찾게 된다. 16세기 초 문헌인 飜譯朴通事 에 나타나는 시옷종성의 혼기례가 그것을 입증한다.

갓나히 (上 45)   간나히 (上 45)   난나치 (上 41)

또한 15세기 문헌에서 'ㅅ'이던 예들이 16세기초 문헌에는 'ㄴ'으로
동화된 모습을 보인다.

인ㄴ니 (有, 飜譯小學)   난나치 (個, 飜譯朴通事)
이튼날 (明日, 呂氏鄕約諺解)

이처럼 비음 앞의 시옷종성은 내파 후 후행어를 경음화시키는 파열
음 앞의 시옷종성과는 달리, 자신이 후행어에 동화되게 된다.

(9) 자음동화규칙(consonant assimilation : CA)

$$t \rightarrow n/-+\begin{bmatrix} C \\ +nasal \end{bmatrix}$$

다음에 현대국어 방언에 존재하는 '간나'(←간나히←갓나히)의 도출
과정을 보인다.[9]

(10) UR   /kas+nahᵉi/   갓나히
    CI   kat?+nahᵉi   간나히
    CA   kannahᵉi
    PR   [kanna]   간나

---

9) 원래 '갓'(妻)이란 독립단어에 접미사가 붙어 이룩된 것이다. 다음의 기록들이 「갓」을
   보여준다.
   여슷 아들란 ᄒᆞ마 갓 얼이고(釋譜 6 : 13)
   가시며 子息이며 도라ᄒᆞ야ᄃᆞ(月釋 1 : 13)

(11) '잇ᄂ니'의 도출과정

    UR   /is+nɐni/   잇ᄂ니
            ⋮
    CI   it?+nɐni
            ⋮
    CA   in+nɐni
            ⋮
    PR   [innɐni]   인ᄂ니

이 '갓나히' 외에도 七大萬法(1569, 1610년)에는 '갓나히'에 모음이 삽입된 '가ᄉ나히'가 보인다.

少女ᄂ 굿난 가ᄉ나히라. 굿난 가ᄉ나히ᄂ 그 소배셔 아모거시 나리라(七大 15)

'가ᄉ나히'는 '갓나히'의 불안정한 [s]음인 시옷종성이 안정화의 또 다른 돌파구인 모음삽입으로 독립음절을 획득한 경우이다.

(12) 모음삽입규칙(vowel epenthesis : VE)

$$ \emptyset \rightarrow V / s - + \begin{bmatrix} C \\ +nasal \end{bmatrix} $$

(13) 「가ᄉ나히」의 도출과정

    UR   /kas+nahɐi/   갓나히
            ⋮
    VE   kasɐ+nahɐi
            ⋮

PR   [kasenahei]   가스나히

이상에서 '갓나히'의 불안정한 [s]음인 시옷종성은 두 방향으로 안정
화를 추구하였음을 알 수 있다. 자음동화규칙(CA)과 모음삽입규칙(VE)
이 있으니, 전자에만 관계의 기정은 것은 것이며 '가스나히'는 후
자의 과정을 겪은 것이다. 현대국어 방언(강원도, 경상도 지방)에 '가시
나' '간나'라는 단어가 아직도 병행하고 있는데 이는 상기 규칙 적용의
결과인 것이다. 이들 규칙들은 외견상으로는 별개의 규칙들이나 실재
에 있어서는 동일목적 즉 시옷종성의 안정화를 추구한다는 관점에서
공모한다고 볼 수 있다.

셋째, 독립음절의 음절축약에 의한 경음화의 경우를 살펴보자.

'뿔(角)', '띄(帶)', '샌르다(速)', '똥(糞)', '떡(餠)' 등의 어사들은 그
어두 'ㅅ'이 어원성을 지녔던 것으로 첫음절 모음의 압출로 인하여 경
음화한 예들이다.

고서의 기록 검토에 의하여 다음 두 가지 점이 중시된다.

1. 탈락되는 모음의 특성이다.

여러 언어에서 발견되듯이 가장 탈락이 용이한 모음은 약모음인
schwa[ə]이다. 영어나 불어 등에 schwa 탈락과 같은 약화과정이 있으며
(Hyman 1975 : 170), 스페인어 모음을 강세치(strength value)로 구분하
면 $\frac{e\ o\ i\ u\ a}{1\ 2\ 3\ 4\ 5}$ →로 (Hooper 1973 : 170) schwa는 영(zero)으로 가는 길목
의 모음이다.

schwa가 아닌 경우 그대로 'ㅅ'이 독립음절을 이루고 있음을 '뿔'과
동일형태인 '*수블'에서 찾을 수 있다.

酒曰酥孛 飮酒曰酥孛麻蛇 (鷄林類事)

酒　數本 (朝鮮館譯語)

수울 고기 먹디 마름과 (釋譜 6 : 10)

쌋 기르미 나니 마시 수을 굴더라 (釋譜 1 : 43)

'*수블>수블>수울>술' 즉 [u]모음을 지닌 [su-]는 모음탈락을 겪지 않고 (오히려 둘째음절 어두음 'ㅂ'의 약화로) 독립음절을 이루고 있음을 볼 수 있다. 이처럼 모음탈락으로 'ㅅ'계냉서를 이루는 어사는 첫음절모음이 약모음 schwa[ə]였다고 가정하는 것도 TGP(traditional generative phonology)에서는 용인될 수 있다.[10]

2. 위의 예(쁠, 씌, 샌ㄹ다)들은 'ㅅ'과 결합되는 음운이 파열음이다. 기저형(underlying representation) /#sVCV(C)#/에서 표면형(phonetic representation) [C'V(C)]이 도출되려면[11] 첫 모음탈락이 있게 되며 이 때 그 모음은 schwa일 것을 조건으로 한다. 이때의 schwa는 처음부터 schwa일 수도 있고, 혹은 다른 모음이 약화(weakening)[12]하여 이루어

---

10) 예외들의 간결한 기술과 보다 많은 일반성의 포착을 위하여 그 언어에는 없는 음운으로 추상적 기저형을 설정할 것을 제안하고 있다. 대표적인 예가 SPE(Chomsky & Halle 1968)에서 boy의 기저형을 /bɔe/로 잡은 것이다. 그러나 본고에서 제안한 약모음 schwa 의 설정은 그 추상성의 단계가 /bɔe/에 미치지는 못하고 있다.

11) 기저형 설정은 추상성(abstractness)의 정도에 대한 문제와 관련된다. 기저형을 추상적으로 잡은 Chomsky & Halle의 SPE(1968)이후 보다 표면형과 가까워지려는 시도가 있었으니 Kiparsky의 교체조건(alternation condition), Hooper등이 자연음운론(natural generative phonology)이 그것이다. 본고에서 잡은 기저형은 현대한국어 화자들은 인지하지 못하는 것이니만큼 SPE수준의 것으로 간주된다.

12) 자음이 음절내의 위치와 관련하여 강화(strengthening) 혹은 약화(weakening)함은 널리 알려진 사실이다. 구미 각국어의 경우는 강세음절(stressed syllable) 여부에 따라 모음도 강화 혹은 약화한다. 영어의 경우 비강세모음은 schwa[ə]로 발음되고, 또 영·불어는 공히 어말 비강세모음은 schwa로 약화되어 탈락하게 되는 것이다. 모음이 schwa로 약화되는 것은 零(zero)으로 가는 첫걸음이며 따라서 약화과정(weakening process)이다

진 schwa일 수도 있다.

(14) schwa 탈락 규칙(schwa delection : SD)

schwa → Ø / # s＿C

SD규칙의 적용은 어두자음군을 출현시키게 된다. 그러나 이 상태는 국어의 음운체계가 배척하는 바, 곧 다른 돌파구로써 안정성을 획득코자 한다.

'ㅅ'계 어두자음군의 회피방법은 여러 가지가 있는데 스페인어에서는 'ㅅ'계자음군 앞에 [ɛ]를 삽입시켜 허용되는 음절화를 꾀하고 있다.

Ø → ɛ / #＿sC

이에 의해 /spaɲa/→/ɛspaɲa/ 'Spain'이 되어 *[\$ spa\$ɲa] 대신 [ɛs\$pa\$ɲa]로 음절화한다. (Hooper 1973 : 166～168)

국어에서는 결합음운이 파열음인 경우 내파화로써 어두자음군 상태를 벗어나고자 한다.

(15) 시옷내파규칙(s-implosion : sI)

s → ? / #＿C

[s]의 내파음은 [t$^?$]이다. 그런데 [t]와 [?]은 조음상으로는 꽤 다르나

(Hyman 1975 : 161-170). 이 강화와 약화 개념은 Miller(1972, 1973)와 Stampe의 채색 (coloring)과 표백(bleaching) 개념과 상통한다.

청각상으로는 서로 밀접하므로(D. Jones 1950 : 10), [tʔ]=[ʔ]의 대등관계가 성립한다. (15)규칙은 자연히 평음의 경음화를 유발시키는데 경음화는 음운의 강화현상이다.

(16) 자음강화규칙(consonant strenghening : CS)

$$\begin{bmatrix} C \\ -glottal \end{bmatrix} \to [+glottal]/\#ʔ+$$

(16)은 평음의 장애음이 후두음[ʔ]의 영향으로 경음화한다는 것으로, 파열음과 연결되는 국어의 'ㅅ'계병서는 이로써 안정성을 획득하게 된다. 이 규칙은 사이시옷의 경음화규칙·시옷종서의 경음화규칙과 음절경계 문제만 다를 뿐 동일한 것임을 알 수 있다.

다음에 「舒發·舒弗→쑐」의 도출과정을 보인다. 흥미로운 것은 이 도출과정은 규칙의 적용순서(rule order)를 요구한다는 사실이다.

(17) 「쑐」의 도출과정

UR	/səpul/	舒弗·舒發
	⋮	
SD	spul	
	⋮	
sI	ʔpul	
	⋮	
CS	pʔul	
	⋮	
PR	[pʼul]	쑐

(18) UR   /səpul/   /səpul/   /səpul/

    sI   ——   CS   ——   CS   ——

    CS   ——   SD   spul   sI   ——

    SD   spul   sI   ?pul   SD   spul

    PR   *[spul]   *[?pul]   *[spul]

급여관계(feeding order)인 '(17)SD-sI-CS' 규칙순서(rule order)가 적절한 표면형을 도출시키는 반면, 그 규칙순서를 어긴 (18)의 적용들은 부적절한 표면형을 도출시켰다. (17)의 규칙순서와 (18)의 규칙순서를 비교하면, (17)의 경우가 모든 규칙의 적용을 가능하게 했음을 알 수 있다. 이는 Kiparsky의 최다적용의 원칙(the maximal aplication principle)[13]에 부합한 것이다. 곧 규칙은 그들이 최대한도로 이용되는 방향으로 재배열된다는 사실을 입증하는 것이다.

(19) 「샌른다」의 도출과정   (20) 「씩」의 도출과정

    UR   /səpereta/   UR   /sətii/

    SD   spereta   SD   stii

    s-I   ?pereta   s-I   ?tii

    CS   p?ereta   CS   t?ii

---

13) 유표순으로부터 무표순으로의 두가지 재배열방법이 있다. 출혈(bleeding)과 역출혈(counter-bleeding), 급여(feeding)와 역급여(counter-feeding)가 그것이다. 그런데 규칙들은 출혈의 관계는 극소화되고 급여의 관계는 극대화되는 방향으로 재배열되는데 이것이 곧 최다적용의 원칙이다.(Kiparsky 1968) 이 최다적용의 원칙으로서는 해결이 곤란한 경우가 있는데 두 규칙이 어떤 순서로 적용되든 먼저 적용되는 규칙이 다음 규칙의 적용가능성을 파괴하는 상호출혈(mutural bleeding)이 그것이다. 이의 해결을 위해 Kiparsky는 '투명/불투명(transparency /opacity)이론'을 그 대안으로 내놓았다. (Kiparsky 1971) 그런데 'ㅅ'계병서와 관련된 국어의 SD, sI, CS규칙들은 최다 적용의 원칙에서 벗어나지 않는 경우다.

  PR [pʼɐreta]   PR [tʼii]

다음, 비음과 결합되는 'ㅅ'계병서를 보기로 한다.

계림유사의 다음 기록과 정음 당시 문헌의 「사히」가 대응된다.

 男子曰吵喃 音 吵喃 (鷄林類事)
 싸히 수리 가나히 수리 (釋譜 19:11)
 싸히 香 갓나히 香 (釋譜 19:17)

'吵'와 어두'ㅅ'의 대응으로 그 어원성이 입증된다. 그런데 흥미로운 사실은 자음군 'ㅅㄴ'가 곧 첫음절 모음 삽입으로 'ㅅ'의 독립음절(스나히, 스나회)을 이루고 있다는 점이다.

 스나히들히 다 東녀크로 征伐가니라 (杜諺 2:67)
 우리 뎌긔 스나희는 믈 깃디 아니ᄒ고 (老解上 32)

오대진언집(1485년)에는 'ㅅㄴ'뿐 아니라 'ㅅㅁ'자음군도 이중 표기형태를 취하고 있다.[14]

 瑟抳 씨 (61, 70, 94)   娑麼 싸 (87)
 스니 (66)   사마 (96)

---

14) 그러나 파열음이 결합된 'ㅅ'계병서의 음역형은 단일방식을 취하고 있다.
 瑟䲴 쌈 娑多 싸 瑟破 싸
 이러한 어두복자음 표기법을 심재기(1976 : 266~267)는 다음과 같이 공식화하고 있다.
 V→∅/X{C-}・SCV

즉 비음과 결합한 어두 'ㅅ'은 내파음[?]가 될 수 없었음을 보여준다. 상기 계림유사의 기록으로 미루어 기저형은 /#sVCV(C)#/로 설정되며 여기서 첫음절 모음의 탈락으로 'ㅅ · ㅆ' 자음군이 형성된다. 이때 역시 첫모음은 schwa일 것을 조건으로 한다.

(21) schwa 탈락 규칙(schwa deletion : SD)

$$\text{schwa} \rightarrow \emptyset\,/\,\#s\underline{\quad}C$$

비음 앞의 어두 'ㅅ'은 내파하기 어려운 불안정한 [s]상태이다. 이 불안정한 어두자음군은 모음을 삽입하여 어두'ㅅ'을 독립음절화 함으로써 안정성을 추구하게 된다.[15]

(22) 모음삽입규칙(vowel epenthesis : VE)

$$\emptyset \rightarrow V\,/\,\#s\underline{\quad}\begin{bmatrix} C \\ +nasal \end{bmatrix}$$

다음에 '사히 - ㅅ나히'의 도출과정을 보인다.

(23) 'ㅅ나히'의 도출과정

㉠ UR	/sənahɐi/	㉡ UR	/sanahɐi/
SD	snahɐi	VE	——
VE	sɐnahɐi	SD	snahɐi
PR	[sɐnahɐi]	PR	*[snahɐi]

15) 이때 삽입되는 모음을 schwa를 제외한 여타 모음으로 모음조화(vowel harmony)에 따라 선택되었으리라 추정한다.

여기서 ㉠ SD-VE의 적용은 급여관계(feeding order)이며, ㉡ VE-SD는 역급여관계(counter-feeding order)임을 알 수 있다. 급여관계인 ㉠의 적용순서가 올바른 표면형을 도출하고 있는 것이다.

이와같이 음절축약에 의한 경음화도 첫음절 모음의 압출 후 생성된 'ㅅ'계 자음군이 그 결합음에 따라 경음화 혹은 재음절 획득의 방법으로 안정성을 추구해 나갔던 것이다.

지금까지의 고찰을 통하여, 'ㅅ'계병서의 원형들이 안정화를 추구하는 과정인 자음내파규칙(CI)과 모음삽입규칙(VE)이 서로 별개의 규칙으로 존재하지만 실은 어두 두 자음 연속을 금지한다는 동일 목적을 위해 기능하는 공모성을 파악할 수 있었다.

그러나 TGP에 의한 본 방법으로는 하나의 규칙으로 나타낼 수도 없고, 또 환경의 나열을 일일이 요구함에 따라 통일된 개념에 의한 설명력도 불가능함을 알 수 있다. 이에 대한 보다 명쾌한 해답을 위해서는 경음화의 본질을 파악할 수 있는 복선음운론에 의한 재해석이 필요하다고 생각한다.

2.3.2.2 복선음운론에 의한 해석

2.3.2.2.1 경음화 과정

이상에서 TGP에 의한 방법으로 'ㅅ'계병서의 생성과정과 음가도출이 기술적으로 설명될 수 있었다. 그러나 [ʔ] 생성 후의 경음화는 자립분절층렬에 존재하는 [ʔ]의 특성에 기인하는 것이므로 자립분절음운론에 의한 설명이 보다 합리적이며, 경음화의 원인 규명에 보다 근접하게 될 것이다.

먼저, 사이시옷의 경음화를 보기로 한다.

사이시옷 곧 [ʔ]은 자립분절층에 존재하는 자립분절소이다. 두 명사가 결합할 때 그 사이에 삽입되는 [ʔ]는 [ʔ]|x 로 표시될 수 있다. 이때의 x는 음운론적 연쇄에서의 단순한 위치(position)를 나타낼 뿐이다.

(24) [ʔ]삽입규칙 ([ʔ] insert)

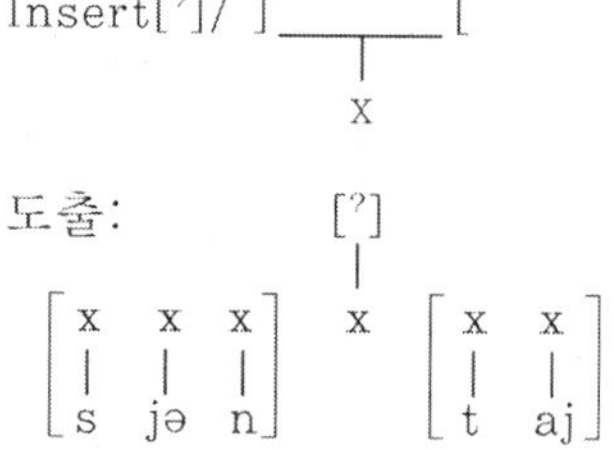

그런데 [ʔ]자립소는 후행명사의 어두자음과 연결 지어지는데 그 과정은 후두음 확산으로 볼 수 있다.

(25) 후두음확산(laryngeal spread : LS)

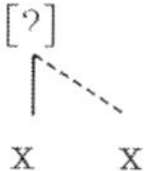

LS의 적용의 결과 「션ㅅ대」는 「션째」로 표기 가능하였던 것이다.

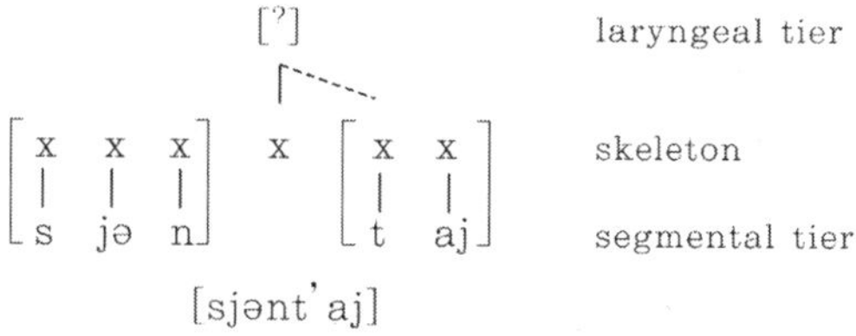

(26) '世尊끠'의 도출과정

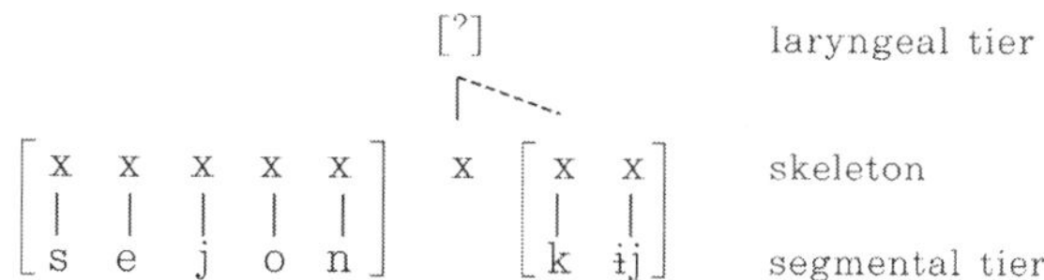

둘째, 시옷종성의 경음화이다.

낫가나 /tas kata/'의 종성시옷이 자음내파규칙(CI)의 적용으로 [t?]화 한다는 것은 곧 자립분절소[?]의 생성을 의미한다. 이 자립분절소[?]의 우측 확산으로 후행 [k]의 경음화가 있게 되는 것이다.

(27) '닷가다'의 도출과정

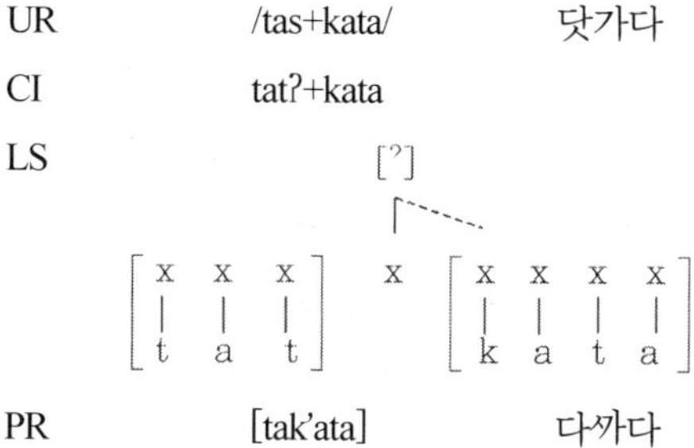

셋째, 음절축약에 의한 경음화이다.

'쌀'의 경우 원래 2음절이 모음(schwa)탈락으로 인하여 어두자음군을 이루었으나 곧 어두시옷의 내파화가 있게 된다. [s]의 내파음이 바로 자립분절소[?]이니 이의 확산으로 경음화가 이루어진다. 'ㅅ'계병서의 어두 'ㅅ'은 바로 확산된 [?]의 표시이니 곧 경음부호로 보아야 하는 근거이기도 하다.

248 한국어 경음론

(28) '쓸'의 도출과정

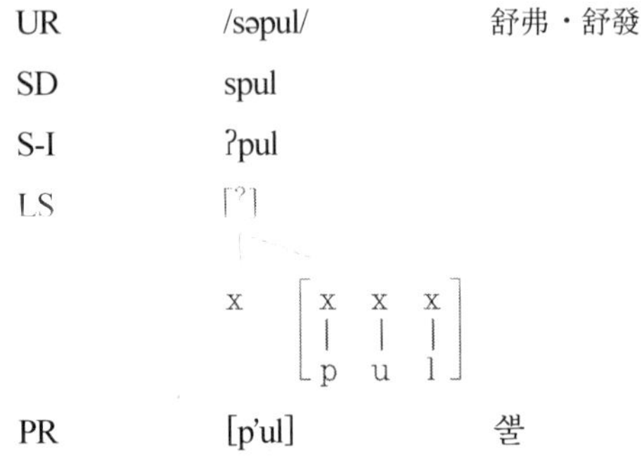

UR	/səpul/	舒弗·舒發
SD	spul	
S-I	ʔpul	
LS	[ʔ]	
PR	[p'ul]	쓸

그런데 후두음확산은 후행어가 파열음일 때만 가능하였다. 후행어가
비음일 경우엔 후두음확산이 저지되었다. 비음 앞의 시옷종성의 경우,
후두음 [ʔ]의 확산이 불가능하므로 종성의 내파화로 생성된 [t̚]가 후행
비음의 영향으로 비음동화하거나(갓나히→간나히→간나), 혹은 모음삽
입으로 제 음가 [s]를 획득하고 있음을 보여준다(갓나히→가ㅅ나히).

사이시옷의 경우도 마찬가지이다. 정음문헌에 등장하는 유성음 사이
의 사이시옷 'ㅿ'의 존재는 사이시옷의 원초적인 기능을 암시하여 준
다. 원초적으로는 음성적 필요에서가 아니라 문법적 기능에 의해 삽입
되었던 것 같다. 이는 격이 생략된 어디에나 'ㅳ'이 삽입이 가능했던
사실과 동일 맥락에서 이해될 수 있다. 유성음 사이의 사이시옷 'ㅿ'은
표기음가는 [ʔ]이나 후두확산의 능력이 없다는 점에서 'ㅅ'과 차이난다.
'ㅿ'은 음성적으로는 허웅의 소위 "무성의 휴식"의 기능만 가진 것이
며, 문법적으로는 속격의 기능을 수행한 것으로 보여진다. 이것은 후두
음 확산이 있기 전의 향가 'ㅳ'이 휴지의 기능을 수행한 것과 같은 것
이다. 그 결과 후행 유성음은 장음적 특성을 지니게 되었다고 할 수 있
다. 고대와 중기를 비교하여 보면 'ㅳ'이 삽입되더라도 속격의 경우에

만 후두음 확산이 가능하였고[16] 기타 격의 경우는 문법적 기능을 위한 휴지로써 만족했던 것 같다. 모든 격이 생략된 경우에 삽입되던 사잇소리가 점차 후두음 확산이 가능한 속격의 경우에만 표기되기 시작했는데 그것이 정음문헌에 표출된 것이다.

2.3.2.2.2 음절의 기능

'ㅅ'계병서의 원형들이 경음화하는 과정에서 보여 주는 자음강화규칙과 모음삽입규칙의 기능상의 공모를 전통적인 생성음운론(TGP)에 의거해서는 그들 사이의 유기적인 관계를 음운공식으로 표시할 수 없다. 현대음운론에서 공모성이 문제거리가 된 것(김진우 1971, 1973 ; 이상억 1977, 1979)도 이 때문이다.

'ㅅ'계병서의 원형들이 경음화하는 과정에서 보여 주는 두 규칙들을 하나의 공식으로 나타낼 수는 없겠지만 主動因인 음절의 기능을 살피는 것은 의미있는 작업일 것이다.

최근 음절음운론(syllabic phonology : CV phonology)에 입각하여 Halle and Vergnard(1978)는 분절음운규칙에의 적용을 시도한 바 있다. 이 복선음운론은 삽입모음의 환경을 일일이 나열시키는 단선음운론이 할 수 없었던 해석을, 음절구조의 원칙에 의거하여 삽입모음현상과 보상적 장음화(compensatory lengthening) 등이 자연스런 결론임을 도출할 수 있었다. 음절음운론에서 제시하는 음절의 구조는 다음과 같은 복선적 구조로 이루어져 있다.

---

16) 복합어 형성 후 경계약화로 인한 후행 단어의 약화(유성음화)를 막기 위한 경음화의 초기단계가 속격ACC 복합어였음을 보여주고 있다.

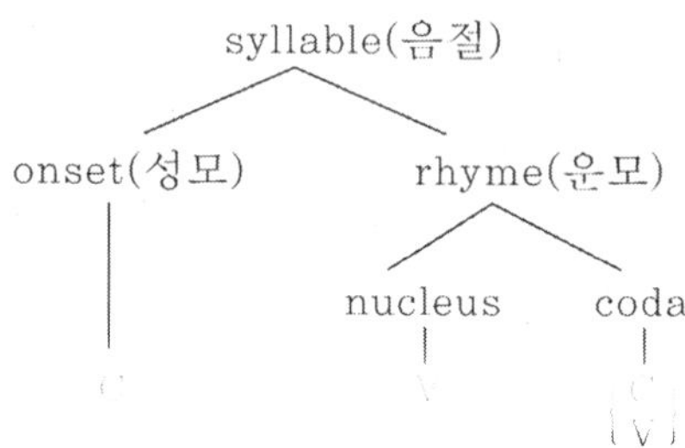

Halle and Vergnard(1978)는 Harari어에 나타나는 삽입모음현상 (epenthesis)을 음절구조로써 설명하고 있다.

에디오피아의 Harari어에서는 기저형 /t+säbr/ '네가 깨뜨렸다'가 표면형 [tisäbri]로 나타난다. 만약 이것을 단선음운론의 방법에 의거한다면 다음의 규칙들로 설명될 것이다.

$$\emptyset \rightarrow V \; / \begin{bmatrix} \#C \longrightarrow C \\ CC \longrightarrow \# \end{bmatrix} \begin{matrix} \cdots\cdots (a) \\ \cdots\cdots (b) \end{matrix}$$

즉 규칙(a)에 의해 t와 s사이에 모음 i가 삽입되고, 규칙 (b)에 의해 어말에도 모음 i가 삽입되어 표면형이 도출된다는 것이다. 이 단선음운론의 방법으로는 삽입모음의 환경을 일일이 나열시켜야 하는 단점을 극복할 수 없다. 이것을 지양하기 위한 것이 음절에 입각한 음운론(syllable-based phonology)이라는 것이다. 음절음운론의 방법은 다음과 같다.

1. 기저형의 분절음에 주어진 언어에서 허용하는 최대음절구조 (maximal syllable structure)를 배치한다.
2. 어떤 음절에도 속하지 않는 좌초된(stranded) 자음에 그 언어에서

허용하는 최소음절구조(minimal syllable structure)를 배치한다.

3. 이때 생기는 빈 核音 자리에 그 언어에서 가장 무표적인 모음을 삽입한다.

Harari어에서 허용되는 음절형은 최소 CV, 최대 CVC뿐이다. (1)에 의하면 최대 음절구조를 /t+säbr/에 배치하면 최대 CVC에는 säb만 소속되고, 어두의 t와 어말의 r는 좌초된다. 이 좌초된 자음들에는 (2)에 의하여 최소음절구조 CV를 배치하는데 그 결과 빈핵음 자리가 생긴다. 여기에 Harari어에서 가장 무표적 모음 i를 삽입한 것이 표면형 [tisäbri]인 것이다.

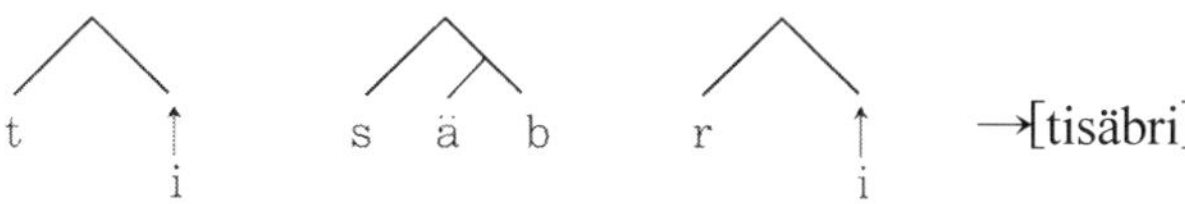

이 예는 모음삽입현상을 음절구조의 원칙으로 자연스럽게 설명할 수 있음을 보여주는 것이다.

국어에서 허용하는 음절형은 CV(최소)와 CVC(최대)이다. 어두에 자음군이 오는 CCV 혹은 CCVC는 허용하지 않으며, 어말의 경우도 말음법칙에 의해 한 자음으로 끝나게 된다. 그런데 국어 경음의 생성과정 중 중기국어의 어느 한 시점에서는 일시적이나마 어두자음군이 존재했음을 알 수 있다. 그러나 이들 자음군은 국어 음절구조가 배척하므로 곧 재조정작업으로 들어가게 된다. 그것이 파열음 앞의 'ㅅ'의 [ʔ]화 혹은 비음 앞에서의 모음삽입 등이다.

'舒弗>쏠'의 생성과정은 '舒'의 모음탈락으로 이루어진 어두 자음군을 보여준다. 그러나 이때의 어두 '人'은 CCVC음절을 용납않는 국어에서는 좌초된(stranded) 것으로 극히 불안정한 상태에 있는 것이다. 곧 안정화를 향한 노력이 있게 되는데 후행어의 영향으로 파열음에 앞설 경우는 내파화하게 된다. '人'의 내파음 [?]는 이미 국어에서 자립분절 층은 이루는 자립소로 존재하고 있었으므로 안정화과정은 보다 용이하게 할 수 있었다.

(29) '쓸'의 도출과정

$$
\begin{array}{llll}
\text{UR} & 舒 & 弗 \\
& s \quad \partial & p \quad u \quad l \\
\text{SD} & \varnothing \\
& {}^*s \quad\quad p \quad u \quad l \\
\text{s-I} & | \quad\quad\quad p \quad u \quad l \\
& {}_? \\
\text{LS} & [{}^?] \\
& X \quad [X \ X \ X] \\
& \quad\quad | \ | \ | \\
& \quad\quad p \ u \ l \\
\text{PR} & [p'ul]
\end{array}
$$

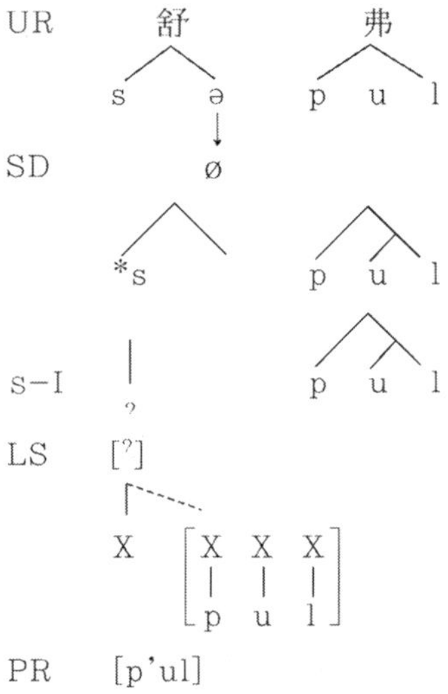

반면에 모음탈락으로 자음군이 형성되었지만 후행어가 비음이라는 음성적 특질 때문에 [s] 음가를 지닌 불안정한 어두자음군으로 있다가, 모음삽입으로 독립음절이 되어 안정을 되찾은 좌초된 *[s]도 있다. 계림유사의 '吵南'과 정음문헌의 '싸히' 그리고 현대어의 '사나이'의 연맥이 그것이다.

(30) ‘사나이’의 도출과정

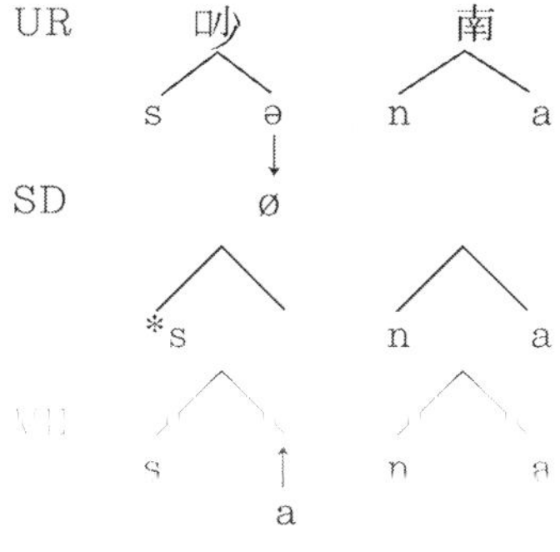

PR   [sanai]

여기서 좌초된 *s는 후행어 [n]의 영향으로 [ʔ]화하지 못하고 약한
[s]음가를 유지하게 된다. 후행어로의 흡수가 거부된 *[s]는 최소음절구
조 CV를 형성하며, 그때 생긴 빈 핵음 자리에 모음을 삽입받아 독립
음절구조를 획득하게 된 것이다.

시옷종성에서도 마찬가지이다. ‘갓나히’가 ‘가스나히’로 나타나는 현
상 역시 결합음운과의 충돌 때문에 외파음인 종성[s]이 독립음절을 획
득한 경우이다.

고대에서 중기로 내려오면서 종성은 내파화하게 된다. 아마도 후행
어가 파열음일 경우는 보다 빨리 내파화하였고, 비음과 연결된 경우는
다소 지연되었을 것이다. ‘가스나히’의 경우는 비음과 연결된 종성 ‘ㅅ’
이 외파적 상태에서 모음 삽입으로써 음절획득을 이룩한 것으로 보아
야 할 것이다.

(31)

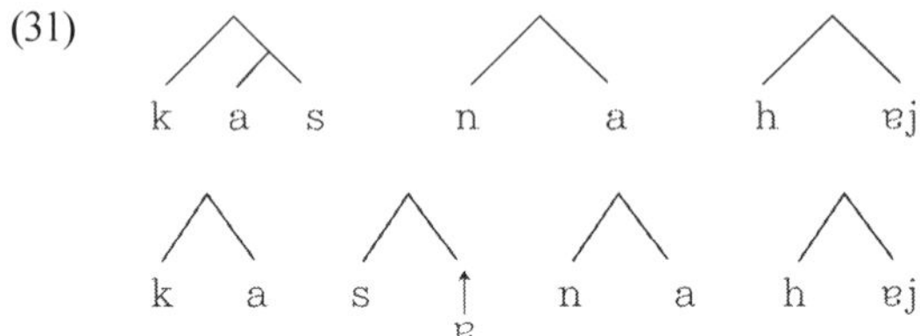

외파종성 'ㅅ'이 어두음이 되고자 좌초된 상태에 최소음절구조 CV를 배치, 빈 핵음 자리에 모음삽입이 이루어져 안정화를 꾀한 경우이다.

이상 간략하나마 몇가지 예를 제시하면서 단선음운론에 의한 방법으로 밝혀진 경음화규칙과 모음삽입규칙들 사이의 공모성을, 쉽게 설명 가능한 음절음운론으로 대체하여 보았다. 이와 같이 국어는 음절구조에 엄격한 언어들 중의 하나라고 할 수 있다.

3. 이음으로서의 경음 ; 각자병서

3.1 전탁음과 각자병서

훈민정음에 음가가 규정된 'ㄲ・ㄸ・ㅃ・ㅉ・ㅆ・ㆅ' 6자와 해례 종성해에 나타나는 'ㅇㅇ', 그리고 문헌에 보이는 'ㄴㄴ'을 합하면 정음문헌에 사용된 각자병서(各字並書)는 8가지이다.

각자병서의 음가에 관한 두가지 큰 관점은 경음설과 유성음설이다. 그런데 각자병서는 국어음에서는 주로 어중에 사용되었고, 어두표기는 'ㅆ・ㆅ'을 제외하고는 한자어표기가 주된 기능이었다. 국어음 표기의 각자병서는 현대어의 경음이며, 한자어 표기의 각자병서는 현대어의 평음(소수는 유기음)에 해당하고 있다. 또한 당시 각자병서로 표기된 한자어 전탁자들의 추정음가는 유성음이다. 이러한 상반되는 현상들이 각자병서의 음가에 관한 여러 설들을 낳게 했을 것이다. 그러나 각자병서의 음가추정은 이들 상반되는 모든 현상들을 포괄하여야 하며, 그 음가로써 제현상들의 설명에 타당성 있는 해석을 내릴 수 있는 것이어야 할 것이다.

3.1.1 경음과 유성음

각자병서는 국어의 경음과 한자어의 전탁음(全濁音)을 표기하기 위한 문자였다. 그것으로 표기된 한자 전탁음의 추정 음가는 유성음이다. 그러므로 경음과 유성음 사이에 어떤 음성학적 유사성이 있을 것이며, 이 유사성이 각자병서의 두 가지 표기 기능을 가능하게 했을 것이다.

현대 음성학의 실험 결과에 의해서도 경음과 유성음의 근사성이 증명된다. 최현배는 각자병서를 경음으로 보면서(1982b : 569-590) 한편 국어 경음을 '된 흐린소리'(ㅃ·ㄸ·ㅉ·ㄲ)와 '된 맑은소리'(ㅆ·ㆅ) 그리고 '된 흐린소리'(ㄹㄹ)의 세갈래로 구분하여 그 소리의 바탕은 전청후탁(前淸後濁)이며 개괄적으로 '된 흐린소리'(硬濁音)라 하였다(1982b : 73-86). "…두째참까지는 떨음이 없고 셋째참의 터짐에서 비로소 떨음이 일어난다…"(1982b : 79)는 경음의 聲의 시작이 파열과 동시에 시작되는 사실을 중시하여 유성음이란 입장을 취하고 있다.

최현배의 유성음설은 오바다(小幡)의 다음 보고서에 근거하고 있다.

"예사 흐린 소리는 터짐의 직전에 진동수 약 1500의 낮은 소리결(저음파)의 떨음(진동)이 두세번 먼저 들어난 다음에 높은 떨음으로써 터짐(破)을 일으켜서 곧 다음 홀소리에 잇는 것이지마는, 된소리에서는 둘째참의 극히 짧은 낮은 떨음(진동)이 없고 그 떨음은 셋째참의 터짐과 함께 시작된다."(최현배 1969 : 74에서 재인용)

그러나 오바다의 이 보고서는 유성음의 성의 진동과 경음의 성의 진동의 차이를 보여 주는 것으로 해석됨이 마땅하다. 즉 유성음은 파열 전부터 성의 진동이 있지만 경음은 파열과 동시에 성의 진동이 있다는 내용이다. 그러므로 파열전의 지속부의 상태를 중시하여 무·유성을 가르는 기준으로 미루어 본다면 경음은 지속부의 무성으로 인하여 무성음임이 분명하다. 그러나 평음과 기음 등의 성의 진동이 파열 후 얼마간의 시간이 지난 후 시작된다는 사실로 미루어 볼 때, 경음은 무성음 중에서 유성음에 가장 근사한 음임을 알 수 있다.

최현배의 유성음설도 경음과의 근사성을 보여 주는 것으로 해석된다.

오구라(小倉)의 다음 설명도 경음과 유성음의 근사성을 증언해 준다. (허웅 1953 : 11에서 재인용)

" '가'는 k음이 힘차게 터지고 난 뒤 a모음이 이어나고 '까'는 기세가 약화한 k가 터지고 난 뒤 모음이 이어난다. 그러므로 '까'의 ㄲ는 '가'의 ㄱ보다 후속하는 모음에 동화되기 쉽다. 이 ㄲ이 종종 유성음으로 들리는 것은 이 까닭이다. '따'에 있어서는 ㄸ에서 바로 모음으로 혹은 ㄸ에서 유성의 미끄름을 지나서 a모음에 접속한다. 이 경우에는 모음이 ㄸ의 터짐을 고대하고 있는 것과 같은 상태에 있으므로 이 ㄸ은 자칫하면 후속하는 모음의 영향을 입어서 유성음으로 들리는 일도 있는 것이다."

김영송(1981 : 184)은 최현배의 유성음설에 구체적으로 반론을 제기하여 '後濁'설은 울림이 지속부에서 비롯된 것이 아니고 파열뒤 울림시작이 다른 파열음보다 빠르다는 것으로 지속부에 울림이 없는 경음은 유성음일 수 없는 것이니, 뒤집어 말하면 경음이 무성음임을 말한다고 하였다.

한편 Lisker와 Abramson은 파열에 뒤따르는 모음의 성(聲)의 진동이 시작되는 시간을 기준으로 폐쇄음을 세부류로 나누었다.(1964 : 384-422)[17]

   (1) 성의 시작이 폐쇄음의 파열에 앞서는 경우
   (2) 성의 시작이 폐쇄음의 파열과 실질적으로 일치하는 경우
   (3) 성의 시작이 폐쇄음의 파열 후에 일어나는 경우

이에 대하여 Chomsky와 Halle는 김진우(1965)의 실험 보고에 근거하여 Lisker와 Abramson의 구분을 수정하여 다음의 4종류로 분류하였다.(1968 : 327)[18]

   (1) 성의 시작이 폐쇄음의 파열에 앞서는 경우
   (2) 성의 시작이 폐쇄음이 파열과 실질적으로 일치하는 경우
   (3) 성의 시작이 폐쇄음의 파열 조금 후에 일어나는 경우
   (4) 성의 시작이 패쇄음의 파열 후 꽤 늦게 일어나는 경우

Lisker와 Abramson의 (3)을 Chomsky와 Halle는 (3)(4) 두 가지로 세

---

17) (1) onset of voicing precedes stop release
   (2) onset of voicing substantially coincides with stop release
   (3) onset of voicing lags after stop release
18) (1) onset of voicing precedes stop release
   (2) onset of voicing substantially coincides with stop release
   (3) onset of voicing lags moderately after stop release
   (4) onset of voicing lags considerably after stop release

분하였는데 이는 김진우의 실험 결과 파열과 성의 시작 사이의 시간, 즉 '동안'(lag)이 음에 따라 차이가 났다는 사실에 근거하고 있다. 즉 한국어에는 두 종류의 '동안' 유형이 있는데 '짧은 동안'(short lag)과 '상당한 동안'(considerable lag)이 그것이다. (2)에 해당되는 것은 경음으로 그 '동안'이 12msec로 "실질적인 일치"이며, (3)에 해당하는 것은 평음으로 35msec이니 "약간의 동안"이며, (4)에 해당하는 것은 기음으로 93msec이니 "상당한 동안"을 지녔다는 것이다. (김진우 : 1965)

그런데 이들은 공통적으로 국어 평음을 약간의 기음이 들어간 것 (weakly aspirated stops)으로 보고, 반면 기음은 강한 기를 가진 것 (heavily aspirated stops)으로 간주하고 있다.[19]

유성음은 파열 전에 성의 진동이 있는 (1)의 경우인데, 무성음 중에서 가장 유성음에 근사한 국어음운은 성의 진동이 파열과 거의 동시에 일어나는 경음임을 알 수 있다.

3.1.2 전탁음의 음가

전탁음의 추정음가가 유성음임은 이미 알려진 사실이다. 그러나 '氣'의 동반여부에 관해서는 서로 견해가 엇갈리고 있다.

Karlgren은 전탁음 '群·定·並'에 g'-/ d'-/ b'-/를 세워 전탁음은 유

---

19) "In an investigation of onset time of voice after Korean stops, Kim(1965) has found, moreover, that at least for Korean there are two distinct types of lag, a short lag, and a considerable lag. In particular, he found that for the glottalized stop, voice onset 12msecs after stop release (substantially coincidence) ; for the weakly aspirated stops, it was 35msecs(moderate lag) ; and for the heavily aspirated stops, it was 93msecs(considerable lag).(The cited values are mean values for about 800 sample words.) Re-examination of the Lisker and Abrams on data shows such a moderate lag to be present at least after the velar stops of Korean, and also, somewhat less convincingly, after the labials and dentals ; in addition, the unaspirated velar stops of Cantonese and English also show a short lag."(Chomsky & Halle 1968 : 327)

기음임을 주장하고 있다. Karlgren과 의견을 같이 하는 임윤(林尹)은 다음과 같이 설명한다.

"牙·舌·脣·齒·喉 五聲은 각 '淸' '濁'의 다름이 있고 또 '發' '途' '收'에서 분별[20]이 있다. 청·탁의 다름은 발성의 용력의 가볍고 무거움이 같지 않은데 기인한다. 발성 때 용력(用力)이 輕하여 기가 상승하는 것을 '청(淸)'이라 하고, 용력이 重하여 기가 下沈하는 것을 '탁(濁)'이라 한다. 어음학(phonetics)에서는 '탁성'을 '대음(帶音)'(voiced), '청성'을 '불대음(不帶音)'(voiceless)이라 한다. '대음'은 발성시에 성대가 마찰을 받아 진동하는 것이며, '불대음'은 발성시 기류가 곧게 올라가 성대가 진동하도록 접촉하지 않는 것이다. 현재로는 이것이 명료해졌으나 옛 사람들은 그 발음원인을 알지 못해 많은 오류를 낳았다. 예를 들면 江愼修의 '音學辨微'에서는 청·탁을 음양에 두어 '청'은 양으로 天이요 '탁'은 음으로 地이라 하였다. 또 '청'이 음이 되고 '탁'이 양이 되는데 陰字 影母는 '청'이 되고 陽字 喩母는 '탁'이 된다는 것들이다."(林尹 : 38)

환언하면 무성·유성의 기준으로 '청·탁'이 성립되고, 여기에 '發·送·收'가 합하여 '전청·차청·전탁·불청불탁'의 구분이 있게 된다는 설명이다.

청(淸)이면서 발성(發聲)일 때는 전청음이 된다. 청(淸)이면서 송기(送氣)일 때는 차청음이다. 탁(濁)이면서 송기(送氣)일 때는 전탁음이다. 불청불탁음은 탁(濁)하면서 발성(發聲)이거나 수성(收聲)인 경우이다.

그러므로 전청성은 무성·평음이며, 차청음은 무성·기음이다. 반면

---

20) 發聲·途氣·收聲을 말한다. 陳澧의 「切韻考外篇」에 다음과 같이 설명하였다. 發聲은 力을 쓰지 않고 나오는 것이며(不用力而出者), 途氣는 힘을 써서 나오는 것(用力而出者), 收聲은 그 氣를 모으는 것 「其氣收斂者」이라 한다. (林尹 : 中華民國 71년 : p.39)

전탁음은 유성·기음이며, 불청불탁음도 유성·평음인 것이다. 불청불탁음이란 전청음도 전탁음도 아니라는 뜻이나, 이는 역설적으로 전청음의 자질(평음)과 전탁음의 자질(유성음)을 공유하고 있음을 말하고 있다. 林尹이 주장하는 바 전탁 등은 곧 유성음이되 송기(送氣)의 자질을 가진 음이라는 것이다.

그러나 19세기 중엽 중국 언어학 연구의 문을 연 J.Edkins는 전탁음은 무기유성음 「g-/d-/b-」이라 결론지었으며, Karlgren의 학설을 비판한 바 있는 藤堂明保도 무기음을 세웠다. 국어한자음의 분석과정에서 박병채도 전탁음을 무기음으로 세우고 있다. 이는 청음에 있어서는 유기와 무기의 대립이 있으나, 탁음에는 기음 동반 여부가 語音 변별에 큰 관계가 없으리라 생각했기 때문이다. (박병채 1971 : 27)

물론 전탁음에 있어서 기음 동반여부가 변별적 자질을 지니는 것은 아니다. 그러나 전탁음과 불청불탁음의 조음적 차이를 밝히는 방법으로 기음의 유무가 필요하다면 언급할 필요성이 있게 된다. Karlgren·林尹 등의 유기음파의 견해로 미루어 볼 때 전탁음의 유기성은 무조건 부정될 수 없으며, 정도의 차이로 인한 인식으로 미루어 볼 수 있다. 즉 전탁음의 유기성은 차청의 그것과는 비교할 수 없을 만큼 약하나, 존재한다는 사실은 인정되어야 할 것이다. 이러한 사실은 고문헌의 여러 기록의 검토에도 나타나며, 특히 다음 항에서 논의할 「飜譯老乞大朴通事」 범례의 "淸濁聲勢之辨"에 대한 분석 및 그의 음성학적 고찰에서 증명될 것이다.

3.1.3 각자병서의 기능
전탁음의 정음표기는 각자병서로 구현되었다.

훈민정음은 중국성운학의 기초 위에 이루어졌다. 자모체계의 오음과 청탁의 분별 등도 운서의 그것을 그대로 옮겨 놓았다. 그러나 중국음과 국어음의 차이를 인식하여 중국의 36자모 체계를 그대로 답습하지 않고 우리 어음에 적합한 23자모체계를 수립하였음은 당시 음운학의 수준을 짐작케 한다. 舌頭와 舌上, 脣重과 脣輕, 齒頭와 正齒 등을 각각 통합한 결과 13자모가 줄어 든 23자모가 된 것이다. 다음에 36자모와 23자모 및 훈민정음초성 대조표(김민수 1982·135에서 인용)를 부인다. (*구개음화음)

<표 4> 36자모와 23자모 및 훈민정음초성대조표

칠음 청탁	아음	설두음 설상음	순중음 순경음	치두음 정치음	후음	반설음	반치음
청음	見 君 ㄱ	端 知 } 斗 ㄷ	幇 非 } 彆 ㅂ	精 *知 } 卽 ㅈ	影 挹 ㆆ		
차청음	溪 快 ㅋ	透 徹 } 呑 ㅌ	滂 敷 } 漂 ㅍ	淸 *徹 } 侵 ㅊ	曉 虛 ㅎ		
탁음	群 叫 ㄲ	定 澄 } 覃 ㄸ	並 奉 } 步 ㅃ	從 *澄 } 慈 ㅉ	匣 洪 ㆅ		
차탁음	疑 業 ㆁ	泥 娘 } 那 ㄴ	明 微 } 彌 ㅁ		喩 欲 ㅇ	來 閭 ㄹ	日 穰 △
차청차음				心 審 } 戌 ㅅ	ㅿ (ㆆ)		
차탁차음	魚 (ㆁ)			邪 禪 } 邪 ㅆ	台 (ㆅ)		

여기서 주목되는 점은 훈민정음의 23자모체계와 당시 국어한자음의 교정을 위한 동국정운의 23자모체계와의 일치이다. 이는 신숙주도 밝힌 바 중국운서와의 비교에서 字母之變21), 淸濁之變22), 七音之變23), 四

---

21) "若以牙音言之 溪母之字 太半入於見母 此字母之變也"
22) "我國語音 其淸濁之辨 與中國無異 而於字音獨無濁聲 豈有此理 此淸濁之變也"

聲之變[24] 등을 바로 잡고자 하는 의도에서 비롯된 것이다.

전탁음, 곧 유성음이어야 하는 국어한자음이 평음화한 것을 복귀시키려는 노력이 곧 한자어에 사용한 각자병서였다.

전탁의 한자음이 국어에서 평음화한 것은 아마 한자 수입 당시까지 거슬러 올라 갈 것 같다. 그 이유는 첫째, 고대 국어의 원형에 국어는 聲에 의한 변별이 불가능했으므로 유성의 전탁음을 유성음으로 받아들일 수 없었을 것이다. 둘째, 한자 수입 당시는 국어에서 경음의 발생이 전이었다. 유성음에 근사한 경음이 존재하기 이전에 수용되었던 전탁자들은 평음으로 대체될 수밖에 없었을 것이다. 그러므로 정음 당시의 현실음은 청음(평음)이었으며 이것을 신숙주는 "청탁지변"으로 보아 교정코자 한 것이다. 그러나 복고적인 동국정운음이 현실음을 따르지 못했음은 동시대의 문헌에 나타나는 다음 표기들이 입증한다.

　　常例　썅롕 (釋譜 11 : 21)　　　상녜 (月釋 2 : 24)
　　爲頭　윙뜰 (月釋 10 : 25)　　　위두 (月釋 1 : 14)

반면, 국어음에 사용된 각자병서는 현실음표기였었다. 왜냐하면 국어음의 각자병서는 현대어에 이르러서도 모두 경음화하였고, 그 음성 환경 역시 경음화 환경이었기 때문이다.

이러한 사실에서 각자병서가 다음의 두 기능을 수행했음을 알 수 있다.

　(1) 한자어의 경우······ 어두 유성음 표기

---

23) "溪母之字　或入於曉母　此七音之變也"
24) "語音則四聲甚明　字音則上去無別　質勿諸韻　宜以端母爲終聲　而俗用來母　其聲
　　徐緩　不宜入聲　此四聲之變也"

  (2) 국어음의 경우…… 어중 경음 표기

　그렇다고 각자병서가 유성음과 경음의 이중 표기였다고 보기는 어렵다. 그보다는 어두 유성음과 어중 경음 사이의 유사성을 포착한 것으로 보여진다. 더욱이 어두 유성음을 위한 첫 번째 기능이 동국정운 후 30년이 지난 후 완전 수포로 돌아간 사실로 미루어 본다면 각자병서의 참된 음가는 어중 경음에 보다 접근했던 것으로 추정함이 옳을 것이다. 환언하면, 각자병서로 표기된 한자어 전탁음의 어두 유성음 표기는 어중 경음의 음가에 준하여 사용된 것으로 보아야 한다는 것이다. 그 이유는 후세에까지 이른 어중 경음의 생존력이 증언하고 있다.

　각 언어들은 그 자체에 범어적(universal)인 공통성 뿐 아니라 개개 언어에 독특한(particular) 개별성도 아울러 지니고 있다. 이 개별성은 다른 언어에서 단어를 차용할 때 자신의 언어 규칙에 어긋나는 것이 있으면 자신의 언어 규칙에 부합하도록 재조직하는 능력을 발휘하게 된다. 잘 알려진 예로 일본어가 영어를 차용하는 경우에 일어나는 음절 문제를 들 수 있다. (Hooper 1976 : 192-193)

　엄격한 開音節(CV)인 일본어가 자음으로 끝나는 영어 단어 beer (CVC)를 차용할 때 이것을 자신의 음절구조에 맞추기 위하여 모음을 삽입하게 된다. 즉 [bi : r]는 일본어에 수용불가능한 '$bi : r'이므로 음절구조조건(syllable structure condition : SSC)에 의하여 모음삽입을 한다. 그리하여 '$bi : rV'라는 수용가능한 음절을 가지게 된 것이다. 일본어는 이러한 예를 많이 보이고 있다. (先生→せんせい 學生→がっせい 등)

　음절구조에 관한 문제뿐 아니라 외국어 습득시에 생기는 발화 실수

(pronunciation error)도 개별 언어의 특수성에 기인하는 것이다. 발화실수는 학습하는 목표 언어의 개별 음(sound)이 화자의 모국어에 없을 때 생기는 것으로, 화자는 그 음을 자기 모국어에서 가장 근사한 음으로 대체·발음하는 현상이다. 영어의 "think"와 "these"의 [θ], [ð]음은 프랑스어와 Serbo-Croatian에는 없다. 그리하여 프랑스인은 [θ], [ð]에 대해 모국어 중에서 근사하다고 판단되는 [s]와 [z]로 대체시키고, Serbo-Croatian 화자는 [t]와 [d]로 대체시키는 것 등이 그에 속하는 예들이다. (Kenstowitz & Kisseberth 1979 : 154)

국어에는 이미 외래어가 되어 버린 영어 단어가 많이 있다. 뽀이 (boy), 뽈(ball), 뻐스(bus) 등. 이들 단어의 어두 원음은 유성음이다. 그러나 이들이 국어에 차용될 때 유성음을 음운(phoneme)으로 가지지 않은 국어화자들은 어두 유성음 대신 국어에서 가장 근사한 음을 찾아 대체시키게 되었는데 이때 선택된 것이 경음이었던 것이다. 이처럼 경음의 유성적 요소, 곧 자음 파열과 동시에 성의 진동이 일어나는 이유 때문에 전탁음의 한자음 복귀에 선택되었다고 추정할 수 있다.

그러나 여기서 가장 중요한 점은 전탁음 복귀에 채택된 경음은 어두 경음이 아닌 어중 경음이라는 사실이다. 그것도 어중 '-ㄹ' 뒤라는 제약을 가지는 음성이라는 점은 바로 각자병서와 'ㅅ'계병서의 음가상 차이를 암시해 주는 단서로 평가되어야 할 것이다.

3.2 전탁음의 음성학적 분석

전탁음의 음가는 유성음이며, 국어음에서 이것과 가장 근사한 음은 경음임을 알았다. 그러나 이것만으로는 전탁음이 문자화된 각자병서를 경음표기라고 말할 수는 없다.

　고문헌에는 전탁음에 대한 많은 설명이 있어 왔다. 고문헌의 전탁음의 설명에 대한 정확한 분석과 비교의 결과 없이는 불완전한 논의에 불과할 것이다. 그러므로 지금부터 고문헌에 기술된 전탁음의 내용을 분석하여 그것을 음성학적 관점에서 기술해 보고자 한다.

　(1) 훈민정음 해례 제자해(制字解)에

　"…ㄱ은 나무의 成質이요 ㅋ은 나무의 盛長이요 ㄲ은 나무의 老壯이니 이는 모두 다 어금니에서 본뜬 것이다. 전청을 병서하면 전탁이 되는 것은 전청의 소리가 凝하면 곧 전탁이 되기 때문이다. 오직 후음의 차청이 전탁이 되는 것은 대개 ㆆ은 소리가 깊어서 凝하지 않고 ㅎ은 ㆆ에 비하여 소리가 얕으므로 凝하여 전탁이 되기 때문이라…"[25]

　여기서 '凝'의 자의 해석에 따라 유성음과 경음으로 나뉘어졌다. 그러나 이 '凝' 그 자체의 해석은 '老壯'과 연관이 맺어질 때 보다 신빙성을 지니게 될 것이다. 전청이 凝한 전탁음은 노장의 성격을 지니고 있다고 볼 때 '老壯'은 보다 굳고 단단한 음감을 상징했다고 볼 수 있다. 또한 후음을 오행 중 '水'로 해석한 후음의 설명으로 미루어, 수심이 깊은 곳은 잘 얼지 않고 얕을수록 잘 어는 물(水)의 속성을 '凝'이란 자의에 담은 것이 확실하니 '凝'은 '얼다(凍)'와 같은 뜻으로 보아도 무방하다. 그러므로 여기서는 유성음보다는 경음으로 전탁음(즉, 각자병서)을 취급하는 것이 타당하다.

---

25) ㄱ木之性質 ㅋ木之盛長 ㄲ木之老壯 故至此乃皆取象於牙也 全淸並書則爲全濁 以其全淸之聲凝則爲全濁也 唯喉音次淸爲全濁者 盖以ㆆ聲深不爲之凝 ㅎ比ㆆ聲淺故凝而爲全濁也.

(2) 동국정운 서(東國正韻序 ; 세종 29년 1447년, 신숙주 지음)에

"…우리나라 말소리에 그 청탁의 분간이 중국과 다름없으나 유독 자음에만 홀로 탁성이 없으니 이 어찌 그럴 이치가 있으랴. 이는 청탁의 변함이라…"26)

여기서 '字音'이란 우리나라 한자음으로 보는 것이 타당하다. 즉 우리나라 말에는 탁성이 있는데 오직 국어 한자음 초성에만 탁성이 없으니 이는 청탁의 변함 때문이라는 것이다. 따라서 탁성이 없는 한자음에 청탁의 분간을 살려 각자병서로써 전탁음을 나타내었다는 말이다.

그렇다면 탁성이 있다고 한 우리말에서 그 탁성은 무엇으로 표기되었는가? 탁성과 유사한 국어 음운은 경음이다. 국어음에서 경음표기는 어두에서는 'ㅅ'계병서였고, 어중에서는 각자병서가 그 역할을 맡았다. 즉 정음 당시는 경음표기를 이분화시켰는데 이는 당시 학자들이 어중 경음과 어두 경음의 차이를 인식하여 이를 표기체계에 반영시킨 결과인 것이다. 異音에 대한 표기자의 의식은 시대에 따라 달랐다고 볼 수 있다. 정음 당시는 본음(어두 경음)과 그 이음(어중 경음)을 표기 체계에까지 반영하는 "정밀 표기체계"를 구축하였던 것이다. 후술하겠지만 경음 중에서도 어중에서 나타나는 이음이 본음에 비해 보다 유성음에 근접한다는 사실을 인식한 것은 놀라운 음성학적 인지로 받아들여야 할 것이다.

(3) 홍무정운역훈 서(洪武正韻譯訓序 ; 단종 3년 1455년, 신숙주 지음)에

"…全濁字 平聲은 次淸에 가깝고 上去入聲은 全淸에 가까운데 세상에 쓰는 바가 이와 같음은 또한 그 所以를 알지 못하는 바라…"27)

---

26) 我國語音 其淸濁之辨 與中國無異 而於字音獨無濁聲 豈有此理 此淸濁之變也

전탁음은 사성에 따라 다르게 들리는 음이라는 설명이다. 즉 평성은 차청과 비슷하고, 上去入 삼성은 전청과 비슷하다는 설명으로 전탁음이 전청음과 차청음의 특질을 공유하는 음임을 나타내고 있는 것이다. 뒤에 다시 언급되겠지만 이는 전탁의 初呼之聲에 氣의 존재를 의미한다. 이 氣는 차청에 비하면 미소한 것이므로 평성의 경우에는 차청과 비슷하게 들리고 나머지 경우는 전청과 비슷하게 들리게 되는 것이다.

(4) 번역노걸대박통사 범례(飜譯老乞大朴通事 凡例 ; 중종 12년 1517년, 최세진의 四聲通解 2권 附載)에

"…國俗의 撰字體에 의해서 왼쪽에 말한 것 같은 字를 쓰면 通攷의 齋찌 其끼 皮삐 調떠 愁쯔 爻햐 着짜 등과 같은 것을 지금은 찌는 치, 끼는 키, 삐는 피, 떠는 타, 쯔는 추, 햐는 하, 짜는 차 등으로 쓰는 것과 같다. ㅋㅌㅍㅊㅎ는 곧 통고에서 차청소리로 쓰였는데 전탁 초성의 呼가 또한 비슷하여 지금 反譯 전탁 초성은 모두 차청으로 초성에 쓰되 곁에 두점을 더하여 탁음의 呼勢를 보존하여 그것이 전탁 소리임을 밝힌다…"28)

각자병서로 표기되던 전탁음이 차청자를 빌려 쓰게 된 이유를 밝히고 있다. 전탁 초성의 呼가 차청과 비슷하기 때문이라는 것이다. 이는 앞에서 살핀 바와 같이 전탁음의 기의 유무 문제와 관련된다. 본 문헌의 내용은 전탁음의 기의 존재를 인정하고 있음을 알 수 있다. 이 기의

---

27) 而全濁之字 平聲近於次淸 上去入近於全淸 世之所用如此 然亦不知其所以至此也.
28) 如今依俗撰字體而作字如左云 如通攷齋찌其끼皮삐調떠愁쯔爻햐着짜 今書찌爲치끼爲키삐爲피떠爲타쯔爲추햐爲하짜爲차之類 ㅋㅌㅍㅊㅎ乃通攷所用次淸之音 而全濁初聲之呼 亦似之故今之反譯全濁初聲皆用次淸爲初聲旁加二點以存濁音之呼勢而明其爲全濁之聲.

존재 때문에 차청을 빌려 쓸 수 있다고 설명하고 있는 것이다. 차청과 전탁은 호세에서 구별되는데 이 구분을 위해 전탁음 해당자에는 두점을 더한다는 설명이다. 이때 呼는 '初呼之聲', 호세는 '引聲之勢'이다.

(5) "청탁성세지변(淸濁聲勢之辨)"(번역노걸대박통사 범례)의 음성학적 분석

전탁음에 대한 가장 주된 길잡이를 하는 내용이 본 범례에 실려있다. 그러나 지금까지의 연구는 "⋯실제를 하나하나 설명하기 어려우니 그만 둔다"는 최현배(1982b : 587)이래 본 내용에 대한 검토는 도외시되어 온 실정이다. 기껏해야 전청자 평성은 차청에 가깝고 上去入 삼성은 전청에 가깝다는 모든 문헌에 기록된 피상적인 진술에 그쳐 버렸던 실정이다.

그러나 본 기록의 철저한 분석이 전탁음의 음가 규명 및 나아가 각자병서와의 연관성을 밝히는 요체가 되리라 생각하여 분석 및 음성학적 대조를 시도코자 한다.

"⋯전청 見端幫非精照審心影 9母 평성의 초호지성(初呼之聲)은 單潔不岐하고 인성지세(引聲之勢)는 孤直不按하다. 上去入 三聲의 초호지성은 역시 單潔不岐하나 인성지세는 각기 三聲의 높낮이 등급에 의한다.

차청 溪誘淸滂穿曉 6母 平聲의 초호지성은 岐出雙聲하고 인성지세는 孤直不按하다. 上去入 三聲의 초호지성 역시 岐出雙聲하나 인성지세는 각기 삼성의 등급에 의한다.

전탁 群定竝奉從邪末禪 8母 평성의 초호지성은 역시 岐出雙聲하나 인성지세는 中按後屬하다. 上去入 三聲의 초호지성이 전청과 비슷하고 인성지세는 각기 삼성의 등급에 의하니 전청과 분별하기 어렵다. 오직

위로 내면 곧 거성으로 나니 전청의 거성과 분별하기 어렵다.

불청불탁 疑泥明微喩來日 7母 평성의 초호지성은 單潔不岐하고 인성지세는 中按後屬하다. 初呼는 전청과 비슷하고 聲終은 전탁과 비슷하니 고로 불청불탁이라 한다. 上去入 三聲은 각기 삼성의 등급에 의한다."[29]

본 내용을 요약하여 도표화하면 다음과 같다.

<표 5> 淸濁·四聲에 따른 聲勢

淸濁 \ 四聲		聲勢 初呼之聲	引聲之勢
전청	平　　聲 上·去·入	單潔不岐 〃	孤直不按 각기 三聲에 따름
차청	平　　聲 上·去·入	岐出雙聲 〃	孤直不按 각기 三聲에 따름
전탁	平　　聲 上·去·入	岐出雙聲 單潔不岐	中按後屬 각기 三聲에 따름
불청불탁	平　　聲 上·去·入	單潔不岐 〃	中按後屬 각기 三聲에 따름

　위 표는 전탁의 '초호지성'이 전청과도 차청과도 공통적인 면이 있음을 보여준다. 반면 전탁의 '인성지세'는 불청불탁음과 같은 모습을

---

29)　全淸見端幫非精照審心影九母/平聲初呼之聲單潔不岐而引聲之勢孤直不按/上去入三聲初呼之聲亦單潔不岐而引聲之勢各依三聲高低之等呼之/次淸溪透淸滂穿曉六母/平聲初呼之聲岐出雙聲而引聲之勢孤直不按/上去入三聲初呼之聲亦岐出雙聲而引聲之勢各依三聲之呼/全濁群定並奉從邪未禪八母/平聲初呼之聲亦岐出雙聲而引聲之勢中按後屬/上去入三聲初呼之聲逼同全淸而引聲之勢各依三聲之等而呼之古與全淸難辨唯上則呼爲去聲而又與全淸去聲難辨矣/不淸不濁疑泥明微喩來日七母/平聲初呼之聲單潔不岐而引聲之勢中按後屬/初呼則似全淸而聲終則似全濁故謂之不淸不濁上去入三聲之等而呼之.

띠고 있다. 그러므로 문제의 초점은 '초호지성'과 '인성지세'가 뜻하는 바를 파악하는 것이다.

상기 "청탁성세지변"의 불청불탁에 대한 설명중에 "…初呼則似全淸而聲終則似全濁故謂之不淸不濁…"이라 하였으니 곧 초호지성은 初呼의 상태이며 '인성지세'는 聲終의 상태이다.

'불청불탁음'이라고 부르는 이유가 그 음의 '초호지성' 즉 초호(初呼)는 전청과 같고, '인성지세' 곧 성종(聲終)은 전탁과 같기 때문에 불청불탁이라 한다는 것이다. '청'도 '탁'도 아닌 음이란 이 말은 곧 '청'과 '탁'의 성질을 공유하고 있다는 말이기도 한 것이다.

'초호지성'은 첫 자음의 조음 상태를 가리키고, '인성지세'는 聲終 곧 그 자음의 개방에 뒤따르는 모음의 呼氣量을 가리키는 것이니, '單潔不岐·岐出雙聲'은 첫 자음이 조음부에서 개방될 때의 성의 상태이며, '孤直不按·中按後屬'는 이 성을 지속시키는 모음의 呼勢인 것이다.

먼저 자음의 조음상태인 '초호지성'에 대해 알아보기로 한다.

경음의 조음적 특질은 2차조음으로 후두조음을 가지는데 그 동인은 근육의 긴장으로 이 긴장이 경음의 판별 특성이 된다.

조음부의 긴장은 후두 긴장과 구강 조음부의 근육긴장이 있는데, 후두긴장은 관찰이 어려우므로 간접적인 방법에 의하게 된다. 김진우(1965)가 간접적으로 추리한 오실로스코프에 나타난 파열에 뒤이은 모음의 파형관찰로 본 긴장도에 의하면 그 파형 1주기의 길이가 ㄷ=5.75msec ㄸ=5.3msec ㅌ=5.15msec였고, 진폭의 크기는 'ㄷ<ㄸ<ㅌ'의 순이었다. 전자의 1주기의 길이가 긴 것은 진동이 느린 것으로 곧 소리가 낮은 것을 뜻하니, 'ㄷ' 곧 평음이 가장 소리가 낮고 경음·기음 순으로 소리가 높아짐을 말한다. 후자의 진폭은 성의 크기(=세기)에 비례

하므로 평음·경음·기음 순으로 소리가 큼(셈)을 알 수 있다.

관찰이 용이한 구강 조음부의 근육긴장을 보여 주는 구개도 (palatagram)에서 '담·땀·탐' 첫 자음의 조음시 혀와 구개가 접촉하는 면적이 상이함을 알 수 있다.

이는 'ㄷ<ㄸ<ㅌ'의 순으로 그 면적이 넓어지는데 특히 'ㄷ'과 'ㄸ· ㅌ' 사이의 차이가 심하다는 것이다.

ㄸ 윗입술의 우중간 입술가(vermilion border)에 전극을 놓고 양순 파열음의 筋電圖(electromyography)실험을 통하여 입술의 근육활동을 측정한 결과 'ㅂ'에 비하여 'ㅍ·ㅃ'의 입술 근육 활동이 활발했음이 EMG파형에 나타났다. 'ㅂ'=5.7 'ㅍ'=10.8 'ㅃ'=11.1로 역시 'ㅂ'과 'ㅃ·ㅍ' 사이에 많은 차이가 있으며 특히 'ㅃ'의 수치가 가장 높았다. (김진우 1965 : 353)

여기서 첫 자음의 조음시 경음과 함께 기음도 그에 못지 않게 심한 구강 조음부에 근육 긴장 및 입술 활동을 한다는 사실을 알 수 있는데, 이 근육 긴장과 입술 활동의 정도는 자음의 청각 인상을 결정짓는 요인이다. 정도가 클수록 강한 청각 인상을 줄 것이다. 전탁음과 가장 근사한 국어 음운이 경음이라면, 그것의 청각인상은 강할 수 밖에 없을 것이다. 위 "청탁성세지변"에서 보인 "초호지성(初呼之聲)"의 내용은 곧 자음의 청각 인상을 말하고 있음을 알 수 있다.

평음에 해당되는 전청은 사성에 상관없이 單潔不岐하다고 하였는데 이는 전청의 조음 시 수반되는 근육 긴장과 입술의 활동 정도가 약하다는 사실에 기인하는 것이다. 국어 자음 중에서 유성자음인 'ㄴ· ㅁ·ㅇ·ㄹ'을 포함하는 불청불탁음의 '초호지성(初呼之聲)'의 呼勢가 평음과는 달리 '중안후려(中按後厲)'함으로 하여 독특한 변별적인 청각

인상을 갖게 됨을 밝히고 있다.

전탁음의 '초호지성'은 사성에 따라 '岐出雙聲'하거나 '單潔不岐'하다고 되어 있다. 이 설명으로 미루어 보더라도 전탁음은 單潔不岐한 유성자음과 완전히 일치하지 않는 음임을 알 수 있다. 유기음인 차청의 '初啐之聲'이 사성에 상관없이 '岐出雙聲'하다는 설명은 '岐出雙聲'의 音覺이 '單潔不岐'보다 더 강함을 뜻한다. 이는 호기압의 세기와 관련된다.30) 그러므로 전탁음의 音覺은 차청보다는 약하되, 전청·불청불탁보다는 강한 음이었던 것이니 이에 해당하는 국어음은 경음외엔 없다.

번역노걸대박통사 범례에서 "전탁 초성의 呼가 또한 (차청과) 비슷하여 지금 反譯 전탁 초성은 모두 차청으로 초성에 쓰되 곁에 두점을 더하여 탁음의 呼勢를 보전하여 그것이 전탁 소리임을 밝힌다"(全濁初聲之呼亦似之故今反譯全濁初聲皆用次淸爲初聲之旁加二點以存濁音之呼勢而明其爲全濁之聲)는 내용은 이를 보다 풍부하게 반영하여 준다. 전탁과 차청의 차이는 '초호지성'은 비슷하나 그 呼勢 곧 '인성지세'에서 구별되는데 차청은 孤直不按인 반면 전탁은 유성음인 불청불탁과 같은 中按後屬이기 때문이다. 여기서 주목되는 것은 전탁음이 유성음의 자질을 공유하는 부분은 '인성지세'라는 사실이다.

'초호지성'에 보이는 두가지 대비되는 용어 '單潔不岐'와 '岐出雙聲'은 音覺의 강도 외에 고도의 조음학적 인식의 표현으로 평가할 수 있다. '不岐'와 '岐出'을 조음상 그것이 單音인가 重音인가를 표현한 용어로 해석하면, 不岐인 전청과 불청불탁은 한번의 조음으로 발음이 가능한

---

30) Chomsky & Halle (1968 : 326)에 설명된 '고조된 聲門밑 호기압'(heightened subglottal pressure)도 이를 입증해 준다. 이 HSP를 가진 국어음운은 경음과 기음이라는 것이다. 경음이 기음과 변별되는 것을 성문압축(glottal constriction)이 있기 때문이며, 기음은 경음에 없는 기를 가진다는 것이다.

단음에 속한다. 반면 岐出인 차청과 전탁은 1차 조음인 전청의 상태에 다시 2차 조음[31]이 겹쳐져서 발생되는 중음이다. 차청의 2차 조음은 氣音化[h], 전탁의 2차 조음은 성문화(혹은 후두음화 [ʔ])이다. 이 이중조음(double articulation)의 표현이 '岐出雙聲'으로 나타난 것이다.

같은 이중조음으로 이루어지는 중음이지만 전탁음의 성문음화는 同時倂發로 일어나나 차청은 前後倂發의 성격을 띠게 된다. 전후병발은 동시병발의 경우에 비해 보다 독립적인 것으로 전후전도가 가능한 음성이다. 이 특성의 인식이 사성에 따른 音覺의 표현에 나타나 있다. 차청은 어느 경우든 '岐出'하는 느낌을 주나, 전탁은 때에 따라 '不岐'하는 것으로 감지되기도 한다는 것이다.

다음은 '초호지성'에 뒤이은 모음의 呼勢인 '인성지세(引聲之勢)'에 대해 살펴보자. 呼勢는 조음시 일어나는 기류의 힘을 말하는데 이것은 기류의 양(amount of air)과 비례한다.

김진우(1965 : 352)의 파열음의 폐쇄 동안 형성되는 구강내 공기압의 측정에 의하면 그 크기는 'ㄷ<ㅌ<ㄸ'였고, 파열음의 파열 뒤에 뒤따르는 모음의 기류의 양도 역시 'ㄷ<ㅌ<ㄸ'였다. 이처럼 경음이 많은 호기량을 보이는 것은 경음은 긴장된 성문을 진동시켜야 하기 때문이라는 것이다. 이 사실을 '병목'(bottle neck)으로 설명하고 있다. 즉 파열에 뒤따라는 모음의 시초가 병목으로 나타나는데 경음의 병목이 유달리 넓은 이유는 긴장된 성문의 진동에 많은 호기량이 필요하기 때문이라는 것이다.

---

31) 숨이 조음기관에 이르러 두 세곳에서 조음되는 것이 이중조음(double articulation)이며, 그 중에서 어느 하나의 기본적인 조음을 첫째 조음, 다른 것을 둘째 조음이라고 한다. (김민수 1983 : 36)

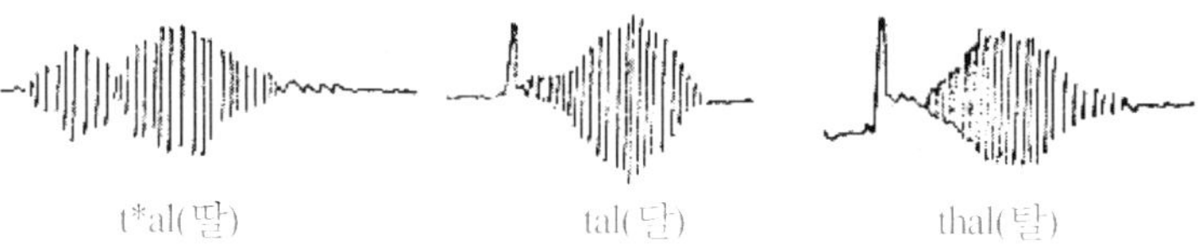

<그림 1> 김진우의 병목(bottle neck)

이것은 파열 뒤 울림(성대진동)이 시작하기까지의 '동안'(voicing lag)의 길이와 관계가 있는 것 같다.

먼저 최석규(1961 : 306)의 실험보고를 보기로 하자.

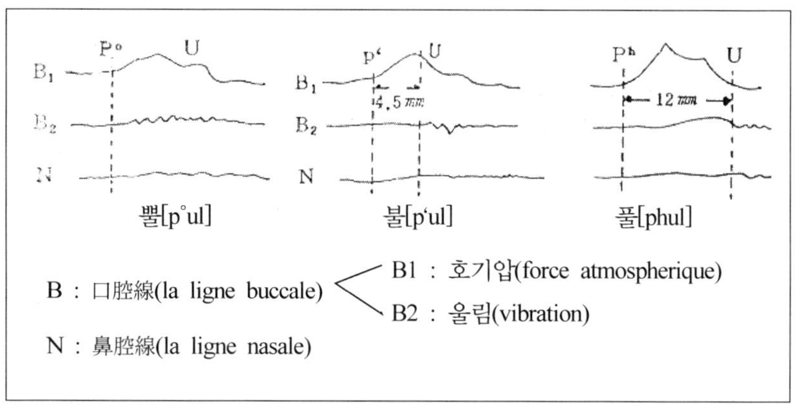

<그림 2> 최석규의 울림동안(voicing lag)

여기서 경음은 파열과 동시에 울림이 시작되고, 평음(4.5mm) 기음(12mm)의 순으로 울림이 시작된다는 것을 알 수 있는데, 이것은 병목과 유관함을 알 수 있다.

파열음의 파열과 울림시작과의 '동안'의 시간을 측정한 김진우(1965 : 346)의 결과도 역시 같은 내용을 보여준다.

<표 6> 김진우의 '동안' 시간표

	I (경음)	II(평음)	III(기음)
양순음	9msec	23	98
치경음	15	38	92
연구개음	13	45	90
평균	12	35	93

(msec=1/1000초)

<그림 2>에서 경음의 울림 '동안'은 0인데 <표 12>에는 12msec로 나타나 있다. 그러나 <표 12>의 12msec란 평음의 35, 기음의 93 '동안'과 비교할 때는 무시될 정도의 짧은 시간이다.

성이 울리기 전의 '동안'은 <그림 1>의 병목의 모양과 밀접한 연관을 맺고 있다.

첫째, 울림 시작의 '동안'이 짧을수록, 환언하면 자음의 파열 후 곧 울림이 시작될 때는 그 울림을 위한 호기량이 많아지므로 병목이 넓다. ……경음.

둘째, 울림 시작의 '동안'이 길수록, 환언하면 자음의 파열 후 시간이 경과한 뒤에 울림이 시작될 때는 적은 호기량으로도 가능하므로 병목이 좁다. ……평음, 기음.

이처럼 경음은 평음이나 기음에 비해 '동안'이 짧고, 따라서 병목도 유달리 넓게 나타났다고 이해된다.

이 사실을 引聲之勢와 관련시켜 보면 위 첫 번째 상태를 中按後厲, 두 번째 상태를 孤直不按이란 술어로 나타낸 것이라고 볼 수 있다. 특히 경음과 기음의 차이는 두드러진다. 강한 호기압과 이중조음이라는 공통성 때문에 동일한 '초호지성'으로 받아 들여졌으나 울림이 시작되는 '동안'(lag)의 상반된 현상은 '인성지세'에서 상이하게 표현되었던 것이다.

中按後屬한 전탁음은 자음 파열 후 곧 누르는 듯한 음(=성대 진동음)이 이어진다는 뜻이다. '後屬'로 청취된 이유는 전탁의 많은 호기량의 결과일진대, 이 호기량이 성대 진동을 가능하게 하고 소리를 끝까지 분명히 청취할 수 있도록 한다. '按'은 성대 진동 곧 성의 상태를 나타낸 것으로 파열 후 울림 시작의 '동안'이 제로에 가까운 전탁음의 인성지세를 中按後屬로 인식했던 것이다.

전청, 차청의 孤直不按은 첫 자음 파열 후 울림 시작의 '동안'이 전탁에 비해 길기 때문에 울림이 생기기 전의 무성(voiceless)의 상태가 클로즈업하여 청취된 결과라 할 수 있다. 한마디로 孤直不按이란 자음 파열 후 성대 진동없이 모음의 시작이 이어진다는 말이다.

그러므로 '按'과 '不按'은 '인성지세'의 呼勢가 유성인가 무성인가를 표현한 용어로 보아야 할 것이다.

불청불탁의 '인성지세'는 전탁의 中按後屬와 같은 상태이다.[32] 그러나 경음인 전탁의 조음시는 조음부 긴장이 강하게 있게 되나, 유성자음인 불청불탁의 경우는 첫 자음의 조음 이전부터 성대진동이 시작되고 강한 호기압을 요구하지 않으므로 '초호지성'은 岐出雙聲이 아니라 單潔不岐로 인지되었던 것이다. 따라서 '초호지성'은 전청과 비슷하고 '인성지세'는 전탁과 비슷하므로 불청불탁이라고 한 것이다.[33]

이상 "청탁성세지변"을 현대 음성학적 실험결과와 대비하여 고찰한 결론은 전탁음과 근사한 국어 음운은 경음이라는 것을 알았다. 중국의

---

32) 그러나 유성음의 울림 시작은 자음의 조음 이전에 시작되고 경음의 울림 시작은 자음 파열과 거의 일치하여 시작되므로 聲의 모습에는 차이가 난다.

33) …初呼則似全淸而聲終則似全濁/故謂之不淸不濁…(飜譯老乞大朴通事凡例 淸濁聲勢之辨)

전탁음은 유성음이었으나 정음 당시 학자들의 전탁음은 그것과 유사한 국어 음운 중의 하나를 택했던 것이니 곧 경음을 염두에 두었음을 알 수 있다. 상기 기록의 내용이 그것을 입증하고 있다.

(6) 사성통고 범례(四聲通攷 凡例 ; 최세진의 사성통해 끝에 附載)에 "…전청의 上去入 三聲의 字는 현재 중국인이 쓰는 바 초성이 청성과 비슷하기는 하나 또 각기 청탁의 다름이 있다 오직 평성자의 초성은 차청과 가까우나 차청은 그 음이 淸하기로 음이 끝까지 낮고 탁성은 그 성이 濁한고로 음이 끝내 세다…"34)

본 설명은 번역노걸대박통사 범례의 "청탁성세지변"의 내용과 같은 것으로 <표 11>과 일치된다. 즉 전탁의 上去入 三聲의 경우 초성은 전청과 비슷하나(單潔不岐) 청탁은 각 삼성에 따르고, 평성의 초성은 차청과 비슷하나(岐出雙聲) 차청은 청음이므로 孤直不按하고, 전탁은 탁음이므로 中按後屬하다는 것은 '청탁'의 개념이 引聲之勢의 유·무성에 주목한 용어임을 알 수 있게 한다.

(7) 언문지(諺文誌 ; 순조 24년 1824년, 유희 지음)에 "…대저 전청이라는 것은 單潔不岐하고 全不用力한데 힘을 조금 더 가하면 차청이 되니 곧 岐出雙聲하고 不甚用力하다. 또 더해서 전탁이 되니 곧 岐出雙聲하고 大段用力하다. …탁성은 주로 전청에 본음의 끝소리를 잇는 것이니 곧 각가와 가까, 갑바가 가빠…"35)

---

34) 全濁上去入三聲之字今漢人所用初聲與淸聲相似而亦各有淸濁之別獨平聲之字
初聲與次淸相近然次淸則其音淸故音終直底濁聲則其濁故音紹稍厲.
35) 夫全淸字單潔不岐全不用力/少加爲次淸則岐出雙聲亦不甚用力/又加爲全濁則亦
岐出雙聲而大段用力………濁聲主於全淸承本音之終者如각가爲가까갑바爲가빠

이 내용을 요약하여 도표화하면 다음과 같다.

清濁　　　　　　聲勢	初呼之聲	引聲之勢 (老・朴解)
전청	單潔不岐	全不用力 (孤直不按)
차청	岐出雙聲	不甚用力 (孤直不按)
전탁	岐出雙聲	大段用力 (中按後厲)

여기서 전청을 單潔不岐, 차청 전탁을 岐出雙聲이라 한 것은 번역노걸대박통사범례 <표 11>의 初呼之聲에 대한 설명이다. 또한 '전청→全不用力 : 차청→不甚用力 : 전탁→大段用力'으로 본 것은 引聲之勢의 시각에 의한 것으로 보인다. 즉 김진우(1965 : 352)의 파열음의 폐쇄 동안 형성되는 구강 내 공기압의 측정에 의한 크기가 'ㄷ<ㅌ<ㄸ'순이고 파열음의 파열 뒤에 뒤따르는 모음의 호기량 역시 'ㄷ<ㅌ<ㄸ'순이었다는 실험 결과와 부합한다.

환언하면 전청, 차청, 전탁 순서로 호기량이 많이 필요하고 呼勢도 강해지므로 발음시 전청의 경우는 거의 힘이 들지 않고 차청은 그다지 큰 힘은 들지 않고(즉, 힘이 조금 들고) 전탁의 경우는 많은 힘이 든다는 사실을 全不用力・不甚用力・大段用力으로 표현했던 것이다.

또한 자음 파열에 따르는 모음의 진동(聲)을 기준으로 하면 그 사이의 '동안'이 제로인 경음은 강한 呼勢를 필요로 하므로 '大段用力'이라는 표현이 적절하기도 하다. 그러므로 大段用力으로 발성되는 전탁은 '中按後厲'한 유성의 인성지세를 가지게 되는 것이다.

탁성의 예로 '가까・가빠……' 등을 든 것으로 보아 유희 역시 전탁을 경음으로 간주한 것을 알 수 있다. 특히 음운연결시에 나타나는 어중 경음을 예로 든 것은 매우 시사적인 사실이다. 이는 다음 항의 변별자질과 연관된다.

3.3 어중 경음의 변별자질

'ㅅ'계병서가 경음의 표기(음운표기)임은 그것이 어두에 사용된 점으로 미루어 확실하다. 각자병서가 이 본음에 대한 이음 표기, 특히 어중의 경음 표기였음을 증명하기 위해서는 이들 어중경음과 어두경음의 변별자질의 명시가 요구된다. 각자병서의 사용분포를 분석하면 두 가지 중요한 사실이 발견된다.

첫째, 'ㅆ'과 'ㆅ'의 존재이다. 국어음의 경우 각자병서는 어중 표기만 가능하였으나, 유독 어두에도 사용 가능했던 두 예외자가 있었다. 그것이 'ㅆ'과 'ㆅ'의 존재이다.

둘째, 어중에서 경음이 발생하는 음성적 환경이다. '-ㄹ'동명사 뒤와 모음 뒤에서만 각자병서의 표기가 허용되었다. 특히 다음과 같은 '-ㅭ+평음' = '-ㄹ+각자병서'라는 등식의 성립은 주목의 대상이 된다.

갏길히 (龍歌 19)　　　펴디몯홇노미 (訓正)
건너싫제 (龍歌 50)　　　날거슳도ᄌᆞ골 (龍歌 115)
이실쩌긔 (月釋 9 : 16)　　　오실낄 (月釋 7 : 10)
여흴쩌긔 (月釋 21 : 119)　　　너브실씨 (龍歌 56)

전항에서 고찰한 바와 같이 'ㆆ'의 기능은 후행 평음을 경음화시키는 것이었다. 그러나 위의 등식은 각자병서로 표기가능한 경음화는 '-

ㄹ’ 모음 뒤임을 말하고 있다. ‘ㆆ’이 후두 폐쇄와 긴장으로 인하여 후행어를 경음화시키는 것은 확실한데, 특히 ‘-ㄹ’의 위치에서 (‘-ㄹ’의 조음 후에) 보다 용이했음을 보여 준다. 이 두 가지 사실은 어중 경음의 변별자질을 추출케 하는 관건의 역할을 한다.

먼저 ‘ㅆ’과 ‘ㆅ’의 어떤 자질이 어중 뿐 아니라 어두에도 사용 가능하게 했는지에 관해 살펴보기로 한다.

각자병서 ‘ㄲ·ㄸ·ㅃ·ㅆ·ㅉ·ㆅ’ 중에서 ‘ㅆ·ㆅ’는 어중뿐 아니라 어두 표기도 가능한 것이다. 이는 ‘ㅆ·ㆅ’는 독자적으로도(어두에서) 각자병서의 본질을 지닐 수 있음을 의미하는 것이다. 나머지 ‘ㄲ·ㄸ·ㅃ·ㅉ’는 어중에서만 가능했으며 그것도 ‘-ㄹ’뒤나 모음 뒤라는 제약을 받았다. 이는 ‘ㄱ·ㄷ·ㅂ·ㅈ’의 어중 경음은 ‘-ㄹ’ 혹은 모음의 자질이 부가된 경음이었음을 뜻한다. 그러므로 ‘ㅆ·ㆅ’이 가진 독립적인 어떤 자질과 파열음에 부가된 ‘-ㄹ’(모음)의 자질은 어떤 공통성을 공유하고 있으리라는 추정을 성립시킨다.

‘ㅅ·ㅎ·ㄹ’은 [계속성] 자음이라는 공통성을 가진다. 자음 중에서 계속성([+(continuant)]의 자질을 가진 음소는 ‘ㅅ(ㅆ)·ㅎ·ㄹ’이며 반자음(반모음) [j, w]도 계속성을 가지고 있다. 파열음은 계속성을 가지지 않는다. 그런데 모든 모음은 계속성의 자질을 공유한다. 모든 모음은 ‘유성성·계속성([+voiced][+cont])’이므로, 계속성 자질이란 모음에서의 유성성 자질과 동등한 것으로 간주할 수 있는 것이다.

각자병서는 파열음 ‘ㄲ·ㄸ·ㅃ·ㅉ’와 계속음 ‘ㅆ·ㆅ’를 가지는데 전자가 계속성을 결여한 반면 후자는 계속성을 가지고 있다. 그런데 그 자체 계속성을 지닌 ‘ㅆ·ㆅ’만 어두에 사용되었다는 사실에서 어중경음의 본질은 계속성을 요구함을 알 수 있다.

그리하여 계속성을 가지지 못한 각자병서 표기음 'ㄲ·ㄸ·ㅃ·ㅉ'는 어두 사용이 불가능했던 것이다. 이들 파열음이 어중경음의 본질인 계속성을 얻기 위한 방법이 곧 '-ㄹ'(혹은 모음) 뒤'라는 음성환경의 요구였었다. '-ㄹ'은 'ㅅ·ㅎ'와 같이 [계속성]을 가진 자음이기 때문이다.

$$
\left.\begin{array}{c} \text{-ㅀ} + \text{ㄱ} \\ \text{ㄷ} \\ \text{ㅂ} \\ \text{ㅈ} \end{array}\right\} \quad \text{-ㄹ} \mid \quad \begin{array}{c} \text{ㄲ} \\ \text{ㄸ} \\ \text{ㅃ} \\ \text{ㅉ} \end{array}
$$

등의 등식관계가 가능했다는 사실은 이 근거를 뒷받침해 준다.

'ㅎ'이 원래 以影補來의 방식에서 채택되었던 점으로 미루어 그것이 선행 음소의 조음 상태 그대로 후두 폐쇄내지 긴장을 의미함을 알 수 있다.

그러므로 '-ㅀ+평음'에서 '-ㄹ'의 조음 상태에서 후두 긴장을 통한 파열음은 어중 경음으로 발음되며 그 어중 경음은 '-ㄹ'의 자질인 계속성을 가짐으로써 그 본령을 소유하게 되는 것이다.

'ㅆ·ㆅ'는 긴장성과 계속성을 지녔고, 계속성을 가진 이유로 하여 'ㅆ·ㆅ'는 독자적으로 어두에도 사용되었다([+glottal] [+cont]).

'ㄲ·ㄸ·ㅃ·ㅉ'는 긴장성을 가지나 계속성은 가지지 못했다 ([+glottal] [-cont]). 그리하여 어중 경음(각자병서)의 본질을 획득하기 위하여 이들은 '-ㄹ'(모음) 뒤라는 환경을 요구했던 것이다. '-ㄹ'의 [계속성] 자질을 부여 받은 후 이들은 계속성과 긴장성을 가지게 된다 ([+glottal] [+cont]).

즉 훈민정음 창제자들은 경음을 두 가지로 나누어 보았던 것이다. 첫째, 어두경음 곧 'ㅺ·ㅼ·ㅽ' 등은 긴장성을 가지나 계속성을 가지지 않은 경음으로 인식하였다.

둘째, 어중에서 나는 경음이 유성음 뒤라는 환경을 요구한다는 사실은 어중 경음의 본질에 유성음의 어떤 자질이 포함됨을 뜻한다. 그 자질은 계속성[+cont]인데, 어두 경음이 가지지 않은 이 자질을 훈민정음 창제자들은 파악하였던 것이다. 그리하여 계속성을 가지지 않은 경음을 'ㅅ'계병서로 표기하고 계속성을 덧가진 경음은 각자병서로 표기하였던 것이다.

그리하여 그 자체 [계속성]을 가진 'ㅆ·ㆅ'는 위치에 관계없이 각자병서의 본질을 발휘할 수 있었으나 'ㄲ·ㄸ·ㅃ·ㅉ'는 그것이 불가능했으므로 음성적 환경의 제약을 받을 수밖에 없었던 것이다.

셋째, 각자병서가 지닌 이 계속성이란 자질은 유성성과 불가분의 관계에 있다. 이는 모든 모음이 모음성과 더불어 계속성을 지닌다는 사실에서도 알 수 있다.

그러므로 중국의 전탁음을 우리 음운에서 대치시킬 때 계속성의 표기인 각자병서가 가장 적절했던 것이다.

그 이유는 국어 자음의 변별에서 聲은 고대 이전부터 존재하지 않았으므로 당시 국어에 잔존한 자질(feature) 중에서 전탁음의 유성성을 추구한다면 계속성이란 자질이 가장 적격이었기 때문이다. 국어 음운 중에서 유성음과 가장 근접한 것은 경음이나, 경음 중에서도 계속성을 지니지 못한 어두경음인 'ㅅ'계 병서보다는 계속성을 지닌 어중 경음 곧 각자병서가 보다 유성음에 근사했던 것이다. 전탁음 표기에 각자병서가 선택된 이유가 여기에 있었다.

넷째, 계속성은 곧 중자음적 요소와도 유관하다. 훈민정음에서 전탁음은 '凝'이라 표현한 것도 계속성 자질로 인한 표현이었다.

'凝'이란 두 물체가 서로 엉기어 굳어짐을 말하는데 음향학적으로 침묵(silence)없이 주파가 이어진다는 계속성과 일맥상통함을 알 수 있다. 파열음의 각자 병서가 긴장성과 계속성([+glottal][+cont])을 가졌다면 'ㄴㄴ·ㆁㆁ'과 같은 비음의 각자 병서는 계속성 자질과 유관한 중자음의 특성을 가졌다고 볼 수 있다. 중자음은 곧 장음성([+long])의 특징이다. 즉 'ㄴㄴ·ㆁㆁ'의 표기가 가능했던 것은 계속성의 자질 때문이었다.

다ᄔᆞ니라(訓正)   슬ᄔᆞ니(楞2 : 9)

허웅은 각자병서를 현대의 어두 경음과 똑같은 음으로 보았으므로 "ㄴㄴ'은 예사 'ㄴ'보다 혀 끝을 잇몸에 단단하게 붙이고 'ㄴ'보다 오래 막아 두는 소리이니 발음부호로는 [n :] 또는 [nn]으로 표시할 수 있는 소리에 불과하다. ……그러므로 'ㄴㄴ'은 한 독립된 음소로 볼 것이 아니라 단순히 'ㄴ'의 이중자음(double consonant)으로 볼 것이라 생각된다."(1975 : 336-337)고 하여 각자병서의 영역 밖으로 내어 놓은 듯하다.

그런데 "…단단하게 붙이고……오래 막아두는…" 등은 조음부의 긴장을 뜻하는 말로 곧 경음의 특징이며 "…이중자음…"은 어중 경음의 장자음적 특성을 지적한 것이니 이 부정 속에 각자병서의 모습이 적나라하게 나타남은 아이러니한 사실이다.

使ᄂᆞᆫ 히여 ᄒᆞᄂᆞᆫ 마리라(訓正)
王이 威嚴이 업서 ᄂᆞ민 소내 쥐여이시며(月釋 2 : 11)

허웅은 ‘ㆀ’의 연결조선을 뒤따르는 [j]나 [i]에 두고 “······‘ㆀ’은 ‘ㅇ’의 된소리가 아니라 [j]나 [i]의 된소리(?)라 할 만한 것이다. 곧 ‘ㆀ · ㆀ’ 따위는 [jʌ] [jo]의 [j]를 보통소리보다 그 간극을 더 좁히고 음성기관의 근육을 된소리의 경우처럼 긴장시켜서 내는 소리이며, ‘ㆀ’ 역시 [i]의 간극을 좁히고······그러므로 ‘ㅆ’와 같은 자음이 따로 있는 것이 아니라 오히려 [j][i]에 narrow(tense)와 wide(lax, loose)의 차이가 있었던 것으로 생각된다. 곧 ‘ㆀ’은 tense의 [i][j]를 표기한 것이다.”(1975 : 37)라 하였는데 이숭녕 역시 [jʌ] [jo]를 세게 표기하기 위한 음성표기의 기교로 보고 있다(1982 : 43).

그러나 이들 견해들은 ‘ㆀ’가 [i] 모음 뒤에 나타난다는 사실은 무시한 결과인 듯하다. ‘ㆀ’에 연결되는 [i] [j]보다는 오히려 선행하는 [i] 모음과의 관련이 문제 해결의 핵심이니 ‘히여’는 ‘히이여’가 줄어서 된 말이요 ‘쥐여’는 ‘주이여’의 준말로 사동 내지 피동의 형태이다. 그런데 중기국어의 ‘의, 위, 외, 에’ 등은 이중모음이었으니 [i]모음이 그 조음상태에서 긴장된 채 휴식의 단계를 거친 후 [i]나 [j] 모음에 연결될 때 생기는 긴장상태의 표기가 ‘ㆀ’였다고 생각한다. 이러한 모음과 모음 연결 사이의 긴장 조음을 음운단위로 설정할 수는 없다손 치더라도 ‘ㆀ’ 역시 긴장과 장음적 성격을 지녔다는 사실은 중요하다.

이렇게 볼 때 허웅(1975 : 337)에서 예외적인 것으로 다룬 다음 예들도 실은 예외가 아니라는 사실을 깨닫게 된다.

뭐여 내야 싸호미 업스면(月釋17 : 14)

요약하면 어두경음 ‘ㅅㄱ · ㅅㄷ · ㅅㅂ’ 등은 긴장성([+tense])만으로 변별되나, 어중경음은 여기에 이차적인 변별자질이 첨부되었다. 마찰음과 파열음의 각자병서는 긴장성·계속성([+glottal]·[+cont])으로 준별되었고, 비음의 경우는 긴장성·장음성([+glottal]·[+long])을 그 특징으로 하였다.

이러한 [계속성] 자질은 전탁음이 지닌 [유성성]을 회복시킬 수 있는 호재로 선택되었던 것이다. 각자병서로 표기된 어중 경음은, 음운으로서의 어두 경음에 대한 어중 이음으로 인식되면서 선탁자 표기에도 공용되었던 것이다.

4. 국어자음군으로서의 'ㅂ'계병서

'ㅅ'계가 경음 표기임에 반하여 'ㅂ'계병서는 그 성격을 달리하고[36] 있다. 표기법상 기준으로 보거나 경음 표기로 보는 일부 견해를 제외하고 대체로 통일된 견해에 도달하는 것도 그렇다. 곧 중기 국어 문헌에 등장하는 'ㅂ'계 어두 자음군은 문자 그대로 어두자음군이라는 것이다.[37] 특히 만주어와의 비교에 의한 이기문(1955)의 연구는 어두자음군의 존재를 확인시켜준 성과였다.

정음 당시에는 국어(나아가 알타이 공통제어) 음운구조가 불허하는 어두자음군이 어떤 이유에서건 용납되었음을 전제로 하여야 위의 가

---

36) 서정범(1967)의 표준어사 표기법, 이동림(1964)의 경음형성도의 강약 의식의 부호화, 박병채(1971)의 후두음화설, 도수희(1971)의 경음설, 최범훈(1981)의 경음표기(1981) 등.
37) 최현배(1982b), 허웅(1975), 김민수(1955)의 본음가잠재설, 이숭녕(1982), 이기문(1955), 이남덕(1968) 등.

정이 성립할 수 있다. 본항에서는 먼저 'ㅂ'계병서의 어원성 여부의 검토를 거친 다음, 그 당시 존재했을 어두자음군 체계에 대한 음운론적 제약을 고찰하고자 한다.

4.1 어두 'ㅂ'의 어원성

4.1.1 결합어사에 남긴 잔영

어두 'ㅂ'이 본래의 음가를 가지고 있었음을 확신케 해주는 첫 번째 자료는 현대어에 남은 그것의 잔영이다. 이 현상은 Ramstedt에 의해 처음 언급되었고, 최현배(1982)에서 망라되었다.

음운변화가 일어난 뒤에도 그 흔적이 형태음소론적 현상에 남는다는 것은 다음과 같이 최근에 와서 새로이 인식되고 있는 사실의 하나다.(이기문; 1977 : 57)

ㅂㄷ	뛰다(跳)	냅뛰다
	뜨다(開眼)	부릅뜨다 칩뜨다 내립떠보다
ㅄ	쓰다(用)	몹쓸 사람 몹시
	쓸다(掃)	휩쓸다
	쌀(米)	찹쌀 멥쌀 좁쌀 입쌀
	씨(種)	맵씨 욉씨 볍씨
ㅄ	쩟다(鹹)	짭짤하다 찝찔하다
	쬐다(曝)	내립쬐다
	짝(隻)	사립짝 입짝
	쪽(向)	입쪽 접쪽

「사성통해(四聲通解)」에 '萩'를 '벗리'라 했는데 순천 송광사에 '비사리구수'가 있고 충청도 어느 지방에서는 싸리를 '비사리·비소리'라

한다. 「훈몽자회(訓蒙字會)」에 있는 '뵈빵이(茉苜)'를 경상도에서는 '뺍쨍이'라고 한다.(최현배 1982 : 552)

또한 3자 합용병서가 합성어를 이룰 때 선행어에 남기고 있는 'ㅂ'의 잔영도 들 수 있다.[38]

   ᄢᅢ ᄢᅵ(時) : 둡끼 셉끼('끼니'의 뜻)

      ᄢᅵ : 첩메(時)

   ᄡᅢ ᄢᅢ : 닙때 셥때 엽때

끼니를 가리키는 현대어 '두+끼→둡끼'의 복합어 형성에 나타나는 'ㅂ'은 중기문헌 'ᄢᅵ'(時)의 'ㅂ'의 잔영으로 해석할 수밖에 없다.

   그ᄢᅵ : 밤낮 여슷 ᄢᅵ로(釋譜 9 : 32 月釋 7 : 65)

       곧 그 ᄢᅵᆯ 乘ᄒᆞ야서 나ᄉᆞ거릃디니라(蒙法 41)

   급쎅 : 급쎅 시방 무량세계(地藏解上 4)

중기문헌에 나타난 상기례의 混記는 어두 'ㅂ'의 유음가를 인정하고서만 가능한 것이다. 15세기에 '흔ᄢᅵ'(一時)로 표기된 어사가 16세기에는 '흠쎅'로 나타난다.

   宮殿과 諸天괘 흔ᄢᅵ 냇다가(月釋 1 : 50)

   모딘 즁싱이 흔ᄢᅵ 慈心을 가지며(月釋 2 : 33)

   흔ᄢᅵ 成佛ᄒᆞ신 釋迦ㅣ시니라(月釋 2 : 55)

---

38) 어두 'ㅂ'의 어원성을 보여준다는 점에서 3자병서의 예를 비판없이 옮겨 놓는다. 그러나 'ᄢᅢ'의 경우는 세밀한 비판을 요한다.

세 사룸이 홈의 니러 三人同起身 (飜譯小學 9 : 52)
홈의 다 내고 一發都出了着 (老解上 21)

이는 선행어 'ㄴ'이 후행하는 어두 'ㅂ'의 역행동화로 말미암아 'ㅁ'으로 되고 '의'는 경음표기였으니 '훈의'가 현대어 '함께'로 정착하는 과정을 보여 준다. (이기문 1977 : 59)

'ㅂ'계 어두자음군이 합성어를 이룰 때 선행어에 어두 'ㅂ'의 잔영을 남기고 있는 이 현상은 그것이 문자 그대로 어두자음군이었음을 증명해 주는 주요 자료로 평가된다.

4.1.2 독립 음절의 모음탈락

중기문헌의 '쌀'(米)에 대응하는 難林類事(1103~1104년)의 다음 기록은 국어 음운사상 주요한 것이다.

白米曰漢菩薩
栗曰田菩薩

최현배(1982 : 551)는 '漢'은 '힌, 흰', '菩薩'은 '쌀'로 보아 고려 시대의 발음은 정음 당시와 같은 '흰쌀'로 발음했다고 한다. 김민수(1955 : 21)는 '*흰보살'로, 이기문(1972 : 93)은 '*ㅂ솔'로 재구하였고, 서정범(1967 : 26-43)은 '*흰밥술'로 보았다.

이들 자모의 재구는 孫穆 당시의 宋代 의 開封音으로 읽음이 무방할 것이다. 송대 운서인 廣韻(1008년)에 의거한 재구음은 漢菩薩은 '*흔보살', 田菩薩은 '*뎐보살'이다. 곧 중기국어의 '쌀'은 '*보살'을 그 원형으로 가짐을 알 수 있다.[39] 이는 어두 'ㅂ'의 어원성을 입증하는 것으로써 첫째 음절의 모음탈락에 의해 'ㅂ'계 어두자음군이 생성되었을 가능성을 제시해 준다. 어두 'ㅂ'의 통시적 변천을 부정하기 위한 서정범의 재구 '*흰밥술'은 객관성을 결여하고 있다. 이유는 '뽐'에서 '*밥'의 재구는 불가능하기 때문이다. 반면 이기문은 만주어 fisihe와의 대응으로 그 어원을 입증한 바 있다.(1955 : 209-211)

4.1.3 기음화 현상

'ㅂ'계 어두자음군은 후에 'ㅅ'계병서 곧 경음으로 합류된다. 이 주된 흐름외에 지역적으로 혹은 음소에 따라 기음화 현상이 병존했음도 어두 'ㅂ'의 유음가를 증명하는 것으로 해석하여야 할 것이다.

제주도 방언은 중기 문헌의 'ㅳ・ㅄ'에 대하여 'ㅌ・ㅊ'로 대응하고 있다. (자료는 이기문(1955 : 245)에서 발췌)

	중기 문헌법	제주도 방언
ㅳ	떼다(摘)	타다
	떼(筏)	테・테위・터우・테베
	딸기(苺)	탈
	떨다(拂)	털다
	떨기(叢)	틀
	뛰다(跳)	튀다
ㅄ	뜻다(裂)	채다
	뜻다(織)	츠다
	딱(雙)	착

---

39) 「漢」은 「呼旰切・翰韻」으로 外轉 23開口 1等으로 「*흔」이다.
　　「田」은 「徒年切・定韻」으로 外轉 23開口 4等으로 「*련」이다.
　　「뽐」는 「蒲胡切・模韻」으로 內轉 12開口 1等으로 「*보」이다.
　　「薩」는 「桑割切・曷韻」으로 外轉 23開口 1等으로 「*살」로 재구된다.

3자병서의 기음화도 찾을 수 있다. 육지방언에 '엽때'와 '여태'가 공존한다. '쌔'(時)의 어두 'ㅂ'이 합성어를 이루면서 선행어에 남긴 잔영의 증거가 '엽때'라면, '여태'는 '여+쌔' 합성시 '쌔' 어사 자체내에 남긴 'ㅂ'의 흔적인 것이다. 즉 2자병서 'ㅳ'와 같이 'ㅂ'이 'ㄷ'을 기음화시킨 것이다.

평음의 기음화를 유발시키는 음소는 [h]이다. 이 [h]는 [ʔ]와 마찬가지로 자립분절층렬에 존재하고 있는 것이다. 그렇다면 어두 'ㅂ'의 어떤 요소가 기음화의 한 요건이 될 수 있었을까? 유기성([+aspirated])의 필요조건이면서 [h]와 [p]가 공유하는 자질의 발견이 해결의 실마리가 될 것이다. 이 공유 자질이 특수 어사(ㅳ), 특수 지역(제주도)에서 발현될 때 자음군의 유기음화가 가능했기 때문이다.

[h]와 [p]가 공유하는 음성자질은 조음위치상으로 주변음([-coronal])이다. 주변음은 순음과 연구개음 'ㅂ · ㄱ · ㅎ'를 포함한다. 이에 대비되는 중앙음([+coronal])에는 치음과 경구개음인 'ㄷ · ㅅ · ㅈ' 등이 속한다. 음감으로 볼 때 주변음은 抑音性([+grave])을 띠고, 중앙음은 銳音性([-grave])을 지닌 것이다.[40] [h]의 유기음화가 그 유기성에 기인함은 자명하지만, 이 억음성도 또한 필요조건으로 존재함은 명백한 사실이다. 따라서 억음성 자음인 어두 'ㅂ'이 특수한 환경에서 후속 자음을 기음화하는 가능성은 인정되어야 할 것이다.

'ㅂ'계자음군의 제주도 방언에서의 기음화 현상이 어두 'ㅂ'의 어원성을 증명하는 호재로 평가되어야 하는 이유가 여기에 있는 것이다. 더욱이 결합되는 어사의 선행어에 잔영을 남기는 첫 번째 증거보다 기음

---

40) [±coronal]은 Chomsky & Halle의 술어인데 이는 Jakobson등의 [±grave]자질과 대응한다. 곧 [+coronal]은 [-grave]와, [-coronal]은 [+grave]와 상응한다.

화 현상은 어사자체내의 반영이기에 보다 신빙성이 있다고 볼 수 있다.

어두 'ㅂ'에 의한 主音의[41] 유기음화는 정음 당시 문헌의 'ㅲ'와 'ㅳ'의 혼기에서도 입증된다.

① ᄧᅥᆲ다(澁)

澀은 ᄧᅥᆯᄫᅳᆯ 씨라 (月釋 17:67)

여러가짓 쓰며 ᄧᅥᆯᄫᅳᆫ거시 舌根애 이셔 (釋譜 19:20)

② ᄩᅳᆮ다(攔)

攔 ᄩᅳ들 셤 稱攔毛 털ᄩᅳᆮ다 (訓蒙 12)

손소 머리 ᄩᅳᆮ고 (月印 10:24)

여진어 지명표기에 나타는 'ᄎᆟ'이 있다.

닌ᄎᆟ시 紉出闊失 (龍歌 7:23)

紉은 '泥隣切'이니 그 음가는 '닌'이다. '紉出闊失'는 지명으로 진주를 일컫는 말이라 하였다.[42] 곧 'ᄎᆟ'의 'ㅊ'은 '出', 'ㅋ'은 '闊'의 音讀이니 이들 자음군은 유음가임을 알 수 있다. 그 사실의 인정은 곧 중기국어에 단기간이나마 어두자음군 체계가 성립되었음을 말해 주는 것이기도 한다.

---

41) 자음군에서 주음(dominated sound)은 모음(vowel : syllable peak)에 가까운 둘째 자음이므로 어두 'ㅂ'은 부음이다. 어두자음군이 불허되는 국어 음운체계에서 부음은 자연히 주음으로 흡수되는데, 그 하나의 과정이 주음이 경음화라면, 또 하나의 유기음화 과정인 것이다.

42) 紉 泥隣切 紉出闊失地名, 自慶興府北行一日, 渡豆漫江而至, 南距幹東九十里許東距眼春一程, 其地有大澤厓眞珠 其俗譯眞珠爲紉出闊失 故因名其地焉.

4.2 표면음성제약과 체계성

1. 'ㅂ'계 어두 자음군은 二字병서 뿐 아니라 三字병서의 형태도 취하고 있다. 중기국어에 있었다고 가정하는 이기문의 어두자음군 체계는 다음과 같다.(1977 : 60)

<표 7> 이기문의 어두자음군 체계

ps	pc	pt
		pt^h
		pt' pk'

이 체계에서 문제되는 것은 「ㅳ」의 처리이다.

뛰우다(騰 龍歌 48)　　　쁘다(彈 字會中 17)　　　뽁(爆 蒙法 44)

이기문은 'ㅳ'를 두 종류로 나누었다. 어두자음군 'ㅳ'와 유기음화한 'ㅳ'가 그것이다(1955 : 197). 전자는 원시적인 운동을 표시하는 하나의 원시적 어근 *p~t'~<*p~t^h~의 분화로 인한 것으로 보아, 국어의 *p~t'~(<*p~t^h~)와 만주어의 fithe사이에서 개연성 있는 일치로 입증시킨다. 후자는 'ㅳ'와 'ㅳ'형이 공존하는 경우의 'ㅳ'를 해당시키고 있다(1977 : 63). 이동림(1964 : 14-15)은 'ㅳ'형은 전탁에 유추된 합용자로서 'ㅸ'형의 변형으로 보고 있다. 촉음 ㅂ의 부호성으로 심증케하는 자료인데 탄력적 강도표시라고 하였다. 박병채(1971 : 304)에서는 'ㅳ'는 'ㅳ'의 유추음으로 볼 수 있고 당시 실재 음가로 'ㅳ'는 'ㅳ'와 별반 차

이가 없었던 것으로 보았다.

이에 반해 본고에서는 어두 'ㅂ'이 어사 자체내에 남긴 잔영이 'ㅴ'라고 규정한다. 'ㅂ'의 주변음(억음성) 자질로 말미암아 어사 혹은 지역에 따라 국부적으로 후행어의 기음화 현상이 발생하였기 때문이다. 'ㅴ'의 어두 'ㅂ'의 음가는 이미 'ㅌ'에 흡수된 무음가로 보아야 한다. 단지 어원을 밝혀 적으려는 노력에서 'ㅴ' 표기가 비롯되었다고 추정한다. 어두 'ㅂ'의 이러한 특성은 다음과 같이 문헌상으로도 입증된다.

澀은 떫볼 씨라(月釋 17 : 14)
쓰며 떫븐 거시(釋譜 19 : 20)

擸 쁘들 녑(訓蒙下 12)
머리 쁘고(月印 10 : 24)

그러므로 'ㅴ'[pt]를 중기국어의 어두자음군에서 제외시킨 수정된 체계는 다음과 같다.

<표 8> 수정된 중기국어의 어두자음군 체계

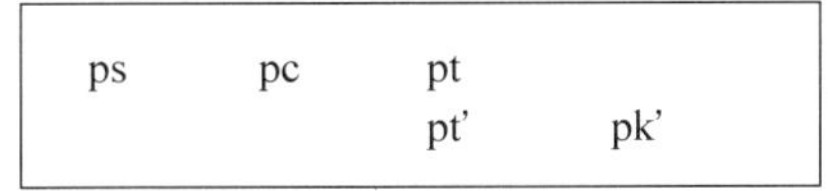

ps	pc	pt	
		pt'	pk'

<표 7>의 수정된 <표 8> 체계는 몇가지 사실에서 주목의 대상이 된다.

첫째, [p]로 시작되는 어두자음군은 유음과 비음과의 결합이 불가능하다. 이러한 제약성에 대한 지금까지의 유일한 언급은 이기문(1977 : 60)에서 보이나, "이처럼 체계가 이지러진 원인에 대해서는 앞으로의

연구가 요청된다"는 지적으로 끝나고 있다.

둘째, 자음군의 둘째 자음으로 수용되는 장애음도 자체 내의 제약성에 영향받음을 알 수 있다. 二字병서에서 [pk](ᄇᄀ)란이 빈칸(gap)임이 그것을 입증한다.

'ᄇᄀ'의 첫 등장은 17세기 초 문헌인 「동국신속삼강행실도」이다.

ᄢᅧ뎌 (孝子圖 3 : 43)	ᄭᅴ려 (忠臣圖 1 : 46)
ᄭᅥ디니라 (上同 4 : 29)	스리오고 (上同 8 : 8)
ᄲᅥ디니라 (上同 2 : 84)	브려 (上同 6 : 44)

그러나 17세기 초는 이미 'ᄇ'계자음군이 경음화한 시기였다. 그러므로 상기 'ᄢ·ᄭ·ᄇᄀ'의 표기는 모두 경음[k̚]의 기사였으며, 前代 표자법에 대한 과인식으로 인하여 표기의 혼란이 빚어진 것으로 볼 수 있다. 어두자음군에 존재하지 않던 'ᄇᄀ'의 등장이 이를 증명한다.

셋째, 三字병서에서 [pt'](ᄢ)와 [pk'](ᄲᄀ)의 차이이다. 다시 말하면 'ᄢ'의 안정성과 'ᄲᄀ'의 불안정성의 차이이다.

'ᄲᄀ'는 초기부터 'ᄭ'와 혼기를 보이고 있다.

'ᄲᅧ디다'(淪·墜)와 'ᄭᅥ디다'
   衆生인 菩薩이 七趣예 ᄲᅧ디여 잇ᄂᆞ니 (楞解 1 : 8)
   ᄭᅥ딘 ᄆᆞ롤 하ᄂᆞᆯ히 내시니 (龍歌 37)
   ᄭᅥ디여 굽디 아니ᄒᆞ야 (釋譜 19 : 7)
'ᄲᅳᆷ'(隙)과 'ᄭᅳᆷ'
   ᄲᅳᆷ爲隙 (訓正解例 合字解)
   金으로 ᄧᅡ해 ᄭᅵ로ᄆᆞᆯ ᄲᅳᆷ 업게ᄒᆞ면 (釋譜 6 : 24)
   샛 ᄆᆞ딕 섯미자 ᄭᅳᆷ 업스샤미 (法華 2 : 15)

솜극 隙 (訓蒙下 18)
‘뿔’(蜜)과 ‘술’
 쌋마시 뿔ㄱ티 달오 (月釋 1 : 42)
 술밀 蜜 (訓蒙中 21)

이에 반해 ‘ᄡᄐ’가 ‘ᄯ’와 혼기된 예는 15, 16세기 문헌에는 보이지 않는다.

‘ᄢᅢ’(時)
 ᄃ쥰 ᄢᅢ 酉時 (訓正解例 合字解)

이 사실에 대해 이기문은 ‘ᄡᄐ’에 대해서는 15, 16세기 문헌에 ‘ᄯ’으로 혼기된 예가 없으며, 17세기 초엽에 와서도 ‘ᄡᄃ’만이 나타난다. 동국신속 삼강행실에 ‘ᄢᅢ’(忠臣圖 1 : 78)와 ‘ᄣᅢ’(孝子圖 1 : 33)가 보인다. ‘ᄢᅥ’와 ‘ᄣᅢ’ 사이에 이런 차이가 나타남은 기이하게 느껴지기도 하나 이들의 된소리화에 時差가 있었으리라고는 생각하지 않는다고 기술하고 있다(1977 : 62).

그러나 ‘ᄣᅥ’와 ‘ᄢᄐ’ 사이의 안정성에 있어서의 이 차이점은 중기국어의 어두자음군 체계에 중대한 단서를 제공하고 있다. ‘ᄢᄐ’의 불안정성은 어두자음군 체계로부터의 배척에 기인한 것으로 보아야 한다. 다시 말하면 ‘ᄡᄐ’와 ‘ᄢᅥ’의 관계는 ‘ᄡᄃ’와 *‘ᄇᄀ’의 관계와 동일선상에 두어야 한다는 말이다. 나아가 유음과 비음이 둘째 자음으로 선택이 불가능한 이유와도 통하는 어떤 공통성의 존재를 강력하게 시사해 주는 것으로 평가할 수 있다.

이 공통성의 파악은 지금까지는 주목되지도 않은 채 방치되어 왔다. 본고에서는 이 공통성의 추출로써 중기국어 어두자음군의 체계를 지배한 규칙 및 체계 수립을 꾀하고자 한다.

2. 1968년 SPE이후 전통적인 생성음운론(traditional generative gramm
ar)에서는 추상적인 기저형 설정과 음운규칙으로써 표면형을 도출하고
자 하는 노력의 계속이었다. 자연히 기저형은 표면형과는 거리가 먼
형태를 가지게 되었다.

그런데 이 추상적인 것에 대한 반동으로 1970년대에 대두한 Hooper
등의 자연음운론, Kiparsky의 '교체조건'들은 보다 표면에 밀착하려는
노력을 보여 주었다. Kiparsky의 '교체조건'보다 더 강력한 반동이 Shib
atani(1973)에 의해 이루어졌다. 그것이 이른바 표면음성제약(SPC : surf
ace phonetic constrains)이다.

주어진 무의미단어(nonsence word)가 음성적으로 용납 가능한가 불
가능한가 하는 것은 기저형 설정과 음운규칙에 따른 도출과정을 거친
다음 판정하는 것이 아니라는 것이다. 우리의 반응은 즉각적이며, 이는
표면음성제약에 근거하기에 가능하다는 이론이다. 그는 [tund]라는 무
의미 단어를 예로 들어, 이것이 독일어 화자에게 용납되지 않음은 독
일어의 다음 표면음성제약 때문이라고 하였다.

IF : [+obst]##
↓
THEN : [-voice]

즉, 음절말의 장애음은 무성음이어야 한다는 독일어 SPC에 의해 음
절말 장애음이 유성음인 [tund]는 용납되지 않는다고 설명하고 있다.
이 이론은 생성음운론 전반에 걸친 여러 사항과 함께 검토할 필요성
이 있으나, 중기 문헌이 보여주는 'ㅂ'계 병서의 비체계성의 원인 규명

에는 요긴한 역할을 담당하리라 생각되어 이 방법을 도입하여 적용해
보고자 한다.

　먼저, 둘째 자음으로 유음과 비음은 제외된다. 곧 둘째 자음은 장애
음이어야 한다.

　둘째, 'ㅂㄱ'의 자리가 빈칸이며 'ㅶ'이 불안정한 특성은 장애음인 둘
째 자음에 보다 제약을 가하는 증거이다. 이 제약성은 'ㄱ'와 'ㄷ·
ㅅ·ㅈ' 사이의 변별성에 기인하는 것이다.

　'ㅂ'계병음의 기음화 요인이 주변음(억음성)임을 밝히면서 순음·연
구개음·후두음인 [p]·[k]·[h]와 치조음·경구개음인 [t]·[s]·[c] 사
이의 차이를 알아보았다. 즉,

주변음([-coronal])

조음방법　　　　　　조음위치	양순음	연구개음	후두음
폐쇄음	p(ㅂ)	k(ㄱ)	
마찰음			h(ㅎ)

중앙음[+coronal]

조음방법　　　　　　조음위치	치조음/경구개음
폐쇄음	t(ㄷ)
마찰음	s(ㅅ)
파찰음	c(ㅈ)

　어두자음[p]가 둘째 자음으로 [t]·[s]·[c]는 선택하면서 [k]·[h]의
선택을 피하고 있음에 미루어 우리는 당시 국어에 존재한 다음의 표면
음성제약을 설정할 수 있다.

<표 9> 중기국어 어두자음군의 표면음성제약(SPC)

$$IF \ : \ \#\#[+obst] \qquad [+obst]$$
$$\downarrow \qquad\qquad \downarrow$$
$$THEN \ : \ [-coronal] \qquad [+coronal]$$

두 장애음으로 이루어진 어두자음군은 조음위치에서 상반되는 자음으로만 성립이 가능하다. 첫째자음은 주변음의 장애음인 [p·k], 둘째자음은 중앙음의 장애음인 [t·s·c]만이 가능하다는 것이다. [h]는 비장애성([-obst]) 자음이므로 본 SPC에 의해 어두자음군의 첫째 자음으로의 자격을 상실하게 된다.[43]

3. 'ㅂㄱ'의 부재나 'ㅄ'의 불정안성은 그것들이 SPC에 위배되었기 때문이다.

기실 'ㅄ'는 어원을 밝혀 적으려는 過示差的 태도로 인하여 당시 이미 'ㅅㄱ'([k']) 상태로 경음화한 어사의 복고적 표기였다고 볼 수도 있다. 이기문(1955 : 242-244)은 'ㅄ·ㅴ'에 대하여 'ㅂㄱ-ㅄ-ㅅㄱ'·'ㅂㄷ-ㅴ-ㅅㄷ'의 단계를 상정하여 'ㅄ·ㅴ'를 경음화의 중간 단계로 보고 있다. 이는 가능한 이론이다. 그러나 경음화에 있어서 어사에 따른 시차가 있었다는 것을 부정하는 견해는 재고되어야 할 것이다.

'ㅂㄷ-ㅴ-ㅅㄷ'는 전 계열이 안정성을 띄고 있는 반면, 연구개음 계열은 'ㅇ-ㅄ-ㅅㄱ'와 같이 빈칸을 보유하고 있다. 어두자음군 'ㅂㄱ'은 중기국어

---

43) 'ㅎ'이 비장애성자음이기 때문에 첫째 자음의 자격을 박탈당했듯이 'ㄹ' 'ㅁ·ㄴ'은 유음·비음으로 역시 비장애음이기에 둘째 자음이 될 수 없었다. 다시 말하면 SPC의 조건인 "어두의 두 장애음(##[+obst][+obst])"을 충족시키지 못하므로 아예 제외되어 버린 것이다.

의 SPC에 의해 거부되므로 존재할 시간을 가지지 못한 채 곧바로 경음화되기 시작했던 것이다. 또한 'ㅄ'와 'ㅅ'의 혼기가 정음 당시부터 존재한 것은 'ㅄ'가 이미 경음화 표기임을 증언해 주는 것이다.

또, 제주도 방언에서 'ㅂㄷ・ㅄ'이 'ㅌ・ㅊ'로 대응하는 현상도 SPC를 입증해 주는 자료로 평가된다. [t・c] 등 [+coronal] 장애음 앞의 [p]가 유음가였기 때문에 기음화가 가능했던 것이다. 더욱이 연구개음의 유기음인 [kʰ](ㅋ)와의 대응이 없다는 사실은 연구개음 계열에서 어두 'ㅂ'이 실재적인 음가를 가지지 못했음을 입증하는 것으로 볼 수 밖에 없다.

여기서, 우리는 전항에서 논의를 보류한 삼자병서 「ㅴ・ㅵ」에 대한 결론을 지어야 할 것이다. *'ㅴ'가 빈칸인 상태의 'ㅄ'는 현실 음운이 아닌 이상적 복고음으로 보아야 하며, 중기국어 어두자음군의 SPC로 보아 그 현실음은 어두자음군음이 아니라 경음으로 간주된다고 결론 내릴 수 있다.

그 증거로 정음초기 문헌에서의 'ㅅ'와 'ㅄ'의 넘나듦을 들 수 있었다.

어두 'ㅂ'의 어원성 입증에는 요긴한 'ㅴ・ㅵ'의 예들도 엄밀한 의미에서는 비판을 받아야 한다. 15세기의 '흔ㅴ'(一時)가 16세기에 '흠ㅺ'로 나타나는 예는 어두 'ㅂ'의 영향(역행동화)으로 'ㄴ'이 'ㅁ'으로 변한 것으로 보여 연구개음([-coronal]) 앞의 [p]도 어두자음군의 자격을 가졌던 것으로 해석하게 만들 수도 있다. 그렇다면 '끼니'란 뜻의 '둡끼・셉끼'가 가능했다면 왜 '흔ㅴ'의 '흠ㅄ' 발음은 불가능했을까? (사실 '둡끼・셉끼'도 억지 발음의 인상을 준다.)

'흔ㅴ'와 '흔ㅵ'는 발음이 비슷하여 의미혼란을 일으키게 된다. 그러자 보다 數詞의 의미기능이 뚜렷한 '흔ㅴ'는 '한끼'로 굳어지고, 상대적으로 'ᄒᆞᆷᄢᅴ'는 '함께'로 변하였다고 보아야 할 것이다. 'ᄒᆞᆷᄢᅴ→ᄒᆞᆷᄭᅴ'의 변화는 동음어 회피에 의한 결과로 해석함이 타당하다고 생각한다.

완성된 중기국어의 어두 자음군은 <표 8>에서 [pk']를 제외시킨 체계인데 이 체계의 근거는 물론 <표 9>의 표면음성제약이다.

<표 10>의 "이지러진 체계"(이기문 1977 : 60)로 보이는 중기국어의 어두자음군체계가 실은 어두의 두 장애음은 [-coronal] [+coronal] 자질 자음으로 연속된다는 "표면음성제약에 충실한 체계"임을 입증해 준다.

<표 10> 완성된 중기국어의 어두자음군 체계

ps pc pt pt'	ㅄ ㅶ ㅳ ㅵ

4. 마지막으로 주변음 장애음인 [k]가 첫 번째 자음으로 나타나지 않은 원인을 밝혀야 할 것이다. 환언하면 <표 9>의 SPC에 의하면 성립이 가능한 " 'ㄱ'계병서"가 중기 국어에 나타나지 않은 이유가 무엇일까.

[p]와 [k] 사이의 발음의 용이성 여부가 그 주된 원인이었다고 추정한다. 이는 언어습득(language acquisition)과 밀접한 연관성을 맺고 있다.

범어적으로 볼 때 유성폐쇄음(voiced stop)에 앞선 무성폐쇄음(voiceless stop)의 언어습득이 보다 일반적인 경향이다.44) 또 [k]와 같은 후방자음(back consonants)에 앞서 [p]와 [t] 같은 전방자음(front consonants)의 학습이 보다 일반성을 지닌 無標이다.

이 [p]와 [k]의 학습차이는 유아언어(child language)에 나타난 '父·母'에 대한 일반적 형태고찰로도 전방자음의 우월성이 입증된다.

---

44) 이 일반적인 경향이란 有標(marked)에 대한 無標(unmarked)를 말한다.

(Jacobson 1960) 부모를 뜻하는 단어가 순음 혹은 치음/경구개음 등 전방자음임은 타언어의 습득에서도 발견된다.[45]

또, 어린이가 습득하는 음(sound)의 순서와 음운론적 명세서(phonological inventories)에 근거한 범어적 내포성(implicational universal) 사이에는 어떤 관련성이 있음도 밝히고 있다.

Jacobson의 이론에 따라 연구한 Velton은 '순음 - 치음, 지속음 - 폐쇄음, 구강음 - 비음'의 순서임을 밝혔다. (이인섭 1986 : 76-77)

이들 제 연구의 공통성은 [k]의 습득 이전에 [p]나 [m]의 습득이 이루어진다는 결론이다. 우리나라 유아가 가장 먼저 습득하는 어휘가 '엄마·맘마·어부바·빠빠·압바' 등인 것도 범어성을 증명하는 것이다.

이러한 후방자음에 대한 전방자음의 우월성이 'ㅂ'계병서의 성립을 이루는 하나의 '힘'(motivity)이 되었다고 가정하는 것은 의미있는 작업일 것이다.

---

45)   순음   치음/경구개음
  비음 mama   nana   父
  구강음 papa/baba   tata/dada   母

3 경음의 확산

1. 어두자음군의 안정화

정음문헌에서 경음이 'ㅅ'계병서로 표기되었다는 사실은 전술한 바와 같다. 즉 어두 'ㅅ'은 독립적인 자립분절층렬에 위치한 후두음 [?]와 평음의 결합에 의한 자생적 경음화의 표기 및 사잇소리, 'ㅅ'종성, 'ㅅ'으로 시작되는 음절이 모음탈락으로 이루어진 경음화 등 모든 경음 표기를 망라한 것이었다. '경음화'라는 큰 흐름은 주변 영역을 침투하면서 국어 음운사를 흘러 내리고 있었는데 'ㅂ'계병서의 'ㅅ'계로의 합류 곧 어두자음군의 경음화는 그 영역을 크게 확충시키는 계기가 되었던 것이다.

'ㅂ'계병서의 경음화는 '非시옷'에서의 유입이라는 점에 그 의의가 있다. 'ㅂ'으로 시작되는 독립음절이 모음탈락으로 인하여 어두자음군으로 된다. 이 어두자음군은 원칙적으로는 국어음운구조가 불허하는 것이나 음운사의 실상을 고찰한 결과 중기국어에서는 단기간이나마 그것이 허용된 시대가 있었음을 인정하지 않을 수 없는 것이었다. 나름대로 표면음성제약(SPC)의 지배하에 체계를 이루던 어두자음군이었지만 결국 한국어 음절구조 제약의 배척을 이기지 못하여 조만간 안정화의 길을 모색하기에 이르니 곧, 근대국어 초기에 경음화 등으로 안정화를 꾀하게 된다. 안정화는 두 방향으로 이루어졌는데 기음화와 경음화가 그것이다. 기음화의 영향력은 제주도와 일부 육지방언에만 남게 되었고, 육지에서는 경음화가 절대적 우위에 있었다.[1)

1.1 기음화 현상

/#pVCV-#/로 독립음절을 이루던 어사에서 제1모음의 탈락으로 'ㅂ' 계어두자음군이 형성하게 된다. 이때 탈락하는 모음은 원래부터의 schwa [ə]일수도, 혹은 타 모음으로부터 약화된 [ə]일수도 있다. schwa 탈락의 요건은, SPC의 두 장애음은 [-coronal][+coronal]이어야 한다는 제약을 따르게 된다.

(1) schwa 탈락규칙(schwa deletion : SD)

schwa → Ø / ##C1 ⸺ C2

$$\begin{bmatrix} +obst \\ -coronal \\ +anterior \end{bmatrix} \begin{bmatrix} +obst \\ +coronal \end{bmatrix}$$

여기서 제1자음의 전방성 [+anterior] 요건은 'ㄱ'계 자음군의 생성을 방지하기 위한 것이다.

SD규칙의 적용으로 형성된 'ㅂ'계 어두자음군은 조만간 안정화의 길을 모색하게 된다. CCV-음절형을 불허하는 국어에서 어두 'ㅂ'이 생존할 수 있는 방법은 수용가능한 CV음절형을 이루는 것인데, 그러기 위해서는 어두 'ㅂ'의 후행자음(主音)으로의 흡수가 돌파구가 될 수 있었다.

국어 음운구조는 복선적으로 이루어져 있다. 경음화·기음화를 생성시키는 후두음계열([ʔ][h])이 자립분절층렬을 이루고 기타 음운들이 분절음층렬을 이루고 있음은 확인된 바 있다. 어두 'ㅂ'은 주변음이라는

---

1) 이기문은 보다 일찍 경음화한 '쑬(女兒)·짜(地)' 등은 제주도 방언에서도 경음임을 들어 기음화의 시기가 보다 후대일 것이라 추정하고 있다.(1955 : 246)

특성을 [h]과 공유하고 있으며, 이것이 기음화의 동인임을 앞에서 살펴 보았다. 어두자음군이 안정화를 추구하면서 어두 'ㅂ'은 자신의 흔적을 남길 수 있는 자립분절소 [h]에 기능부담을 하고 탈락하게 된다.

(2) 어두 'ㅂ'의 흔적화([p] trace : p-T)

$$p \rightarrow [h]/\#\#\underset{\text{x}}{\underline{\quad}}C$$

(2) 규칙의 결과 후두음[h]는 확산을 시도하여 후행자음의 기음화를 유발시킨다.

(3) 후두음 확산(laryngeal spread : LS)

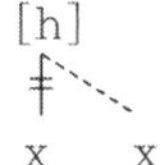

중기문헌의 「ᄢ다」(彈)의 어두 'ㅂ'이 무음가의 복고적 표기임을 (2)(3) 규칙이 설명할 수 있다고 본다. 다음에 그 도출과정을 보인다.

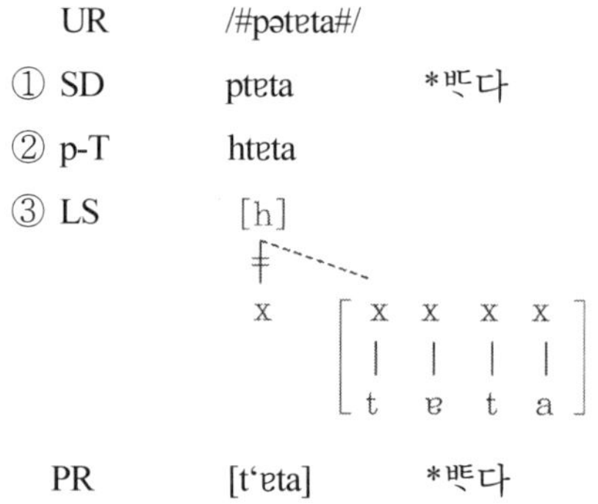

UR	/#pəteta#/	
① SD	pteta	*ᄢ다
② p-T	hteta	
③ LS		
PR	[t'eta]	*ᄠ다

중기문헌의 ‘뛰다’(跳)가 제주도 방언에는 ‘튀다’로 나타난다.

三界를 뛰여 디나샤 超過三界 (金剛上 8)

다음에 그 도출과정을 보인다.

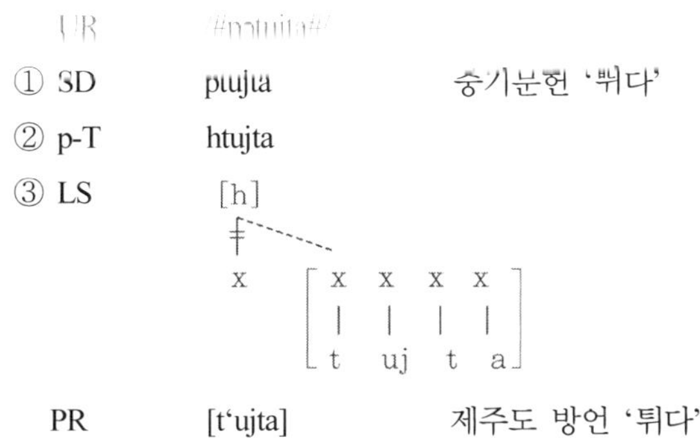

후두음 확산의 결과 어두 자음군은 안정성을 획득하게 된 것이다.

2.2 경음화 현상

어두자음군의 안정화의 한 방법으로 기음화의 흐름이 있긴 하였으나, 그 주류는 경음화였다. 이는 당시 경음화라는 대세력에의 흡수가 용이했었기 때문이라 생각한다. 후두음[?] 역시 [p]와는 주변음이라는 특성을 공유하였고, 또 [p]가 내파한 [p$^?$]에는 자연히 자립분절소의 생성이 있게 되었으므로 어두자음군은 대부분 경음화하기에 이른 것이다.

정음 문헌의 ‘뽈’(米)이 계림유사에 ‘菩薩’로 기록되어 있는데 앞에서

'*보살'로 재구한 바 있다. '菩薩'의 1음절 모음탈락으로 어두자음군이 형성된 예이다.

그런데 이 어두자음군이 내파화를 거쳐 경음화한 과정을 보여 주는 것으로 정음문헌의 '쓸'(女兒)이 있다. 이는 계림유사에 '寶妲'로 기록되어 있다.

女兒曰寶妲 (鷄林類事)

<표 1> 「寶妲」의 재구

	反切	反切上字의 聲目과 音價	廣韻韻	等呼 및 音價	再構音
寶	博抱	幫 p-	晧	外25 開口 1等 -âu	*보
妲	富割	端 t-	曷	外23 開口 1等 -ât	*달

(等呼는 韻鏡에 의거함. 外 : 「外轉」의 약칭)

'寶妲'은 '*보달'로 재구된다. 여기서 '쓸'이 생성되기 위해서는 첫음절 모음의 탈락이 있어야 한다. 그러기 위해서는 [으]의 약화(weakening) 과정이 일어나 schwa로 되어야 한다. 이처럼 schwa로 약화된 모음은 탈락하게 되는데 그 탈락조건은 표면음성제약을 충족시키는 환경일 때 한하게 된다.

(1) schwa 탈락규칙(schwa deletion : SD)

$$\text{schwa} \rightarrow \emptyset \,/\, \#\#C1 \;\text{———}\; C2$$

$$\begin{bmatrix} +obst \\ -coronal \\ +anterior \end{bmatrix} \quad \begin{bmatrix} +obst \\ +coronal \end{bmatrix}$$

어두자음군은 [-coronal][+coronal]의 자질로 된 장애음들만이 이룰 수 있으며, 첫째 자음에 전방성 요건을 단 것은 'ㄱ'계병서의 출현을 억제키 위한 것이다. SD에 의해 생성된 어두자음군 '뿔'은 표면음성제약을 만족시키는 형태이다.

그러나 이 어두자음군의 생존시기는 단기간으로써 중기국어의 어느 때에 한정된 듯하다. 어두에 자음군을 불허한다는 대명제 때문에 조만간 어두단자음화라는 안정권을 향해 발전되었기 때문이다. [h]·[?]가 가졌던 긴소고 손대현 연유로 구음에의 음가 방향으로 기음화·경음화 양자가 가능했으나, 당시 한반도를 휩쓸고 있던 경음화의 영향으로 주로 후자(경음화)로의 안정화가 대세였던 것이다.

경음화의 첫 단계는 첫째 자음의 내파화이다.

'ㅂ'계자음군의 내파화를 보여 주는 자료가 조선관역어(朝鮮館譯語)에 있다. 계림유사의 '菩薩'이 조선관역어에는 '色二'로 표기되어 있다. '色'은 所力切(廣韻), 殺測切(集韻·韻會)이니 正音 '쏠'의 'ㅂ'이 무시되었다.

또 15세기 문헌의 '쁘다'(摘)가 조선관역어에는 역시 'ㅂ'이 무시된 채 기록되어 있다.

摘果 刮世大臥那剌　　(朝鮮館譯語)
實果 빠 머기더니　　(月釋 2 : 12)

'빠-'(摘)에 해당하는 '大'는 徒蓋切, 度柰切(당운, 집운, 운회)로 어두 'ㅂ'이 나타나지 않는다.

'菩薩→色二→쏠' '?→大→쁘' 등의 과정은 정음 당시의 어두 'ㅂ'의 음가가 내파적이었다는 결론에 도달하게 한다. 조선관역어의 기록에 어두 'ㅂ'이 생략되었다는 사실은 외국인인 중국사람의 귀에 그것이 독립음운으로 청취가 불가능했다는 사실을 입증해 주기 때문이다. 청취불가능한 [p]음은 곧 내파적 [p]라고 볼 수밖에 없다. 또한 조선관역어는 정음과 동시대 문헌으로 간주되므로 'ㅂ'계병서의 어두 'ㅂ'는 내파적 $[p^?]$라고 추정할 수 있을 것이다.

(4) 副音내파규칙(consonant implosion : pI)

p → p?/##_C

내파화한 $[p^?]$의 [?]는 후두음확산을 통하여 후행 주자음을 경음화시키며 그와 동시에 어두 'ㅂ'은 소실하게 된다.

(3) 후두음확산(laryngeal spread : LS)

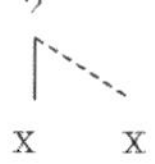

다음에 「쌀」(女兒)과 「따다」(摘)의 도출과정을 보인다.

'쌀'의 도출과정

	UR	/pətel/	寶姐
①	SD	ptel	
④	pI	p?tel	*ᄠᆞᆯ
③	LS	[?]	

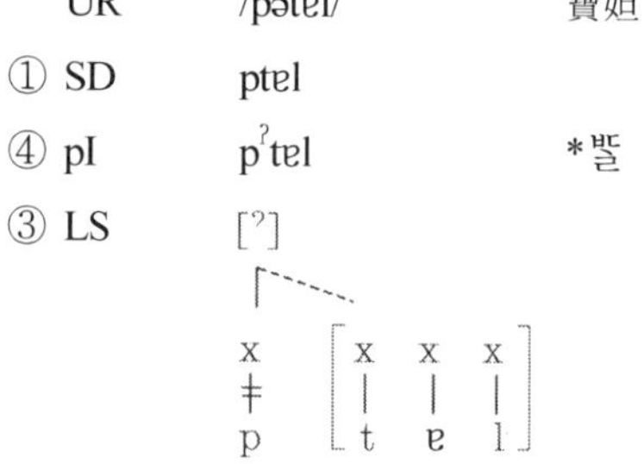

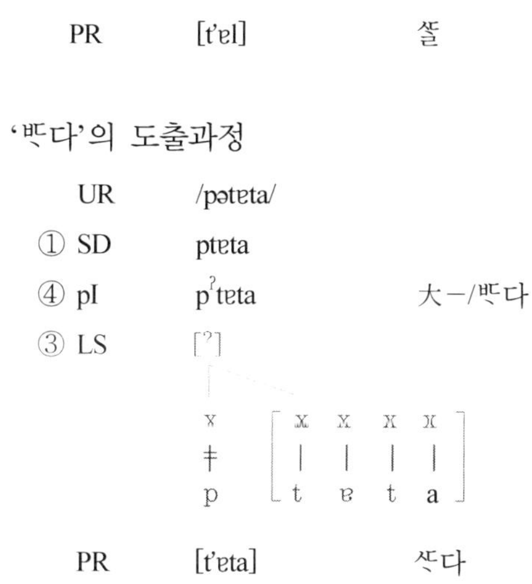

이러한 어두음의 내파화 및 후행어 경음화는 개개 어사에 따른 시차가 있었던 듯하다. 그것은 사용빈도 및 친숙도, 화자의 직관 등에 좌우되었으리라 생각한다. 또 조선관역어에 나타난 표기와 계림유사의 기록으로 미루어 볼 때 정음 당시의 'ㅂ'계병서의 음가는 내파화의 과정을 밟기 시작한 때라고 추정한다. 즉 어두 'ㅂ'는 [p] 내지 [p']의 음가 표기로 규정지을 수 있는 것이다.

'ㅂ'계어두자음군이 안정화를 추구하는 것은 국어에서 허용하는 음절구조에의 부합을 위한 것이다. CCV형이나 CCVC형은 국어에서 불허하므로 각기 CV 혹은 CVC를 향한 노력이 있게 된다. 그 노력은 첫째 자음의 둘째 자음에의 흡수로 인한 단자음화로 나타나는데 후두음 계열이 자립분절층을 이루고 있는 국어의 특성으로 인하여 기음화 혹은 경음화하게 된 것이다. 음절음운론에 근거하여 상기 「쓸」의 도출과정을 나타내면 다음과 같다.

'寶妲' > '쏠'의 변화

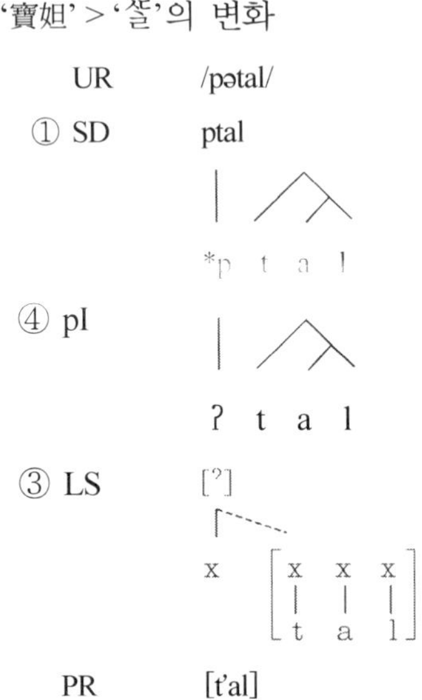

UR   /pətal/

① SD   ptal

④ pl

③ LS   [ʔ]

PR   [t'al]

즉 CCVC를 이루는 '쏠'에서 *[p]는 좌초된 상태이므로 불안정하다. 그 결과 안정화를 위하여 내파하며, 내파음 [ʔ]은 경음소로 후두음층렬에 존재하면서 후행어와 결합하게 되는 것이다.

2. 경음화의 완성

근대국어는 임진란(1592년)에서부터 갑오경장(1894년)까지를 포괄하는 약 3세기 간의 기간을 대상으로 한다.

종래의 국어의 역사적 연구들이 중기어와 근대어 사이에 일어나는 거의 모든 변화를 임진란에 결부시켜 온 것을 "가장 큰 편견의 하나"라고 비판하면서 이기문(1972 : 185)은 그러한 제 변화들은 16세기말 임진란 이전에 일어났던 것이라 주장하고 있다.

그러나 임진란이 언어의 "변화 요건"은 아닐지라도 "마무리 요건"이 되었다는 사실은 인정되어야 할 것이다. 사실상 경음은 고대에서 현대에 이르기까지 계속적인 변화를 하고 있는데, 중기의 어두자음군의 경음화 현상이 임진란을 통하여 가속화·촉진되어 현대국어의 기본 골격을 이루는 근대어의 모습을 갖추게 했다고 보아야 할 것이다. 대전란이 언어의 제 변화현상의 과정을 촉진시키고, 시간을 단축시키는 소석이 됨은 타 언어현상에서도 마찬가지다.

이기문은 평음이 경음화하는 원인을 다음 세 가지로 제시하고 있다. (1977 : 70-73)

첫째, 음성적 인상(phonétique impressive)에 근거한다.

'스스-, 꾸짖-, 씷-, 싫-' 등이 이에 속한다. 이들은 당초 재래의 평음형과 공존했을 것이며 어감상의 차이를 가졌을 것이다. 그러다가 경음형만 남게 되어 오늘에 이른 것이다.

둘째, 앞에 한정어(déterminant)를 가지는 명사가 대부분이다.

'곳>꽃', '불휘>뿔휘' 등은 흔히 그 앞에 식물명을 수반하기 때문에 가능했던 것이다. 15세기의 '(죽)수-'가 '쑤-'로 바뀜은 이 '수-' 동사가 항상 목적어 '죽' 뒤에서 경음으로 발음된데서 그 어두음 경음화의 원인이 있는 것이다.

셋째, 역행동화에서 찾을 수 있다.

'곳고리>꾀꼬리', '덛덛ᄒ->떳떳하-', '둣둣ᄒ->따뜻하-', '긋긋ᄒ->깨끗하-', '져->꺽-', '쟈->깎-' 등을 든다. 이 역행동화에 의한 어두평음의 경음화는 16세기에는 일어나지 않는 것으로 근대국어의 모습이다.

결론으로 그는 어두평음의 경음화는 15세기 또는 그 이전에까지도 소급할 수 있으며 16세기에 그 영향이 일반적으로 노출되었다고 하였다.

평음의 경음화의 예로 중기어의 '쟈-'(折)이 근대어에 '싹-'으로 나타나는 예를 들어본다.

중기국어 '쟈-'

손소 머리 갓고 뭿고래 이셔 (釋譜 6 : 12)
집 브리고 나가 머리 갓글씨라 (月釋 1 : 17)

근대어 '싹-'

주근굽 든든흔 톱은 싹가 브리고 (馬解下 69)
두 손을 싹가 殺흐고 (武藝圖譜 17)

이러한 어두평음의 경음화는 자립분절층에 존재하는 후두음[ʔ]와 평음의 결합에 의한 것이다. 즉 후두음 확산으로 볼 수 있다.

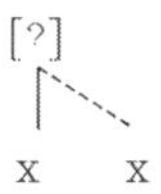

다음에 '곳고리'의 경음화 과정을 보인다. '곳고리>꾀꼬리'는 두 번의 후두음 확산으로 인해 이루어진 것이다.

'곳고리'의 1음절 'ㅅ'종성은 후행자음인 파열음의 영향으로 내파하며 그 결과 자립분절소 [ʔ]가 산출된다. [ʔ]의 우측 확산으로 산출된 '고쏘리'([kokʔori])의 영향으로 첫 음절의 [k]도 [ʔ]와 결합하여 '꾀꼬리'

가 산출된 것이다. 이처럼 어사 내부에 이미 [?]가 존재할 경우 그 어사 어두에도 [?]이 결합하는 경향을 다음과 같이 규칙화할 수 있다.

(5) 후두음 역행(laryngeal reversion : LR)
　　Ø → ? / #_ …?…

위에서 역행동화의 예로 든 셋들은 선행 종성에서 산출되는 [?]와의 결합으로 내부에 경음을 가지게 된 어사가 어두에서 다시 후두음의 결합을 겪게 되는 경우이다. '곳고리>꾀꼬리', '둣둣ᄒ->따뜻하-'의 예들이 그것이다.

'곳고리>꾀꼬리'의 도출과정

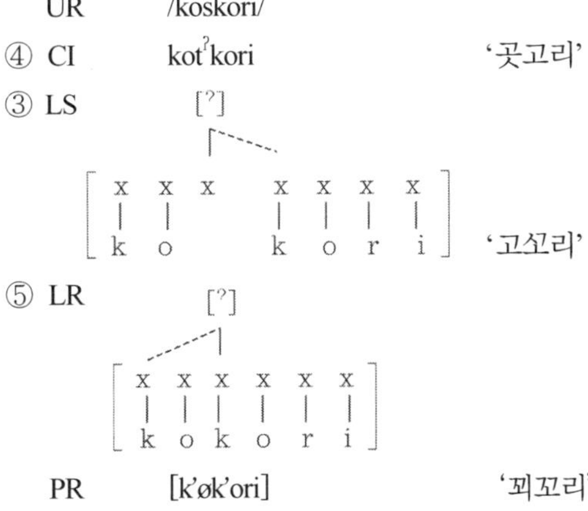

PR　　　[k'øk'ori]　　　　　　　'꾀꼬리'

국어 경음은 평음의 경음화와 더불어, 중기국어에 형성된 'ㅂ'계어 두자음군의 경음화로써 근대국어 초기에 완성단계를 이루게 되었다. 그런데 어두자음군의 경음화 시기에 대해서는 학자에 따라 다르다.

먼저, 이기문의 견해를 보기로 한다. 그는 'ㅅ'계를 원초부터 경음표기로 보므로 'ㅂ'계병서의 'ㅅ'계 합류의 완성을 국어 경음의 완성 단계로 보게 된다. 그 시기는 16세기말 내지 17세기초에 최후적인 완성을 보았다고 한다.(1955 : 252)

다음으로, 허웅은 'ㅅ'계와 'ㅂ'계 양자 모두 재 음가를 지닌 것으로 보므로 그 시대가 보다 하향한다. 'ㅅ'계병서의 경음화는 16세기로 가장 빠르며, 'ㅂ'계의 경음화가 17세기말 내지 18세기 초에 동요를 시작하여 18세기 중엽(1740년경)에 완성함으로써 가장 늦게 이루어졌다고 본다. 'ㅄ'계의 경음화는 중간에 해당하는데 16세기부터 동요를 시작하여 17세기에는 이미 경음화한 'ㅅ'계로의 합류 즉 경음화하거나, 혹은 아직은 자음군인 'ㅂ'계로 합류하여 운명을 같이 하거나 했다고 본다.(1975 : 429-456)

'ㅅ'계병서의 어두 'ㅅ'은 향가 '叱'에서 근원하는 역사성을 지닌 것으로 그 원형을 불문하고 당시 경음화한 어사 표기에 사용된 것이다. 그러므로 어두자음군의 경음화 현상의 연대 추정은 'ㅂ'계 병서의 경음화가 목표가 될 것이다. 'ㅄ'계의 경우는 앞에서도 살핀 바 이미 정음 당시 문헌에서도 혼기가 나타나며, 'ㅂ'계가 경음화되는 과정을 보인 것으로도 볼 수 있어 15세기에 이미 경음화되었다고 보아야 할 것이다.

1577년, 1582년의 2종의 간본이 정하는 「야운자경(野雲自警)」「발심수행장(發心修行章)」「계초심학입문(誡初心學入門)」 등의 용례에는 혼란이 보이지 않는다.

뜨드로 (意 野雲 47)

뻐 (種 野雲 49)

뛰지비 (茅庵 野雲 57)

뻐 (用 誠初 7)

쁘들 (意 誠初 8)

뻐러디여 (溺 誠初 17)

뿔 뼈 (蒸米 發心 19)

술위두뻐굿고 (如車二輪 發心 20)

17세기초 문헌인 「언해태산집요(諺解胎産集要, 1608년)」에도 'ㅂ'의
상태가 유지된다.

뻐니	쁘미
뻐쁟	드러
뿍	뿌츠며
츳뿔	

「동국신속삼강행실도」(1615년)에도 'ㅂ'의 상태는 유지된다.

쁘데	쁘샤
거슬뜬	쁴우고
쁘들	쁘레질

그러나 「동국신속삼강행실도」에는 전대에는 존재하지 않은 'ㅂㄱ'의
느닷없는 등장이 보인다. 'ㅂㄱ'는 어두자음군을 잠정적으로 허용한 중기
국어의 표면음성제약에 거부되는 형태로 중기에는 없던 표기였다. 그
것의 등장은 뒤늦게 어두자음군으로 허용되었다기보다는 당시 이미

‘ㅂ’계가 경음으로 인식되었기 때문에 가능했으리라 보는 것이 합리적이다. 즉 이것은 [k]의 경음을 ‘ㅂ’계로도 혼기할 수 있었다는 사실의 입증으로써 ‘ㅂ’계의 경음화를 보여주는 것으로 해석되어야 할 것이다. 더욱이 ‘ㅄㄱ’가 ‘ㅅㄱ’ 및 ‘ㅄ’ 등과도 혼기되고 있음은 사실상 어두자음군의 소멸 상태를 증명하는 것이다.

뻐뎌	(東國行實圖 孝子圖 3 : 43)
써디니라	(上同 4 : 29)
뻐디니라	(上同 2 : 84)
쁴려	(上同 忠臣圖 1 : 46)
스리오고	(上同 孝子圖 8 : 8)
브려	(上同 6 : 44)

「두시언해(杜詩諺解)」 重刊本(1632년)에 이르면 혼란상은 더 심해진다. 괄호안의 표기는 초간본의 표기이다.

듧헤셔	(庭 2 : 35 뜰)
쁘들	(意 7 : 11 뜯)
칼스기	(用 7 : 15 갈쓰기)
힘슬바을	(用 7 : 35 힘쓸바롤)

「노걸대언해(老乞大諺解)」(1670년) 「첩해신어(接解新語)」(1676년) 「박통사언해(朴通事諺解)」(1677년)에 이르면 ‘ㅂ’계 ‘ㅅ’계가 마구 혼용된 예들이 나타난다.

씩노는	(<쁴- 捷解 6 : 8)

띠놀려	(上同 6 : 6)
뼈나셔	(上同 5 : 3)
쩌나셔	(上同 5 : 11)
뼈	(上同 5 : 9)
쩌	(上同 5 : 26)
어닌삑	(上同 5 : 11)
어닌씩	(上同 5 : 3)
쓰고	(朴通 用下 28)
씀이	(上同 用中 2)
쁘다	(上同 灸上 35)
쓰다	(上同 灸上 35)
뿍	(上同 艾上 35)
쑥	(上同 艾上 35)
쁘로다	(上同 下 24)
쓸오라	(上同 中 12)

1745년 「어제상훈언해(御製常訓諺解)」의 'ㅂ'보유 어사는 기존 형태에서 어긋나며 원래는 'ㅂ'이 없던 자리에도 'ㅂ'을 쓰고 있음을 보여준다.

    써르텨 (18)
    써러디는둣 (23)
    法祖아래 뼈 (一書 16)

그리하여 「동문유해(同文類解)」(1748년)에서는

    삣 種子 (下 1)
    삣미티다 結子 (下 6)
    과실삣 果核子 (下 6)
    삣브르다 去核子 (下 6)
    일로뼈 以此 (下 50)

등의 몇 예에서만 'ㅂ'계병서를 찾을 수 있을 뿐이며, 거의 모든 'ㅂ'
계병서는 'ㅅ'계로 대치되었다.

    쏫눈 米雲(上 2)
    셰쓰는사롬 矜勢人(上 13)
    쓸게 肚子膽(上 17)
    쒸다 跳過(上 26)
    힘쓰다 用力(上 31)
    짝짓다 結配耦(上 52)
    찐밥 蒸飯(上 58)
    쏫다 醶(上 62)
    쏟다 摘了(下 2)
    조쏠 小米(下 2)

「동문유해」의 이들 예는 음가의 변천을 나타내는 것이 아니라, 국어에서 경음 記寫가 'ㅅ'계로 통일되어 감을 시사해 주는 것으로 표기법의 정비로 평가되어야 할 것이다.

표기법의 보수성을 고려한다면 'ㅂ'계의 경음화는 표기의 혼란 이전에 이미 수행되었다고 볼 수 있다. 즉 최초의 혼란을 보이는 「동국신속삼강행실도(1615년)」 이전이 신빙성있는 연대 추정이 될 것이다. 이 시기는 16세기말에 일어난 임진란 직후로써, 대전란이 음운변화의 결정적 마무리를 했다는 점에서 더욱 수긍이 가는 결론이다. 또한 'ㅂ'계병서의 경음화 시기를 17세기 초로 추정하는데 도움을 주는 또 하나의 현상으로 'ㅄ'계 병서의 혼기례들을 들 수 있다.

1632년에 간행된 「두시언해」 중간본에 나타나는 'ㅄ'와 'ㅼ'의 혼기례는 'ㅂ'계가 경음화되었음을 인정치 않고는 해석이 불가능한 것이므로 17세기 초라는 연대 추정을 신빙성있게 해 준다.

 뜨려디고   (杜重 9 : 8)
 ㅼ리는   (杜重 4 : 15)
 ㅼ러   (上同 15 : 6)

또한 전대에 각자병서로 표기되던 단어들이 'ㅅ'계병서로 표기되는 것도 17세기이다. 「노걸대언해」(1670년) 「첩해신어」(1676년) 「박통사언해」(1677년) 등에 다수 나타난다.

 머글썰   (老乞 上 50)
 등잔썰   (上同 51)
 홀쩌시니   (上同 50, 59)
 七八里낄   (上同 54)

바들짜   (上同 59)
안쌔다히   (捷解 1 : 9)
머글쎗도   (上同 1 : 28)
ㅎ올쩌시니   (上同 2 : 5)
더딜까   (上同 2 : 22)
홀 씨라는   (上同 4 : 13)
엇더홀쇼   (上同 7 : 20)
흐터딜쩌시니 (朴通 7)
틀쩌시   (上同 11)
노는쏘다   (上同 18)
믈까온듸   (上同 60)

이러한 'ㅅ'계 병서표기로의 일원화는 첫째, 국어에서 경음의 완성 시기는 17세기 초이며, 국어 경음 표기의 경우 'ㅅ'계의 위치가 확고해졌음을 의미하며, 둘째, 음소로서의 어두 경음과 어중에서 나는 [계속성]을 지닌 이음을 구별표기하던 의식이 없어지고 대표음(음소)으로 표기하는 현대 표기법에의 접근을 시사하고 있다 할 것이다. 즉 이것은 훈민정음 창제 당시의 정밀전사법을 버리고 대신 간략전사법을 선택한 것이라 하겠다.

한국어 경음은 위에서 살핀 바 이러한 역사적 관습에 따라 오랫동안 'ㅅ'계 병서 형태로 표기되는데, 이때의 어두 'ㅅ'은 경음화 표지였다. 그런데 1920년대와 1930년대 간행된 신문 책 잡지 등에 등장하는 국어 경음 표기는 'ㅅ'계 병서가 대세였지만, 사람에 따라서 각자병서로도 표기하는 등 통일된 표기법 원칙은 정립되지 않았었다.

대한제국을 강제 합방한 일본은 조선총독부를 두어 식민통치를 하기 시작하였고, 보통학교 새 교과서를 편찬하게 되었는데 이때 다양한 철자법이 문제가 되었다. 이 문제에 대해 1911년 7월부터 5회의 회의를 한 후 1912년 4월 '보통학교용 언문철자법'을 마련하였는데 이 철자법은 1921년, 1930년에도 계속 개정 작업이 이루어졌다.

이즈음 개인적으로 연구하던 국어학자들이 모여 학회를 창립(1921. 12. 3)하였으니 그것이 바로 '조선어연구회'이었고, 1927년 동인지 「한글」을 창간하여 연구와 보급에 심력하였다. 1931년 1월 10일 열린 제11회 총회에서 명칭을 '조선어학회'로 고치고, 「한글」지를 기관지로 재창간하였다. 조선어학회는 1930년 12월 13일 총회 결의로 '한글 맞춤법 통일안'의 제정에 착수하여 1933년 10월 29일 훈민정음반포 487회 기념일을 기하여 완성 발표하였다. 이 '한글 맞춤법 통일안'이 바로 오늘날 국어 맞춤법의 근간이 된다. 이것은 해로 3개년, 125회 회의에 장장 433시간을 들여 검토를 거듭한 끝에 이룩한 결과였다. 그 과정에서 3차례의 열띤 공청회도 개최되었다.

경음 표기에 대한 논쟁은 공청회 첫째 날의 주제였었다.[2] '있습니까' 인가 '잇습니까' 인가? '가끔'인가 '가씀'인가? 의 문제였다. 경음 표기에 있어서 조선어학연구회(「정음」파) 박승빈은 경음의 역사적인 표기 즉 'ㅅ'계 병서 표기를 주장하였고, 조선어학회(「한글」파) 신명균

---

2) 표기법 원리는 크게 소리나는 대로 적는 표음주의 표기법과 음성 표기에 더하여 그 속에 뜻(형태)까지 담는 형태주의 표기법 사이의 줄다리기라 할 수 있다. 어느 쪽으로 쏠리느냐에 따라 철자법은 달라지게 된다. 표음주의를 표방한 측은 '조선어학연구회' 소속 박승빈·정규창·백남규 등이었고, 형태주의를 표방한 측은 '조선어학회' 소속 최현배·이희승·신명균 등이었다.
　공청회 둘째 날은 받침의 표기 문제를 다루었다. 조선어학연구회 측에서는 정규창이, 조선어학회 측에서는 이희승이 주제발표를 하였다. 정규창은 표음주의 표기법을, 이희승은 형태주의 표기법을 주장하였다. 셋째 날은 어미활용 문제가 주제였는데, 역시 표음주의(박승빈)와 형태주의(최현배)의 공방전이었다.

은 경음의 음리(音理)에 보다 적합한 각자병서 표기를 주장하였다. 각자병서 표기는 당시 대중들의 표기법이었던 'ㅅ'계 병서 표기를 전면 개정하자는 혁신적인 주장이었으나, 한글맞춤법 통일안에는 각자병서 제안이 받아들여지게 되어 격렬했던 경음 표기 논쟁은 일단 끝나게 되었다. 물론 실제 언중들은 습관대로 그 후에도 오래도록 'ㅅ'계 병서를 경음 표기로 사용한 흔적도 찾을 수 있다. 그런 우여곡절을 거친 후 각자병서는 국어 경음 표기로 공고히 자리잡게 된다.

그렇다면 음성으로서의 경음의 위세는 어떠했을까. 평음 계열만 있고 경음은 萌芽(싹)로 존재하던 고대로부터 서서히 세력을 불러가던 경음은 복잡다단한 시대의 흐름에 따라 폭발적인 확산세를 이루어내었다. 소외현상(아노미)에 대한 보상 기능과 강한 표현 효과를 지닌 경음의 특징이야말로, 현대 국어 음소 중 경음으로 하여금 가장 강력한 상승세를 이어가도록 한 원동력이 아니었을까 생각한다. 앞에서 살핀 바어두자음군의 경음화 현상뿐 아니라 많은 평음 어사들이 근대국어에 와서 경음 어사로 바뀌었다.

또한 비표준 발음이라는 끝없는 충고에도 불구하고 현대의 많은 언중들은 무의식적으로 평음을 경음으로 발음하고 있으니, '과 학생회'를 [꽈 학생회], '과자'를 [꽈자], '두껍다'를 [뚜껍따], '사랑해'를 [싸랑해] 등으로 말한다. 국어 순화 문제에서 가장 우려하는 첫 번째 과제가 평음의 경음화 현상이 될 정도로 지금도 경음의 확산은 계속되고 있는 것이다.

강길운(1952)　　“초성병서고”.「국어국문학」 13.

강길운(1957)　　“오대진언음운고　병서를 중심으로”.「일석이희승선생송수기념논총」.

강옥미(1992)　　“The Korean Prosodic Phonology.” ph.D. dissertation, Univ. of Washington.

고대심리학과교수실편(1977)　「심리학개설」. 고대출판부.

김경동(1981)　　「현대의 사회학」. 박문사.

김계곤(1972)　　“사이시옷으로 표기된 합성임자씨의 실제의 소리현상”.「인천교대논문집」 6.

김기호(1987)　　“The Phonological Representation of Distinctive Feature : Korean Consonantal Phonology”. ph.D dissertation, Univ.of Iowa.

김기호(1990)　　“계층적 자질수형도에서의 비표기와 잠재표기”.「언어」15권 통합호. 한국언어학회.

김동례(1998)　　“현대국어의 경음화 현상.” 고려대 박사학위논문.

김두봉(1922)　　「깁더조선말본」. 역사한국문법대계(1983, 탑출판사).

김민수(1952a)　“ㅎ 조사 연구”,「국어국문학」1.

김민수(1952b)　“병서해석에 대한 고찰”.「국어국문학」 2.

김민수(1953)　　“各字並書 음가론”.「국어국문학」 4.

김민수(1955)　　“合用並書 음가론”.「국어국문학」 13.

김민수(1982)　　「신국어학사」. 일조각.

김민수(1983)　　「신국어학」. 일조각.

김석득(1960)　　“음운분석론”.「한글」 126.

김석득(1974)　　“없어진 글자의 상고”.「나라사랑」 14, 외솔회.

김선기(1933)　　“경음의 본질”.「한글」 1-9.

김선기(1972)　　“동국정운의 ㅃ ㄸ ㄲ의 음가”.「한글」 150.

김영기(1974)　　“Korean Consonantal Phonology”. ph.D. dissertation, Univ. of Hawaii.

김영기(1975)　　*Korean Consonantal Phonology*. 탑출판사.

김영송(1972)　　“된소리의 음성자질과 변별자질”.「한글」 149.

김영송(1981)　　「우리말 소리의 연구」. 과학사.

김유범(1999)　　“관형사형 어미 ‘-ㄹ’ 뒤의 경음화 현상에 대한 통시적 고찰.”「한국어

　　　　　　　　　학」(한국어학회) 10.
김종미(1986)　　"Phonology and Syntax of Korean Morphology". ph.D. dissertation, Univ. of Southern California.
김종원(1983)　　「한국고유한자연구」. 집문당.
김준영(1964)　　「향가상해」. 교학사.
김진우(1965)　　"On the Autonomy of Tensity Feature in Stop Classification : with Special Reference to Korean Stops". Word 21-3.
김진우(1967)　　"Some Phonological Rules in Korean". 「어문연구」 5. 대신.
김진우(1971)　　"국어 음운론에 있어서의 공모성". 「어문연구」 7.
김진우(1973)　　"Gravity in Korean Phonology". 「어문연구」 9.2.
김차균(1974)　　"국어의 자음체계". 「한글」 153.
김차균(1981)　　"음절이론과 국어의 음운규칙". 「인문과학 연구소 논문집」 제8권 1호. 충남대학교.
김차균(1990)　　"국어 음운론에서의 강도의 기능". 「언어」 15권 총합호. 한국언어학회.
김태경(2000)　　"국어 자음의 변동 원리와 제약." 한양대 박사학위논문.
김형규(1947)　　"삼국사기의 지명고구". 「진단학보」 16.
김형규(1963)　　"ㆆ말음 예언고". 「아세아연구」 II. 고대.
김희섭(1991)　　"Glottal Formation in Feature Geometry". 「언어」(한국언어학회) 16권 2호.
남광우(1957)　　"'ㆆ' 첨용(Declension) 어고". 「중앙대 논문집」 2.
도수희(1971)　　"각자병서 연구". 「한글학회 50돌 기념논문집」.
박병채(1958)　　"후두음고 - ㆆ음을 중심한 음성학적 고찰". 「국문학」 2. 고대 국문학회.
박병채(1967)　　"고대국어의 격형연구". 「고대 60주년기념논문집」.
박병채(1968)　　"고대삼국의 지명어휘고". 「백산학보」 5.
박병채(1971)　　「고대국어의 연구」. 고대출판부.
박병채(1983)　　「홍무정운역훈의 신연구」. 고대민연출판부.
박영순(1985)　　"한국어복자음발음에 대한 사회언어학적 연구". 「우운박병채박사환력 기념논문집」.
배양서(1969)　　"형태소 사이시옷의 소리값". 「한글」 144.
서병국(1975)　　「신강훈민정음」. 경북대출판부.
서정범(1967)　　"'ㅂ'계 어두자음고". 「논문집」 5. 경희대.
성광수(1979)　　「국어조사의 연구」. 형설출판사.
小倉進平(1929)　「鄕歌及び吏讀の硏究」. 帝城帝大.
손향숙(1987)　　"Underspecification in Korean Phonology." ph.D. dissertation, Univ. of Illinois at Urbana.
시정곤(1993)　　"국어의 단어형성 원리." 고려대 박사학위논문.
신지영(1999)　　"한국어의 운율단위와 경음화 현상."「한국어학」(한국어학회) 10.

심재기(1976)　　　“한자의 진언음사에 대하여”.「김형규교수정년퇴임기념논문집」.

안병희(1968)　　　“중세국어의 속격어미「-ㅅ」에 대하여”.「이숭녕박사송수기념논집」.

안병희(1978)　　　「중세국어 구결의 연구」. 일지사.

안상철(1985)　　　“The Interplay of Phonology and Morphology in Korean”. ph.D dissertation, Univ. of Illinois at Urbana.

안현기(1999)　　　“Post-Release Phonatory Processes in English and Korean : Acoustic Correlates and Implications for Korean Phonology.” ph.D. dissertation, Univ. of Texas at Austin.

안현기(2000)　　　“Revisiting Post-Stop Tensification and Stop Nasalization in Korean.”「음성음운형태론연구」(한국음운론학회) 22권 2호.

양주동(1965)　　　「고가연구」 일조각.

엄태수(1998)　　　“현대국어의 경음화 현상에 대한 검토”.「국제어문」(국제어문학회) 19.

오미라 & Odden, D.(1997) “The Phonological Representation of Korean Tense Consonants.”「언어」(한국언어학회) 22권 2호.

오정란(1984)　　　“중기국어의 경음연구”. 고려대 석사학위논문.

오정란(1985)　　　“각자병서 음가고”.「소당천시권박사화갑기념 국어학론총」.

오정란(1986)　　　“SC 어두자음군 연구”.「국어학신연구-약천김민수교수화갑기념」. 탑출판사.

오정란(1987a)　　“국어 복합어 내부의 경음화 현상”.「언어」12권 1호. 한국언어학회.

오정란(1987b)　　“어두자음군의 체계와 안정화규칙”.「국어국문학」 97.

오정란(1987c)　　“국어 복합어 내부의 경음화현상”.「언어」 12권 1호. 한국언어학회.

오정란(1988a)　　“경음의 국어사적 연구”. 고려대박사학위논문

오정란(1988b)　　「경음의 국어사적 연구」. 한신문화사.

오정란(1988c)　　“국어 후두음 층렬의 정립”.「주시경학보」2, 주시경연구소

오정란(1993a)　　「현대 국어음운론」. 형설출판사.

오정란(1993b)　　“국어 음운현상에서의 지배관계”.「음성음운형태론연구」1, 음운론연구회

오정란(1993c)　　“국어 ‘ㄹ’음의 양음절성과 겹자음화”.「언어」18권 1호, 한국언어학회.

오정란(1995)　　　“비음화와 비음동화”.「국어학」25, 국어학회.

오정란(1996)　　　“국어 격조사의 상보적 분포와 최적성 이론”.「국어학」 28, 국어학회.

오정란(1997a)　　“어미 활용의 음운론적 제약과 대응이론”.「음성 음운 형태론 연구」3. 한국음운론학회.

오정란(1997b)　　“국어 후두음화의 실체에 대하여”.「한국어학」(한국어학회) 6.

오정란(2002)　　　“한국어 경음연구의 과제와 전망”.「한국어학」(한국어학회) 17.

유필재(1994)　　　“발화의 음운론적 분석에 대한 연구.”「국어연구」125.

이광수(1983)　　　“ㅎ말음고”. 관동대 논문집.

이극로(1932)　　　“조선말의 홋소리”.「한글」 1-4.

이기문(1955)　　“어두자음군의 생성 및 발달에 대하여”.「진단학보」17.
이기문(1963a)　“13세기 중엽의 국어자료 향약구급방의 가치”.「동아문화」.
이기문(1963b)　「국어표기법의 역사적 연구」. 한국연구원.
이기문(1972)　　「국어사개설」. 민중서관.
이기문(1977)　　「국어음운사연구」. 탑출판사.
이기문(1978)　　「16세기 국어의 연구」, 탑출판사.
이남덕(1968)　　“15세기 국어의 된소리考”.「이숭녕박사송수기념논총」.
이농넙(1964)　　“어두어발복자음형성 급 속음 [illegible]”.「국어국문학
　　　　　　　　논집」5. 동국대.
이병근(1981)　　「음운현상에 있어서의 제약」. 탑출판사.
이병선(1982)　　「한국고대국명지명연구」. 형설출판사.
이병선(1985)　　“고대입성운미 t의 r음화”.「우운박병채박사환력기념논총」.
이봉원(2002)　　“현대국어 음성·음운현상의 사용기반적 연구.” 고려대 박사학위논문.
이상억(1977)　　“자립분절음운론과 국어”.「이숭녕선생고희기념국어국문학논총」. 탑
　　　　　　　　출판사.
이상억(1978)　　“Middle Korean Tonology”. Ph. D. dissertation, Univ. of Illinois at
　　　　　　　　Urbana. 한신문화사.
이상억(1979)　　“국어음운론에 있어서의 공모성에 대한 재론”.「한글」165.
이상억외 공저(1986)　「국어음운론」. 학연사.
이세창(1999)　　“Post-obstruent Tensification in Korean.”「음성음운형태론연구」(한국
　　　　　　　　음운론학회) 5집2호.
이숭녕(1954)　　「국어학개설」상. 진문사.
이숭녕(1956)　　“伊伐湌·舒發翰 음역고”.「이병도박사화갑기념논총」.
이숭녕(1978)　　「신라시대의 표기체계시론」. 탑출판사.
이숭녕(1982)　　「중세국어문법」. 을유문화사.
이승환(1967)　　“Reconsideration for Tense vs. Lax Feature”.「어문연구」VI-1.
이용재(1978)　　“Lenis Obstruent Fortition in Korean at Differing Levels of Acquisition”.
　　　　　　　　ph.D. dissertation, Univ. of Texas at Austin.
이희승(1965)　　「국어사개설」. 서울 : 민중서관.
林伊(중화민국 71년)　「中國聲韻學通論」. 세계서국 : 臺北.
전규태(1976)　　「논주향가」. 정음사.
전병재(1983)　　「사회심리학」. 경문사.
전상범(1976)　　“현대국어에 있어서의 된소리 현상.”「언어」(한국언어학회) 1권 1호.
전상범(1980)　　「생성음운론」. 탑출판사.
전형진 역(1981)　　「생성음운론」. 형설출판사.
정 국(1980)　　“Neutralization in Korean : A Functional View”. Ph.D. dissertation,

Univ.of Texas at Austin. 한신문화사.

정량은(1973)　「일반심리학」. 법문사.

정인섭(1973)　「국어음성학연구」. 휘문출판사.

지춘수(1964)　"종성8자제한에 있어서 ㄷ,ㅅ 설정에 대한 고찰". 「국어국문학」 27.

지헌영(1947)　「향가여요신역」. 정음사.

천소영(1985)　"향가의 '叱'자 표기에 대하여". 「우운박병채박사 환력기념논총」.

천시권·김종택(1975)　「국어의미론」. 형설출판사.

최범훈(1977)　「한자차용어표기체계연구」. 동대한국학연구소.

최범훈(1981)　「중세한국어문법론」. 이우출판사.

최현규(1961)　"Mémoire Sur les Occlusives Coréennes." 「동방학지」 5. 연세대 동방학 연구소.

최영애 역(1985)　「고대한어음운학개요」(버나드칼그렌). 민음사.

최현배(1982a)　「우리말본」. 정음사.

최현배(1982b)　「고친한글갈」. 정음문화사.

한국언어학회 음운론연구회편(1986). *Phonology and Morphology.* 한신문화사.

허 웅(1953)　"병서의 음가에 대한 반성". 「국어국문학」 7.

허 웅(1973)　「용비어천가」. 정음사.

허 웅(1975)　「국어음운학」. 정음사.

현평효(1962)　「제주도방언연구」. 정연사.

Allen, Margaret R.(1975)　"Vowel Mutation and Word Stress in Welsh". *Linguistic Inquiry* 4-2.

Aronoff, M.(1975)　"able". *NELS* 5.

Aronoff, M.(1976)　"Word Formation in Generative Grammar". *Linguistic Inquiry Monograph*1, MIT Press.

Bells, R.T.(1976)　*Sociolinguistics.* ST. Martin's Press, N.Y.

Brown, B.(1958)　*Words and Things.* Free Press, N.Y.

Chomsky, N.(1964)　*Current Issues in Linguistics.* In Forder and Katz. ; Published in slighty-revised form by Mouton, The Hague.

Chomsky, N.& Halle, M.(1968)　*The Sound Pattern of English.* Haper & Row, N.Y.

Chomsky, N.(1976)　*Reflection on Language.* Fontana.

Chomsky, N.(1977)　"On Wh-Movement". in Clulicover, P.W. et al.(eds) *Formal Syntax.*

Clements, G.N.(1985)　"The Geometry of Phonological Feature". *Phonology Yearbook* 2.

Clements, G.N.& K. Ford(1979)　"Kikuyu Tone Shift and Its Synchronic Consequences".

Linguistic Inquiry 10.

Clements, G.N.&Goldsmith J.(eds.)(1984) *Autosegmental Stydies in Bantu Tone.* FORIS Publication. Dordrecht-Holland/Cinnaminson U.S.A.

Clements, G.N.& Samuel J. Keyser(1981) "A Three-Tiered Theory of the Syllable". in Occasional Paper 19, The Center for Cognitive Science, MIT.

Clements, G.N.& Samuel J. Keyser(1983) "CV Phonology : A Generative Theory of the Syllable". *Linguistic Inquiry* Monograph 9. The MIT Press, Cambridge.

Davis, K.(1940) "Extreme Social Isolation of a Child". *American Journal of Sociology*, Vol. 45.

Durkheim, E.(1947) *The Division of Labor in Socioty*(trans.). George Simpson, N.Y. The Free Press of Glencoe.

Empson, W.(1963) *Seven Types of Ambiguity.* 3rd(ed.). London.

Fillmore, C.J.(1968) "The Case for Case". Bach and Harms, eds, *Universals in Linguistic Theory.* N.Y. Hort, Rinehart and Winston.

Fillmore, C.J.(1971) "Some Problems for Case Grammar". *Working Press in Linguistics* 10.

Foley,J. (1970) "Phonological Distinctive Feature". *Folia Linguistica* 4.

Goldsmith, J.(1976a) *Autosegmental Phonology.* MIT ; ph.D. dissertation. Garland Press(1979).

Goldsmith, J.(1976b) "An Overview of Autosegmental Phonology". *Linguistic Analysis* 2.

Grammont, M.(1933) Traité de Phonétique, Paris : Librairirie Delagrave.

Halle, M. & J.-R Vergnaud(1980) "Three-dimensional Phonology", *Journal of Linguistic Research* 1.

Harris, J.W.(1969) *Spanish Phonology.* Cambridge, Massachusetts : MIT Press.

Harris, J.W.(1990) "Segmental Complexity and Phonological Government". *Phonology* 7.

Hooper, J.B.(1973) *Aspects of Natural Generative Phonology.* University of California, Los Angels.

Hooper, J.B.(1976) *An Introduction to Natural Generative Phonology.* New York. Academic Press.

Hulst, H.G. van der and N. Smith(eds.)(1982) *The Structure of Phonological Representations.* part 1. Foris Publications.

Hulst, H.G. van der and N. Smith(eds.)(1985) *Advances in Nonlinear Phonology*, Foris Publications.

Hyman, L.W.(1975) *Phonology.* University of Southern California.

Hyman, L.W.(1978) "Word Demarcation". *University of Human Language* Vol. 2, Stanford University Press.

Hyman, L.W.(1986) "The Phonology of Voicing in Japanese : Theoretical Consequences for Morphological Accessibility". *Linguistic Inquiry* 17-1.

Itô, Junko(1986) "The Phonology of Voicing in Japanese : Theoretical Consequences for Morphological Accessibility". *Linguistic Inquiry* 17-1.

Jakobson, R.(1960/71) "Why Mama and Papa?" In prespective in Psychological Theory dedicated to Heinz Werner. N.Y. Reprinted in Roman Jakobson, Selected Writings Ⅰ. 538-545 : The Hague : Mouton.

Jones, D.(1957) *An Outline of English Phonetics*. Cambridge.

Kahn, D.(1976) " Syllable-based Generalizations in English Phonology". ph.D. dissertation. MIT.

Kaye, Jonathan Jean Lowenstamn & Jean-roger Vergnaud(1985) "The Internal Structure of Charm and Government", *Phonology Yearbook* 2.

Kaye, Jonathan Jean Lowenstamn & Jean-roger Vergnaud(1990) "Constituent Structure and Government in Phonology", *Phonology* 7.

Kenstowicz, M. and Kisseberth, C.(1979) *Generative Phonology*. University of Illinois.

Kiparsky, P.(1968) "Linguistic Universal and Linguistic Change". In Emmon Bach and Robert T. Harms, eds. *Universal in Linguistic Theory*, 171-202. N.Y. Holt, Rinehart and Winston.

Kiparsky, P.(1971) "Historical Linguistics". In William Orr Dingwall, ed., *A Survey of Linguistic Science* 576-649. Linguistics Program, University of Maryland.

Kiparsky, P.(1972) "Explanation in Phonology". In Stanly Peters, ed., *Goals of Linguistic Theory*, 189-227. Englewood Cliffs, N.J. Prentice-Hall.

Kiparsky, P.(1979) "Metrical Structure Assignment is Cyclic" *Linguistic Inquire* 10.

Kiparsky, P.(1982a) Explanation in Phonology. *PLS*4, Foris Publications.

Kiparsky, P.(1982b) "Lexical Phonology an Morphology", in *Linguistics in the Morning Calm*, Linguistic Society of Korea, Hanshin, Seoul.

Kisseberth, C.W.(1970) "On the Functional Unity of Phonological Rules". *Linguistic Inquiry* Ⅰ.

Leben, W.(1971) "Suprasegmental and Segmental Representation of Tone". *Studies in African Linguistics*. Supplement 2.

Leben, W.(1973) "Suprasegmental Phonology". ph.D. dissertation, MIT.

Leben, W.(1980) "A Metrical Analysis of Length". *Linguistic Inquiry* 11.

Leben, W. and Prince, A.(1977) "On Stress and Linguistic Rhythm". *Linguistic Inquiry* 8.

Lilly, J.C.(1961) *Mind Dolphin*. Garden City, Double Day.

Lisker, L. & Abramson, A.S.(1964) "A Cross-Language Study of Voicing in Initial

Stops : Acoustical Measurement". *Word* 20.

Malle, M. & Vergnaud, J.R.(1980) "Three Dimensional Phonology". *Journal of Linguistic Research* 1.

Martin, S.(1951) "Korean Phonemics". *Language* 27.

Martin, S.(1954) *Korean Morphonemics*. Baltimore : Waverly Press.

Matthews, P.H.(1974) *Morphonemics*. Cambridge Textbooks in Linguistics.

McCarthy, J.(1979a) "Formal Problems in Semitic Phonology and Morphology", ph.D. dissertation, MIT.

McCarthy, J.(1979b) "On Stress and Syllabification". *Linguistic Inquiry* 10.

McCarthy, J.(1981) "A Prosodic Theory of Nonconcaterative Morphology". *Linguistic Inquiry* 12 : 3.

McCarthy, J.(1986) "OCP Effects : Gemination and Antigemination". *Linguistic Inquiry* 17 : 3.

Merton, R.(1957) Social Theory and Social Structure. Glencoe Ⅲ, Free Press.

Miller, P.(1972) "Some Context-free Processes Affecting Vowels." Ohio State University Working Paper in Linguistics Ⅱ.

Mohanan, K.D.(1981) "Lexical phonology", ph.D. dissertation, MIT.

Mohanan, K.P.(1983) "The Structure of Molody". ms., MIT, Cambridge, Massachusetts.

Odden, D.(1980) "On the Role of the Obligatory Contour Principle in Phonological Theory". *Linguage* 62 : 2.

Ohara, J.J.(1974) "Phonetic Explanation in Phonology". *Proceedings of Parasession on Natural Phonology.* Chicago Linguistic Society.

Piaget, J.(1959) *The Language and Thought of the Child.* N.Y., Humanites Press.

Radford, J.(1981) *Transformational Syntax.* Cambridge Textbooks in Linguistics.

Ramstedt, G.J.(1949) *Studies in Korean Etymology.* Helsinki : Suomalais Ugriairen Seura.

Seiman, M.(1959) "On the Meaning of Alienation". *American Sociological Review,* Vol. 24, No. 6.

Selkirk, E.O.(1980) "The Role of Prosodic Categories in English Word Stress". *Linguistic Inquiry* Ⅱ.

Shilbatani, M.(1973) "The Role of Surface Phenetic Constraints in Generative Phonology". *Language* 49.

Skausen, R.(1972) "On the Capturing Regularities". Papers from the Eight Regional Meeting of the Chicago Linguistic Society.

Stanley, R.(1967) "Redundancy Rules in Phonology". *Language* 43.

Trager, G.L. and Bloch, B.(1941) "The Syllabic Phonemes of English". *Language* 17.

Ullmann(1951) *The Principle of Semantics : A Linguistic Approach to Meaning.* Glasgow : Jakson & Oxford : Basil Blackwell.

Vance, T.J.(1982) "On the Origin of Voicing Alternation in Japanese Consonants". *Journal of the American Original Society* 102-2.

Venemann, T.(1972) "On the Theory of Syllabic Phonology". *Linguistische Berichte* 18.

Venemann, T.(1974) "Phonological Concreteness in Natural Generative Grammar". R. Shuy and C.J. Bailey(Eds.) *Toward Tomorrows' Linguistics,* Washington, D.C. : Georgetown University Press.

Vennemann, T. and Ladefoged,P. (1973) "Phonetic Features and Phonological Feature". *Lingua* 32.

찾아보기

(A, あ, 1)

aspirated	13
glottalized	13
Rendaku현상	113
schwa 탈락 규칙	242
wanna-축약	172
ㅎ	206, 211, 212, 283

(ㄱ)

角干	223
각자병서	203, 256, 257, 263, 264
간략전사법	324
강도	65, 116
강도 강세	79
강도 낮추기 규칙	69
강도 올리기 규칙	69
강도 조정 현상	68
강도강세	68
강도체계	85
강세구	123
격	171
겹받침	184

경계	46
경계 약화	47
경계 변화	119
경음	11, 13, 18, 187, 189, 257, 325
경음소	38, 55, 115, 117
경음화	14, 68, 89, 98, 104, 110, 115, 117, 308
계속성	282, 283, 285, 287
孤直不按	271, 278
골격	195
공교점(空交點)	173, 183
공동격	42, 95
공명도	65, 186
공명음 선호제약	186
공모	233
공모성	256
공모현상	227
교체조건	298
국어자음군	287
굴절체계	92
규칙순	120
급여관계	244, 247

기음소 ································ 25, 37, 55
기음화 ························ 291, 292, 306
기저형 ···································· 120
岐出雙聲 ············ 270, 271, 274, 278
긴장성 ······················ 283, 285, 287
긴장자질 ·································· 12

(ㄴ)

-ㄴ어미 ·································· 97
내파화 ·································· 310

(ㄷ)

單潔不岐 ············ 270, 271, 274, 278
단선음운론 ······························ 125
大段用力 ································ 280
대립 ············ 90, 93, 98, 104, 106,
                        109, 111, 125
대립관계 ························ 107, 110
대음(帶音) ······························ 261
도구격 ······························ 43, 95
동안 ···································· 260
동질적(homogeneous) ················ 128
동화 ······················ 94, 104, 111
둔탁어 ······························ 17, 49

(ㅁ)

모음삽입규칙 ·························· 246

모음삽입현상 ·························· 253
모호성 ···································· 15
목적격 ······················ 43, 95, 178
무성의 휴식 ···························· 215
무정물 ···································· 44
문맥 ···································· 15
미명세이론 ······························ 126

(ㅂ)

ㅂ계 三字 합용병서 ·············· 199
ㅂ계 二字 합용병서 ·············· 198
반복 ···································· 51
發·送·收 ···························· 261
범어적 내포성 ························ 303
병립어 ······························ 41, 42
병목 ···························· 275, 276
복선 ···································· 191
복선음운론 ···················· 126, 247
복선적 ···································· 83
복잡성 ···································· 87
복잡성 조건 ···························· 87
복합어 ···································· 41
부동 ···································· 29
부동 기음소 ···························· 29
부동성조 ································ 24
副音내파규칙 ························ 311
분절음운층렬 ···················· 23, 191
불대음(不帶音) ························ 261

不甚用力 ···································· 280
불청불탁 ······················· 261, 271
불청불탁음 ···························· 262
비경음화 ·································· 89
비연속형태론 ···························· 52
비음화 ·································· 68
쌀 ······································ 290

(ㅅ)

ㅅ계 二字 합용병서 ··············· 198
ㅅ계 합용병서 ······················ 228
ㅅ계병서 ······················ 210, 241
四聲之變 ································ 264
사용 빈도 ······························ 124
사용기반적 가설 ···················· 129
사용빈도 ······························ 312
사이시옷 ············ 14, 44, 113, 117,
126, 214, 216, 234
사이시옷 개재 ······················ 120
사회화 ···························· 18, 19
상관속 ······················ 13, 14, 23
생성음운론 ···························· 115
舒發翰 ································· 223
舒弗邯 ································· 223
성모 ··································· 144
성문압축 ································ 12
성문파열 ································ 11
성문폐쇄 후 파열 ····················· 11

소외 ··································· 20
소외현상(아노미) ···················· 326
속격 ············· 14, 43, 44, 100, 104,
118, 156, 175, 176
수혜격 ········· 14, 45, 101, 105, 119
순음화 ·································· 71
순평어 ····························· 17, 49
시옷내파규칙 ························ 243
시옷종성 ························ 232, 236
심리적인 강화 ························ 20

(ㅇ)

아노미 ······························ 20, 22
아랍어 ··································· 52
阿叱 ······················ 155, 156, 170
양음절성 ································ 86
어간 ··································· 93
어두자음군 ···························· 302
어두자음군의 소멸 ·················· 319
어미 ··································· 93
어사간 내파규칙 ···················· 233
어휘부(lexicon) ················ 40, 130
어휘음운론 ···························· 126
抑音性 ································· 292
언어습득 ··························· 19, 303
언어적 상대성 ························ 17
역급여관계 ···························· 247
역행 ··································· 28

역행동화 ·················· 26, 315

연구개음 ···················· 71

연속성 ······ 90, 94, 97, 110, 125

연속체(continiuum) ········· 83, 129

연접 ······················ 182

연탁현상(Rendaku) ············ 40

예리어 ···················· 17, 49

[illegible] ···················· 292

五聲 ······················· 261

용언 ······················· 91

용언 받침 'ㅎ' ··············· 34

운모 ······················ 144

울림도 ····················· 116

울림도 동화 ················· 62

울림동안(voicing lag) ·········· 276

원음소 ····················· 53

원형 ······················ 227

원형태 ····················· 92

위치강세 ················· 74, 79

위치조정 현상 ··············· 71

유기음 ·················· 187, 188

유기음화 ··················· 293

유성음 ····················· 257

유성음화 ··················· 110

융합 ········· 90, 93, 95, 101, 106, 109, 111, 125

융합관계 ················· 102, 110

音相 ······················· 17

음성상징어 ················ 49, 52

음양소 ···················· 51, 53

음양자질 ···················· 51

음운론적 과정 ·············· 94, 95

음운론적 구 ················· 122

음절강도제약 ·············· 84, 101

음절구조 ····················· 65

음절두음 ···· 65, 68, 74, 79, 84, 85

음절두음의 상호 지배 ··········· 88

음절두음의 음절말음에 대한 지배 관계 ······················· 88

음절말음 ··················· 65, 84

음절음운론 ·················· 251

凝 ················ 207, 208, 267

의미적 일관성 ··············· 90

의미직능 ···················· 50

伊罰干 ····················· 223

伊伐湌 ····················· 223

이음 ······················ 256

이중자음 ···················· 285

이중조음 ·················· 12, 275

이질적(heterogeneous) ········· 128

이화 ·············· 94, 104, 111

인성지세(引聲之勢) · 270, 271, 272, 275, 281

잉여규칙 ···················· 66

(ㅈ)

자립분절소 ······ 195, 248, 307, 309

자립분절음 ·························· 25
자립분절음운론 ············· 115, 191
자립분절음운충렬(autosegmental tier) ····················· 23, 56
자립성 ························· 25, 38
자립소 ························· 29, 32
字母之變 ························· 264
자연성(naturalness) ············· 140
자음강도제약 ···················· 109
자음강화규칙 ············· 234, 237
자음내파규칙 ···················· 237
자음동화규칙 ···················· 238
자음의 강도체계 ········· 65, 66, 67
자질 위계이론 ···················· 126
자질 층위 이론 ···················· 61
자질강도 ························· 66
장애음 내파 ······················ 38
장음성 ························· 287
장자음화규칙 ···················· 235
재배열 ························· 244
재음절화 ······················ 32, 33
전방자음 ························· 303
全不用力 ························· 280
전청 ························· 261, 271
전청음 ························· 262
전탁 ························· 261, 271
전탁음 ·········· 256, 257, 261, 262, 263, 264, 265, 267, 269, 270
전탁자 ························· 189

전통적인 생성음운론 ············· 120
접사 끝 운율 ···················· 122
정밀전사법 ······················ 324
좌초된 자음 ···················· 253
주격 ··················· 43, 95, 180
주변음 ··············· 185, 292, 295
주변음 선호제약 ··················· 185
주종어 ························· 42
中按後屬 ··············· 271, 278, 281
중앙음 ························· 185, 292
지대어(指大語) ················· 17, 49
지배 음운론 ······················· 87
지배관계 ············· 76, 79, 87, 90
지배성 ············· 90, 94, 110, 125
지배음운론 ···················· 77, 116
지소어(指小語) ················· 17, 49
之吒 ········· 152, 155, 157, 167, 170
직관 ························· 312
吒 ·········· 135, 137, 141, 144, 146, 147, 151, 171, 173, 175, 178, 180, 213, 318

(ㅊ)

차청 ························· 261, 271
차청음 ························· 262
처격 ·········· 14, 45, 101, 104, 119
청·탁 ························· 261
淸濁之變 ························· 264

체언 ……………………………………… 91
초분절음층렬 ……………………………… 191
초호지성(初呼之聲) ……… 270, 271,
272, 274
최다적용의 원칙 ………………………… 244
최대음절구조 …………………………… 253
최소음절구조 …………………………… 253
최적성 이론 ……………………………… 127
주상적인 복합격· 41, 46, 83, 89, 118
친밀성 …………………………………… 124
친숙도 …………………………………… 312
七音之變 ………………………………… 264

(ㅌ)
타당성(explanatory) ………………… 140

(ㅍ)
표면음성제약 ……… 294, 298, 300,
302, 305

(ㅎ)
ㅎ말음명사 …………………………… 26, 54
ㅎ말음 ………………………………… 25, 30
한글 맞춤법 통일안 …………… 324
합용병서 ………………………………… 198
핵이동 …………………………………… 122

향가 ……………………………… 135, 189
향찰표기체계 …………………………… 139
형태론적 과정 ……………………………… 94
형태소 보존기능 ……………… 92, 96
호기량 ……………………………………… 280
혼일어 ……………………………………… 41
확산 …………………………… 24, 36, 195
후두 긴장 ………………………………… 175
후두음 역행 …………………………… 316
후두음 확산 …………… 30, 58, 307
후두음계열 ……………………………… 307
후두음소 ……… 49, 50, 53, 54, 83
후두음층렬(laryngeal tier) … 25, 48,
56, 83
후두음화 ……………………………… 95, 101
후두음화의 방향성 ………………… 84
후두음확산 …… 196, 248, 250, 311
후두조음 ………………………………… 12
후두파열 ………………………………… 11
후방자음 ………………………………… 303
훈민정음 ………………………………… 50
흔적 ……… 171, 174, 176, 184, 187
흔적(trace) ……………………………… 172
흔적이론(trace theory) …………… 182

한국어 경음론

초판 인쇄 2009년 12월 23일
초판 발행 2009년 12월 31일

저 자 오정란
발행처 박문사
발행인 윤석원
등 록 제7-220호

주소 서울시 도봉구 창동 624-1 현대홈시티 102-1206
전화 (02) 992-3253(대)
팩스 (02) 991-1285
전자우편 bakmunsa@hanmail.net
홈페이지 http://www.jncbook.co.kr
책임편집 박채린

ISBN 978-89-94024-18-9 93810   정가 21,000원